SUR LA TOUCHE

Karen Viggers

SUR LA TOUCHE

Traduit de l'anglais (Australie)
par Aude Carlier

LES ESCALES

Titre original : *Sidelines*

Édition française publiée par :

92, avenue de France
75013 Paris – France
Courriel : contact@lesescales.fr

ISBN : 978-2-36569-876-4
Dépôt légal : février 2025
Imprimé en France

Couverture : Hokus Pokus créations
Mise en pages : Nord Compo

Pour David, Ryan et Nina
qui m'ont fait découvrir la vie derrière
la ligne de touche.

Et pour ma très chère sœur, Fiona Andersen
(29 octobre 1970 – 6 juillet 2023),
qui n'aura pas eu le temps de lire ce livre.

« Si un match de foot pouvait durer toute la vie,
je jouerais jusqu'à ma mort. »

Déclaration de Kai Trewin
(défenseur de l'équipe de Brisbane)
à l'âge de 11 ans (2012)

Merci de ne pas oublier que
Ce sont des enfants
Ce n'est qu'un match
Les entraîneurs sont bénévoles
Les arbitres sont des êtres humains
Ce n'est pas la Coupe du monde

Pancarte sur le terrain de foot d'un club junior

Prologue

Sirène hurlante, gyrophare aveuglant, l'ambulance se fraie un passage dans la circulation ralentie. Des voitures s'écartent, se rabattent, essaient de se dégager de son chemin. Mais c'est l'impasse, les trois voies sont bouchées jusqu'à l'intersection.

— Monte sur la voie piétonne, ordonne le chef secouriste.

L'ambulance grimpe sur le terre-plein central avec fracas, suivie par des yeux écarquillés derrière les vitres des voitures. Aux feux, ils redescendent sur la route et foncent.

Le chef jette un coup d'œil vers le GPS.

— Première à gauche.

Ils tournent aussitôt et filent dans une rue secondaire. Le stade est droit devant : un patchwork de terrains délimités par des cônes orange. Un club-house en béton imposant. Des gens assis dans les gradins. Un immense parking bordé de pins.

Au volant, l'ambulancière éteint la sirène lorsqu'ils s'approchent de l'entrée. Près du portail ouvert, un homme leur fait signe d'avancer.

Ils s'engagent en cahotant sur une pelouse inégale devant des spectateurs stupéfaits. Le match a été interrompu. Un jeune est en train de filmer avec son téléphone.

Au milieu du terrain, un encadrant en gilet orange fluo les dirige vers une foule de gens à la mine soucieuse, blottis les uns contre les autres en petits groupes. Des adultes et des ados, certains en jogging, d'autres en manteaux. Des joueurs en maillots bleu et blanc à rayures, d'autres en rouge, avec un short blanc sale. Tous observent la scène.

L'homme en gilet hurle pour les disperser, et la foule s'écarte.

La conductrice se faufile doucement. Tout autour, des visages anxieux. Des gamins en larmes. Épaules affaissées. Têtes baissées.

À terre, un corps en position latérale de sécurité, sous une couverture de laine grise.

Ils s'arrêtent au plus près de lui, prennent leur matériel et sautent du véhicule.

Le chef d'équipe pose sa trousse de secours, s'agenouille dans l'herbe humide et jette un coup d'œil au patient. Peau pâle, respiration ralentie, paupières tremblantes. Visage déformé. La mâchoire commence à se colorer et à enfler. Une fracture grave, sans aucun doute.

Il examine les yeux. Soulève la lèvre supérieure. Teste prudemment la nuque. Prend le pouls et la tension pendant que sa collègue rabat la couverture et palpe le corps étendu du patient à la recherche d'autres blessures.

Pas d'autres fractures. Mâchoire brisée, traumatisme crânien sévère.

Le secouriste ne comprend pas. Ils sont très loin des cages du but, ce n'est donc pas un choc contre un poteau. Alors qu'est-il arrivé ? Une collision en plein saut ? Ou pire ? Il a déjà vu des blessures graves de ce genre au pub, où les gars se battent à coups de poing. Mais ici, ça ne colle pas…

Il regarde autour de lui. La foule s'est rapprochée. La tension dans l'air est palpable. Coups d'œil circonspects, on fait du sur place. Une odeur d'agneau et de saucisses grillés flotte dans l'air.

Sur le terrain, de l'ambulance jusqu'au club-house, tout le monde les fixe, dans l'attente.

Des cacatoès crient dans les pins.

Il échange un coup d'œil avec son assistante, remarque le haussement rapide de ses sourcils.

L'expression scrupuleusement neutre de l'ambulancière, tel un vernis mat, ne laisse rien deviner. Pourtant, elle se pose la même question que lui. *Qu'est-ce qui a bien pu se passer ici ?*

Neuf mois plus tôt

SOUTIEN

Coéquipier présent pour aider en attaque
ou en défense.

Jonica

Au volant de son 4×4 Mercedes, Jonica s'engage en trombe sur le parking près du terrain de football et regarde l'heure. C'est la première phase de sélection avant la saison suivante, et ils sont en retard. Elle s'était pourtant efforcée de faire sortir les jumeaux en vitesse, cet après-midi, mais ils fonctionnaient au ralenti. Et qui ne le ferait pas, par cette chaleur, après une journée de cours au collège ? Et quelle personne saine d'esprit organiserait des sélections en pleine canicule ? Seulement six semaines après la fin de la saison précédente, la voilà de nouveau, début novembre, à déposer ses enfants au football pour qu'ils s'épuisent par 38 °C alors qu'ils auraient été mieux à la maison, dans la piscine. Sauf que le foot, c'est leur *passion*, comme le dit Ben. On n'a donc pas le choix, quand nos enfants veulent jouer en National.

« Ils font trop de *soccer* », avait-elle dit à Ben, la veille au soir. Et il avait ri. « On dit football, pas *soccer*. Et ce n'est jamais trop, tu le sais bien. Tu veux qu'ils réussissent autant que moi. » En temps normal, elle aurait approuvé – elle s'investit à fond dans l'éducation de ses jumeaux et soutient leurs centres d'intérêt. En revanche, pourquoi organiser des sélections par ce temps ? Les entraîneurs auraient dû annuler. Quelqu'un risque d'avoir une insolation.

La chaleur s'engouffre dans la voiture lorsque Alex et Audrey sautent sur le bitume.

— Vous avez vos gourdes ? lance-t-elle.

Sa fille agite la sienne en l'air, mais son fils est déjà parti, et ses chaussures à crampons Nike argentées scintillent à chacune de ses foulées sur le parking.

Audrey s'arrête. Elle se tourne vers elle et fait la grimace, la tête rentrée dans les épaules. Ce matin, elle était super motivée et parlait sans arrêt à Ben des sélections mais, depuis son retour du collège, elle est restée silencieuse. Elle s'était prise de passion pour le football pendant la dernière Coupe du monde féminine, en 2023, qui avait eu lieu en Australie. Ben avait alors déclaré qu'elle devait absolument jouer dans une équipe masculine pour s'améliorer – voilà pourquoi elle passe les sélections de l'équipe de son frère. Jonica, elle, pense que la simple présence d'un groupe de garçons va être une source de pression supplémentaire. Elle a essayé d'évoquer la question avec Ben, mais, comme il n'a qu'un frère, il n'a aucune idée de ce que peut ressentir une adolescente dans un corps en pleine transformation.

Elle baisse sa vitre et se force à lui adresser un grand sourire.

— Ça va aller, dit-elle. Combien d'autres filles arrivent à faire deux mille jongles ? Seulement celles qui finiront en équipe nationale, chez les Matildas[1] !

Petit sourire en coin d'Audrey. Elle a travaillé dur sur son jonglage. Grâce à ça, elle se démarque des autres.

— Vas-y, l'encourage Jonica. Et souviens-toi de tout ce que ton père t'a dit.

Audrey se dépêche de filer.

Jonica se dit qu'il est normal que sa fille s'inquiète. Elle ira mieux une fois sur le terrain. Ben prétend que ça marche ainsi pour lui, devant un jury : un peu de stress peut améliorer la performance, secouer les neurones. C'est lui qui a

1. Surnom des joueuses de l'équipe d'Australie, en référence à une chanson folklorique.

insisté pour que les jumeaux jouent au foot. Apparemment, « c'est sur le terrain qu'on profite le mieux de la vie ». Jonica, elle, attend encore d'y voir autre chose qu'une source de stress et d'angoisse.

Elle se contorsionne pour inspecter la banquette arrière à la recherche de la gourde d'Alex. Elle est là, par terre. Elle va devoir la lui apporter – il en aura besoin, par cette chaleur. Elle saisit la gourde, sort en vitesse de la voiture et traverse à grands pas le parking sous un ciel dégagé. Elle sent l'odeur du goudron qui fond, le parfum acidulé des pins le long du terrain. L'été promet d'être infernal. Peut-être à cause du réchauffement climatique.

Au club-house des Minotaurs, Dominik, l'entraîneur, et Kyle, son assistant, attendent à l'ombre, assaillis par quelques parents stressés par la réussite sportive de leurs enfants. D'un même mouvement, ils se tournent vers elle à son arrivée. Toujours les mêmes visages. Comme sur le terrain : ce sont les mêmes gamins qui repassent les sélections, encore et encore. La plupart, qui étaient déjà dans l'équipe l'année dernière, seront sans doute repris. Mais comme quelques joueurs sont partis, il faut recruter. Pour autant, on peut se demander pourquoi ils ont prévu tant de jours de sélection – cinq, un par semaine jusqu'à début décembre. Jonica ne comprend pas. Une ou deux séances devraient suffire pour détecter un nouveau talent, non ? Ça doit sauter aux yeux.

Alex joue dans cette équipe depuis trois ans, depuis que son copain Noah et lui ont décidé que celle du collège n'était pas assez bonne. Ça n'a pas vraiment plu au proviseur, évidemment : les écoles privées pensent qu'on leur doit tout, ces derniers temps. Comme Ben avait répliqué que le collège ne pouvait pas les retenir s'il n'était pas capable de fournir le même niveau d'entraînement qu'un club externe, Alex et Noah avaient été autorisés à partir. Ben avait choisi les Minotaurs parce que ce club est très bien classé, qu'il a une bonne réputation et qu'il forme les plus jeunes comme les adultes. La plupart de ses équipes finissent en haut du tableau de leurs poules, ce qui est important pour Ben – il aime gagner. Bien que ce soit un club grec, les joueurs sont d'origines diverses et viennent de toute la banlieue nord-ouest de Sydney, parfois à plus d'une heure de route.

Jonica aurait préféré que les jumeaux réintègrent le club de leur ville, plus près de chez eux, où ils avaient commencé à jouer à 5 ans dans l'équipe des « Mini Kangourous ». Mais Ben avait vite décrété que le club n'était pas assez bon pour les enfants plus âgés. Et il voulait toujours le meilleur pour les jumeaux. *Les Grecs sont des passionnés*, avait-il dit. *Et c'est une bonne chose. La passion, ça peut mener loin, dans le football.* Il appréciait aussi le fait que les Minotaurs permettent aux filles d'intégrer les équipes masculines, pourvu qu'elles aient le niveau.

Jonica triture la gourde et se demande comment la donner à Alex. Il est sur le terrain, en train de faire des passes avec Noah. Les entraîneurs les regardent ; elle devra attendre.

Audrey est plus loin, près des pins, où elle fait ses étirements. Depuis qu'elle s'était déchiré un ligament de la cheville l'année précédente dans l'équipe féminine des Minotaurs, le kiné lui avait donné des exercices à ajouter à son échauffement de base. Comme elle s'applique, Jonica espère que les coachs vont la remarquer, mais ils se sont détournés et discutent sans discrétion à l'ombre, les mains croisées sur leurs bedaines.

Une autre fille entre en courant sur le terrain. Jonica se crispe. Elle la reconnaîtrait n'importe où. Démarche typique de ceux qui ont les pieds plats. Épaules arrondies. Menton volontaire. Longs cheveux bruns retenus par une queue-de-cheval haute. C'est Katerina.

Katerina était déjà dans l'équipe d'Audrey la saison dernière. Elle avait l'habitude de percuter tout le monde pendant l'entraînement – un style de jeu efficace pendant un match, mais déplacé avec ses propres coéquipières. Jonica et les autres parents, agacés, ont souvent échangé des murmures chaque fois qu'elle renversait quelqu'un. Personne n'en avait parlé à l'entraîneuse, bien sûr, parce que ça ne se fait pas, au cas où celle-ci le prendrait comme une critique et le ferait payer à la fille de celui ou celle qui avait osé se plaindre.

Jonica s'était tue elle aussi, jusqu'au jour où, à l'entraînement, Katerina était délibérément rentrée dans Audrey, qui s'était fait une entorse en tombant au sol. Jonica l'avait emmenée chez le kiné. Il avait secoué la tête puis lui avait expliqué qu'il pouvait lui strapper la cheville et lui donner des exercices de renforcement pour qu'elle puisse retourner sur le terrain au plus vite, mais qu'elle risquait d'avoir besoin d'une opération plus tard. « Vous devez parler à son entraîneuse, il faut que ça s'arrête », avait-il dit à Jonica.

À la fin de la séance suivante, à laquelle Audrey avait quand même dû assister pour prouver qu'elle était toujours motivée, Jonica et Ben s'étaient approchés de la coach. Celle-ci, d'abord vexée, avait déclaré que les bousculades faisaient partie du jeu. Ben avait insisté sur le fait que Katerina dépassait les bornes et que si l'entraîneuse ne reprenait pas les choses en main, il serait obligé d'en référer au comité. Ça n'avait pas plu à la coach, bien sûr, mais elle avait dû admettre que les contacts de la jeune joueuse étaient trop brutaux. Finalement, elle avait accepté de lui parler.

Carmen, la mère de Katerina, ne l'avait pas bien pris du tout. Elle était venue demander des explications à Jonica en affirmant que la manière de jouer de sa fille n'était en rien problématique. *Ce n'est pas sa faute si Audrey s'est tordu la cheville*, avait-elle prétendu (Jonica s'en souvient mot pour mot). *Si Audrey ne fait pas le poids, elle ne devrait peut-être pas jouer à ce niveau. La prochaine fois que tu as un problème avec ma fille, dis-le-moi directement.* Jonica s'était réjouie d'avoir fait des études de droit et, en regardant Carmen droit dans les yeux, elle l'avait informée qu'elle n'était pas la seule à se plaindre du comportement de Katerina.

Le pire c'est que, même après cet incident, Katerina était restée la chouchoute de l'entraîneuse et la reine de l'équipe, et qu'elle avait continué à critiquer et intimider sans cesse ses coéquipières. Chaque week-end, elle jouait la totalité du match pendant que d'autres filles ciraient le banc la moitié du temps. Jonica n'avait toujours pas avalé cette injustice.

Elle fait de nouveau tourner la gourde d'Alex entre ses mains. C'est vraiment dommage que Katerina soit là. Une rivale de plus pour Audrey. Carmen avait dû entendre dire qu'Audrey participait aux sélections pour intégrer les Minotaurs… mais Dieu seul savait comment elle l'avait découvert – Jonica n'en avait parlé à personne. D'un autre côté, Carmen sait s'y prendre pour récolter toutes les infos qui concernent le club : elle est toujours la première au courant de tout, à force de traîner autour des coachs comme si elle était leur meilleure amie. D'ailleurs, elle aussi, elle est là, sous les pins, dans toute sa gloire, matrone brune en forme de poire. Il paraît que c'était une star de foot, dans sa jeunesse. C'est dur à croire, quand on la voit maintenant.

Audrey aperçoit Katerina et lance un regard peiné vers sa mère. Mais Jonica ne peut rien faire. Audrey va devoir gérer ça toute seule.

L'un des joueurs – Braedon – ricane quand elle vient se joindre à leur groupe.

— Pourquoi y a des filles, ici ? grogne-t-il.

Jonica s'attend à ce que Dominik dise aux garçons de se mêler de leurs affaires et leur rappelle que les filles ont le droit d'entrer dans cette équipe, si elles ont le niveau. Mais il se contente de frapper dans ses mains au-dessus de sa tête et de crier :

— OK, les gars. Il est temps de s'échauffer. Quatre tours de terrain.

Le sang de Jonica se fige dans ses veines. Elle se faufile entre les spectateurs pour rejoindre Miles, le père de Noah, qui attend non loin. Il leur est déjà arrivé de discuter au bord du terrain. Pourtant, elle n'est pas de très bonne compagnie quand ses enfants jouent – elle aime surtout les observer. Miles est plus sympa que la plupart des autres adultes présents. Chaque fois qu'ils papotent, il semble l'écouter avec intérêt – sans doute parce qu'il la regarde dans les yeux et qu'il sourit facilement. De plus, ce père célibataire plutôt amical n'est pas obsédé par le football... contrairement à d'autres parents. Comme Santos, le père de Viktor, par exemple.

Viktor leur passe justement devant à cet instant, en tête de peloton, les cheveux attachés en arrière pour imiter le petit chignon d'Erling Haaland, l'attaquant star de Manchester City.

— Les pauvres, murmure-t-elle pendant que les adolescents défilent devant eux. Les entraîneurs aussi devraient s'échauffer. Ils verraient ce que ça fait. Il fait trop chaud pour courir.

— À mon avis, il y a des années que ces deux-là n'ont pas fait un tour de stade. Quel que soit le temps.

Elle dissimule son sourire derrière sa main. Quand les joueurs leur repassent devant, rouges et essoufflés, elle remarque que Noah est à la traîne. Même s'il n'est pas aussi bon que d'autres, il sera repris parce qu'il est dans l'équipe depuis longtemps. C'est comme ça que ça marche. Mais aujourd'hui, il est bien plus lent que d'habitude.

— Noah va bien ? s'inquiète-t-elle.

Du bout de son index, Miles se gratte le pouce.

— C'est ses genoux, dit-il. La maladie d'Osgood-Schlatter. Il a grandi tellement vite que ses tendons ne suivent pas le rythme de ses os. J'ai eu ça aussi, quand j'étais petit.

Jonica se réjouit qu'aucun des jumeaux n'ait ce genre de problème.

— Pauvre Noah. Ça se soigne ?

— Avec des massages et des étirements. Le remède pour tout, à cet âge-là.

— Regarde comme ils ont chaud ! marmonne-t-elle. C'est scandaleux qu'ils les fassent sprinter par ce temps. J'aimerais bien que Dominik écourte l'entraînement.

— Il ne va pas trop leur en demander. Et de toute façon, les ados n'en souffrent pas autant que nous. Ils sont tellement passionnés par le foot que rien ne peut les arrêter. Tu n'étais pas accro au sport, dans ta jeunesse ?

— Je n'ai jamais vraiment aimé les sports d'équipe, j'ai juste fait un peu de basket à l'école… (Et encore, c'était il y a des années et elle n'était pas très douée.) Je joue au tennis toutes les semaines avec des copines, mais on part de bonne heure, avant la grosse chaleur. Le reste du temps, je sers de taxi à ma famille. Et avec des jumeaux, c'est service non-stop… Je n'avais pas signé pour ça, moi, tu parles d'une surprise !

Il la fixe avec respect.

— Ça devait être dur, quand ils étaient petits. Un à la fois, ça m'a suffi.

Jonica se souvient du jour où elle s'était allongée sur la table en inox pour l'échographie des dix semaines. La sonde froide et humide sur son ventre. La radiologue marquant une pause avant de lui annoncer qu'elle attendait deux bébés.

Tu parles que ça lui avait changé la vie ! Ça l'avait presque tuée, en fait. Son arrêt de six semaines n'avait finalement jamais pris fin, parce que c'était trop exigeant. Pas de sommeil. Des tétées et des couches à changer sans arrêt. Les jumeaux qui criaient en même temps. Il lui était arrivé de les allaiter simultanément : Alex glissé sous un bras, Audrey sous l'autre. Elle voulait être une bonne mère mais, parfois, elle avait eu l'impression qu'ils la dévoraient vive.

Elle essuie la sueur sur son front. Après la naissance de ses enfants, elle avait eu l'intention de reprendre le travail assez vite. Mais, le moment venu, Ben avait remis en question sa décision. Bien sûr, ils avaient largement les moyens de se payer une nounou. Mais ne souhaitait-elle pas les allaiter le plus longtemps possible, pour qu'ils aient le meilleur départ possible dans la vie ? Il valait peut-être mieux qu'elle reste à la maison pour s'occuper d'eux. *Lui*, évidemment, il ne pouvait pas se le permettre et, d'ailleurs, il s'en voulait d'avoir de si longues journées de travail. Mais il serait content de l'entretenir pendant quelques années. *Regarde ces pauvres petites choses*, avait-il murmuré alors que les jumeaux dormaient comme deux petits anges. Comment aurait-elle pu protester ? Pour finir, la culpabilité l'avait emporté.

Au début, elle en avait pris son parti – sa propre mère avait renoncé à sa carrière pour ses enfants, et celle de Ben avait toujours été mère au foyer. Lorsque les jumeaux étaient tout petits, il était facile de ne pas penser à tous ses renoncements, parce qu'elle était continuellement épuisée et accaparée par leurs besoins. Elle s'était fait absorber par leurs vies et, tout à coup, ils étaient rentrés à l'école. Elle les aidait quand elle le pouvait, elle les soutenait, se délectait de leurs sourires lorsqu'ils gagnaient des courses, les consolait quand ils perdaient et appliquaient des pansements sur leurs genoux écorchés.

Mais, récemment, un ver s'est mis à gigoter dans ses entrailles. Organiser des tournois d'athlétisme ou de natation, couvrir des livres pour la bibliothèque de l'école, faire le taxi jusqu'au stade, préparer des sorties avec les copains/copines, les fêtes, les vacances familiales, les rendez-vous chez le coiffeur, le docteur, le kiné, le dentiste, cuisiner, aider à faire les devoirs… tout cela n'est que moyennement enrichissant.

Depuis quelques mois, elle sent que ses enfants commencent à s'éloigner d'elle. Ce qui la réjouit, car elle a hâte de remettre son cerveau en marche. D'être autre chose qu'une mère. Les jumeaux n'ont plus autant besoin d'elle et elle *pourrait* retourner travailler, sauf que Ben aime bien qu'elle soit à la maison.

Elle regarde Miles et affiche un sourire.

— Avoir des jumeaux, c'est du sport.

— Tu as du mérite, dit-il. Moi, je ne m'en sortirais pas.

Jonica aurait aimé que son mari soit un peu plus comme Miles. Ben ne fait plus attention à elle, il ignore ses inquiétudes concernant Audrey et l'équipe, au point qu'elle se sent insignifiante. Elle n'imagine pas Miles capable d'un tel mépris. Il a l'air trop gentil. Et il est plutôt bel homme. Elle ne comprend pas que sa femme l'ait quitté. Selon la rumeur, elle aurait refait sa vie avec un autre. Jonica se demande si elle a des remords.

Sur la pelouse, les joueurs ont fini de faire leurs tours de terrain et s'arrêtent devant Dominik. En voyant leurs visages écarlates en sueur, Jonica regrette de ne pas avoir apporté du Powerade. Audrey aura mal à la tête ce soir et Alex sera de mauvaise humeur. Dès qu'ils rentreront à la maison, ils s'affaleront devant la télé au lieu de faire leurs devoirs et Jonica craindra que leur travail scolaire s'en ressente.

Alors qu'elle hésite à rejoindre Alex pour lui donner sa gourde, Dominik annonce aux joueurs qu'ils doivent se mettre par deux pour un exercice. Les garçons se rapprochent instantanément les uns des autres, laissant les deux filles isolées. Jonica est fière d'Audrey lorsqu'elle va proposer à Katerina de jouer avec elle. Katerina hésite, scrute Audrey comme si on lui avait proposé un crapaud-buffle en guise de partenaire mais, comme elle n'a pas le choix, elle accepte.

Les joueurs se placent sur des lignes parallèles et commencent à se faire des passes. Alex semble à l'aise et détendu, alors qu'Audrey reste prudente – un peu trop, peut-être. Jonica perçoit la crispation de sa fille sur sa frêle ossature, sur son expression concentrée, ses sourcils froncés. C'en est trop pour elle. Elle se tourne vers Miles.

— Tu as déjà fait du foot ? lui demande-t-elle.

— Non, je préfère le jogging.

C'est vrai qu'il a l'air athlétique. Mais elle a du mal à concevoir qu'on puisse courir pour le plaisir – trop difficile.

— Moi, je ne cours jamais, sauf sur un terrain de tennis, répond-elle.

— Tu devrais essayer. Moi, ça me fait du bien. Les endorphines me permettent de rester sain d'esprit. Tout ce dont tu as besoin pour t'y mettre, c'est d'une paire de baskets et d'une application pour débutants sur ton téléphone.

Sur la pelouse, Audrey s'est un peu détendue – Katerina et elle se transmettent la balle avec élégance et leurs passes sont bien plus précises que celles de la plupart des garçons.

— Audrey est une bonne joueuse, déclare Miles. Elle bouge comme une pro.

C'est vrai que les foulées d'Audrey sont souples et dynamiques. Elle est solide, en plus. Et rapide. Pas autant que les garçons, boostés par leur testostérone d'adolescents, mais, question agilité, elle les bat toujours.

Katerina propulse le ballon vers Audrey. Qui se le prend en pleine figure et tombe par terre, les mains sur le nez.

Relève-toi, implore silencieusement Jonica en serrant la gourde d'Alex. *Les entraîneurs risquent de te voir.*

Sa fille se redresse doucement puis trottine après la balle.

— C'est bien, murmure Jonica. C'est bien, ma chérie.

Ensuite, Dominik distribue des chasubles colorées et répartit ses troupes en deux équipes. Audrey et Alex sont ensemble, ce qui est une bonne chose – avec un peu de chance, Alex passera la balle à sa sœur.

Les joueurs se déploient sur le terrain. Lorsque Dominik siffle le coup d'envoi, Alex se précipite en avant avec le ballon, cherche Audrey mais, comme elle est trop loin, il vise Katerina.

Celle-ci part à toute vitesse, tête baissée, en dribblant. Les entraîneurs hochent la tête, tels des gadgets en plastique sur la plage arrière d'une voiture. *Alors c'est comme ça que ça va se jouer...* pense Jonica en soulevant ses cheveux au-dessus de sa nuque pour avoir moins chaud. On va récompenser les frimeurs et les individualistes, même si ça va à l'encontre de ce qu'on attend d'eux pendant un match.

Quand Katerina finit par faire une passe à Braedon, Audrey file le long de la ligne en appelant la balle. Braedon refuse de la lui envoyer. Comme les autres garçons. Finalement, c'est Alex qui la lui transmet. Après un contrôle magnifique, elle la renvoie, le sourire aux lèvres. Jonica sourit aussi. Les entraîneurs vont sûrement la remarquer, maintenant. Mais non, ils regardent de l'autre côté.

Le sourire d'Audrey disparaît. Comme celui de Jonica. Elle tire sur sa robe pour la décoller de son corps car, bizarrement, le tissu s'est changé en film alimentaire.

— Ça va ? lui demande Miles.

— Je ne supporte pas cette chaleur, dit-elle.

En vérité, elle a de la peine devant l'expression démoralisée de sa fille. Sa moue déçue. Ses épaules tombantes, découragées.

— Tu as peut-être besoin d'une boisson fraîche, lui suggère-t-il.

— Oui, je crois que je vais aller m'asseoir un instant dans la voiture, avec la clim.

Elle se dirige vers le parking.

Lorsqu'elle s'affale sur le siège conducteur, elle se rend compte qu'elle tient toujours la gourde d'Alex. Elle est incapable d'y retourner. Un mauvais pressentiment lui serre la gorge.

Elle décide plutôt d'aller acheter du Powerade.

Le soir venu, Jonica sert des lasagnes et de la salade aux jumeaux puis s'adosse au comptoir de la cuisine. Être à l'abri de la chaleur est un vrai soulagement. Dehors, par la baie vitrée, elle voit le reflet du ciel crépusculaire sur la piscine. Elle adorerait piquer une tête, mais elle a mille choses à faire en plus de s'assurer qu'Audrey mange correctement – elle manque d'appétit après l'entraînement et les matchs.

Ils essaient de dîner en famille le plus souvent possible – Ben préfère. Pourtant, c'est difficile, vu qu'il rentre souvent tard à la maison. Mais aujourd'hui, les enfants ont besoin de manger tôt – ils sont épuisés après avoir tant couru en pleine canicule. Elle remarque qu'ils lui ressemblent beaucoup. Hauts fronts, cheveux blonds, grands sourires. Audrey a les fossettes et les boucles de Ben, et les deux jumeaux ont hérité de sa taille, heureusement. Jonica déteste être petite. Quand on est petit, les gens se permettent plus facilement de vous prendre de haut.

Elle remplit deux verres d'eau, les place sur la table puis se tourne pour nourrir la chienne. Honey traîne dans ses jambes en quémandant à manger depuis qu'ils sont rentrés.

— Les enfants d'abord, la chienne ensuite, dit-elle à la petite cavoodle rousse.

Les yeux brillants, Honey saute contre ses genoux. Jonica verse des croquettes dans sa gamelle et la regarde y plonger le museau. Si seulement Audrey pouvait avaler ses repas avec autant d'entrain !

Ensuite, elle jette les chaussettes sales dans la buanderie, aligne les chaussures de foot sur le tapis près de la porte qui donne sur le jardin, se sert un verre de vin et s'assied à table avec les enfants. Alex dévore ses lasagnes à grosses bouchées pendant qu'Audrey les triture du bout de sa fourchette.

— Allez, Audrey, mange, l'encourage Jonica. J'ai fait des lasagnes car je sais que c'est ton plat préféré.

Audrey est pâle et ses yeux sont cernés de gris. Elle est restée silencieuse dans la voiture, pendant le trajet retour. Elle a peut-être eu un coup de chaleur.

— J'ai pas faim, répond-elle en tripotant sa fourchette.

Elle découpe un petit coin de lasagne, le porte à sa bouche et mâche lentement.

Honey, qui a visiblement terminé son dîner, apparaît sous la table et s'assied en remuant la queue, son regard plein d'espoir levé vers Audrey.

— Quelqu'un t'envie ton dîner, constate Jonica.

D'habitude, sa fille fond dès qu'elle voit la chienne. Mais là, elle la repousse du bout du pied.

— Je trouve que tu t'es bien débrouillée, aujourd'hui, déclare Jonica. Katerina et toi, vous avez réussi les exercices à la perfection.

Audrey hausse les épaules.

— C'était correct, j'imagine.

Entre deux bouchées, Alex lève les yeux.

— Sauf quand Katerina t'a envoyé le ballon en pleine tête.

— C'était un accident, riposte sa sœur.

— Non. Elle l'a fait exprès. Elle a bien pris le temps de viser avant de tirer. Je l'ai vue.

— Je suis sûre que c'est un malentendu, intervient Jonica pour éviter d'alimenter la querelle entre les deux filles.

La saison précédente, Katerina ne s'était pas contentée de bousculer Audrey, elle lui avait lancé sans cesse des remarques et des commentaires désobligeants. Et des coups en douce dans les chevilles quand la coach ne regardait pas. Sans parler de la façon dont elle trébuchait sur Audrey pendant les étirements. Elle s'y prenait toujours de manière si sournoise qu'on ne pouvait jamais l'accuser. Et Jonica connaissait toutes les tactiques de Carmen, qui invitait souvent l'entraîneuse à dîner et se portait volontaire pour rendre des services au club et s'occuper de la gestion administrative de l'équipe.

— Je déteste Katerina, marmonne Audrey en poignardant ses lasagnes d'un coup de fourchette. C'est vraiment une connasse. Elle ne pouvait pas rester avec les filles ? Je pensais que j'allais être débarrassée d'elle.

Jonica aussi. Et c'était pour ça qu'elle avait accepté que sa fille passe les sélections pour l'équipe masculine. Et voilà qu'elle se retrouve de nouveau coincée avec Katerina.

— T'as qu'à juste devenir son amie, dit Alex en reposant sa fourchette avant de rabattre sa frange sur le côté.

Audrey le foudroie du regard.

— Facile à dire, pour toi. Tu connais tout le monde et ils t'apprécient tous. Descends, Honey !

Elle repousse vite fait les pattes de la chienne posées sur ses jambes.

— Alex, tu devrais peut-être présenter ta sœur à quelques garçons, suggère Jonica.

— Jamais de la vie, grommelle-t-il en donnant des coups de pied dans sa chaise. Je ne voulais même pas qu'elle vienne dans mon équipe. Personne n'est obligé de jouer avec sa sœur, à part moi. C'était mieux l'année dernière, quand il n'y avait pas de filles. Qu'est-ce que je suis censé dire à mes potes, quand ils me demandent pourquoi elle passe les sélections ?

Même si Jonica n'aime pas qu'il lui parle sur ce ton, il n'a pas tort. C'est Ben qui a insisté pour qu'Audrey rejoigne cette équipe. Elle aurait pu rester avec les filles, ou tenter d'intégrer un des centres de formation qui servent de viviers aux clubs de Ligue A. Mais Ben avait argué du fait que, si Audrey voulait vraiment arriver au sommet, elle devait jouer avec des garçons pour améliorer sa vitesse, sa technique et son explosivité. *Ça ne s'acquiert pas ailleurs*, avait-il dit à Jonica. Elle n'avait pas protesté – elle n'y connaît rien, au football, à part ce qu'elle a appris au fil des ans derrière la ligne de touche. Ben, lui, est un ancien joueur d'élite qui avait évolué en National jusqu'à son entrée à l'université.

Pourtant, elle n'est toujours pas sûre que mettre les jumeaux dans la même équipe soit une bonne idée. Surtout si ça doit les conduire à se disputer tout le temps.

— À qui je pourrais parler ? gémit Audrey, du même ton que la chienne lorsqu'elle est dehors sur la terrasse et qu'elle veut rentrer. Viktor n'est qu'un branleur. Et ses potes aussi.

Elle a raison, pour Viktor, avec son chignon et le reste. C'est le chouchou de Dominik, l'attaquant clé de l'équipe, effronté et orgueilleux. Cela dit, sa confiance en lui l'aide à dépasser ses limites sur le terrain. Dommage que Jonica ne puisse pas transfuser une partie de cette estime de soi à sa fille. Elle reconnaît l'ironie de la situation : son échec de mère aura peut-être été de trop bien élever ses enfants. Elle aurait peut-être dû en faire des petits arrogants. Visiblement, ça porte ses fruits. Il n'y a qu'à voir Ben. Savoir quand et comment se comporter comme un petit arrogant l'a toujours beaucoup aidé à remporter des procès.

Elle entend la porte du garage qui s'ouvre.

— On dirait que votre père est rentré, dit-elle en les gratifiant d'un regard appuyé pour qu'ils cessent de se disputer devant lui. Laissez-le souffler. Il doit être fatigué.

Elle se relève et file dans la cuisine pendant que la chienne tournicote autour de la table en jappant pour annoncer l'arrivée de son maître.

Il entre à grands pas comme s'il pénétrait dans une salle d'audience : épaules carrées, yeux plissés, lèvres pincées. Au bout de la table, il marque une pause pour dénouer sa cravate, enlever ses chaussures et déposer sa veste sur le dossier d'une chaise. Il balaie la pièce du regard sans s'arrêter sur Jonica, comme si elle n'était pas là. Après une longue journée au tribunal, il est souvent incapable de se remettre en mode « vie de famille » et la maison devient une extension de son environnement de travail jusqu'à ce que Jonica ou un verre de vin parviennent à lui faire évacuer son stress résiduel.

— Quoi de neuf ? demande-t-il en tirant sa chaise pour s'asseoir, les mains croisées devant lui sur la table.

— C'était le premier jour des sélections, et il faisait tellement chaud qu'on a failli mourir, déclare Alex.

— Heureusement, vous avez survécu. Vous vous êtes baignés ?

— Pas encore, lui apprend Jonica.

— Et pourquoi ? À quoi ça sert d'avoir une piscine si les enfants n'y vont jamais ?

— On vient juste de rentrer, explique-t-elle en essuyant le comptoir alors qu'il est déjà propre. Et ils avaient faim. Ils piqueront une tête avant de se coucher.

Elle lui apporte un verre de vin, remplit deux assiettes, cherche des bouts de feta et d'avocat au milieu de la salade d'épinard, mais il semblerait qu'Alex ait tout pris. Elle pose le tout sur la table et s'assied. La chienne lui lèche les pieds sous sa chaise.

— Du poivre ? propose-t-elle en lui tendant le moulin.

Il refuse d'un mouvement de la main puis saisit ses couverts.

— Alors, comment ça s'est passé ? demande-t-il aux jumeaux.

Sans lever la tête, Audrey regarde son frère du coin de l'œil.

— Plutôt bien. On a eu la balle, j'ai fait une passe à Audrey, mais j'ai été le seul.

Sourcils froncés devant la mine de sa fille, Ben découpe un morceau de lasagnes et l'embroche avec sa fourchette.

— Tu as tout donné, comme je te l'ai dit ? Sur le terrain, y a pas de place pour les princesses.

— J'ai essayé. J'ai couru partout.

— Je peux en témoigner, intervient Jonica. J'étais là presque tout le temps.

— Vous vous êtes bien démarqués ? insiste-t-il.

— Complètement, confirme Alex. Tous les deux.

— Et vous avez appelé la balle bien fort ?

— Oui, dit Jonica. Surtout Audrey. Elle criait en agitant les bras comme une folle.

Ben découpe un autre bout de lasagnes.

— Je suis certain que les entraîneurs ont remarqué tes efforts, Audrey.

Celle-ci fixe son assiette en jouant avec sa nourriture.

— On en parlera demain, Ben, déclare Jonica d'un ton calme. Les enfants sont fatigués.

Il l'ignore, évidemment, se cale contre le dossier de sa chaise et leur fait la leçon sur l'importance d'analyser ses performances pour pouvoir trouver la meilleure manière de s'améliorer.

Pendant que les jumeaux l'écoutent d'un air blasé, elle avale son dîner le plus vite possible et commence à remplir le lave-vaisselle. Quand, enfin, Ben reprend son souffle, Alex demande s'il peut aller faire ses devoirs. Futé, le gamin. Ben ne pourra pas s'y opposer. Audrey se retrouve alors seule, vulnérable.

— Mange, dit-il. T'es pas un moineau.

Audrey découpe un bout minuscule de lasagnes et le met dans sa bouche en le foudroyant du regard.

— Arrête tes bêtises, grogne-t-il.

Elle prend une miette encore plus petite puis se penche pour caresser Honey afin de faire diversion.

— Laisse la chienne tranquille pendant le dîner, lâche Ben. Tu sais ce que je pense des chiens qui quémandent à table.

— Elle ne quémande pas.

— Pour moi, si. Maintenant, finis ton assiette.

Ça pourrait durer toute la soirée. Ce duel. Il ne s'avouera jamais vaincu et Audrey ne cédera pas la première non plus.

Jonica est consternée que son mari s'y prenne aussi mal avec les enfants. Au travail, il commande tout le monde toute la journée, mais il n'a pas compris que ça ne marche pas à la maison, car personne n'est payé pour l'écouter. Pour le moment, elle se mord la langue, racle les assiettes au-dessus de la poubelle, les met dans le lave-vaisselle et range bruyamment les casseroles. Elle abordera la question plus tard, quand ils auront bu quelques verres de vin.

Après une baignade obligatoire dans la piscine pour faire plaisir à Ben, les jumeaux se replient dans leurs chambres, et la journée est finie. Ou presque. Jonica doit encore mettre leurs vêtements sales à la machine, accrocher leurs maillots de bain sur le séchoir et fermer la porte du couloir qui mène à leurs chambres.

Maintenant que le moment de parler à Ben est venu, ses arguments se sont ratatinés et forment une boule dure dans son estomac. Elle a beau savoir qu'elle doit passer à l'offensive, elle est fatiguée d'avance. Elle a l'impression de retomber en enfance, quand elle essayait de se frayer un chemin au milieu de la relation orageuse de ses parents. À l'époque, elle s'efforçait d'arrondir les angles afin d'éviter les éruptions intempestives de son père. Pour y parvenir, elle se montrait douce, gentille et bien élevée, stratégie qu'elle utilise souvent avec Ben, au caractère aussi explosif que le Vésuve.

Il est encore grincheux et stressé après sa journée de travail et, à l'idée d'aller l'affronter, les jambes de Jonica se changent en plomb. Non seulement elle doit trouver le bon moment, mais aussi employer le bon ton. Si elle se trompe, il n'entendra rien ou, pire, il se passera les nerfs sur elle ou les enfants. Comme si toute interaction était une compétition à remporter absolument.

Parfois, elle se demande si elle est tombée amoureuse de Ben parce qu'il lui rappelait feu son père. Ce dernier était malin, éloquent, intelligent. Juge réputé au tribunal de première instance, il était toujours sollicité, toujours occupé, donc presque jamais à la maison. Il était estimé dans la région. Des articles détaillaient ses verdicts dans les journaux. Et des dessins à la télé le montraient pendant qu'il présidait des audiences. Quand les gens découvraient que c'était son père, ils étaient impressionnés. Heureusement qu'elle avait réussi ses études et décroché un master en droit ! Cela prouvait qu'elle était à la hauteur des attentes intellectuelles de son géniteur. Mais à la maison, il était difficile à vivre et excessif. Les victoires et les succès étaient importants pour lui. Il voulait qu'elle travaille dur, pour qu'elle réussisse dans la vie autant que lui, mais n'avait aucune indulgence ni aucune empathie pour son manque de confiance en elle.

Elle lève la tête bien droite avant d'entrer dans la chambre. Ben est dans leur salle de bains, où il se sèche après sa douche. Elle l'observe pendant qu'il s'essuie le dos et le torse en prenant son temps. Elle rabat les couvertures, attendant de pouvoir lui parler.

Il la rejoint d'un pas sautillant, la serviette sur les hanches, se penche vers elle, l'embrasse et laisse ses lèvres s'attarder sur les siennes.

Bon sang, pense-t-elle en s'effondrant intérieurement. Il a vraiment envie de sexe ce soir ? Elle va devoir faire diversion. Elle pose la main sur son torse.

— On peut discuter ?

— De quoi ? dit-il en donnant une pichenette aux cheveux de Jonica.

Elle inspire profondément – ce n'est pas comme s'ils n'en avaient jamais parlé.

— Je crois que tu devrais être un peu plus coulant avec les enfants, pour le foot.

Il fronce les sourcils.

— Comment ça ? Je me suis bien comporté, ce soir, non ? Je leur ai témoigné de l'intérêt, comme tu me demandes toujours de le faire.

— Tu n'avais pas besoin de mener un interrogatoire.

— Ce n'était pas un interrogatoire.

— Si. Et ça ne sert à rien. Ils font tous les deux de leur mieux, pour te faire plaisir.

— Toi, tu les surprotèges, dit-il. Audrey doit s'endurcir si elle compte jouer avec des garçons. Tu devrais arrêter de les couver autant.

Jonica fulmine. Il lui reproche toujours les défauts de leurs enfants. Elle aimerait lui rappeler qu'ils ont aussi hérité de la moitié de ses gènes à lui, et qu'il est lui-même loin d'être parfait. Mais elle sait qu'elle n'arrivera pas à ses fins de cette manière. Face à lui, elle commence à lui masser les épaules en le regardant droit dans les yeux pour obtenir toute son attention.

— J'ai réfléchi à la manière dont on pourrait aider Audrey à entrer dans cette équipe, dit-elle. Katerina aussi a participé aux sélections des Minotaurs, et Carmen était là, à minauder comme d'habitude pour se mettre les entraîneurs dans la poche. J'ai même entendu Santos dire qu'il allait réparer la gouttière de Dominik. Du coup, je me suis demandé si on ne pourrait pas nous aussi faire quelque chose pour gagner les faveurs du coach.

Ben réfléchit pendant qu'elle continue à le masser.

— Je ne vois pas quoi, dit-il. Tu as des idées ?

— C'est dommage qu'il n'ait pas besoin de conseils juridiques, j'aurais pu l'aider, répond-elle dans un sourire. Je n'ai pas d'autres compétences qui pourraient être utiles à une équipe de foot.

— Mais moi, si… c'est ça ?

Ben était un très bon gardien, dans sa jeunesse. Il dit souvent qu'il a eu la chance de se rendre compte très tôt qu'il ne deviendrait jamais une star. Il n'était pas assez grand et ses mains pas assez larges. *Il n'y a qu'à regarder les grands gardiens internationaux pour voir que je n'avais pas le bon bagage génétique*, répète-t-il en boucle aux enfants. Il était aussi assez intelligent pour savoir qu'une carrière de footballeur professionnel était incertaine. Il avait donc délaissé sa passion pour entrer à la fac de droit. Le métier d'avocat correspondait à son esprit de compétition et le salaire était attractif. Jonica connaît la suite de cette histoire.

Il s'allonge sur le lit et tourne la tête d'un côté puis de l'autre en s'étirant le cou.

— C'est compliqué de partir tôt du boulot, explique-t-il. Mais je pourrais peut-être entraîner les gardiens une fois tous les quinze jours. Comme ça, on aidera l'équipe et, avec un peu de chance, Dominik se montrera reconnaissant. Qu'est-ce que tu en penses ?

Jonica frissonne et ne peut s'empêcher de sourire.

— Ce serait formidable. Tu crois vraiment que c'est faisable ?

— Je vais voir, dit-il dans un haussement d'épaules. Je ne pourrai pas me libérer quand je serai au tribunal. Autrement, ça devrait être possible. Le mardi, peut-être. J'essaierai d'être rentré pour cinq heures. (Il marque une pause, les yeux pétillants.) Imagine la tête de Darren si nos deux enfants étaient pris dans l'équipe !

L'éternelle rivalité entre Ben et son frère remonte à leur enfance. Ben, l'aîné, avait toujours été le meilleur, à l'école comme en sport. Darren était le raté de la famille qui n'excellait jamais autant que son frère et, en tant que comptable, il faisait pâle figure à côté de Ben, l'avocat brillantissime. Cette rivalité, avec ses conséquences prévisibles, contaminait maintenant la réussite de leurs enfants respectifs – ce que Jonica et Claire, la femme de Darren, désapprouvaient fermement. Elle lui pose un doigt sur le nez et secoue la tête.

— Ça n'a vraiment rien à voir avec ton frère.

— Je sais, je sais. Mais ça lui ferait les pieds, non ? Il prend tout beaucoup trop au sérieux.

Et nous aussi, songe Jonica. Ce n'est peut-être pas grave, s'ils veulent simplement ce qu'il y a de mieux pour leurs enfants. Et pourtant, elle n'est toujours pas certaine que cette équipe soit le choix le plus avisé pour Audrey.

Le regard soudain perçant, Ben se redresse, passe ses mains autour de la taille de Jonica pour défaire les lacets de sa robe, la remonte par-dessus sa tête et lui embrasse le ventre.

Elle se penche, enfouit le nez dans ses cheveux, inspire le parfum du shampooing et son odeur humide de mâle. Lorsqu'il lui enlève sa culotte et fait glisser le dos de sa main sur son pubis, elle se crispe. Elle est trop fatiguée pour ça.

C'est pour les enfants, se rappelle-t-elle.

Jonica se remémore sa rencontre avec Ben. Le cabinet d'avocats où elle travaillait venait de l'affecter à l'équipe juridique chargée de gérer un gros litige commercial. Dans cette affaire qui risquait de finir au tribunal, c'était Ben qui avait été choisi pour plaider. En tant que collaboratrice junior, il lui incombait de réunir les informations pertinentes et de les lui fournir. Elle avait déjà croisé son nom, en rapport avec d'autres affaires, mais il semblait inatteignable : c'était un avocat senior en route vers la gloire alors qu'elle était encore tout en bas de l'échelle de l'entreprise.

Lorsqu'elle s'était présentée avec un collègue pour une réunion préparatoire, une secrétaire les avait introduits auprès de lui. Il était assis derrière un grand bureau en bois. Dès qu'il les avait vus, il s'était levé, avait redressé sa cravate et avait tiré sur l'ourlet de son blazer bien coupé. Plein d'assurance, il se tenait droit, ses cheveux étaient bruns et bouclés, et son regard clair et perspicace avait plongé dans celui de Jonica quand ils s'étaient serré la main.

— Mettons-nous-y tout de suite, avait-il déclaré en les invitant à s'asseoir. On a du pain sur la planche.

Jonica avait parlé en premier pour résumer ce qu'elle savait de l'affaire tout en lui donnant les détails importants. Elle était nerveuse. Pendant son intervention, Ben l'avait étudiée avec attention, les sourcils légèrement froncés. Ensuite, il avait hoché la tête.

— Bon travail.

Puis le collègue de Jonica avait pris le relais. Mais il n'avait pas eu le temps de dire grand-chose lorsque Ben l'avait interrompu d'un grognement impatient.

— C'est le maximum que vous puissiez faire ? Le reste est du même acabit ? Si c'est le cas, je vais exiger un autre collaborateur.

Jonica avait eu de la peine pour lui. Il s'était ratatiné sous le regard perçant de Ben, s'était excusé en balbutiant et avait promis de réviser aussitôt sa présentation.

Ben l'avait congédié d'un mouvement de la main.

— Vous me l'enverrez par mail, j'ai des réunions toute la journée. Assurez-vous qu'il soit au niveau, sinon nous ne nous reverrons pas.

Bien déterminée à éviter une telle humiliation, Jonica avait travaillé dur pour l'impressionner. Au cours des semaines suivantes, Ben et elle s'étaient retrouvés plusieurs fois en réunion, et elle avait découvert qu'elle travaillait bien avec lui. Elle respectait sa vision, son expérience et, même si, quelque part, il lui faisait peur, elle se sentait stimulée intellectuellement et professionnellement. Elle aimait la manière dont ses yeux fixaient son visage lorsqu'elle parlait, sa façon de l'écouter avec attention, malgré son statut bien inférieur de junior. Lorsqu'elle lui donnait des recommandations fondées sur des recherches approfondies et qu'il la complimentait, elle se sentait pousser des ailes.

Une fois que l'équipe eut gagné le procès, tout le monde était allé fêter ça : une nuit d'alcool fort et de cocktails, aux frais de la princesse. Le bar en toit-terrasse chic où ils s'étaient retrouvés offrait une vue divine du pont de Sydney et de l'opéra. Les yeux sur l'océan, Jonica avait eu l'impression d'avoir atteint le sommet, là, à boire des cocktails et à discuter tête haute avec le gratin de la boîte.

Au fil de la soirée, elle avait été attirée peu à peu vers le groupe de Ben. En dehors du bureau, il semblait plus décontracté et plus accessible, et il animait la conversation avec esprit et enthousiasme.

Elle avait déjà bu plus de Cosmopolitans que sa petite stature pouvait en absorber et n'était plus très stable sur ses talons. Lorsqu'elle s'était penchée vers Ben pour lui indiquer qu'une de ses blagues la faisait rire, elle avait perdu l'équilibre et avait dû se rattraper à son bras.

Il avait légèrement sursauté puis l'avait retenue en posant la main sur sa taille, les yeux embrasés d'un feu nouveau. Sa main était restée là, ce que Jonica avait trouvé agréable, presque chevaleresque. Plus tard, lorsqu'il avait proposé de l'accompagner jusqu'à son taxi, elle avait accepté. Puis elle l'avait invité chez elle.

Tout était allé très vite, c'était grisant. Leurs échanges de regards pendant les réunions à son cabinet, leurs discussions et leurs bons mots au cours de leurs déjeuners express. Les visites de Jonica dans les salles d'audience pour le voir à l'œuvre. Et c'était un *grand* orateur, une vraie bête de scène dotée d'un vaste panel de techniques théâtrales : en amadouant les jurés par le timbre de sa voix, ses gestes expressifs et son éloquence, il les guidait vers les conclusions « favorables ».

Ils s'étaient fiancés au bout d'un an. Mariés au bout de deux. Et elle était tombée enceinte l'année suivante, juste avant son vingt-huitième anniversaire. Les jumeaux étaient nés par césarienne deux semaines avant terme.

Et puis les années avaient filé. Ben, toujours au barreau, était au sommet de sa carrière pendant qu'elle s'occupait toujours de la maison.

Quand les jumeaux étaient petits, il aurait été difficile d'avoir à la fois un avocat brillantissime *et* une juriste dans la famille. Mais maintenant, elle est certaine que ce serait possible.

La semaine suivante, après la deuxième journée de sélection, une fois que Jonica s'est chargée du dîner et qu'elle a aidé les enfants à faire leurs devoirs, Ben et elle sortent promener le chien dans le quartier. C'est presque une habitude, après les entraînements et les matchs – une sorte de rituel essentiel pour décompresser et qui aide Jonica à dormir. Qui aurait pu croire qu'il pouvait y avoir tant d'enjeux dans le foot, à l'âge de leurs enfants ?

— C'était vraiment n'importe quoi tout à l'heure, déclare Ben. Je n'arrive pas à croire que j'aie gâché trois heures de travail pour voir ce cirque.

D'habitude, c'est Jonica qui râle parce que c'est elle qui conduit les enfants partout pendant que Ben est au boulot. Mais aujourd'hui, lui aussi a assisté aux sélections. Comme il venait de gagner un procès, il était de bonne humeur. Ça n'avait pas duré.

La séance avait été un désastre. Le bruit comme quoi l'équipe recrutait avait dû se répandre car une horde de nouveaux joueurs potentiels s'était déplacée. Soixante gamins sur un terrain de la taille d'un timbre-poste. Seuls les frimeurs ambitieux et bruyants comme Viktor, Braedon et Katerina se faisaient repérer. Ainsi que les joueurs confiants comme Alex. Audrey avait eu beau courir partout sur le terrain en se démarquant, c'était comme la semaine précédente – au début, personne ne lui passait la balle à part Alex.

— On juge avec plus d'équité au tribunal, ajoute-t-il.

Jonica éclate de rire. Il dit toujours qu'un tribunal, c'est un lieu de manipulation et de persuasion, pas d'équité. Le foot, c'est peut-être pareil.

— Bon sang, comment tu as pu louper ce mail ? grommelle-t-il. C'est ton boulot, non, de surveiller ce genre de trucs ?

La veille, Jonica a bizarrement raté un message de Dominik demandant des volontaires pour aider à l'évaluation des gamins. Du coup, ni Ben ni elle n'étaient sur la liste du coach. Et ça l'avait rendue malade, de voir tous ces pères imbus d'eux-mêmes qui se pavanaient sur le terrain avec leur tablette, griffonnant sur leur feuille dès qu'un joueur réussissait à faire quelque chose du ballon.

— Tu as vu Santos ? lance Jonica. Il notait un truc chaque fois que Viktor avait la balle. Tu crois qu'il évaluait son propre fils ?

— On dirait bien. Et en toute impartialité, évidemment !

Ils éclatent du même rire cynique.

— Katerina n'a rien fait, à part frimer, reprend Jonica. Pourtant, elle sera prise parce que Carmen est très douée pour caresser Dominik dans le sens du poil… Pourquoi ne met-elle que des joggings ? Elle n'a pas les moyens de s'offrir de vrais vêtements ou quoi ?

— Sans doute pas. Ilya est dans le bâtiment, non ? Et *elle*, qu'est-ce qu'elle fait ? Elle est secrétaire ?

— Un truc dans le genre.

Ils avancent vite, maintenant, sur le flanc d'une colline escarpée. Cette marche rapide est thérapeutique, mais Honey décide de s'arrêter net pour renifler un arbre puis urine à son pied.

— Tu ne peux pas la forcer à nous suivre ? se plaint Ben.

— C'est aussi *sa* balade, lui rappelle-t-elle.

C'est drôle : elle se sent obligée de défendre la chienne de la même manière qu'elle défend les enfants.

En attendant qu'Honey ait terminé, Ben va et vient le long du sentier, comme il l'avait fait le long de la ligne de touche dans l'après-midi pendant que les parents élus évaluaient les joueurs.

— Heureusement que j'étais là, dit-il lorsqu'ils se remettent en route. Au moins, j'ai pu faire en sorte qu'Audrey ait une chance.

À bout de nerfs, Ben avait fini par débouler sur la pelouse et avait persuadé Dominik de diviser les joueurs en deux groupes. Ce qui avait effectivement bénéficié à Audrey. Dès que le terrain avait été moins encombré, elle avait brillé : elle avait feinté les garçons, les avait contournés avant de contrôler la balle et de faire des une-deux avec certains d'entre eux. C'était beau à regarder : elle était équilibrée et précise, son visage lumineux. Elle avait jailli du brouillard : les entraîneurs l'avaient forcément remarquée.

— Ces coachs ! peste Jonica. On croirait qu'ils se prennent pour les sélectionneurs de l'équipe olympique, pas juste d'une équipe de gamins.

— Ce n'est pas *juste* une équipe de gamins, Jonica. C'est un tremplin.

— Oui, je sais, Ben. Mais tu penses que Dominik est vraiment le bon choix pour Audrey ? Il ne semble pas beaucoup s'intéresser à elle.

— Alex a bien progressé avec lui. Elle doit peut-être faire plus d'efforts.

— Et jouer plus perso, tu veux dire. Comme Katerina.

— C'est ce qu'il faut faire, pendant des sélections.

— Mais ça ne reflète pas les vraies capacités d'un joueur, réplique Jonica. Le football, ce n'est pas juste dribbler en ayant l'air cool. C'est avant tout un sport d'équipe, non ?

Ben hausse les épaules.

— Les fanfaronnades attirent l'attention des entraîneurs.

— Eh bien, dans ce cas, ça ne sert à rien, s'ils ne regardent que ça. (Malgré ses efforts, sa frustration s'entend dans sa voix.) Je ne comprends même pas pourquoi ils se donnent autant de peine. C'est tellement chronophage...

Un jour, Miles lui avait raconté qu'il avait lui-même encadré l'équipe de Noah, quand il jouait avec les moins de 8 ans. Il s'était dévoué parce que personne ne voulait le faire et que l'entraînement n'avait lieu qu'une fois par semaine, pendant une heure. Mais cela avait tourné au cauchemar – il avait passé son temps à faire la police. Les gamins sautaient partout comme des puces et étaient incapables de se concentrer plus de deux minutes. Il avait été soulagé quand la saison avait pris fin.

— Ils adorent le foot. C'est leur passion, lâche Ben.

— À mon avis, ce n'est pas qu'une question de passion. Je pense qu'ils adorent surtout être le centre de l'attention. Et se faire admirer par tous les gosses et leurs parents.

— Ils font un boulot désintéressé, la détrompe Ben. Ils ne sont pas beaucoup payés.

— Ce doit être pour nourrir leur ego, alors.

Honey tire soudain sur la laisse et l'entraîne à l'écart du sentier pour inspecter une touffe d'herbe.

— Voilà qu'elle recommence, grogne Ben. Si elle avait un cerveau plus gros, elle n'agirait pas comme ça. C'est tellement pénible.

— Elle est plus intelligente que tu ne le penses. Ne la sous-estime pas.

Et elle est plus en phase avec les enfants que toi, songe-t-elle. *Ou que ces entraîneurs injustes et étroits d'esprit.*

Samedi matin, Jonica tapote les coussins du salon et redresse la pile de magazines sur la table basse : *Vanity Fair, The Monthly, The New Yorker,* ses lectures préférées. C'est une jolie pièce, un endroit douillet où elle peut se blottir sur le canapé avec un café pour penser au sens de la vie et de l'univers. Pour l'instant, les enfants sont dans leurs chambres : Audrey sur son téléphone, Alex en train de jouer en ligne avec Noah. Pendant toute la saison de football, ils se plaignent qu'ils n'ont pas assez de temps pour voir leurs amis le week-end. Puis, lorsque leur emploi du temps se libère un peu, ils passent des journées entières cloîtrés à fixer des écrans. Jonica préférerait qu'ils sortent davantage. Pour aller au cinéma. Ou en balade. Ou pour explorer le bush dans la réserve naturelle derrière leur grillage noir, comme ils le faisaient quand ils étaient petits. Ça ne l'embêterait même pas qu'ils aillent traîner au centre commercial avec leurs amis. Mais non, ils veulent juste rester dans leurs chambres, sur leurs téléphones et leurs ordinateurs. Elle s'affale dans le canapé. Le monde digital la fatigue. Elle ne voit pas où ça va, tout ça.

En remarquant que les fougères arborescentes grattent à la fenêtre, elle se souvient qu'elle doit les arroser. Les vitres, elles, ont besoin d'être nettoyées – il faudra qu'elle appelle quelqu'un dans la semaine. Là, maintenant qu'elle s'est posée, elle ne peut plus bouger. Alors qu'elle pourrait feuilleter un de ses magazines, elle n'en a même pas l'énergie. Est-ce qu'elle déprime ? Il est vrai qu'elle se sent triste et qu'elle s'ennuie. Si seulement Ben voulait bien la laisser reprendre le travail... Pourquoi l'en empêche-t-il ?

Avant d'avoir des enfants, sa vie était bien remplie entre son boulot d'avocate et les nombreuses sorties au restaurant, au cinéma ou au théâtre avec Ben. Maintenant, les journées lui semblent trop longues. Ce qu'elle veut, ce dont elle a *besoin,* c'est de la stimulation intellectuelle de sa vie pré-maternité. Comme rédiger un gros contrat d'entreprise complexe, par exemple. Une fois qu'elle se serait refait une liste de contacts, elle pourrait rencontrer des clients de haute volée qui valoriseraient ses conseils. Et peut-être même dîner avec des décideurs qui s'intéresseraient aux vrais problèmes de la société. Ce serait le rêve, non ?

Et pourtant, quand elle s'imagine de retour dans la vie active, un étrange malaise l'envahit. Ses années d'avocate sont loin derrière elle et il y a bien longtemps qu'elle n'a pas eu besoin de se démener pour décrocher des clients et des contrats. Serait-elle encore douée pour ça ?

Reprendre le travail ne serait sans doute pas facile. Et Ben ne se fourvoyait peut-être pas complètement quand il lui répétait en boucle, comme un mantra, qu'elle devait rester mère au foyer pour les jumeaux. Tout le monde dit que les adolescents ont autant besoin de nous que les nourrissons, mais de manière différente.

Si seulement elle ne s'ennuyait pas autant...

Dépitée, elle attrape le *New Yorker* et le parcourt sans rien trouver d'intéressant. D'un mouvement sec, elle le renvoie sur la table basse et écoute les bruits de la maison. Des bips électroniques et de la musique lui parviennent depuis la chambre d'Alex, un rire étouffé de celle d'Audrey. Des voix caverneuses d'hommes résonnent dans la cuisine, où Ben papote avec Darren.

Elle les entend, tous les deux, déblatérer leurs histoires de foot. Ils se voient pour ça tous les quinze jours, même lorsque la saison est terminée. On pourrait croire qu'ils finiraient par se lasser – comme Jonica. Mais non, c'est la même chose à chaque fois : assis au comptoir, ils prennent un café et discutent encore et encore de la *Premier League* anglaise, de *La Liga* espagnole, des retraites éventuelles de Ronaldo et Messi. Ils s'échauffent franchement quand ils parlent de leurs enfants : qui a le meilleur entraîneur, qui arrive à jongler le plus longtemps, qui a marqué le plus de points, qui a le plus de chance de jouer dans l'équipe d'Australie... Ça rend Jonica dingue.

À force de les écouter, sa léthargie se mue en agacement. Elle ne supporte pas leurs horribles rires gras. Il faut qu'elle sorte de la maison, loin de toute cette perte de temps. Elle a peut-être besoin des endorphines vantées par Miles, l'autre jour.

Sur un coup de tête, elle se change pour enfiler un short et un t-shirt, chausse ses baskets et télécharge une application de running pour débutants sur son téléphone en rentrant ses informations personnelles. Âge : 41 ans. Poids : 56 kg. Quelle distance pouvez-vous parcourir aujourd'hui ? Aucune idée. Sans doute pas beaucoup. La première séance consiste en une course d'une minute et une marche de quatre-vingt-dix secondes, à faire six fois de suite. Elle doit quand même en être capable !

Dans la salle de bains, elle remonte ses cheveux en une queue-de-cheval haute et s'inspecte dans le miroir. Pas si mal, après des jumeaux. Sa peau est encore belle et ses cheveux sont corrects, grâce aux trois heures qu'elle passe chez le coiffeur toutes les six semaines pour un balayage et une retouche de sa coupe. Mais si on regarde de plus près ? Elle fait glisser son doigt sur son front et redescend le long des deux rides verticales qui forment un 11 entre ses sourcils. Est-ce qu'elle devrait passer aux injections de Botox, comme d'autres mamans qu'elle connaît ? Elle tire sur la peau de son front et soupire. Le Botox, ce n'est qu'un cache-misère. Et puis ce n'est pas son truc, de toute façon, elle ne se sentirait pas mieux. Elle fait ses lacets et se dirige vers la cuisine pour récupérer ses lunettes de soleil.

Accoudés au comptoir, les hommes boivent leur café en mangeant des toasts. Darren sème des miettes devant lui – visiblement, c'est trop dur pour lui de viser l'assiette. Jonica plaint Claire, qui passe son temps à nettoyer derrière lui, comme si elle avait trois gosses au lieu de deux.

Darren est en train de parler à Ben d'un type avec qui ils jouaient au foot lorsqu'ils étaient gamins. Il travaille dans l'immobilier, maintenant, et ses deux fils ont à peine la vingtaine. Le premier, qui joue en Ligue d'État – c'est-à-dire juste en dessous de la Ligue nationale –, est un peu une star. Son père est si fier qu'il lui paie tout rubis sur l'ongle : voiture, carte grise, assurance, appart. Le second vit avec sa mère, et le père ne veut plus entendre parler de lui. Il n'a pas percé dans le foot. Donc pas de voiture pour lui.

Ben secoue la tête comme s'il n'en croyait pas ses oreilles. Pourtant, lui aussi, c'est le fils préféré. Ne voit-il pas l'ironie de la situation ? Du coup, il reprend la parole et raconte l'histoire d'un Serbe qui a payé huit mille dollars pour que son fils aille faire les sélections d'une équipe espagnole.

— Huit mille balles juste pour une sélection ! s'écrie Darren. Imagine combien ça va lui coûter s'il est pris ! Et c'est un joueur anecdotique. Il ne fera pas long feu, là-bas. Il sera rentré chez lui en moins de quatre mois. Si tu veux mon avis, il jette l'argent par les fenêtres.

Ben approuve, mais Jonica sait très bien qu'il paierait lui aussi huit mille dollars sans réfléchir si cela donnait une chance de percer à l'un de ses enfants. Elle cherche ses lunettes à tâtons, les trouve derrière le pain.

Ben hausse les sourcils.

— Tu sors ?

— Je vais courir.

Il éclate de rire.

— Depuis quand tu cours ?

— Aujourd'hui.

Le quadruple menton de Darren s'active comme un accordéon.

— Tu pourrais peut-être emmener Claire. Courir un peu lui ferait du bien.

Ça te ferait peut-être du bien aussi, pense Jonica.

— Tu aurais dû l'amener, au lieu de la laisser chez vous, rétorque-t-elle. Tu ne la forces pas à tout faire à la maison, j'espère ?

Il sourit jusqu'aux oreilles.

— Ça ne la dérange pas. Je tondrai la pelouse en rentrant.

N'en fais pas trop, surtout, se dit-elle. *Tu risquerais un claquage...*

Claire et Darren vivent au sud-ouest de Sydney, à quarante-cinq minutes de voiture, où les maisons sont deux ou trois millions moins chères et où les résidences, plus petites, n'ont ni piscine ni terrain de tennis. Jonica n'aime pas trop cette banlieue, mais elle fait le trajet une fois par semaine pour passer un moment avec Claire. Avoir épousé deux frères et devoir gérer une belle-mère compliquée les a rapprochées, et elles ont fini par devenir de bonnes amies. C'est un soulagement de pouvoir s'épancher auprès de quelqu'un en qui elle a confiance et qui ne la jugera pas. Jonica se sent plus proche d'elle que de toutes les mamans avec qui elle bavarde devant le collège. Elles ont d'autres choses en commun : les livres et la lecture, les enfants, l'inquiétude face à la passion aveuglante des hommes pour le football.

Sur la terrasse, elle s'arrête un instant et inspire profondément. Il fait beau, mais pas trop chaud, petite brise, temps idéal pour courir. Elle attrape le tuyau d'arrosage et éclabousse les fougères, remarque les nouvelles pousses qui se déroulent. Elle a déjà l'impression de s'étirer et de se détendre, comme ces frondes.

Elle lâche le tuyau, descend la colline, traverse la route passante et avance à grands pas jusqu'au stade. La pelouse, humide après la pluie tombée cette nuit-là, est souple sous ses pieds. Elle part d'un bon pas, pour s'échauffer. Elle perçoit la caresse du soleil sur sa peau. L'odeur riche de l'herbe verdoyante. La brise sur ses joues.

Après quelques minutes de marche, elle commence sa première course de soixante secondes. Pas trop vite – elle ne veut pas se blesser dès le premier jour.

Au bout d'un demi-tour de terrain, elle se sent déjà mieux. Plus légère. Comme si elle faisait sa mue. Elle pense à Miles. Se demande si lui aussi est parti faire un jogging.

Les sélections se terminent la même semaine que l'année scolaire pour les jumeaux, qui doivent ensuite prendre leur mal en patience le temps que la composition de l'équipe soit annoncée. Jonica est contente car leurs derniers bulletins sont excellents – pour elle, il est plus important de réussir à l'école que d'être pris par une équipe de foot. Ce qui l'étonne, c'est qu'Alex ne semble jamais réviser, mais qu'il a quand même de bonnes notes, alors qu'Audrey doit travailler dur pour obtenir les mêmes résultats. Dans les deux cas, leur réussite sera utile pour leur avenir. Ben aussi sera content – il apprécie qu'ils soient performants dans tous les domaines.

Le lendemain de la soirée de remise des prix au collège, elle les tire du lit pour aller au centre commercial : elle veut terminer les achats de Noël avant que les élèves des établissements publics soient aussi en congés et que la cohue déferle dans les magasins. Puis l'inertie des vacances d'été s'installe. Les jumeaux se couchent tard et font la grasse matinée. Ils mangent à n'importe quelle heure. Ils traînent autour de la piscine. Ils évitent constamment les tâches ménagères que Jonica leur demande de faire : aller promener la chienne, ranger leurs chambres, trier leurs vêtements et enlever l'herbe et les emballages de barres de céréales de leurs sacs de foot.

Ce serait risible si ce n'était pas aussi agaçant ! Leur léthargie est tellement à l'opposé de l'énergie qui les animait lorsqu'ils étaient enfants... Tout le monde l'avait félicitée d'avoir eu un garçon et une fille en même temps. Le choix du roi. Du rose et du bleu. Deux adorables petits chatons. Et pourtant, quand ils étaient petits, ils avaient été tout sauf mignons. Pas de ronrons ni de câlins. Rien d'aussi doux. Non, c'était lancer de jouets et de nourriture. La rébellion et le chaos. Avec Ben au travail, Jonica avait eu l'impression d'être l'unique pompier d'une immense ville, fonçant d'une urgence à l'autre, toute sirène dehors. Elle avait découvert qu'elle était vulnérable et que l'amour ne suffit pas toujours pour faire face. Il reste là, bien sûr, loin sous la surface, mais il faut parfois plonger en profondeur afin de le retrouver, ce qui peut s'avérer difficile quand on manque d'oxygène.

C'est exactement ce qu'elle ressent quand elle voit Audrey traînasser sur le canapé. Quand elle essaie de l'attirer dans la cuisine, sa fille ne se laisse pas amadouer, pas même pour faire une maison en pain d'épices ou des biscuits en forme de yoyos[1] pour Noël.

— Et si tu allais promener Honey ? lui suggère-t-elle.

— Il va pleuvoir et je ne veux pas me faire mouiller.

— Alors, invite une amie, vous pourrez regarder un film ou faire des activités manuelles.

Audrey relève à peine la tête de son téléphone.

— Je n'ai pas d'amies.

— C'est faux. Et tes copines du collège ? Tu peux toutes les inviter ici. Vous pourrez vous baigner dans la piscine.

— Je t'ai dit qu'il allait pleuvoir, non ? Et Georgia aussi a une piscine.

— Vous ne voulez pas vous retrouver au centre commercial, pour faire les magasins ?

— Elles, elles aiment la *fast fashion* et moi j'aime que les maillots de foot.

— Va acheter un maillot, alors.

L'exaspération de Jonica menace d'éclater, comme l'orage dehors.

— Elles ne veulent pas aller à Rebel Sport. Elles préfèrent Sportsgirl et H&M.

— Faites-vous un ciné, dans ce cas.

— Y a rien de bien.

1. Biscuits traditionnels australiens composés de deux petits sablés garnis d'un glaçage.

Jonica a mal au crâne. Pourquoi faut-il qu'Audrey complique toujours les choses ?

À bout de patience, elle se change pour mettre une tenue de sport. Ces derniers temps, elle se lève tôt pour aller courir avant qu'il fasse trop chaud. Elle revient à la maison plus détendue, plus heureuse, plus à même de supporter la léthargie d'Alex et les sautes humeur d'Audrey. Elle a aussi pris confiance en elle. Elle a même commencé à regarder les offres d'emploi dans les environs.

Les endorphines promises par Miles font merveille. Il faudra qu'elle le remercie.

Elle attrape la laisse et appelle la chienne – la seule dans cette famille qui veuille bien descendre du canapé pour aller faire quelques tours de stade avec elle.

La veille de Noël, Jonica court dans tous les sens, entre les achats de dernière minute et les préparatifs du traditionnel dîner de famille qui a toujours lieu chez eux. Le lendemain, ils feront leurs valises pour partir à la mer. Même si elle a hâte d'y être, elle ne peut pas encore y penser parce qu'il lui reste un million de choses à faire avant l'arrivée des invités.

Elle vérifie le plat dans le four : le gigot grésille, assaisonné avec de l'ail et du romarin. Ensuite, elle embauche les jumeaux pour l'aider, mais la montée de stress que cela entraîne rend la manœuvre contre-productive. Ils se disputent en épluchant les légumes et font tomber des pelures sur le sol. Ils s'envoient des piques en mettant la table. Et quand ils emballent les cadeaux pour leur cousin et leur cousine, ils arrivent à se chamailler pour savoir qui utilisera les ciseaux et le scotch en premier.

Alors qu'ils s'entendaient très bien avant, dernièrement, ils ne se supportent plus. Jonica voudrait bien y voir un travers de l'adolescence, mais elle doit admettre que, la plupart du temps, c'est Audrey qui cherche son frère. Elle est nerveuse à cause des sélections. L'attente du verdict rend Jonica tout aussi folle. Combien de temps faut-il à ces entraîneurs pour se décider ?

N'ayant plus de corvées à leur confier, elle les envoie enfiler leur tenue de Noël et, enfin, le calme revient dans la cuisine. Plongée dans ce silence béni, elle se remet au travail : elle sort les crevettes du frigo pour les disposer sur une assiette, prépare les sauces qui vont avec, enlève le papier-alu du plateau d'amuse-gueules et y ajoute un peu de basilic, prend les flûtes à champagne dans le buffet et les aligne sur le comptoir.

Elle a mis les petits plats dans les grands, cette année, alors qu'ils n'attendent que Darren, Claire et les enfants. Les parents de Ben sont partis voir de la famille en Angleterre et elle, elle n'invite jamais sa mère à Noël – trop stressant. Elle ne se sent pas très proche d'elle – la faute à ses critiques et ses recommandations incessantes. Mais Jonica est bien déterminée à ne pas avoir ce genre de relation avec les jumeaux.

Tant pis pour les restes, se dit-elle en se servant un verre de vin. *On mangera du gigot froid cette semaine – c'est bon en sandwich, et la chienne appréciera sans doute aussi.*

Elle vient d'attacher la bride de ses escarpins assortis à sa robe rouge moulante de Noël lorsque Ben arrive, tout sourire, les bras chargés d'achats de dernière minute. Elle se réjouit de le voir enfin décompresser. Ces derniers temps, comme il devait boucler des dossiers avant la fermeture estivale du tribunal du district, il était débordé. C'est toujours pareil, à cette période de l'année. Il lui parle sèchement. Et manque de patience avec les enfants. Tout en se repliant sur lui-même et ses soucis.

Tout à coup, le téléphone de Jonica bipe. Un mail de Dominik. Pas possible !

— Qu'est-ce que c'est ? demande Ben.

— Je crois que c'est la liste des joueurs sélectionnés.

Elle fait défiler le message. Alex, Viktor, Braedon, Noah, Katerina. Mais pas Audrey. Miles va être content et Carmen va jubiler.

Ben jette un coup d'œil par-dessus son épaule.

— Elle y est ?

— Non. Elle n'est pas retenue.

Jonica lâche son portable sur le comptoir et tend une main tremblante vers son verre de vin. Elle savait que c'était une mauvaise idée, Audrey n'aurait jamais dû passer ces sélections.

— Laisse-moi regarder, déclare Ben en lui subtilisant son téléphone. Elle est là. Dans les joueurs pris à l'essai. Ça veut dire qu'ils envisagent toujours de l'intégrer.

Jonica le sait, ce n'est qu'une maigre consolation. Elle prend une gorgée de vin, se ressert, rate son verre et en renverse sur le comptoir.

— Elle finira par être titularisée, conclut Ben. Il y a toujours des abandons ou des blessés. Et les gamins changent souvent de club au dernier moment. J'ai déjà vu ça.

Jonica a l'impression de se noyer – c'est une sensation familière qui la submerge après une déception de taille. Comme le jour où sa meilleure amie avait été prise à sa place pour leur premier stage juridique, et que leur amitié n'y avait pas survécu. Ou lorsque, au lieu de la promouvoir elle, on avait choisi un jeune homme. Et quand elle pense au fait qu'elle n'atteindra jamais le statut d'associée dans un cabinet d'avocats parce que Ben ne veut pas qu'elle reprenne le travail.

Quelques gorgées de vin de plus, elle sent l'alcool se répandre dans son corps.

— Audrey ne peut pas attendre jusqu'au mois de mars pour savoir si elle est retenue ou pas, dit-elle. C'est trop loin, trop démoralisant. Elle mérite d'être sélectionnée. Elle n'a vraiment pas besoin de ça maintenant.

— De quoi j'ai pas besoin ? demande Audrey.

Elle entre dans la cuisine d'une démarche aguicheuse, dans la nouvelle robe bordeaux que Ben lui a rapportée d'un récent voyage professionnel à Hawaï. Elle est gracieuse comme une biche, avec ses boucles blondes qui lui tombent sur les épaules.

Jonica sent son cœur se serrer.

— Rien, ma puce, tu es magnifique.

Audrey voit Ben cramponner son téléphone et ses lèvres se pincent.

— C'est pour l'équipe, pas vrai ? Je parie que je ne suis pas prise.

— Si, à l'essai, lui apprend son père.

Jonica le foudroie du regard. Il n'aurait pas pu attendre après Noël ?

Audrey se tord les mains.

— Est-ce qu'Alex a été pris ?

— Oui, et ce n'est pas étonnant… il joue avec eux depuis trois ans.

— Qui d'autre est dans l'équipe ? insiste Audrey d'une voix qui monte dans les aigus. Katerina ?

Puisque Ben n'a pas pu tenir sa langue, Jonica veut le laisser gérer ça. Mais il reste silencieux.

— Elle est titulaire, pas vrai ? gémit Audrey, le visage déformé. Et pas moi. Comment c'est possible ? Vous m'avez dit tous les deux que j'étais meilleure qu'elle !

— C'est vrai, ma chérie.

Audrey a les larmes aux yeux.

— Qu'est-ce que je vais faire ? Je suis trop nulle.

— Tu sais que c'est faux ! s'emporte son père.

Ben ne sent jamais quand il faut y aller en douceur. Jonica s'efforce de la calmer.

— Tu n'es pas nulle, ma chérie. À l'essai, tu auras tout le temps nécessaire pour montrer aux entraîneurs ce que tu sais faire. Ils te verront mieux à l'entraînement que pendant les sélections.

— Non, c'est faux. Personne ne me fera de passe. Comme d'habitude.

— Tu devrais peut-être appeler le ballon plus fort, suggère Ben, toujours à côté de la plaque.

— Et si je ne suis pas retenue, au final ?

— On trouvera une autre équipe, la rassure Jonica.

— Je ne veux pas d'autre équipe. Je veux celle-là !

— Je sais, ma puce.

— Alors accroche-toi, dit Ben.

— Mais, papa, et si je reste avec les Minotaurs, que je m'entraîne encore et encore, et qu'ils ne me prennent pas, au bout du compte ? Ou s'ils me prennent, et qu'ils ne me font jamais rentrer sur le terrain ?

— Est-ce qu'il est vraiment trop tard pour tenter un centre de formation féminin ? demande Jonica, quitte à mettre les pieds dans le plat.

— Leurs sélections doivent être finies depuis longtemps, rétorque Ben d'un ton dédaigneux.

— Eh bien, si ça ne marche pas avec l'équipe des garçons, tu peux peut-être réintégrer l'équipe des filles de l'année dernière, tempère Jonica.

— Non, tout le monde sait que j'ai passé ces sélections ! Et si je ne suis pas prise, les autres vont se foutre de moi.

— Tu ne t'en remettrais pas, j'imagine, répond Ben d'un ton sec.

— Tu ne comprends pas, papa. Toi, tu te fiches de l'opinion des gens, mais pas moi. Je ne peux pas y retourner, de toute façon. Vous ne vous rappelez pas comment a réagi l'entraîneuse quand je lui ai appris que je voulais tenter d'entrer dans une autre équipe ? Elle m'a dit de dégager direct parce que je n'avais plus rien à faire là. Elle ne m'a même pas laissée finir la séance.

— Et si tu intégrais l'équipe du collège ? propose Jonica. Les autres seraient ravies de t'avoir. Le prof d'EPS sauterait au plafond. Il est toujours en train de s'émerveiller devant ton niveau. Tu serais une star, là-bas.

— Jamais de la vie ! Ces filles sont trop nulles. Elles ont peur de la balle et ne savent même pas tirer correctement. Ce serait une torture.

— Mais elles ont l'air de bien s'amuser.

Plusieurs fois, en allant chercher Audrey après les cours, elle avait vu ces filles sur le terrain, bras dessus, bras dessous, tout sourire, et elle, prise de doute, elle s'était demandé si Audrey ne ratait pas de belles amitiés.

— Je ne veux pas jouer au collège, déclare sa fille en grimaçant comme si on lui avait mis une huître pas fraîche sous le nez. Donc, je reste avec les garçons, ajoute-t-elle, soudain radieuse. Je vais devoir travailler dur et devenir vraiment bonne pour qu'ils me laissent jouer.

Elle sourit, à présent, mais Jonica devine son désespoir. La pauvre, elle essaie tellement de ne pas craquer...

— Parfait, lâche Ben. Voilà une sage décision. On peut s'entraîner demain matin au stade, si tu veux.

— Demain, c'est Noël, et on va à la plage, lui rappelle-t-elle.

Ils ne sont quand même pas obligés de *tout* sacrifier pour le foot, si ?

Quand les enfants étaient petits, Ben leur faisait très souvent travailler leur maîtrise du ballon. C'était leur jeu favori, à l'époque, et l'une des activités fétiches de leur père pour passer du temps avec eux. Il savait rendre les exercices tellement amusants ! Il leur courait après, faisait semblant de tomber, plongeait dans l'herbe et se roulait par terre. Les jumeaux adoraient leur père et, pour Jonica, c'était un pur bonheur de les voir s'amuser autant. De temps en temps, elle essayait de jouer avec eux et se ridiculisait pendant qu'ils se moquaient d'elle. Elle s'en fichait, elle était juste heureuse de pouvoir participer. En revanche, si Ben les avait autant poussés à s'améliorer, c'est parce qu'il avait toujours eu une idée derrière la tête.

Pourquoi faut-il qu'ils deviennent bons ? avait demandé Jonica.

Parce que c'est une bonne monnaie d'échange sociale, avait-il répondu. *Être bon en sport, ça permet de s'acheter des amis et de la popularité.*

Mais les choses ont changé depuis l'adolescence des jumeaux. Ils ne vont presque plus jouer avec lui. Quant à Ben, il a beaucoup de mal à gérer les sautes d'humeur d'Audrey.

Alex entre soudain dans la pièce en glissant sa chemise dans son jean. Audrey se décompose aussitôt. Elle l'écarte de son chemin et file vers sa chambre avant de claquer la porte derrière elle.

— Qu'est-ce qui se passe ? lance-t-il.

— Tu es pris dans l'équipe, pas elle, lui apprend Ben.

Alex exulte, puis se tourne vers Jonica. Elle le voit réprimer toute sa joie, au point qu'il parvient à la faire disparaître de son visage.

— Vous croyez qu'ils ne l'ont pas sélectionnée parce que c'est une fille ? Remarquez, ça serait normal, vu que c'est une équipe de garçons.

— Katerina, elle, a été retenue, lui explique Jonica.

— Oh. (Son expression se ferme, son regard se voile, presque coupable.) Mais Audrey est meilleure qu'elle. Et que la moitié de mes coéquipiers, d'ailleurs. Je vais lui parler ?

— Non, dit Jonica. C'est à ton père d'y aller.

— Je ne vois pas ce que tu attends de moi, grommelle-t-il.

— Change-lui les idées. Remonte-lui le moral.

— Ça ne risque pas de l'encourager à continuer son cinéma ?

— Elle a de la peine, Ben.

— D'accord, d'accord, j'y vais.

Alors qu'Alex disparaît et que Ben s'engage dans le couloir vers la chambre d'Audrey, la sonnette retentit.

Super timing, songe Jonica. Elle reprend du vin et se frotte le front : une migraine s'annonce. Tout le monde lui laisse faire le sale boulot. Sauf Honey, bien sûr, qui surgit du salon, où elle se prélasse habituellement sur le canapé, et se jette vers la porte en aboyant.

Jonica s'efforce de faire bonne figure et va ouvrir.

Darren et sa famille débarquent en criant de joie ; Claire, en vert, dans une robe si décolletée que ses seins débordent, Freya pomponnée comme une princesse Disney dans du tulle rose, la bouche barrée d'un trait de rouge à lèvres de travers, Darren en bermuda et chemise hawaïenne, Tommy, radieux dans un maillot de l'Argentine tout neuf, floqué du nom et du numéro 10 de Messi. Alex va être jaloux.

— Salut, Honey, roucoule Darren en caressant la chienne. (Il relève la tête vers Jonica.) Ils sont passés où, tous ?

— On est là.

Ben revient avec Audrey, qui affiche un sourire tordu. *Ma courageuse fille !* se dit Jonica.

Alex arrive aussi, les mains dans les poches. Claire essaie de le serrer dans ses bras, mais il esquive gauchement le câlin et rejoint Tommy d'un pas nonchalant.

— Tu sais quoi ? hurle-t-il. J'ai été repris dans mon équipe.

Jonica aurait pu le frapper. Elle se tourne à demi vers Audrey et remarque ses épaules qui s'affaissent.

— Moi aussi, répond Tommy en tapant dans la main de son cousin.

— Et toi, Audrey ? demande Darren.

Lourd silence dans la pièce, Audrey fixe le sol. Jonica a pitié d'elle. Heureusement, Honey jappe comme pour atténuer la tension.

— Elle est à l'essai, annonce Alex en jetant vers sa mère un coup d'œil paniqué. J'imagine qu'elle finira par être prise pour de bon.

Sa sœur le foudroie du regard.

— C'est pas de chance, Audrey, déclare Darren. Tu dois être déçue.

Il se tourne vers Ben et la bouche d'Audrey frémit comme si elle allait se remettre à pleurer.

Jonica aurait voulu tuer son mari. Si seulement il avait attendu le lendemain pour prévenir Audrey… Maintenant, la soirée va être gâchée par leur guéguerre fraternelle ridicule.

— Et si on allait prendre un verre sur la terrasse ? suggère-t-elle en échangeant un coup d'œil entendu avec Claire.

— Bonne idée, dit celle-ci. J'ai soif.

Tout le monde sort puis Ben sert le champagne pendant que les deux cousines et Honey filent vers la chambre d'Audrey, et que les garçons se déplacent vers la pelouse pour taper dans le ballon. Jonica va chercher le plateau de hors-d'œuvre et le tend à ses invités.

— Audrey ne devrait pas avoir honte de ne pas avoir été prise, lâche Darren, ses doigts délicatement enroulés autour de sa flûte de champagne. Après tout, c'est à partir de cet âge-là que les filles se font dépasser par les garçons.

— Pas Audrey, rétorque Ben. Elle est douée. Et elle est déjà grande. La plupart des garçons n'ont même pas commencé leur croissance. D'ailleurs, tu dois avoir hâte que Tommy s'y mette.

Jonica soupire tandis que le sourire de Darren se change en rictus.

— Les ados grandissent chacun à leur rythme.

— Oui, mais Alex fait une tête de plus que lui. Il faudrait peut-être l'emmener chez le médecin. Si ça se trouve, il a besoin d'hormones.

— Ça me va. Si c'était bon pour Messi, ce sera bon pour lui.

— Tommy va très bien, se renfrogne Claire. Mon frère a eu une croissance tardive.

— Peut-être, mais Darren et moi, on a grandi vite, réplique Ben avec un sourire narquois. Et Tommy a hérité du chromosome Y de Darren… Le pauvre !

— On devrait peut-être parler d'autre chose, suggère Jonica.

— Oui, bonne idée, la soutient Claire. Comme du prix du thé en Chine ? Ou de la politique ?

— Et pourquoi pas de la famille royale ? glousse Ben. Et des privilèges accordés aux aînés ?

Il jette à Darren un nouveau regard avec le même sourire narquois.

— Arrête de dire des conneries, bougonne Darren.

Jonica est soulagée quand Audrey et Freya sortent par la baie vitrée, main dans la main : les hommes vont être obligés de se taire. Audrey a toujours les paupières un peu bouffies, mais elle papote avec Freya pendant qu'Honey les suit en trottinant.

— Qu'est-ce que vous mijotez, toutes les deux ? lance Darren.

— On va jouer avec les garçons, répond Freya.

— Est-ce que c'est vraiment une bonne idée ? s'interroge Jonica.

Freya lève de grands yeux illuminés vers sa cousine.

— Moi, je veux être une star de foot comme Audrey.

— Chut, murmure celle-ci en jetant un coup d'œil vers les adultes. Je ne suis pas une star.

Alex et Tommy s'arrêtent et froncent les sourcils quand elles les rejoignent. *Ça promet,* se dit Jonica.

— Nous aussi, on veut jouer, déclare Freya.

— Sérieux ? gémit son frère.

— Allez, Tommy, lance Darren. Faites de la place aux filles.

Tommy se renfrogne et, lorsque Freya court vers la balle, il l'évite et tire vers Alex en criant :

— On passe pas à Freya !

— C'est pas juste ! s'écrie la petite fille, les poings serrés.

— Moi, je te ferai jouer, la rassure Audrey. Hé, Alex, par ici !

— Vous pouvez pas prendre un autre ballon pour aller ailleurs ? s'impatiente Alex. On s'amusait bien, avec Tommy.

— Non, on veut rester avec vous, les gars.

Alex lui décoche un regard assassin puis lui envoie le ballon de toutes ses forces, en plein dans la poitrine. Elle hoquette, le fixe un instant d'un air outré, puis se jette sur lui comme un chat sauvage pour le taper et le griffer. Il l'attrape par les poignets, mais elle se libère et le gifle. Il la frappe à son tour. Honey s'écarte d'eux à reculons puis file à l'intérieur, la queue entre les pattes.

— Ben ! hurle Jonica. Sépare-les !

Elle n'en croit pas ses yeux.

Ben fonce vers les enfants, saisit Audrey, toute rouge et en sanglots par la taille et l'éloigne de son frère. Lorsqu'il la relâche, elle file vers sa chambre.

Jonica se lève, les nerfs en pelote.

— Où tu vas ? demande Ben. Tu ne vas pas la consoler, j'espère ? Son comportement était inqualifiable.

— Non. Je vais vérifier la cuisson du gigot. Alex aussi a dépassé les bornes – tu devrais lui dire deux mots. (Elle se tourne vers Claire et Darren.) Les enfants ont l'art de gâcher la fête.

Elle vient d'entrer dans la maison lorsque Ben lui lance :

— Tu peux rapporter une autre bouteille de champagne pendant que tu y es ? Il ne reste qu'un fond.

Bien sûr, pourquoi pas ? se dit-elle. *Autant noyer le désespoir dans l'alcool.*

Dans la cuisine, elle s'appuie contre le comptoir et prend plusieurs inspirations saccadées. *Est-ce que tout le monde passe un réveillon pourri ?* songe-t-elle. Elle aurait aimé pouvoir descendre au stade, pour courir un peu. Et tout oublier.

Elle pense à Miles. Et se demande s'il est avec ses enfants ou seul. La période des fêtes est peut-être compliquée pour elle, mais c'est sans doute pire quand on est père ou mère célibataire.

Honey lui passe devant dans un cliquètement de griffes sur le parquet. Jonica l'attrape et, sur la pointe des pieds, elle traverse le couloir jusqu'à la porte d'Audrey, frappe et jette un coup d'œil à l'intérieur.

Sa fille est assise sur son lit, la tête rentrée dans les épaules, en pleurs. Jonica va déposer Honey sur ses genoux. La chienne se met aussitôt au travail et tente de lécher les larmes de sa jeune maîtresse pendant que celle-ci enfouit son visage dans sa douce fourrure.

— Ça va, ma puce ?

— Je le déteste, sanglote Audrey. Pourquoi il a été pris et pas moi ?

Jonica s'assied à côté d'elle sur le lit.

— Parce que ces entraîneurs sont aveugles en plus d'être stupides. (Elle caresse les cheveux de sa fille pendant que celle-ci gratte les oreilles de la chienne.) On en reparlera plus tard, OK ? Quand les invités seront partis. Tu pourrais peut-être te baigner avec Freya, maintenant, au lieu de jouer avec les garçons ? Il fait chaud, dehors, ça lui fera plaisir.

Audrey hoche la tête et serre Honey contre elle.

— D'accord. J'arrive tout de suite.

Jonica l'embrasse sur le front.

— C'est bien, ma chérie.

De retour dans la cuisine, elle enfile ses maniques de Noël, ouvre la porte du four, tire la plaque, glisse la spatule sous les légumes grillés croustillants. En voyant que certains bouts de patate douce s'effritent, les larmes lui montent aux yeux. C'est pas vrai ! Pourquoi est-ce que ce Noël est si difficile ? Elle voulait que tout soit parfait, ce soir. Mieux que quand elle était enfant. Et, malgré tous ses efforts, elle n'y arrive pas.

Elle repousse la plaque dans le four et sort une autre bouteille de champagne du frigo. Dehors, elle déchire la coiffe en aluminium, détord le muselet et débouche la bouteille.

Des giclées pétillantes arrosent le plateau de hors-d'œuvre.

Ben pousse un juron, Jonica sent ses paupières tressauter. Mais le rire joyeux de sa belle-sœur la sauve.

Claire prend la bouteille et remplit les verres de tout le monde.

— À Noël, dit-elle. À la famille, et à toutes nos magnifiques imperfections.

Pendant le dîner, comme Ben et Darren se tiennent un peu mieux, Jonica commence à se détendre. Puis, lorsque les hommes se lancent dans une longue discussion autour de la Coupe du monde féminine, du supposé âge d'or du football féminin, des efforts faits pour améliorer les bourses et les infrastructures dédiées aux femmes et aux filles, les doutes qu'elle nourrit depuis le début de la soirée remontent à la surface et elle ne peut plus tenir sa langue.

— Si le foot féminin est en plein essor, vous pensez vraiment que c'est une bonne idée de mettre Audrey dans une équipe de garçons ? (Elle pose la question à la cantonade mais, en vérité, elle l'adresse à Ben.) C'est vrai, quoi, si les centres de formation féminins pour les filles sont si performants, doit-elle elle absolument jouer avec des garçons ? Il ne doit pas être trop tard pour l'inscrire ailleurs.

— Tu m'ôtes les mots de la bouche, renchérit Darren.

Jonica sait qu'elle ne devrait pas alimenter leur rivalité mais, pour une fois, elle peut peut-être s'en servir à son avantage.

Ben lui décoche un regard mauvais.

— On en a déjà parlé, Jonica. C'est la meilleure façon de la faire progresser.

— Si vous voulez mon avis, on prend le sport un peu trop au sérieux, ces derniers temps, intervient Claire. Ce n'était pas comme ça, quand nous étions enfants. Avant, il y avait au moins une intersaison. Maintenant, c'est foot sans interruption. Je ne pense pas que ce soit très sain.

Jonica approuve. Elle aimerait bien que les jumeaux diversifient leurs centres d'intérêt mais, avec leurs entraînements trois fois par semaine, plus les matchs du samedi, de mars à septembre, ils n'ont pas le temps. Et ils sont trop fatigués pour s'investir dans autre chose.

— On ne peut pas empêcher les gamins d'assouvir leur passion, proteste Darren.

— Certes, mais toute l'année ? Pas étonnant qu'ils se blessent si souvent. Le kiné toutes les semaines, ça revient cher.

— Ça n'arrive qu'une ou deux fois dans l'année, temporise Darren.

— Non, papa, le corrige Tommy. On y a déjà été cinq fois cette année.

Les enfants ont le chic pour dire la vérité lorsqu'on essaie de la cacher ! Jonica dissimule son sourire derrière sa serviette.

— J'imagine que je vais devoir continuer à travailler pour payer les factures, déclare Darren. Me voilà bien puni.

— T'as fait une bêtise, papa ? s'écrie Freya en sautant sur sa chaise. Qui c'est qui va te punir ?

— J'ai bien une idée, répond-il en glissant un coup d'œil vers Claire.

— Moi, je veux bien me porter volontaire, dit Ben.

Jonica tente de lui flanquer un coup de pied sous la table, mais elle frappe accidentellement la chienne, qui gémit.

— On en fait beaucoup trop avec le foot, reprend Claire. Ça donne de faux espoirs à tout le monde. Franchement, personne de notre connaissance ne finira dans l'équipe d'Australie.

— Audrey, peut-être, la contredit Ben.

Audrey sourit – un vrai sourire qui fait pétiller ses yeux.

— C'est ce que tu veux, Audrey ? lui demande Claire. Malgré la pression continue et l'investissement que ça représente ?

Jonica se réjouit que Claire lui pose la question car elle s'interroge elle-même depuis un moment – est-ce que tout cela en vaut vraiment la peine ? Cette histoire de sélections, en particulier… Tant de stress pour que, finalement, Audrey ne soit pas retenue. Voilà des sujets qui reviennent souvent dans leurs discussions hebdomadaires : la pression du monde moderne et les attentes déraisonnables des parents, à savoir Ben et Darren.

Audrey rougit. Elle jette un coup d'œil vers sa mère avant de se tourner, le regard clair, vers sa tante.

— J'adore le foot, et je veux devenir une joueuse hors pair. Mon rêve, c'est d'entrer dans l'équipe nationale, avec les Matildas.

— Et toi, Alex ?

— Moi, je veux pas jouer avec les Matildas ! Je ne suis pas une fille ! plaisante-t-il. (Il guette les réactions et affiche une mine réjouie lorsque sa blague fait glousser Darren et Tommy.) Mais moi aussi j'aimerais bien jouer dans l'équipe nationale, avec les Socceroos[1]. Le Qatar, c'était tellement cool ! Messi méritait la coupe. Et la Russie avant, c'était trop bien. Sans parler du Brésil !

---

1. Surnom des joueurs de l'équipe de foot d'Australie, contraction de *soccer* et *kangaroos.*

Il connaît toutes les dates et tous les résultats des Coupes du monde de ces dernières décennies.

— Les entraîneurs devraient au moins rendre tout ça plus ludique, insiste Claire.

Jonica est d'accord avec elle. Elle soutient les jumeaux et leur passion, sincèrement. Mais parfois, elle se demande où sont les valeurs que le sport d'équipe est censé leur transmettre. La camaraderie. La solidarité. L'estime et la confiance en soi... Portées par des amitiés et des souvenirs mémorables. N'était-ce pas justement pour ça que Ben tenait tant à ce que les enfants se mettent au football ? Ils devaient aussi apprendre le respect, la discipline, la patience. Or, au bout du compte, le sport est loin d'être une partie de plaisir pour Audrey, ces derniers temps.

— Franchement, est-ce qu'un seul d'entre vous s'amuse vraiment sur le terrain ? poursuit Claire.

— C'est pas le but, la coupe Darren. Dans le foot, c'est marche ou crève. Les gamins le savent, et ça les pousse à s'accrocher.

— N'importe quoi, soupire Claire. Ça les dégoûte du sport. Les entraîneurs devraient essayer de les encourager au lieu de les punir. C'est de la pédopsychologie de base. Ils auraient beaucoup de choses à apprendre des enseignants.

En tant que professeure d'anglais et de littérature au collège, elle se désole souvent du manque de pédagogie dans le sport.

— Moi, je m'amuse, intervient Alex. C'est vraiment cool, quand on y arrive bien et qu'on marque un but.

— Qu'est-ce que tu veux dire par « quand on y arrive bien » ? l'interroge Claire.

— Quand on réussit à faire ce que le coach nous demande.

Claire se tourne vers Tommy.

— Et toi, qu'est-ce que tu penses de *ton* entraîneur ?

Darren intervient sans lui laisser le temps de répondre.

— Même si Luka perd son sang-froid, c'est un bon coach.

— C'est un gamin, se moque Claire. Le cerveau d'un type de 20 ans dans un corps de 60.

Ben éclate de rire et dit :

— Comme tous les entraîneurs, non ?

— Certes, mais il faudrait peut-être que ça change, persiste Claire. Et toutes les insultes que Luka déverse sur les joueurs, Darren ? Et le match où, comme il n'y avait pas d'arbitre, il a insisté pour s'en charger lui-même et a sifflé des touches en notre faveur. Ça aussi, c'est normal ? La triche ?

Jonica pourrait rallonger la liste. L'année passée, la coach d'Audrey accablait les joueuses si elles perdaient au lieu de reconnaître qu'il y avait peut-être des défauts dans sa manière d'entraîner. Elle avait beau dire que l'important n'était pas de gagner, *tout* dans son comportement montrait l'inverse. Mais comme elle voit la mine renfrognée de Ben, elle se retient.

— Il ne le fait pas tout le temps, temporise Darren. C'est un passionné, voilà tout.

Claire se concentre soudain sur Audrey.

— Tu sais, Audrey, ce n'est peut-être pas plus mal que tu n'aies pas été prise dans cette équipe. Cela te donne une opportunité de prendre du recul. Certaines de mes élèves de quatrième jouent dans le club municipal et c'est très convivial. Elles se fichent de gagner ou de perdre, elles s'amusent juste ensemble. C'est peut-être ça qu'il te faut. Oublie le championnat national.

Audrey écarquille les yeux, mais ne dit rien.

— Récemment, j'ai lu de nombreux articles sur les traumatismes crâniens, glisse Jonica en évitant de croiser le regard scrutateur de son mari.

— Ça ne concerne que le rugby et le *footy*[1], dit-il, dédaigneux.

---

1. Le *footy* ou « foot australien » ressemble au rugby. Il se joue avec un ballon ovale et les passes se font en frappant le ballon au pied ou au poing.

— Le football aussi. Tu te souviens de cette fille de 17 ans qui a dû arrêter l'année dernière ? À force de faire des têtes, elle souffre d'une lésion cérébrale.

— Ce n'est qu'un cas isolé, chérie, rétorque Ben avec un sourire condescendant.

— Elle n'a pas tout à fait tort, Ben, renchérit Darren. Tu devrais voir *Seul contre tous*, le film avec Will Smith. Et on dit que Jeff Astle, un joueur du West Bromich Albion, a souffert de traumatismes crâniens chroniques, pour la même raison. Au final, il ne se souvenait même plus qu'il était célèbre, il ne reconnaissait même plus ses enfants. La Fédération internationale de football était censée ouvrir une enquête, mais tout ça a fini balayé sous le tapis.

— Tu peux juste dire la FIFA, papa, lâche Tommy. On connaît.

— Je précisais pour Jonica.

— Je sais ce que c'est la FIFA, rétorque-t-elle. (Ils la prennent tous pour une idiote, ou quoi ?) Cela dit, cette histoire de lésions cérébrales m'inquiète vraiment. Surtout quand Dominik envoie des missiles sur le terrain en s'attendant à ce que les gamins les reprennent de la tête. Les filles sont particulièrement vulnérables.

— Je ne veux pas abîmer mon cerveau, gémit Audrey.

— Trop tard, la taquine Alex, le sourire jusqu'aux oreilles.

La sœur tend le bras vers lui pour le frapper, mais Ben la saisit par le poignet.

— On se calme, ordonne-t-il. Bon, on a assez parlé de foot pour la soirée.

Il se lève et commence à débarrasser la table.

Voilà, en un clin d'œil, c'est terminé. Sans que rien n'ait été tranché, évidemment.

— Qu'est-ce qu'il y a, en dessert ? demande Freya.

— Un Eton mess, lui apprend Jonica en se resservant du vin. Les jumeaux peuvent aller chercher le nécessaire.

Audrey, tu veux bien sortir le saladier du frigo ? Alex, tu sais où est la glace, pour ceux qui en veulent.

Les jumeaux détalent si vite qu'elle en reste presque sans voix. Incroyable comme ils peuvent se montrer obéissants quand il y a du dessert !

— L'Eton mess, c'est ce que je préfère, s'écrie Freya.

Elle se lève si brusquement pour rapporter son assiette qu'elle renverse son verre de limonade sur la nappe.

— C'est pas vrai, soupire Claire. Assieds-toi, Freya. (Elle se tourne vers Jonica.) Je crois qu'on va avoir besoin d'un chiffon pour essuyer ça.

Depuis la cuisine, Ben lance un torchon mouillé, qui rate sa cible et vient s'écraser sur la poitrine de Claire avec un bruit humide.

— Oups, désolé, s'excuse-t-il en grimaçant. J'ai bien fait d'arrêter le cricket. Je vais chercher une serviette.

En se retournant, il bouscule Audrey, qui rapportait le saladier d'Eton mess vers la table. Elle pousse un cri lorsque le plat lui échappe des mains avant d'exploser sur le parquet. Des bouts de meringue, des fruits et de la crème fusent dans tous les sens.

Freya file vers la cuisine, s'accroupit et commence à s'empiffrer à pleines mains. La chienne l'imite et va laper la crème.

— Éloigne-toi, Honey ! hurle Jonica.

— Attention aux bouts de verre ! s'époumone Claire.

Dans sa hâte d'aller aider Freya, Darren quitte la table précipitamment et renverse sa chaise au passage.

Ben, qui est plus près, enfonce ses doigts dans la bouche de sa nièce pour tenter d'enlever la crème. Elle le mord. Par réflexe, il enlève sa main et lui donne une tape sur le dos. Elle se met à hurler.

— Ne frappe pas ma fille ! beugle Darren.

— Elle m'a mordu !

— Tu lui as fourré la main dans la bouche !

— Pour l'empêcher d'avaler des bouts de verre !

— J'ai pas mangé de verre ! boude Freya, plus contrariée par le dessert gâché que par la tape. J'suis pas débile.

— Bien sûr que non, ma chérie, la rassure Darren.

Jonica contemple le chaos. Tout le monde se hurle dessus. Il y a de la chantilly partout par terre. Et une traînée d'empreintes crémeuses d'Honey. Voilà un après-midi de travail fichu. Ce n'est plus un Eton mess. C'est, littéralement, une crème renversée.

RENARD DES SURFACES

Attaquant qui rôde dans la surface de réparation
et tente de marquer en récupérant des balles perdues
et des passes ratées, et qui utilise d'autres moyens
non conventionnels pour marquer.

Carmen

Carmen s'allonge sur sa serviette de plage à côté d'Ilya, son mari, et regarde le soleil qui scintille sur la mer. La journée va être caniculaire – 40 °C. En milieu de matinée, il fait déjà chaud. Le soleil chatouille sa peau bronzée et elle sent le parfum de l'herbe sèche sur les dunes, mélangé à l'odeur des algues et de la crème solaire. Elle soupire. Comblée. Elle ne pourrait pas rêver mieux.

Elle adore la mer, l'été. Soleil. Baignade. Détente. Bon, il y a aussi de mauvais côtés, comme quand on croise des gens qu'on voulait éviter. Depuis Noël, elle a déjà aperçu quatre personnes qu'elle connaît, dont Jonica, qu'elle a déjà vue deux fois cette semaine, en train de courir le long de la plage avec sa queue-de-cheval de fausse blonde qui sautille dans tous les sens. Cette femme, quelle crâneuse !

— J'ai croisé Jonica, hier, dit-elle en s'étirant sur sa serviette avant de se tourner vers Ilya.

Accoudé sur le sol, il fait défiler des photos sur son téléphone. Il lui jette un coup d'œil, le front barré de lignes horizontales, ébloui par le soleil.

— Je l'ai vue aussi, dit-il. Au stade, avec ses gosses.

— Tu lui as parlé ? lui demande-t-elle en tirant sur son maillot pour s'assurer que ses seins volumineux restent cachés.

— Pas longtemps, grogne-t-il. Je suis parti dès que possible. Elle prend les choses trop à cœur, celle-là. Et elle est trop maigre. Elle devrait manger plus.

Il pose sa main chaude sur la hanche de Carmen et, lorsqu'il lui sourit, elle sent des chatouillis dans son ventre. Il lâche son téléphone sur la serviette, allume une cigarette, prend quelques bouffées.

— Mais j'ai de la peine pour elle, continue-t-il. Ça doit être compliqué, d'avoir un de ses enfants dans l'équipe et pas l'autre.

Carmen, elle, n'éprouve aucune sympathie pour Jonica. Elle ne lui pardonnera jamais de s'être plainte de Katerina auprès de l'entraîneuse, l'année passée. Quelle humiliation ! *Elle bouscule les autres et tacle trop brutalement,* avait dit Jonica. *Et elle provoque des blessures.* D'accord, Katerina frappe fort dans la balle, et elle est peut-être un peu rentre-dedans, mais ses tacles sont réglementaires. Elle y va juste franchement, et tant pis si quelqu'un perd l'équilibre. Ce n'est pas comme si elle avait eu l'intention de faire une entorse à Audrey – les accidents, ça arrive.

L'entraîneuse avait demandé à Katerina de faire attention, après ça, et elle avait obéi. Mais Carmen, elle, n'a toujours pas avalé la pilule. Elle n'aime pas que des riches lui disent ce qu'elle doit faire. Elle les voit se pavaner dans leurs vêtements de marque. Dans leurs voitures de luxe. Tout ça pour en mettre plein la vue. Si Audrey ne supporte pas le moindre contact, heureusement qu'elle n'a pas été prise dans l'équipe masculine. C'est ça qui est bien, avec le foot : c'est un sport égalitaire. L'argent ne change rien.

— Ne la défends pas, dit-elle. Tu sais que je ne l'aime pas. C'est une pleurnicheuse. Tu aurais dû l'entendre, pendant les sélections. *Il fait trop chaud. Il y a trop de joueurs. Le terrain est trop petit.* Pas étonnant qu'Audrey n'ait pas été retenue. C'est une petite princesse. Elle aurait passé son temps à chouiner.

En toute honnêteté, Carmen est un peu surprise qu'Audrey n'ait pas été choisie. Cette fille a du talent, mais Carmen ne l'avouera jamais à qui que ce soit. Elle veut que Katerina reste la joueuse numéro 1 de Dominik. L'année prochaine, il pourrait la recommander pour la section féminine du centre de formation des Western Sydney Wanderers.

Ilya souffle de la fumée par le nez.

— Ah, je n'en suis pas si sûr. Avec une mère stressée comme la sienne, Audrey a l'air de plutôt bien s'en tirer. Et elle n'est pas mauvaise.

— Mais pas aussi bonne que Katerina.

— Évidemment, dit-il dans un sourire. Katerina est la meilleure.

— Tu te moques de moi, gémit Carmen en faisant la moue.

Ilya tend la main pour lui caresser la joue.

— Je n'oserais pas. Un homme doit tout faire pour rendre sa femme heureuse.

Carmen s'allonge sur les coudes et éclate de rire. Elle ne devrait pas laisser ces histoires la contrarier. L'été au bord de la mer est dédié à sa famille. Tout le monde se réunit dans la maison de ses parents, à Umina. Cousins au premier comme au second degré, tous ceux qui le peuvent viennent, quitte à ce qu'ils se retrouvent un peu à l'étroit.

Baba et Mama habitent là depuis des années. Lorsque Baba a pris sa retraite – il avait une entreprise de construction dans la banlieue ouest de Sydney, là où Carmen et Ilya vivaient –, il a acheté un terrain à plusieurs centaines de mètres de la plage d'Umina, où le mètre carré était moins cher, puis il a bâti une maison sur deux niveaux, avec un escalier en béton qui longe le côté du bâtiment, jusqu'au balcon. Une vaste terrasse ombragée donne sur l'étendue de bush qui borde la crique. À l'arrière, il y a aussi un pavillon de jardin, où Katerina va dormir pour échapper à la horde de garçons. Sans oublier le potager de Mama, recouvert de filets pour le protéger des opossums et des oiseaux. À voir cette grande bâtisse, on pourrait croire qu'ils sont riches, mais Baba et Mama se sont privés de tout pour la financer. Et Baba a tout fait lui-même, jusqu'au carrelage des salles de bains. Comme ils s'étaient disputés, à cause de ça !

Elle sourit en pensant à ses parents et à leurs chamailleries. Les querelles, c'est normal, dans leur famille, surtout lorsqu'ils sont tous réunis ici, à la plage. Heureusement, elles ne sont jamais graves. La plupart du temps, tout le monde s'entend bien. Mama aime que les femmes préparent à manger dans la cuisine pendant que les hommes s'occupent du barbecue et remplissent les verres. Ils discutent et rient jusque tard dans la nuit.

Elle regarde Katerina faire des passes avec ses frères et leurs cousins, près de l'eau. Le labrador noir de Baba et Mama, qui est là aussi, saute dans les vagues et mord la balle dès qu'elle s'éloigne du sable pour entrer dans la mer. Katerina se jette partout en gesticulant comme un singe. Ils jouent brutalement, mais Kosta et Frankie veillent sur leur petite sœur.

Ils forment une famille unie. Katerina a cinq ans de moins que Kosta et sept de moins que Frankie. Même si les garçons la taquinent sans cesse, Carmen sait à quel point ils l'aiment. Dès que Katerina se blesse, ils arrêtent et vont la voir. Si quelqu'un lui parle mal, ils prennent aussitôt sa défense. Carmen est fière de ses enfants. Comme Katerina est la petite dernière, elle est pourrie gâtée. Mais Carmen n'a qu'une seule fille… alors autant qu'elle en profite un maximum.

Elle baisse les yeux vers Ilya, qui s'est allongé sur le côté, face à elle, les paupières mi-closes. Elle éprouve une bouffée d'amour pour lui et leur famille. Il entrouvre un œil et la regarde par en dessous, entre ses cils bruns poudrés de soleil.

— Des nouvelles de l'entraîneur ? demande-t-il.

Comme Carmen n'a pas consulté ses messages depuis un moment, elle farfouille dans son sac de plage blanc à rayures bleues pour en sortir son téléphone et ouvre ses mails. Il y a un message de Dominik : il cherche un bénévole pour manager l'équipe. Elle montre l'écran à Ilya.

— Ça te tente ? s'enquiert-il en posant ses lèvres sur l'épaule nue de sa femme.

— Pourquoi pas ? Même si c'est beaucoup de travail, ça pourrait aider Katerina.

— Je pourrais peut-être aussi me rendre utile. En filmant les matchs.

— Bonne idée. Je pense que les entraîneurs apprécieraient.

Il lui prend la main, l'attire contre son torse et embrasse le bout de ses doigts un par un, puis son alliance. Carmen en a la chair de poule. Elle adore la capacité de son mari à la comprendre. Le football a toujours fait partie de sa vie à elle. Comme il a toujours fait partie de sa vie à lui.

Ils se sont rencontrés à Melbourne, en 1997, quand l'Australie a affronté l'Iran pendant les qualifications pour la Coupe du monde. Carmen et son frère avaient réussi à avoir des places au dernier moment, alors que le match affichait complet. Après avoir pris le bus de Sydney jusqu'à Melbourne, ils avaient passé deux nuits à l'hôtel. De là, ils étaient allés en train jusqu'à Richmond et avaient marché jusqu'au Melbourne Cricket Ground avec des milliers d'autres supporters. Ils avaient dû faire la queue des heures avant d'entrer, et ils n'étaient pas assis à côté, mais peu importait ! Au moins, ils y étaient et ils pourraient en reparler pendant le trajet retour.

Le match avait été serré, à vous river à votre siège. La foule avait hurlé de joie lorsque Harry Kewell avait marqué à la trente-deuxième minute, et Carmen, comme les autres, avait crié pour encourager les Socceroos. Puis les Iraniens étaient revenus au score et la tension était montée d'un cran. Carmen était au dernier rang, tout en haut des gradins. Même si elle était loin du terrain, elle voyait bien le match. Juste avant la mi-temps, un spectateur imposant s'était levé devant elle pour invectiver l'arbitre et ne s'était jamais rassis. C'était une armoire à glace. Carmen lui avait demandé plusieurs fois poliment de se rasseoir pour qu'elle aussi puisse regarder le match, mais il l'avait ignorée. *Hé,* avait-elle dit, agacée, *j'ai payé mon billet le même prix que toi. Tu peux pas t'asseoir, putain ?*

Plus loin dans la rangée, un jeune homme musclé avait tourné la tête vers eux. Visage triangulaire, épaules développées, cheveux ras, trop sexy avec sa peau basanée de Grec – c'était Ilya. Carmen avait admiré la manière dont son front s'était plissé lorsqu'il avait compris la situation. Elle s'était penchée pour l'interpeller. *Ce type n'a pas l'air de piger ; il ne parle peut-être pas anglais.*

L'homme en question s'était déployé un peu plus comme un paravent, juste pour l'agacer. Puis, quand il lui avait fait un doigt d'honneur par-dessus l'épaule, Ilya s'était levé d'un bond et s'était approché d'elle dans la rangée. Il avait tapoté le bras de l'homme et lui avait dit : *La demoiselle t'a demandé de t'asseoir, qu'est-ce que t'attends ? T'es sourd ou quoi ? Pose ton cul sur ce siège.*

Lorsque d'autres supporters avaient commencé à s'énerver, le malotru avait piqué un fard. *Assieds-toi, connard,* avait crié quelqu'un. *Tu nous gâches la vue.* Comme le colosse ne pouvait pas se battre contre tout le stade, il avait fini par reposer ses fesses sur son siège. Carmen avait articulé un « merci » silencieux en regardant Ilya, qui avait hoché la tête. À la mi-temps, elle s'était à son tour faufilée dans la rangée, contre les genoux des gens. Lorsqu'elle était passée devant Ilya, il lui avait souri et, poussée par un accès soudain de culot, Carmen lui avait proposé de boire un verre. Il l'avait suivie dans l'allée jusqu'au bar, et c'est comme ça que leur histoire avait commencé. L'Australie avait fait match nul contre l'Iran, ratant sa qualification. Mais Carmen, elle, avait remporté la partie.

À cet instant, elle sourit à Ilya. Puis elle rédige un mail pour Dominik sur son téléphone afin de se porter volontaire pour manager l'équipe, puis elle le montre à son mari. Il le parcourt des yeux.

— Parfait, dit-il. Poli juste comme il faut. Je pense qu'il te choisira.

Il fait glisser ses doigts jusqu'au creux de ses reins et se penche pour effleurer l'un de ses tétons, du dos de la main.

Elle le chasse.

— Espèce de coquin. Ne fais pas ça sur la plage. Quelqu'un pourrait te voir.

Il se redresse en souriant, l'air à moitié endormi, récupère son paquet de cigarettes dans la poche de sa chemise, en sort une nouvelle et l'allume.

— Et tes bonnes résolutions du Nouvel An ? lâche Carmen. Je ne veux pas que tu meures d'un cancer des poumons.

Il tire longuement sur sa cigarette puis, arrivé à la moitié, il l'éteint et l'enterre dans le sable.

— Ouais, je sais. Je vais faire plus d'efforts.

Elle se colle à lui et promène sa main le long de sa cuisse velue.

Les yeux d'Ilya deviennent perçants.

— Attention à ce que tu fais, femme.

Carmen sait qu'ils feront l'amour cette nuit.

Ce soir-là, tout le monde est attablé sur la terrasse autour d'un gigot et d'une salade. Il fait encore chaud dehors, mais c'est agréable, à l'ombre des gommiers. Des loriquets arc-en-ciel criaillent et se chamaillent dans les branches et le parfum des feuilles d'eucalyptus chauffées par le soleil embaume l'air. Un orage est censé rafraîchir l'atmosphère, plus tard dans la soirée. *Pas trop quand même*, espère Carmen.

Elle sirote son verre de vin blanc et écoute les autres parler. Ils sont nombreux, cette année : Baba et Mama, Carmen, Ilya et leurs trois enfants, Ricci – le copain de foot de Kosta –, le frère de Carmen, sa femme et leurs quatre fils adolescents.

Le chien, Sócrates – du nom du footballeur brésilien et non du philosophe grec – rôde autour de la terrasse en quémandant des morceaux et en léchant les restes sur les assiettes. Il est trop gros. Un vrai aspirateur. Carmen a dit plusieurs fois à ses parents d'arrêter de le nourrir autant. Ils confondent amour et nourriture. C'est plus fort qu'eux. *Regarde ces yeux*, disent-ils, *il a tellement faim.*

C'est bruyant, sur la terrasse, tout le monde braille. Lorsque les hommes boivent trop, ils parlent plus fort et les femmes doivent hausser le ton aussi pour se faire entendre. Quand Baba se met à répondre en grec, les enfants protestent : « Arrête, Pappous ! Qu'est-ce que tu racontes ? Parle en anglais. » Carmen n'éprouve aucune empathie pour eux. Ils ont tous laissé tomber leurs cours de grec, alors s'ils ne comprennent pas leur grand-père, c'est leur faute.

Mama demande qui doit faire la vaisselle. Ce ne sont pas les jeunes hommes qui manquent, mais Mama n'y pense pas car ce n'est pas dans ses traditions. Quand Carmen était petite, sa mère lui confiait beaucoup de tâches ménagères pendant que ses frères se la coulaient douce. Depuis, les temps ont changé et, ce soir-là, c'est au tour des garçons, Carmen insiste sur ce point. Ces derniers se disputent en tentant tous d'échapper à cette corvée. Ilya s'en mêle et attribue la vaisselle à Kosta et Ricci.

— Pourquoi moi ? gémit Kosta. Je l'ai déjà faite y a deux jours.

Carmen s'apprête à le gronder, mais Ilya pose la main sur sa cuisse et lève un sourcil vers son fils.

— Et alors, tu ne t'en es pas encore remis ?

Kosta soupire et se lève.

— Sócrates peut peut-être s'en charger à notre place, lâche-t-il avec un sourire en coin. On a juste à poser les assiettes par terre, il les nettoiera.

— C'est dégoûtant, rétorque Carmen. Les chiens se lèchent le trou de balle.

— On ne peut pas au moins finir nos bières, avant ? supplie Ricci, les mains jointes.

Ilya fronce les sourcils.

— Non. La vaisselle d'abord. Nous devons tous mettre la main à la pâte, quand nous sommes aussi nombreux.

Ricci pose sa canette sur la terrasse et suit Kosta d'un pas traînant jusqu'à la cuisine. Il attrape un torchon et commence à fouetter les jambes de son ami. S'ensuivent beaucoup de cris et d'éclats de rire. Kosta remplit le lave-vaisselle pendant que le chien lèche toutes les assiettes au passage pour récupérer les miettes et le jus de la viande.

Au moment où Ilya va chercher une bouteille de vin pour remplir le verre de Carmen, celle-ci jette un coup d'œil à son téléphone. Un message de Dominik lui confirme qu'il accepte sa candidature. Quand Ilya ressort sur la terrasse, elle lui annonce la bonne nouvelle et, le sourire jusqu'aux oreilles, il lance à la cantonade :

— Écoutez ça, Carmen va être la manageuse de l'équipe de Katerina, cette année.

Frankie se lève d'un bond et vient l'embrasser sur les deux joues.

— Bien joué, Mama. Tu le mérites. T'es la meilleure. Tu peux peut-être aussi venir dans mon équipe.

Elle le repousse, secrètement flattée.

— Tu n'as pas besoin d'un manager, dit-elle. T'es un grand garçon. Et une seule équipe à gérer, c'est bien assez. Surtout que je dois en plus m'occuper de vous tous à la maison !

Tout le monde éclate de rire sauf Katerina, qui fait la moue.

— Ça veut dire que tu viendras à tous mes entraînements et à tous mes matchs ?

— Oui, c'est ce que fait un manager, ma petite fleur, répond Ilya. Alors arrête de bouder. Ta maman fait ça pour t'aider.

— Qu'est-ce qu'elle fait, Carmena ? aboie Baba, assis dans sa chaise à haut dossier au bout de la table. Je n'ai pas entendu.

— Elle va manager l'équipe de Katerina, lance Frankie.

— C'est bien, Carmena. Je suis fier de toi. Tu seras une bonne entraîneuse.

Le visage ridé de Baba se fend d'un sourire où il manque quelques dents. Carmen essaie depuis des années de l'emmener chez le dentiste, mais il refuse : il ne veut pas dépenser son argent pour ça.

— Pas entraîneuse, Baba, explique-t-elle. Juste manageuse.

— Manageuse ou manager, c'est déjà bien, se réjouit-il. Comme Alex Ferguson, à Manchester United.

— Il est à la retraite, Pappous, lui rappelle Frankie. Et c'est différent, à l'étranger. En Europe, le manager est l'entraîneur principal. Ici, le manager s'occupe surtout de l'organisation.

Baba hoche la tête.

— Carmena est très douée pour l'organisation.

Tout le monde éclate de rire, sauf Katerina qui fait toujours la tête.

— En quoi ça m'aide, que Mama soit la manageuse de mon équipe ? bougonne-t-elle. Je ne veux pas qu'elle soit tout le temps sur mon dos. Ça ne peut pas être quelqu'un d'autre ?

— Tu as de la chance que ta *mama* soit là pour veiller sur toi, répond Ilya.

Carmen triture son crucifix. Elle se sent un peu rejetée, malgré elle. Elle touche le bras d'Ilya.

— Quand on rentrera à la maison, on devrait inviter Dominik à dîner. Je lui ferai un bon repas dans ma cuisine toute neuve.

Ilya l'a rénovée récemment – une vraie merveille. Placards et tiroirs blancs. Îlot en inox. Piano de cuisson à six feux. Et, au-dessus, une barre de crédence munie de crochets pour suspendre casseroles et poêles.

Ilya pose la main sur la sienne.

— Bonne idée. Qu'est-ce que tu prépareras ?

— Je pensais à la recette de Jamie Oliver que tu avais aimée l'autre fois, celle à la citrouille.

Ilya lui tapote le bras.

— Tu es vraiment maligne. Dominik te mangera dans la main.

— Il est grec ? demande Mama.

— Oui, confirme Carmen.

— Alors tu devrais lui faire de la moussaka. C'est la meilleure manière de le mettre dans ta poche.

— Ce n'est pas parce qu'il est grec que je dois lui servir un plat grec, Mama. Je connais plein d'autres bonnes recettes.

— Pourquoi est-ce qu'il doit venir chez nous ? soupire Katerina.

— Pour toi, déclare Ilya. Ta mère ne pense qu'à ton bien.

— J'aimerais bien qu'elle arrête, réplique leur fille.

Une fois la vaisselle finie, Kosta ressort pour montrer à Frankie quelque chose sur son téléphone. Katerina se penche pour voir aussi, mais Kosta lui cache l'écran. Quand elle lui pince le ventre pour se venger, il la saisit par les bras et la force à se lever de sa chaise. Frankie bondit aussitôt pour aider son frère et, ensemble, ils la font tomber en riant pendant qu'elle donne des coups de pied et qu'elle se débat sur la terrasse.

Incapable de résister à l'appel d'une bêtise, Ilya quitte brusquement la table, pose sa cigarette sur la barrière, attrape l'arrosoir et les éclabousse tous les trois. Les garçons hurlent. Katerina crie. Tout le monde rigole.

Carmen adore regarder les membres de sa famille chahuter. Katerina a du caractère et de la volonté, et elle est bien plus culottée que Carmen au même âge : elle taquine ses frères, leur vole leurs vêtements, cherche la bagarre et leur répond avec aplomb. Le football lui fait garder les pieds sur terre, et elle est douée, presque autant que Carmen l'était. Même si Katerina n'est pas aussi ambitieuse qu'elle-même avait pu l'être, avec le bon coach et le bon entraînement, elle pourrait aller loin. Et avoir la carrière que Carmen n'a pas eue. Carmen adore le foot depuis toute petite et, dans d'autres circonstances, elle aurait pu finir en équipe nationale.

Les garçons chatouillent Katerina, qui se débat dans tous les sens, au point que sa robe se relève un peu. Carmen aperçoit ses cuisses musclées et sa culotte blanche. Elle tourne la tête et surprend Ricci en train de lorgner sa fille.

— Hé, toi ! hurle-t-elle. Ne louche pas sur elle comme ça !

Ricci éclate de rire en feignant l'innocence.

— Je n'ai rien fait !

Carmen n'est pas dupe. Elle reconnaît cette lueur qui danse dans ses prunelles. Elle le foudroie du regard.

— Ne dis pas n'importe quoi, Carmen, renifle son frère. Ricci ne peut pas s'intéresser à Katerina. C'est encore un bébé. Un *moro.* (Il cogne amicalement sur la tête de Ricci.) Garde tes yeux dans ta poche sinon Carmen bouffera tes couilles au petit déjeuner.

Comme tout le monde éclate de rire, Carmen essaie de sourire aussi. Ils peuvent bien plaisanter, mais Katerina a presque 14 ans et son corps change. Les hommes commencent à la remarquer.

Plus tard dans la soirée, ils partent tous se promener en bord de mer, sauf Baba et Mama qui sont trop vieux et trop fatigués. Carmen avance pieds nus dans le sable. Il fait bon et l'air, doux et moite, caresse sa peau. Il n'y a pas de vent. Des vaguelettes remontent sur la plage et s'écrasent sur le sable. Au loin, des éclairs zèbrent le ciel et illuminent le bas-ventre des nuages.

Les jeunes courent devant en criant et en chahutant comme des chiots. Les adultes les suivent, mais Carmen se laisse distancer. Elle sait qu'Ilya va ralentir pour l'attendre. Bientôt, ses larges épaules se découpent dans la nuit. Il se rapproche, la prend dans ses bras et la serre contre lui. Il presse sa cuisse contre l'entrejambe de Carmen, glisse sa main sous son débardeur pour recueillir au creux de sa paume un sein charnu et embrasse sa femme. Ils s'étreignent puis se remettent à marcher sur la plage, main dans la main.

Quand ils rattrapent les autres, Carmen remarque que Katerina et Ricci ne sont plus là, et son ventre se noue aussitôt.

— Où est Katerina ? demande-t-elle.

— Ricci et elle sont partis devant, répond Kosta. Pas la peine de flipper, Mama. Ils vont revenir.

— Pourquoi tu n'es pas resté avec eux ?

— Je ne voulais pas aller si loin.

— Tout va bien, Carmena, la rassure le frère de celle-ci. Tu t'inquiètes trop.

Elle sort son téléphone de sa poche et tente de joindre Katerina. Pas de réponse. Elle envoie un texto : *T'es où ?* Toujours rien.

— Kosta, appelle Ricci et dis-lui qu'ils doivent revenir, ordonne-t-elle.

— Je peux essayer, lance-t-il dans un haussement d'épaules. Mais je crois qu'il a oublié son portable à la maison.

Ricci ne décroche pas.

— On va les retrouver, Ilya et moi, déclare-t-elle. Vous pouvez rentrer. Ne nous attendez pas.

Elle reprend la main d'Ilya et ils continuent à longer la plage en laissant les autres derrière eux. Une bouffée d'angoisse l'oppresse sans qu'elle puisse la réprimer.

Du bout du pouce, Ilya lui masse les jointures.

— Tu es obligée d'aller si vite ? s'enquiert-il.

Elle devine à son ton prudent qu'il trouve qu'elle surréagit mais, comme il sait ce qui la ronge, il lui serre les doigts.

— Je veux juste les retrouver.

— Je sais. Pour autant, paniquer et te faire mal au genou ne nous avancera à rien.

Elle essaie de ralentir. Le sable est lourd et Ilya a raison : elle souffre lorsqu'ils atteignent le halo lumineux du club de surf sur le rivage. Elle s'est blessée quelques années plus tôt, quand elle entraînait l'équipe des moins de 10 ans de Katerina, et elle n'a jamais vraiment récupéré, malgré une arthrolyse pratiquée par un chirurgien spécialisé en traumatologie du sport. Lorsque son articulation enfle, elle peut mettre des mois à dégonfler. Elle veut être en forme pour reprendre le foot en marchant, en avril. Elle s'y est inscrite l'année précédente avec un groupe d'amies et s'est bien amusée. Qui l'eût cru, alors qu'elle avait joué à si haut niveau, dans sa jeunesse ? Au moins, ça lui permet de rester en contact physique avec le foot et de remuer un peu – il faut se bouger quand on passe toute la journée derrière un bureau de réceptionniste dans un cabinet médical.

Elle lâche la main d'Ilya, boitille jusqu'en haut de la dune et se dresse, en sueur, sous le néon où les insectes viennent lui bourdonner autour. Elle les chasse du plat de la main et fouille la plage du regard, mais elle ne voit Katerina et Ricci nulle part. Après le club de surf, on ne distingue plus rien et la mer est noire. Au bout de la plage, les rochers et la forêt dessinent une sombre pointe. Ils sont peut-être là-bas, sous les arbres. À l'ouest, les éclairs s'enchaînent toujours.

Ilya la rejoint et lui reprend la main.

— Essaie de ne pas t'inquiéter. Ils sont peut-être rentrés par l'autre côté.

Carmen continue de scruter le rivage. Elle imagine Katerina dans le noir, les mains rugueuses de Ricci sous ses vêtements.

Ilya se glisse derrière elle et la serre contre son torse en lui murmurant à l'oreille :

— Tout va bien. Ricci ne va rien lui faire. C'est l'ami de Kosta.

— Tu as vu la manière dont il la reluquait, ce soir ?

Il pose son menton sur la tête de Carmen et lui caresse les cheveux.

— Respire à fond, lui conseille-t-il. Ricci vient chez nous depuis des années. Il ne s'est pas soudainement transformé en monstre.

— Tu crois que je suis parano ? soupire-t-elle.

— Peut-être juste un petit peu.

Dans le salon, Carmen attend toujours, assise dans le canapé en cuir capitonné. Il n'y a pas longtemps qu'ils sont rentrés, mais Ilya dort déjà dans un fauteuil, la tête en arrière, la bouche ouverte, en ronflant. Les autres adultes regardent la télé pendant que les garçons et leurs cousins sont au sous-sol, en train de jouer au billard tout en suivant vaguement un film.

Lorsque les premières grosses gouttes s'écrasent contre les fenêtres, elle se précipite dehors pour sauver les draps de bain étendus sur le fil tandis qu'il commence à pleuvoir à verse. La pluie martèle la terrasse, balaie les arbres et crépite sur le toit. Elle ferme portes et fenêtres, remet les serviettes sur un séchoir puis retourne s'asseoir sur le canapé pendant que l'orage se déchaîne. Le tonnerre gronde, des éclairs déchirent le ciel et illuminent les nuages, le vent arrache les feuilles.

Un autre coup de tonnerre, la porte d'entrée s'ouvre. Carmen entend du bruit dans le hall. Le rire grave de Ricci. Le gloussement de Katerina. Le soulagement l'assaille, aussitôt suivi d'un accès de rage. Elle se lève d'un bond pour aller leur montrer son mécontentement. Les voilà, devant la porte, en train de ruisseler sur le sol, les cheveux plaqués à leurs crânes, les joues roses de s'être fait surprendre.

— Où étiez-vous ? clame-t-elle.

— On se baladait, c'est tout, Mama. On n'est pas restés dehors très longtemps.

Katerina frémit, tête haute, les mains serrées l'une contre l'autre.

La pluie continue de marteler le toit et le vent cogne contre les fenêtres.

— Pourquoi tu n'as pas envoyé de message, ou répondu à ton téléphone ?

— Je l'avais mis en mode silencieux. (Katerina sort son portable de la poche de son short et l'inspecte d'un air dépité.) Il est tout mouillé. Je dois le plonger dans du riz ?

Carmen tend la main, impatiente.

— Donne, je vais m'en charger.

Katerina hésite.

— C'est *mon* téléphone, Mama. Je peux le faire.

Ricci reste derrière elle, tête baissée.

— Kosta a essayé de t'appeler, Ricci, lance Carmen. Pourquoi tu n'as pas répondu ?

Son regard sombre croise un instant le sien.

— Je n'avais pas pris mon portable.

Ilya jette un coup d'œil dans le hall en se frottant les yeux.

— Laisse-les se sécher, Carmen. Ils sont trempés.

— D'accord, cède-t-elle. Mais il va falloir qu'on discute, Katerina. Et je t'interdis de partir en vadrouille comme ça, sans prévenir. À partir de maintenant, tu resteras avec les autres.

Plus tard, pendant qu'Ilya prend une douche, Carmen appelle Katerina dans sa chambre. Celle-ci se laisse tomber sur le lit et lève les yeux vers elle, dans l'expectative.

— Qu'est-ce qu'il y a, Mama ?

Carmen triture son crucifix pour se rassurer. Comment lui expliquer tout ça sans avoir l'air d'une gardienne de prison ?

— Je me suis fait du souci pour toi, ce soir, dit-elle. Je ne savais pas où tu étais.

Katerina fronce les sourcils.

— Tu ne peux pas *tout le temps* savoir où je suis, Mama. Ça serait bizarre. Et tout allait bien. On s'est juste promenés sur la plage en parlant de foot.

— Les mères s'inquiètent pour leurs filles. C'est normal. Les garçons peuvent profiter de toi. Ils font des compliments, mais il n'y a qu'une chose qui les intéresse.

— Il ne s'est rien passé, Mama. Et tous les mecs ne sont pas méchants. Tu te tracasses aussi à cause des joueurs de mon équipe ?

— C'est différent.

— En quoi ?

— Au stade, tu seras occupée. Et tu n'iras pas te promener seule avec eux dans le noir.

Katerina soupire.

— Tu ne devrais pas stresser autant. Je peux me débrouiller toute seule. J'ai presque 14 ans. Je te promets que je serai prudente.

Carmen fixe sa fille.

— Tant mieux, dit-elle, même si elle est toujours contrariée.

Katerina croit déjà tout savoir, alors qu'elle ne sait rien du tout. À 14 ans, on est loin d'être adulte.

— Je peux y aller, maintenant ?

— Pas encore. Je veux qu'on parle de ta confirmation, pendant que j'ai toute ton attention.

Katerina soupire comme si elle venait de courir un marathon.

— Pourquoi je suis obligée de la faire ? râle-t-elle. On ne va presque jamais à l'église.

— C'est parce qu'on est trop occupés, avec le foot. Mais la confirmation est un moment important. Ton *pappous* et ta *yia-yia* l'attendent avec impatience. Et mon frère t'a déjà acheté ton crucifix. C'est ce que font les parrains et les marraines.

Katerina grimace.

— Il ne pourrait pas le ramener à la bijouterie, pour se faire rembourser ?

Carmen la foudroie du regard. S'il y a bien un enfant qui a besoin de faire sa confirmation, c'est elle.

— Bien sûr que non ! On achètera une jolie robe blanche. Ensuite, on préparera un dîner spécial. Tu pourras inviter quelques amis.

— Tu parles, qui voudra venir ? souffle Katerina. Personne que *je* connais.

— Katerina, ça suffit ! Ne sois pas si ingrate !

Katerina soupire encore puis se lève d'un bond et tend les bras vers sa mère pour demander un câlin.

— Pardon, Mama. Je ne suis pas ingrate. Juste fatiguée. Bien sûr que je ferai ma confirmation.

Carmen la serre et caresse ses cheveux mouillés brillants.

— Tant mieux, dit-elle. Demain, on pourra chercher une robe blanche sur internet.

Samedi matin, fin janvier, Carmen enfile le t-shirt bleu des Minotaurs que le club lui a fourni ainsi qu'un jogging noir puis se passe un coup de brosse pour lisser ses cheveux. Elle vient de les faire couper et son nouveau carré lui donne un air plus sérieux que son ancienne queue-de-cheval : c'est bien mieux, tant pour aller au travail que pour assister à la réunion de l'équipe en tant que nouvelle manageuse.

Depuis les vacances d'été, tout va bien avec le club. Les jours d'entraînement (les mardi, mercredi et jeudi), elle termine plus tôt pour pouvoir aller chercher Katerina au collège et arriver à l'heure au stade. Sa ponctualité est remarquée et appréciée par les coachs. Au passage, cela lui donne aussi l'occasion de passer du temps avec l'équipe et de montrer de quoi elle est capable.

Carmen est toujours occupée, pendant les séances. Elle déverrouille les toilettes et le local, installe les plots, attache les filets dans les cages et gonfle les ballons. Elle s'assure aussi d'écouter les bavardages des entraîneurs en souriant et de rire à leurs blagues. Elle a déjà appris beaucoup de choses. Par exemple, le bébé de Dominik ne fait jamais ses nuits et il en a assez de sa femme irritable et de sa belle-mère tatillonne. Il s'est abîmé le dos en jouant au foot et il risque de perdre son boulot d'horticulteur au terrain de golf parce qu'il a tellement mal qu'il ne peut plus tenir le rythme. Souvent, les entraîneurs évoquent aussi les parents pénibles, comme Jonica et Ben, qui n'arrêtent pas d'envoyer des mails pour savoir si Audrey est prise dans l'équipe ou non. Dominik retarde sa décision au cas où un meilleur élément arriverait. Mais il devra bientôt trancher : la liste de l'effectif doit être finalisée six semaines maximum après le début de la saison. Aucun nouveau joueur n'est accepté ensuite.

Mais parfois, tout ce cirque l'agace. Comme lorsqu'il se met à pleuvoir alors qu'elle s'est absentée, que Dominik oublie de refermer le sac de matériel, que tout est trempé et que c'est à elle de tout sécher. Ou quand il laisse les jeunes tirer dans toutes les directions avant de se lancer dans de longues explications tactiques et qu'elle se retrouve à devoir récupérer seule tous les ballons. Ou lorsqu'il oublie un plot à l'autre bout du terrain et l'envoie le chercher.

Elle se met du rouge à lèvres puis une touche de Light Blue, le parfum Dolce & Gabbana, et c'est l'heure de réveiller Katerina, qui dort à poings fermés avec leur chat noir, Zorro, blotti contre elle.

— Pourquoi est-ce qu'on est obligées d'y aller si tôt ? gémit Katerina en fermant les yeux de toutes ses forces et en se tournant vers le mur. Il n'y aura personne, à part nous.

— Nous devons aider Dominik et faire bonne impression.

— C'est déjà fait, grommelle sa fille. Tu l'as invité à dîner pour ça, non ?

— Lève-toi, un point c'est tout.

Carmen essaie de ne pas lui parler trop sèchement, mais elle est contrariée que Katerina se montre si peu reconnaissante, après tout ce qu'elle fait pour elle. Le dîner pour Dominik avait été une réussite. Un bon repas préparé dans sa belle cuisine. Quel dommage que sa femme n'ait pas pu venir – apparemment, elle ne s'intéresse pas au football. Carmen, elle, n'aurait jamais pu épouser quelqu'un comme ça.

— On va devoir partir bientôt, insiste-t-elle en fronçant les sourcils.

— Baba peut pas m'emmener plus tard ?

— Il n'est pas là. Il travaille pour payer les nouveaux crampons qu'on vient de te commander.

La semaine précédente, Katerina avait trouvé des chaussures de foot fantasy sur internet, à trois cent quarante dollars, et Carmen avait accepté de les lui offrir, et même de débourser cinquante dollars de plus pour inscrire son prénom en écriture anglaise argentée sur les côtés. Quand elle était jeune, Carmen, elle, avait hérité de ses premiers crampons de son frère et, ensuite, elle avait dû dégoter un petit boulot, comme livreuse de journaux, pour économiser afin d'acheter ses propres chaussures. À l'époque, les crampons n'étaient pas aussi sophistiqués que maintenant et étaient donc bien moins chers. Mais cette dépense ne la dérange pas. Avec un bon équipement, sa fille jouera encore mieux.

Katerina donne des coups de pied dans sa couette comme un bébé et Zorro saute par terre en lui jetant par-dessus l'épaule un regard hautain.

— Pourquoi est-ce qu'on est obligées d'y aller ? râle-t-elle. Laisse-moi tranquille. Je veux dormir.

Elle tire la couette par-dessus sa tête.

— On doit faire le maximum afin que tu aies le plus de temps de jeu possible, explique Carmen en soulevant la couette pour la rouler en boule.

Katerina reste allongée, les bras repliés derrière la tête, les yeux au plafond. Zorro lui saute sur le ventre et s'y installe confortablement.

Cinq minutes avant l'heure du départ, elle finit par se lever et aller s'habiller. Ses cheveux sont en pétard, mais elle refuse de se coiffer.

Juste avant de sortir de la maison, Carmen attrape un petit pain au sésame en forme de couronne pour que sa fille puisse manger dans la voiture et fourre une brosse dans son sac à main.

Les bureaux du club se trouvent dans un bâtiment de brique décrépi à une intersection très fréquentée où des travaux pour améliorer les feux de signalisation provoquent des bouchons. Carmen se retrouve bloquée devant le parking. Lorsque l'occasion se présente enfin, elle fonce entre deux voitures si vite que la tête de Katerina bascule brutalement vers l'arrière.

— Qu'est-ce que tu fous, Mama ? hurle-t-elle. T'as failli me briser la nuque !

Carmen cramponne le volant. Elle aurait pu la gifler, mais elle reste stoïque. Elle se gare et tend la brosse à Katerina. Celle-ci la prend, se coiffe en grimaçant.

Dehors, il fait chaud, mais l'air frais les enveloppe lorsqu'elles franchissent les portes coulissantes du bâtiment pour aller signer le registre. Elles passent devant une salle de jeux, où des personnes âgées, hébétées, fixent des machines à sous bruyantes alors qu'il n'est que dix heures du matin.

Comme la porte de la salle de conférences est ouverte, elle jette un œil à l'intérieur. Il y a des chaises et des cartons partout. Au premier rang, en jogging et maillot du club, Dominik se penche sur le pupitre où il ne parvient visiblement pas à brancher son ordinateur. Carmen remarque qu'il est mal habillé et pas rasé, contrairement à son Ilya qui est toujours impeccable.

Il lève la tête à leur arrivée, remonte son pantalon.

— Ce truc est vraiment compliqué, grommelle-t-il. Je n'arrive pas à le faire marcher.

— Je peux vous aider, déclare Katerina en descendant dans l'allée à grandes enjambées.

Carmen sourit. Katerina ne se plaignait-elle pas, une demi-heure plus tôt, qu'elle n'avait pas besoin de venir en avance ? La voir penchée sur le podium à côté de l'entraîneur réchauffe le cœur de Carmen. Elle commence à installer les chaises en rangs bien nets.

Dès que le problème technique est résolu, Katerina disparaît aux toilettes, et Dominik rejoint Carmen d'un pas lourd pour l'aider à disposer les tables où ils étaleront les joggings et les maillots. Lorsqu'il soulève le plateau pour le poser sur les tréteaux, les bras déployés comme des ailes, elle remarque malgré elle les auréoles sous ses aisselles et l'odeur de sa sueur, mal camouflée par son déodorant. Heureusement qu'Ilya ne transpire pas autant.

Ensuite, elle ouvre les grands cartons qui attendent par terre et entreprend de disposer les tenues pour que les jeunes recrues les essaient après la réunion. Toutes les tailles sont mélangées, c'est un vrai bazar. La personne qui s'en était occupée l'année passée avait dû tout ranger précipitamment.

Bientôt, joueurs et parents commencent à arriver et, au bout de quelques minutes, la salle est bondée. Carmen attrape sa tablette pour pouvoir cocher les présents. Elle a déjà fait connaissance avec la plupart des parents, mais certains ne sont encore jamais venus à l'entraînement. Elle se présente à eux, flattée de les voir boire ses paroles lorsqu'elle leur explique le fonctionnement de cette équipe.

— Si vous avez besoin de quoi que ce soit, faites-moi signe, leur dit-elle. N'allez pas voir les coachs pendant la séance, ils sont trop occupés. Si vous voulez leur parler, attendez qu'ils aient fini, ou envoyez une demande de rendez-vous par mail. Si votre enfant est malade ou blessé, prévenez-moi, et je transmettrai.

Elle vérifie sa liste. Viktor n'est pas encore arrivé, Braedon non plus. Elle scrute la pièce. Katerina est au premier rang avec d'autres joueurs, excitée comme une puce. Les membres de l'équipe ont formé leurs petits groupes habituels. Audrey est la seule isolée, elle doit se sentir un peu perdue, car elle est toujours à l'essai. Elle est au fond, avec Jonica, qui arbore une robe à fleurs avec un décolleté plongeant et des sandales à hauts talons. Elle se croit à un défilé de mode, ou quoi ?

Jonica discute avec Miles. Carmen les voit souvent ensemble sur la ligne de touche, pendant l'entraînement. Parfois, ils font des tours de terrain en marchant, absorbés par leur discussion. Carmen se demande de quoi ils peuvent bien parler. Jonica donne l'impression d'être une intellectuelle, mais ils parlent sans doute juste de leurs enfants et de football, comme tous les autres parents.

Audrey s'éloigne soudain pour aller dire bonjour à Katerina, qui l'examine comme un insecte avant de reporter son attention sur les garçons. Même si ce n'est pas très gentil, ça fait rire Carmen. Ici, il n'y a pas que le foot qui est en jeu.

C'est alors que Viktor arrive, débordant d'énergie. Il marque une pause sur le seuil et inspecte la salle, les yeux écarquillés, et son visage s'illumine lorsqu'il aperçoit la table avec les tenues. Il s'y précipite et commence à farfouiller dans les piles de maillots et de shorts.

— Hé ! beugle Carmen. Pas touche. Pas d'essayage avant la fin de la réunion.

Viktor attrape un short et l'enfile sur sa tête, une touffe de cheveux noirs dépassant d'un trou pour les jambes.

— Regardez, tout le monde ! Ça me va bien ?

Carmen lui enlève le short et il lui adresse un petit sourire penaud. Elle lui donne une tape sur le poignet, mais, en son for intérieur, elle sourit.

Dominik monte soudain sur le podium et tapote le micro du bout du doigt : *doum, doum, doum.*

— Bienvenue à tous, tonne sa voix dans les enceintes. Il est temps de vous asseoir. Les joueurs, venez au premier rang, où je peux vous voir.

Tout le monde piétine entre les rangées de chaises. Comme Braedon n'est toujours pas là, Carmen envoie un texto à son père, Cody, puis va s'installer près de la table à tréteaux pour surveiller les tenues.

Debout, les mains dans les poches, Dominik attend que tout le monde prenne place. Carmen devine à son regard brillant qu'il aime être sur le podium. Il touche maladroitement la console sur le pupitre et la première image s'affiche enfin sur l'écran. *Minotaurs : Notre programme. Notre club.*

— Merci d'être venus, dit-il. Et félicitations à tous les sélectionnés. Ce n'est pas rien, d'être choisi pour cette équipe. C'est déjà un vrai accomplissement. Vous devriez tous être fiers de vous. Et les parents aussi. Jouer pour les Minotaurs, c'est un véritable honneur.

Carmen se sent pousser des ailes. Elle jette un coup d'œil vers Katerina, au premier rang, mais sa fille s'est penchée vers Viktor pour lui murmurer quelque chose en gloussant alors qu'Audrey, assise juste derrière elle, le regard perçant, boit les paroles de Dominik. Carmen aurait voulu pouvoir pincer Katerina pour qu'elle soit plus attentive.

— Vous avez tous travaillé dur pour ça, continue Dominik. Cela signifie que vous appartenez à l'élite et que, un jour, vous jouerez peut-être dans l'équipe d'Australie. J'espère que vous êtes prêts à vous donner à fond. Parce que je suis là pour vous emmener jusqu'au sommet, si vous le voulez. Je vous donnerai tout. En échange, vous devez vous investir au maximum. Vous tous. Si vous travaillez dur, vous serez récompensés. La saison commence dans deux semaines. On a trente matchs, jusqu'à mi-septembre. Ça va être une grosse année. Je voudrais aussi vous rappeler que nous avons des règles importantes, dans ce club. Nous formons un collectif. Ce qui veut dire que nous coopérons étroitement et nous veillons les uns sur les autres. L'esprit d'équipe est pris très au sérieux.

Il affiche la diapo suivante : une vidéo YouTube d'un jeune coach enthousiaste en train de motiver son équipe. Ses paroles sont pleines de sagesse. Carmen recopie les meilleures citations dans son téléphone pour les rappeler à Katerina plus tard.

On n'a rien sans rien.

Ceux qui se contentent d'être bons ne deviendront jamais excellents.

On perd, on apprend, on s'en remet, on continue.

— Notre programme peut être résumé en trois mots, reprend Dominik en brandissant la télécommande pour passer à la suite. E, pour excellence. R, pour résilience. A, pour accomplissement.

Il braque son pointeur laser sur chaque lettre en fronçant les sourcils devant Katerina, qui arrête enfin de bavarder et commence à écouter.

— Nous voulons que nos joueurs aient d'excellentes capacités techniques, tonne-t-il dans le micro, si près qu'il déclenche un larsen et que tout le monde se bouche les oreilles.

— Parle pas si fort ! lance Santos.

— Il a l'habitude de crier sur les gamins sur le terrain, commente quelqu'un.

La salle éclate de rire.

Dominik se racle la gorge et poursuit, mais un nouveau larsen l'interrompt et son visage comme son cou virent au cramoisi. Il réessaie, avec plus de succès.

— Nous voulons que nos joueurs aient *d'excellentes* capacités techniques, répète-t-il. Nous voulons qu'ils soient *résilients* pour qu'ils puissent devenir des footballeurs d'exception. Et nous voulons qu'ils *accomplissent* ce dont ils sont capables – parce qu'il n'y a rien de mieux dans la vie que de jouer au football. Et il n'y a pas de meilleure sensation que la victoire. (Il écarte les bras.) L'Australie a besoin de grandes stars du foot. Et cette ville a déjà donné des joueurs internationaux. Ça commence ici. Juste ici, dans ce club. C'est ici que nous repérerons les futurs meilleurs joueurs. Et ça pourrait être l'un de vous. (Il hausse les sourcils et baisse les yeux vers les joueurs du premier rang.) Alors, ce sera qui ?

— Moi ! s'écrie Katerina en levant la main.

Carmen est contente – sa fille ira loin avec cette attitude.

— Parfait ! C'est ce que je veux entendre. On pourra faire quelque chose de toi, Katerina. Qui d'autre ? Et vous, alors ?

Alex lève la main.

— Moi !

— Moi, moi, moi ! hurle Viktor en brandissant plusieurs fois le poing.

Puis tous les gamins se mettent à crier « moi », même Audrey, qui semble irradier une lumière intérieure. Dominik la remarque et sourit.

Il fait défiler son diaporama et évoque en détail le programme de l'année en listant les différents gestes techniques qu'il veut travailler avec les joueurs. Le contrôle de la balle. La conduite de balle. L'un contre un. La frappe. Le positionnement. Le jeu en milieu de terrain. Le pressing. La prise de décision.

Il a l'air si puissant, là-haut – on dirait un gros bonnet du monde du foot. Il vise haut. Et pourquoi ne le ferait-il pas ? Elle se félicite que Katerina l'ait comme entraîneur. Cela lui ouvrira des portes. Carmen regrette de ne pas avoir eu cette chance, à son époque.

Mais, au premier rang, Katerina recommence à susurrer quelque chose à l'oreille de Viktor, pendant qu'Audrey reste assise sagement, radieuse, attentive aux paroles de Dominik.

Carmen saisit son crucifix si fort que les bords lui rentrent dans les doigts.

En milieu de semaine, après les cours, Carmen conduit Katerina au centre commercial. C'est leur petit rituel hebdomadaire : elles papotent en prenant une fondue au chocolat, une gaufre ou une glace chez Oliver Brown. D'habitude, elles parlent de foot et du collège mais, ces derniers temps, Katerina s'intéresse plus aux messages qu'elle reçoit sur son téléphone qu'à leur conversation.

Cet après-midi-là, elles doivent aussi racheter des brassières de sport. Depuis des semaines, Katerina se plaint qu'elle n'arrive plus à respirer parce que les siennes sont trop petites. Chez Rebel Sport, elles passent les présentoirs en revue. Katerina en choisit une demi-douzaine, les emporte vers une cabine et s'enferme.

Carmen se sent exclue.

— Montre-moi si tu trouves quelque chose qui te plaît, lance-t-elle en s'attardant dans le salon d'essayage.

— T'as pas besoin de voir.

— Si, puisque c'est moi qui paie.

Elle entend des bruissements de vêtements dans la cabine puis Katerina entrouvre la porte. Carmen jette un coup d'œil à l'intérieur. Sa fille porte une brassière blanche avec un décolleté pigeonnant.

— Qu'est-ce que tu en dis ?

Elle n'a pas l'air tellement plus grande que ses anciennes brassières, vu comme elle écrase ses seins l'un contre l'autre.

— Le blanc, c'est pas pratique, comme couleur, lui rappelle-t-elle. Et je pense que tu as besoin de plus de maintien. Je vais demander de l'aide à une vendeuse.

Katerina rougit aussitôt.

— Chut, Mama ! Non ! C'est pas la peine. Celle-ci me va bien.

Elle tournoie devant le miroir et fait la moue en bombant la poitrine pour faire ressortir ses seins.

— Je suis sûre que tu peux en essayer d'autres. Je vais voir ce que je trouve.

Les pièces qu'elle lui rapporte sont plus classiques. Katerina en enfile une avant de grimacer.

— Je ressemble à une grand-mère, là-dedans.

— Ne dis pas n'importe quoi.

Katerina lui fait des yeux de chien battu.

— C'est la blanche, ma préférée. Elle fait ressortir la couleur de ma peau. On peut prendre les deux, s'il te plaît ? Je promets de t'aider plus à la maison. (Elle implore Carmen du regard, attrape la brassière blanche et la serre contre elle.) Tu m'as dit qu'il faut être prête à tout, pour le foot, et cette brassière m'aidera à mieux jouer. Je me sens bien dans ma peau quand je la porte.

Carmen sait quand elle doit s'avouer vaincue.

Le jour du premier match, à la mi-février, Carmen conduit Katerina au stade. Assise sur le siège passager, les écouteurs sur les oreilles, celle-ci est en train de chanter aussi fort que faux.

— Qu'est-ce que c'est, comme chanson ? demande Carmen en haussant la voix pour se faire entendre.

— C'est *Wolves* – les « Loups », de Selena Gomez et Marshmello, hurle Katerina.

— Eh bien j'espère que tu vas courir comme un loup et pas comme un chamallow.

— Marshmello, c'est un DJ, Mama. Tu connais vraiment rien !

Sur le parking du terrain des Stallions, l'équipe adverse, Katerina file retrouver ses coéquipiers pendant que Carmen sort le sac de matériel de son coffre, glisse la lanière sur son épaule et se dirige vers le stade. À dix heures du matin, il fait déjà chaud. La chaleur remonte du bitume. La sueur lui picote les aisselles.

Elle s'arrête devant la barrière pour examiner la pelouse. Quel dommage que le premier match ait lieu ici ! Les gamins détestent les terrains synthétiques : c'est bon pour l'adhérence, mais mauvais pour les articulations, ça brûle quand on tombe et ça cause des blessures. Et pourtant, il y a des terrains comme celui-là partout dans Sydney, parce qu'ils sont moins chers à entretenir que le gazon et qu'ils supportent mieux la pluie. Personne ne s'inquiète du mal que ça fait aux jeunes.

Malgré tout, voir ce terrain la fait frémir d'avance et lui rappelle sa propre excitation, lors de ses matchs de jeunesse. Le rectangle bien net, un but de chaque côté muni de filets tendus à la perfection. Les lignes de touche blanches.

La ligne médiane et le rond central. La zone technique sur la ligne de touche opposée, avec ses rangées de bancs.

Les moins de 16 ans, qui jouaient avant les moins de 14, sont à la moitié de leur temps de jeu. Ils ont deux ans de plus que Katerina et ses coéquipiers, et ils sont aussi plus grands et plus rapides. Si Carmen trouvait déjà l'équipe de Katerina brutale, là, c'est le niveau au-dessus.

Elle emporte le sac à l'autre bout du terrain, vers la zone d'échauffement, le pose par terre et vérifie le contenu pour s'assurer qu'il ne manque rien. Chasubles. Gonfleur. Feuille de match et tablette. Glacière et poche de glace. Trousse de secours. Strap. Lacets et chaussettes de rechange. Ruban adhésif isolant. Élastiques à cheveux. Coupe-ongles. Tout y est.

Elle s'essuie le front du revers de la main. Dominik et Kyle viennent juste de sortir des vestiaires avec les Minotaurs. Pendant que les joueurs commencent leur échauffement habituel, les hommes les observent, tous dans la même position, comme des copies carbone, les bras croisés, le visage renfrogné comme des gargouilles.

Carmen va les rejoindre. Elle veut garder un œil sur Katerina, qui chahute avec les garçons et semble trop occupée à parler et à rire pour rester concentrée. Elle va se placer à côté des entraîneurs, mais ils ne la remarquent pas. Dominik donne une consigne, que ses jeunes appliquent aussitôt, bouillonnants d'énergie. Tandis qu'ils vont et viennent en se faisant des passes, il les observe, le menton rentré et la bouche de travers, comme s'il réfléchissait à un problème de mathématique compliqué.

— Viktor, attention à ton toucher de balle, lance-t-il. Bien, Alex, bien. Noah, utilise ton pied gauche. Allez, Audrey, on ne traîne pas. Toi non plus, Katerina. On se bouge.

Par la seule force de sa pensée, Carmen aurait voulu insuffler à sa fille une bonne dose d'enthousiasme. Pourquoi est-elle si lente ? Elle s'est couchée tôt, la veille au soir – elle avait éteint sa lumière avant dix heures. Et elle n'a pas trop mangé au petit déjeuner. Carmen a bien envie de lui piquer les fesses avec une aiguille à tricoter pour qu'elle avance plus vite.

— T'as vu Braedon ? lui demande Dominik.

— Non. Pas encore.

Elle remarque la sueur qui perle sur sa lèvre supérieure, les rides fines autour de ses yeux. La manière dont il s'essuie la bouche du bout des doigts avant de chasser les gouttelettes d'un geste vif.

— Il était déjà arrivé en retard à la réunion. Tu peux essayer de le trouver ? J'ai besoin de lui sur le terrain.

Carmen va voir dans les vestiaires, où ne l'attendent que des tas de sacs et des vêtements éparpillés, une odeur de pieds et de sueur mélangée au parfum écœurant du déodorant Lynx. Comme il fait frais, elle s'assied sur un banc pour profiter un instant d'être à l'abri de l'humidité et regrette d'avoir mis un jogging par cette chaleur. Elle téléphone à Cody, le père de Braedon. Il lui répond sèchement qu'ils sont en route, coincés dans les bouchons. C'est une excuse minable. Tout le monde sait qu'il faut partir tôt, les matins de match, pour éviter la circulation du samedi.

Sur le terrain, Dominik crie de nouveau après Katerina. Les autres joueurs ont l'air au taquet, surtout Audrey qui danse autour de la balle en faisant balancer sa queue-de-cheval, tête haute, avec une légèreté dans son jeu de jambes que Katerina n'a pas. Celle-ci fonce vers elle et lui donne un coup de pied discret dans les tibias. Audrey rate la balle et Katerina la récupère, sans que Dominik remarque quoi que ce soit.

C'est bien, ma fille, se dit Carmen. *Il faut être prête à tout.*

Braedon arrive alors que les Minotaurs terminent de se préparer sur le terrain. Dès que Carmen le repère près de la tribune, elle se précipite vers lui.

— Va voir Dominik immédiatement, lui hurle-t-elle aux oreilles. Il veut te faire rentrer tout de suite, et tu ne t'es même pas échauffé.

— Pas besoin, rétorque-t-il en la toisant d'un air boudeur.

Il est bien plus grand qu'elle, déjà musclé pour son âge, ses cheveux sont ébouriffés et ses yeux bleus semblent bien trop perçants. Elle se demande comme ça se passe, chez lui, quel genre de modèle Cody peut bien être pour lui.

— Tout le monde a besoin de s'échauffer. Dépêche-toi de mettre tes crampons.

Elle lui tient la barrière ouverte pendant qu'il sort ses chaussures et ses chaussettes de son sac, qu'il enfile lentement. Il passe devant elle d'un pas traînant puis rejoint son équipe de sa démarche de crâneur avant de taper dans les mains de ses amis.

Carmen surprend le regard noir que lui lance Katerina. À l'entraînement, il est brutal avec elle, ne lui passe jamais la balle et fait des commentaires sournois sur ces « filles inutiles ». Si Dominik s'en rend compte, il le reprend, mais Braedon est trop malin pour se faire attraper et son comportement passe bien souvent sous le radar. Alors qu'il mériterait de commencer sur le banc, après son retard, Dominik se contente de lui dire d'arriver à l'heure la prochaine fois et l'envoie faire le tour du terrain pour s'échauffer en vitesse.

Lorsque les équipes entrent en file sur le terrain et se placent en ligne au milieu, face aux gradins, Katerina se trouve entre Viktor et Alex. Quelle joie de la voir là ! Ils ont tous l'air de pros. Les Minotaurs portent leur maillot à rayures bleu et blanc et les Stallions sont en noir et vert. Tant de jambes différentes ! Des grandes, des petites, des larges et des maigres, droites ou arquées, genoux cagneux ou autres… Et tant de chaussures aussi, surtout des fluo.

Celles de Katerina sont violet clair, et son nom écrit en argenté brille au soleil.

Ce jour-là, c'est Viktor le capitaine. Il s'avance pour le tirage au sort puis les équipes serrent la main du jeune arbitre brun avant de se saluer l'une l'autre. Ensuite, elles se séparent pour pousser leur cri de guerre. Lorsque les joueurs vont se mettre en position pour le coup d'envoi, Katerina est sur l'aile droite. Elle sautille sur place sur la ligne médiane, en attendant le coup de sifflet. Carmen sait ce que ressent sa fille. La bouche sèche. Les jambes flageolantes. Elle connaît.

L'arbitre siffle et les joueurs s'élancent comme des chevaux de course, ils foncent, esquivent et se rentrent les uns dans les autres dans leur tentative de s'emparer du ballon. Carmen a la gorge nouée. Elle veut que Katerina montre à tout le monde à quel point elle est douée. À côté d'elle, dans la zone technique, Dominik n'arrête pas de crier.

— Allez, les Minotaurs. Pensez à ce que je vous ai appris... Alex, passe au centre à Braedon !... Katerina – fais attention à rester démarquée... Noah, garde la balle ! Maintenant, écarte-toi... Viktor, reviens au milieu. Tu ne peux pas te contenter d'attendre le ballon... Tout le monde, marquez vos joueurs !... Allez, vas-y, Katerina. Fonce !

Carmen retient son souffle lorsque Alex dégage le ballon sur l'aile, vers sa fille. Celle-ci le propulse le long de la ligne et s'élance après lui.

Viktor lève la main et se met à courir en hurlant :

— Centre ! Vers moi !

Katerina devrait le servir, Carmen le sait. Mais maintenant, ils vont tous voir à quel point elle est douée.

Viktor a beau crier de plus belle, Katerina l'ignore et tire. La balle fuse très loin du but.

Viktor s'approche d'elle à grands pas, le chignon frétillant.

— T'aurais dû me faire une passe, c'est moi, l'attaquant.

Katerina lui tourne le dos.

Elle doit attendre longtemps avant d'avoir une autre opportunité. Braedon l'évite et fait exprès de maintenir le jeu sur l'aile opposée. Katerina l'appelle, mais il sourit en l'ignorant. Carmen fulmine.

Puis Noah fait une tête vers Alex, à l'avant, et ce dernier envoie la balle en profondeur vers Katerina. Cette fois-ci, elle est mieux placée, pas très loin du but. Elle court vers le ballon, dribble un instant puis frappe.

Carmen donne un coup de pied en l'air, en même temps. Le bruit du cuir contre le ballon ne trompe pas. Elle sait aussitôt que ça finira au fond des cages.

Elle lève les bras, assaillie par une bouffée de chaleur. C'est un bon présage. Le tout premier but de la saison. Elle aurait voulu qu'Ilya soit là pour voir ça, sauf qu'il est au stade des Minotaurs, où il assiste au match de Kosta tout en s'occupant du barbecue.

Katerina revient au centre en courant à grands pas, tête haute, le sourire jusqu'aux oreilles. Carmen se souvient de cette sensation. On a l'impression de flotter sur un nuage. C'est exactement pour ça qu'on joue au foot.

Mais ensuite, Carmen a l'impression que quelqu'un a débranché Katerina. Alors que les garçons dévorent le terrain avec leurs grandes foulées, elle, elle semble piétiner sur place. Elle arrête de courir et traîne derrière son défenseur, ce qui empêche son équipe de lui transmettre la balle. Elle n'est plus elle-même. Un pétard mouillé. Carmen a envie de lui mettre un coup de pied aux fesses.

— Allez, Katerina, hurle Dominik. On repasse à l'offensive !

Dès qu'elle voit sa fille froncer les sourcils, Carmen sent que ça va mal tourner. En attendant une rentrée de touche, Katerina pousse son défenseur de l'épaule et, quand il lui dit de faire gaffe, elle lui répond « Va te faire foutre ». L'arbitre la réprimande pour son insulte et accorde un coup franc à l'équipe adverse.

— Hé, fillette ! lance un parent des Stallions. C'est la balle, qu'il faut frapper, pas l'adversaire.

Lorsque le match reprend, Katerina bouscule de nouveau le même joueur, qui tombe dans l'herbe. L'arbitre siffle un autre coup franc et donne un avertissement à Katerina. Mentalement, Carmen l'implore de retrouver son sang-froid, mais sa fille ne laisse pas le défenseur tranquille. Elle lui marche sur les pieds, lui cogne les tibias, lui tire sur le maillot, le chahute sans cesse. Quand il se retrouve de nouveau au sol, l'arbitre l'attire à l'écart. *Calme-toi, Katerina*, souffle Carmen. *S'il te plaît, calme-toi.*

Katerina lui fait face, les mains sur les hanches, et lui répond d'un ton provocateur. Si Ilya était là, il serait furieux. Il tient au respect des arbitres, surtout à leur âge où la plupart d'entre eux sont eux aussi des gamins en formation. Il déteste la manière dont les entraîneurs et les parents s'énervent. Si les adultes ne sont pas là pour apprendre le respect aux jeunes, qui le fera ? Frankie venait s'occuper de l'arbitrage, à une époque, puis il a abandonné parce qu'il en avait assez de se faire insulter.

Mais Katerina a visiblement oublié toute notion de respect. Elle invective l'arbitre, qui finit par plonger la main dans sa poche, avant de lui brandir un carton jaune sous le nez.

— Quoi ? s'écrie-t-elle. J'ai rien fait !

Carmen doit ravaler le hurlement qui monte dans sa gorge. Katerina s'est montrée un peu brutale, mais ces Stallions ne sont pas mieux. Ce carton sanctionne sans doute son impertinence. Elle aurait dû se contrôler.

— Katerina ! Arrête de répondre ! lance Dominik.

Il lui fait signe de le rejoindre. Il va la faire sortir ? C'est trop tôt ! La mi-temps est encore loin.

Katerina fulmine et lui tourne le dos. Dominik la rappelle en criant :

— Katerina ! Viens ici !

Prête à entrer sur la pelouse, Audrey tend sa chasuble à Katerina, qui refuse de la prendre. Elle sort du terrain d'un pas lourd et se jette sur le banc, les bras croisés sur la poitrine. Audrey se plante devant elle pour essayer de lui donner le dossard.

— J'en veux pas de ce truc de merde, crache Katerina.

Audrey lâche la chasuble sur les crampons de Katerina puis entre sur le terrain en courant pendant que la fille de Carmen reste sur le banc, recroquevillée et déprimée.

Le cœur de Carmen se serre, mais que peut-elle y faire ? Katerina ne jouera plus jusqu'à la fin du match.

Deux semaines passent, et le comportement de Katerina ne s'arrange pas. Carmen ne comprend pas. Les matchs du samedi se suivent et se ressemblent. Elle ne trouve pas son rythme, elle se fatigue vite et Dominik la met sur le banc. À la maison, elle est de mauvaise humeur, bâille tout le temps, et s'intéresse plus à son téléphone qu'à l'entraînement. Elle n'a pourtant pas l'air fatiguée, après les matchs. Le samedi après-midi, elle sort se dégourdir les jambes. Si elle s'était dépensée correctement sur le terrain, elle devrait être trop épuisée pour bouger.

Carmen s'inquiète en permanence. Au lit, un soir, elle en parle à Ilya – ils discutent toujours de tout.

— Je la nourris bien, dit-elle. Avec beaucoup de viande, pour les protéines.

— C'est peut-être hormonal.

— Tu crois qu'elle devrait prendre la pilule ?

Il hausse les épaules.

— Ce serait peut-être une bonne idée. Tu m'as toujours dit que, pour toi, la pilule avait un peu régulé tes sautes d'humeur.

Le cabinet médical où Carmen travaille comme réceptionniste se trouve au troisième étage d'un grand immeuble. L'endroit est bien rangé, mais froid, comme le veut l'usage – une salle d'attente n'est pas censée être un lieu distrayant. Voilà pourquoi il y a un présentoir à magazines dans un coin et une caisse de jouets indestructibles pour occuper les tout-petits. Personne n'a envie d'entendre un enfant hurler. Pourtant, parfois, elle a l'impression d'être dans une cour de récré et le vacarme résonne dans sa tête si fort qu'elle ne parvient pas à l'ignorer malgré tous ses efforts.

Comme ce jour-là, où les gens à problèmes défilent en continu. Des patients sans rendez-vous qui lui crient dessus si elle n'arrive pas à les caser dans l'agenda surchargé des médecins. Des enfants mal élevés de parents permissifs qui pensent que leur descendance règne sur le monde et que tous devraient les admirer. Un junkie agressif qui ne retrouve pas sa carte de sécurité sociale et qui refuse de payer.

Entre les règlements à encaisser, les rendez-vous à noter et le téléphone qui ne s'arrête presque jamais de sonner, Carmen essaie de faire des recherches sur internet. Elle tape : « manque d'énergie chez l'adolescente ». L'écran scintille plusieurs fois puis lui affiche *« fatigue chronique »*. Elle lit les symptômes, mais ça ne ressemble pas à Katerina. L'anémie, alors ? Maintenant que Katerina est réglée, elle a peut-être besoin de davantage de fer.

— Qu'est-ce que tu veux savoir ? demande Pat, l'autre réceptionniste, en revenant de sa pause matinale.

Elle se penche par-dessus l'épaule de Katerina pour regarder l'écran, son haleine chargée de l'odeur âcre de sa cigarette.

Carmen lui tend un bonbon à la menthe.

— Les causes de fatigue chez les adolescentes, explique-t-elle. Ma fille a l'air épuisée, en ce moment.

— Elle a quel âge ?

Pat est l'experte du centre, question ados, vu qu'elle a accompagné ses trois filles jusqu'à l'âge adulte.

— Presque 14 ans.

— Elles sont toutes exténuées, à cet âge. Elles ne dorment pas assez. Elles passent leurs nuits sur leur portable.

Il est vrai que Katerina a toujours le nez sur le sien. Carmen devrait peut-être instaurer de nouvelles règles sur l'utilisation du téléphone dans sa chambre.

Elle décide de lui en parler le soir même. Ilya est parti au club pour regarder une rediffusion d'un match du championnat anglais avec des amis, Frankie est à son entraînement et Kosta dans sa chambre, sur son ordinateur. Dans le salon, Katerina est allongée avec Zorro sur le canapé, où elle fait défiler des images sur son téléphone. Carmen s'assied en face d'elle, dans un fauteuil.

— Alors, comment ça se passe avec l'équipe, pour l'instant ? demande-t-elle. Ça te plaît ?

Katerina lève à peine les yeux de l'écran.

— Ça va. J'aime bien Viktor, mais y a vraiment des branleurs. Surtout Braedon.

Carmen a remarqué que ce crétin n'arrête pas d'embêter Katerina à l'entraînement, qu'il la prend de haut et se moque d'elle pendant les exercices. Elle a aussi vu l'expression furieuse de Katerina quand elle lui répond.

— Qu'est-ce qu'il te fait ? veut-elle savoir.

— Il passe son temps à me dire des conneries.

— Comme quoi ?

— Des trucs à la con sur les filles. T'inquiète pas, je gère.

— Et sinon, tout va bien ? Au collège aussi ? Avec tes amies ?

— Oui, pourquoi ?

— Je ne sais pas. Tu m'as l'air fatiguée, en ce moment.

— Je dors mal.

Katerina continue à scruter son téléphone.

Pat a peut-être raison. Carmen se demande pourquoi elle n'y a pas pensé avant.

— Et si tu laissais ton portable dans la cuisine, ce soir, pour profiter d'une bonne nuit de sommeil ? suggère-t-elle.

Elle touche une corde sensible. Katerina la foudroie du regard, le menton en avant.

— Jamais de la vie. C'est *mon* téléphone.

— Tu devrais le poser un peu. Tu passes tout ton temps dessus. Tu n'as pas des devoirs à faire ?

— Non.

— Donne-le-moi.

— Non. Toi, tu ne laisses pas ton téléphone dans la cuisine ! proteste Katerina en cachant l'objet du délit derrière son dos.

Carmen n'apprécie pas son regard provocateur.

— Donne-le-moi ou je vais devoir te le confisquer.

— Non.

Maintenant, comme Carmen est obligée de mettre sa menace à exécution, elle appelle Kosta en renfort. Il enlève Zorro du canapé et se débat tant avec Katerina pour essayer de lui prendre son téléphone qu'ils atterrissent sur le sol. La bagarre commencée dans le salon se termine dans la cuisine. Katerina s'accroche à son portable de toutes ses forces et se démène pour le maintenir hors de portée de Kosta. Il finit par lui échapper des mains et tombe sur le comptoir dans un bruit sec.

Kosta l'attrape et regarde Carmen d'un air penaud. L'écran est fichu.

— T'as bousillé mon téléphone ! hurle Katerina à son frère. T'as intérêt à m'en racheter un !

Quand elle le lui arrache des mains, un éclat de verre lui entaille le pouce. Du sang goutte sur le carrelage.

Carmen doit l'emmener à l'hôpital, pour des points de suture.

Avec sa main bandée, Katerina va rater l'entraînement toute la semaine, y compris le match du samedi. Ça ne veut pas dire qu'elle peut rester à la maison. Même s'il commence à faire frais et sombre le soir, elle est quand même obligée d'y aller et d'observer les autres à côté de Dominik.

Carmen ne supporte pas de la voir plantée là, incapable de faire quoi que ce soit, pas même de ramasser les ballons parce qu'elle risque de se faire mal à la main. Dans un accès de culpabilité, elle lui rachète un téléphone – ce qui fait plaisir à Katerina. Mais lorsqu'elle reprend l'entraînement la semaine suivante, elle offre la même performance léthargique et terne. Carmen ne sait plus quoi faire avec elle. Bientôt, Dominik perdra patience et que se passera-t-il alors ? La liste des joueurs doit être finalisée dans deux semaines. Le samedi matin, quand Carmen se gare sur le parking du stade des Minotaurs, une nuée de cacatoès s'envole des pins en criant et en battant des ailes. L'un d'eux pique si bas qu'elle arrive à voir sa crête jaune et le dessous de ses ailes à travers le pare-brise. Il tourne puis se pose sur une haute branche et se met à déchiqueter des pommes de pin.

Katerina disparaît dans les vestiaires et Carmen se dirige vers la buvette. Les moins de 16 ans viennent de finir et c'est la ruée sur la nourriture et les boissons. Elle rejoint les autres bénévoles débordés derrière le comptoir et distribue des bonbons mous en forme de serpent, des chips, des sacs de sucreries, des sodas et des cafés. Comme les saucisses partent vite, elle sort une nouvelle fournée du frigo et va l'apporter au barbecue.

Non loin, Jonica est en train de boire un café en discutant avec Miles. Ils semblent inséparables. Est-ce qu'il se passe quelque chose entre eux ? *Où est Ben ?* se demande-t-elle.

Elle ôte le film plastique qui recouvre le plateau de saucisses et, tout en les disposant sur la grille, écoute leur conversation.

— Audrey attend toujours de savoir si elle est titularisée ou pas, explique Jonica. Jusqu'ici, elle a joué toutes les semaines parce qu'il y a eu des malades et des blessés, mais ce serait mieux pour elle si elle pouvait être fixée.

— Tu veux dire qu'elle n'est pas officiellement prise ? s'étonne Miles.

— Non, pas encore.

— La pauvre ! Elle joue aussi aujourd'hui ?

— Oui, et ça me rend un peu nerveuse. Mon neveu, Tommy, est dans l'équipe des Bears et leur entraîneur est vraiment insupportable. Il hurle sur les arbitres et les gamins.

Carmen a elle aussi entendu parler de ce coach, Luka. De la manière dont il exaspère tout le monde et intimide les arbitres si bien qu'on ne peut jamais avoir des décisions justes. Il a même été suspendu plusieurs fois pour insultes verbales.

— Je sais, répond Miles. Il est sexiste, en plus. L'année dernière, Noah et moi, on était arrivés en avance pour le match et il y avait encore une équipe de filles sur le terrain. Luka leur a crié qu'elles n'avaient rien à faire là, et qu'elles devaient dégager pour que ses gars puissent s'échauffer.

— Il est horrible. Je l'ai entendu dire à un jeune arbitre qu'il était archinul. Pas étonnant qu'ils aient du mal à trouver des bénévoles, dans leur club. Si c'était moi, je refuserais qu'il s'approche de *mes* enfants.

Carmen ramène le plateau vide à la buvette puis va retrouver Dominik. Il est dans les vestiaires, en train d'écrire sur son carnet.

— Où t'étais ? grogne-t-il. Et où est Braedon ?

— Il n'est toujours pas arrivé ?

— Non. Et j'en ai ras le bol. S'il est encore en retard, il va cirer le banc. Il n'est pas venu à l'entraînement de la semaine.

Dehors, Kyle a demandé aux joueurs de faire des allers-retours en courant entre les lignes de touche. D'habitude,

Dominik aime s'investir dans la préparation d'avant-match mais ce jour-là, il semble distrait et n'arrête pas de fixer l'autre bout du terrain. Carmen suit son regard vers la zone où les Bears s'échauffent selon les indications d'un petit homme trapu. Luka, sans doute. Il est plus vieux qu'elle ne le pensait, ses cheveux sont gris ardoise et, même de là où elle se trouve, elle l'entend crier.

Près d'elle, Dominik se crispe.

— J'y crois pas, marmonne-t-il.

Carmen remarque alors un garçon, parmi les Bears, adroit et rapide avec la balle. Elle reconnaît son attitude bravache et insouciante. Sa manière de bouger. Son sourire confiant. Braedon !

Elle se tourne vers les Minotaurs qui scrutent tous l'autre côté du terrain en murmurant.

— Qu'est-ce qu'il fiche avec les Bears ? s'écrie Carmen.

— Quel connard ! renifle Viktor. Il a changé d'équipe.

— Le traître !

Braedon se rend compte qu'ils l'observent et leur fait un doigt d'honneur, hilare.

— Je vais le faire payer, grogne Viktor, tendu, les poings serrés, comme s'il allait courir vers lui.

— Non ! aboie Dominik, les narines frémissantes. Reste ici. Je vais dire un mot à Luka.

Ça ne fera qu'empirer les choses, Carmen en est certaine. Mais que peut-elle y faire ? Dominik se dirige déjà vers lui.

Luka va à sa rencontre à grands pas et ils se font face comme des chiens énervés.

Les Minotaurs les fixent, stupéfaits.

— Kyle, continue les ateliers, suggère Carmen.

Ce dernier hoche la tête et ordonne aux joueurs de se concentrer sur ce qu'ils font s'ils ne veulent pas se prendre une raclée. Galvanisés, ils se jettent à corps perdu dans les exercices comme des lapins étourdis.

Dominik finit par revenir d'un pas lourd et appelle tout le monde.

— Braedon s'est inscrit chez les Bears, annonce-t-il. Il est parti pour de bon.

Viktor crache par terre et les autres grommellent leur mécontentement.

— Je comprends que vous soyez furax, reprend Dominik. Moi aussi, je suis dégoûté. Mais écoutez-moi bien ! (Il les foudroie du regard, ferme le poing et le brandit devant eux.) Au lieu de vous énerver, vengez-vous ! Si on joue mal, c'est lui qui gagne, sur tous les plans.

Il leur demande d'exécuter un échauffement qu'ils accomplissent avec une férocité et une unité que Carmen n'avait jamais vue.

Quand le match commence, ils sont tous à fond, déterminés, sourcils froncés et attitude agressive. Mais Braedon est une boule d'énergie qui rebondit partout sur le terrain en dégommant ses anciens coéquipiers et en riant lorsqu'il les percute. Il se moque des filles, surtout de Katerina. Il chambre Viktor.

Ce dernier finit par perdre son sang-froid. Lorsque le ballon arrive vers lui, au lieu de l'attaquer, il fonce vers Braedon et le fait tomber. Ce dernier se tortille sur le sol en gémissant comme si on venait de le poignarder. Le jeune arbitre se fait avoir. Viktor écope d'un carton jaune et Braedon gagne un coup franc.

Il frappe la balle avec un sourire en coin et se met à courir de sa longue foulée déliée. Lorsque les Minotaurs essaient de l'arrêter, il les écarte à coups d'épaules : d'abord Alex, puis Katerina et ensuite Audrey. Il est trop brutal – tout le monde le voit.

Dominik hurle sur l'arbitre et sur Luka, en vain. Personne ne le réprimande.

Carmen cherche Ilya des yeux en fulminant. Il est arrivé après la fin du match de Kosta. Il observe la rencontre les mains dans les poches, voûté, derrière la ligne de touche. Lorsqu'elle croise son regard, il lève les bras en l'air et secoue la tête, dégoûté.

Braedon percute Katerina, qui tombe lourdement, se recroqueville un instant en grimaçant avant de se relever.

Viktor attrape Braedon par le maillot et lui lance, les dents serrées :

— Laisse-la tranquille !

— Va chier ! réplique Braedon. C'est un match entre mecs. Si elle fait pas le poids, qu'elle dégage.

Viktor fait mine de l'étrangler mais, comme Dominik lui hurle d'arrêter, il tourne lentement les talons.

Au lieu d'accorder un coup franc à Katerina comme il aurait dû le faire, l'arbitre rend la balle aux Bears. Tommy fait une passe à Braedon, qui traverse le terrain à toute vitesse et tire vers le but. Le gardien des Minotaurs rate son arrêt et le ballon roule jusqu'au filet. Les Bears exultent. Les Minotaurs baissent la tête.

Après ça, Braedon s'attaque à Katerina. Avec un sourire lubrique, il la bouscule pour intercepter le ballon si brutalement qu'elle retombe par terre avant de se relever.

L'arbitre leur fait signe de continuer à jouer.

— Arbitre ! s'écrie Ilya. C'est une faute. Les Minotaurs méritent un coup franc.

D'habitude, il ne crie jamais. Il doit vraiment être hors de lui.

Carmen se tourne vers Dominik.

— Il faut que quelqu'un l'arrête.

L'entraîneur est déjà tout rouge à force de hurler.

— Arbitre ! rugit-il. Arbitre, c'est inacceptable. Il essaie de blesser mes joueurs !

Braedon heurte une nouvelle fois Katerina, qui le repousse à coups de coude et de crampons.

— Vas-y, Katerina ! s'époumone Carmen en touchant son crucifix.

Maintenant, Braedon s'en prend à Audrey. Elle est en forme, aujourd'hui, ce qui en fait une cible toute trouvée. Même si Carmen ne veut pas qu'elle joue mieux que Katerina, elle ne tient pas non plus à ce qu'il lui arrive malheur. Heureusement, rapide et insaisissable, elle parvient par miracle à lui échapper. Mais il la suit partout comme son ombre, la colle et sautille autour d'elle tel un chat jouant avec sa proie.

Carmen voit que Ben fait les cent pas sur le bord du terrain, un vrai garde du corps. Il interpelle à son tour l'arbitre.

— Il faut faire sortir ce gamin avant qu'il blesse quelqu'un !

Pour une fois, elle est entièrement d'accord avec lui.

L'arbitre finit par appeler Braedon pour lui donner un avertissement.

Lorsque le match reprend, au lieu de rester à l'avant, à son poste habituel, Viktor se replie avec les défenseurs. Braedon tente une percée vers le but mais Viktor le tacle et envoie la balle en corner.

Quand le joueur des Bears s'apprête à le tirer, tout le monde s'agite devant le but, Viktor et Braedon se donnent des coups d'épaule si violents qu'ils bousculent les autres.

Le ballon part en cloche. Lorsqu'il redescend, les joueurs sautent le plus haut possible et se percutent les uns les autres. Carmen entend Katerina hurler. Viktor réussit à dégager le ballon d'un coup de tête.

Tout le monde se met à courir après la balle, sauf Katerina qui, toute rouge, crie sur Braedon.

— Va te faire foutre ! Me touche pas, connard !

Alors que l'arbitre la réprimande pour ses insultes, elle fait un doigt d'honneur à Braedon en vociférant :

— C'est *lui* qui devrait avoir des problèmes, pas moi.

Lorsque son ancien coéquipier fonce vers elle, elle essaie de le gifler, mais il lui attrape le poignet et lui tord le bras. Elle crie. Carmen hurle. Ilya aussi.

L'arbitre siffle et Katerina s'écrie :

— Il m'a peloté les seins !

Ilya déboule sur le terrain, mais il n'a pas le temps de faire trois pas avant que l'arbitre brandisse son carton jaune devant Braedon.

— C'est pas trop tôt, beugle Ilya en reculant derrière la ligne.

Hors de lui, Braedon crache tous les gros mots qu'il connaît. Sur l'arbitre. Sur Ilya. Sur son propre entraîneur.

L'arbitre lui montre de nouveau son carton jaune puis sort le rouge, ce qui signifie que Braedon est exclu du match.

Il lance un : « Va te faire foutre ! » puis dégage du terrain en attrapant son sac.

— T'as pas intérêt à retoucher ma fille ! crache Carmen lorsqu'il lui passe devant en trombe.

Il lui envoie un baiser et son regard insolent lui donne la chair de poule. Comme Ilya a tout vu, il s'apprête à lui courir après. Elle le retient par le bras. Il est tendu comme jamais, au point que ses trapèzes ressortent. Elle sent la rage qui explose en lui.

— Lâche-moi, gronde-t-il. Il a touché notre fille et t'a insultée. Je pourrais le tuer.

Carmen s'accroche à lui.

— On va faire un signalement et Dominik aussi.

Son mari la fixe, les yeux plissés.

— Oui, dit-il, cette petite *skata* ne va pas s'en tirer comme ça. On fera tout pour qu'il soit suspendu.

Alors qu'elle regarde Braedon s'éloigner d'un pas nonchalant, Carmen comprend soudain ce qui l'a toujours troublée chez lui. Son expression lubrique. La lueur dans ses prunelles. L'agression de Katerina. Tout ça rouvre la chambre forte de sa mémoire.

Elle a tout fait pour oublier ; mais le passé ne veut pas s'effacer.

HORS-JEU

Faute de position par rapport aux défenseurs adverses
et à sa propre équipe, au départ du ballon,
en phase offensive.

Audrey

De retour à la maison, après le match, Audrey va prendre une douche puis se laisse tomber sur son lit. Elle s'adosse au tas de coussins moelleux, Honey allongée près d'elle. D'habitude, elle se met à genoux mais, comme elle ne peut plus les plier à cause de ses égratignures, elle tend les jambes et se tortille un peu pour s'installer confortablement.

Elle aime bien sa chambre à cette heure de la journée. La lumière de la fin de l'après-midi pénètre par la fenêtre et baigne la pièce d'une lueur dorée. L'année passée, elle s'est débarrassée de toutes ses affaires pour la refaire à neuf. Elle n'a gardé que son étagère à trophées – adieu les posters de licornes, les rideaux arc-en-ciel et le cheval à bascule rose ! Ils ont fait place à une rangée de plantes d'intérieur, une guirlande lumineuse au-dessus des nouveaux rideaux, une peau de mouton blanche sur le sol, une couette et des coussins rose poudré, ainsi que des plaids gris perle. Il y a aussi un poster dédicacé de Sam Kerr, l'attaquante australienne qui joue à Chelsea. Et sa mère a accepté de lui acheter un lit double pour qu'Honey ait la place de se coucher à côté d'elle. Alex aussi a changé de lit, parce qu'il a tellement grandi que ses pieds dépassaient de l'ancien.

Elle se blottit dans ses coussins et ouvre son journal intime – un carnet adorable que sa mamie lui a offert à Noël dernier. Elle, elle lui fait toujours de jolis cadeaux. Au contraire de sa mémé – sa grand-mère paternelle – qui redistribue des objets que d'autres lui ont offerts : des trucs de vieux, comme de la crème pour les mains parfumée à la rose et des petites boîtes ornées de tissu qui lui auraient peut-être plu quand elle avait 5 ans. Mémé n'aurait jamais pensé à lui acheter un aussi beau carnet. En plus, celui-ci est spécial. Sa couverture est une reproduction des *Nymphéas,* de Monet, ses pages sont dorées sur la tranche et, comme elles ne sont pas datées, Audrey peut écrire autant qu'elle veut. Elle s'y confie tous les soirs et le cache sous son matelas pour que sa mère ne le lise pas.

Aujourd'hui, elle l'ouvre pour y raconter le match. Ça lui fait du bien de tout laisser sortir – la manière dont Braedon n'arrêtait pas de la toucher, la gêne qu'elle a ressentie. Elle n'a jamais été aussi contente de voir quelqu'un se prendre un carton rouge. Si elle se faisait exclure comme ça, elle serait tellement dévastée qu'elle pourrait en mourir de honte. Mais Braedon l'a mérité. Et on pouvait deviner à son sourire que ça ne l'embêtait même pas. Elle sait qu'elle n'est pas débarrassée de lui pour autant. Elle ne le sera jamais. Ce genre de mecs trouve tout le temps un moyen de blesser les autres, en disant des horreurs sur Snapchat, par exemple. Lui, il fait toujours des trucs méchants puis prétend que c'était qu'une blague en affichant un sourire enjôleur qui trompe les adultes – c'est comme ça qu'il s'en tire. Dès le tout premier jour des sélections, elle a souffert de son comportement. Des coups de coude dans les côtes. Des collisions « accidentelles ». Des commentaires désobligeants qu'elle est la seule à entendre. Elle se félicite que l'arbitre l'ait renvoyé chez lui, aujourd'hui. Il aurait dû se faire exclure depuis des semaines. Elle n'en pouvait plus de devoir le supporter. Pour toutes ces raisons, elle est plus que ravie qu'ils aient battu son équipe. *Et* son cousin Tommy.

Ensuite, elle doit remplir son rapport en ligne. Son père affirme qu'il vaut mieux s'y mettre juste après le match, pendant que tout est encore frais dans son esprit. Dominik est très strict là-dessus. Même après chaque entraînement, il faut noter trois éléments positifs et trois autres qui restent à améliorer. Alors qu'elle a souvent du mal à trouver des points positifs, elle voit toujours une tonne d'éléments à consolider : ceux que son père lui rappelle sans cesse, en fait. Elle doit continuer à travailler sa première touche de balle, ses contrôles aussi, et à affiner sa vision du jeu pour faire de meilleures passes. Et elle doit essayer de bien orienter son corps quand la balle arrive sur elle pour avoir l'avantage sur l'adversaire.

Il y a différentes catégories à remplir. Le nom de l'atelier, l'objectif de la séance, les objectifs personnels, la réflexion. Elle en a fait la moitié lorsque son père l'appelle dans la salle à manger. Ce n'est pas du tout l'heure du dîner mais, quand il convoque quelqu'un, mieux vaut rappliquer en vitesse. C'est comme ça que ça marche à la maison.

Elle finit sa phrase, referme son ordinateur et va voir ce qu'il veut.

Il est installé au bout de la table en bois tropical, l'air solennel. Il lui fait signe d'entrer.

— Viens t'asseoir. Je voudrais qu'on discute, tous les deux.

Elle prend place sur sa chaise et, aussitôt, les petites voix commencent dans sa tête. *Tu n'as pas très bien joué, tu n'y arriveras jamais, tu n'es toujours pas prise dans l'équipe, les autres sont bien meilleurs que toi, pourquoi tu as cru que tu y arriverais... ?*

Une feuille de papier est posée sur la table devant son père, qu'il fait glisser d'avant en arrière du bout de ses doigts. La bouche d'Audrey s'assèche. Est-ce que c'est la liste de tout ce qu'elle a raté aujourd'hui ?

— Je vais avoir des ennuis ? demande-t-elle, incapable d'attendre plus longtemps.

— Bien sûr que non ! s'écrie-t-il en haussant les sourcils. Pourquoi cette question ?

Elle se détourne.

— Je ne sais pas. Même si j'ai fait de mon mieux, j'aurais peut-être pu m'appliquer davantage.

— Moi, j'estime que tu t'en es très bien sortie, vu que Braedon était incontrôlable.

— Vraiment ?

Elle trouve le courage de le regarder en face. Sous la table, Honey se glisse entre ses jambes et s'assied sur ses pieds.

— Oui, il est pénible. Il ne vous a pas laissées tranquilles un seul instant, Katerina et toi. À croire qu'il vous en voulait personnellement. Je t'ai appelée pour ça. Les parents de Katerina vont faire un signalement et j'aimerais moi aussi envoyer un mot. J'ai préparé une lettre, mais je tenais d'abord à entendre ta version. Qu'est-ce qui s'est passé, sur le terrain ?

Elle déglutit en se souvenant du souffle chaud répugnant de Braedon sur sa joue. De ses doigts qui la pelotaient. Des efforts qu'elle avait déployés pour lui échapper. Elle jette un coup d'œil vers la corniche, dans le coin de la pièce, vers la petite araignée qui s'y tapit.

— Il m'a touché les fesses… et il m'a dit des trucs. Il m'a traitée de p.u.t.e, et aussi de connasse et de salope.

— Quel petit con ! marmonne son père. Comment ose-t-il ? C'est arrivé quand, dans la première mi-temps ?

— Juste après le but de Tommy.

— Tu étais où, sur le terrain ?

— Je ne sais pas, près du centre.

— Il t'a touchée combien de fois ?

— Deux ou trois. Il est vraiment doué pour être discret. Il fait semblant de me frôler et en profite pour tripoter tout ce qu'il peut.

Son père prend son stylo et note quelque chose sur la feuille avant d'appeler sa mère et Alex pour leur demander ce qu'ils ont vu.

— J'ai remarqué ce qu'il faisait, explique Alex. J'aurais bien voulu l'arrêter, mais comme je ne voulais pas avoir de problèmes avec l'arbitre, j'ai laissé Viktor intervenir. Ils se tirent déjà la bourre pour savoir qui est le meilleur d'entre eux. C'était vraiment horrible, papa. Il n'a pas arrêté de narguer Audrey, a constamment empiété sur sa zone et lui a tiré la queue plusieurs fois.

— Quel petit trou du cul. Je ferais mieux d'ajouter ça.

Leur père note une nouvelle phrase.

Audrey est étonnée que son frère la soutienne. Quand ils étaient petits, il lui prenait ses jouets pour les cacher, lui tirait les cheveux, lui volait ses œufs de Pâques et les mangeait à sa place. Un jour, il l'avait même poussée du canapé si fort qu'elle s'était cogné la tête contre la table basse. Il y avait eu du sang partout. Elle en garde toujours une cicatrice.

— Je pense que c'est la faute de Cody, intervient sa mère. Il ne reprend jamais son fils quand il agit mal. Les parents doivent recadrer leurs enfants, surtout les petits tyrans comme Braedon. Mais Cody n'était même pas là, aujourd'hui.

— Dommage qu'il n'ait pas vu ça. Je vais aussi l'ajouter à ma lettre. Je veux être certain qu'on coince ce gamin. Je vais demander une suspension et je veux aussi exiger que son retour soit conditionné à un encadrement spécifique – il doit être supervisé correctement. (Il écrit de nouveau sur sa feuille avant de lever les yeux.) Je peux vous la lire ?

— Bien sûr, l'encourage Jonica.

Ben se racle la gorge et commence la lecture. À la fin, il scrute leur réaction par-dessus ses lunettes.

— Est-ce qu'une suspension de huit semaines est suffisante, ou est-ce que je dois demander plus ?

— Ils ne le sanctionneront sans doute pas plus, vu son jeune âge, et c'est la parole d'Audrey contre la sienne, répond Jonica. Je peux y jeter un œil ? (Elle attrape la lettre et la parcourt en vitesse.) Ça devrait leur faire peur. Le comportement de Braedon est inqualifiable et, s'il n'est pas puni, il continuera. Je suis contente que tu aies écrit cette lettre. Elle forcera la fédération et les clubs à réagir, vu qu'elle vient d'un avocat.

Elle passe la lettre à Audrey. Le nom de son père figure en en-tête : Benjamin Woodford, avocat à la cour, et l'adresse de son cabinet. Audrey la lit attentivement. Son père utilise plein de mots compliqués. Elle est fière de lui. Avec un peu de chance, un jour, elle sera aussi fière d'elle-même, quand elle jouera avec les Matildas.

— Elle est parfaite, papa. Ça fait très professionnel. J'aimerais être capable d'écrire une lettre comme ça. Je pourrais peut-être devenir avocate, comme toi.

— Et pourquoi pas ?

Son sourire chaleureux lui réchauffe le cœur.

— Moi aussi, je suis avocate, déclare sa mère en se levant. C'est de famille. Je suis aussi intelligente que ton père, tu sais. Je n'ai malheureusement plus l'occasion de le montrer.

Sur ces mots, elle sort de la pièce.

— Je peux y aller aussi ? demande Alex. J'ai des tas de devoirs à faire.

Il fait l'innocent, mais Audrey sait bien qu'il veut juste retourner jouer à l'ordi.

— Bien sûr, Alex. Vas-y.

Audrey rend la lettre à son père, qui reprend son stylo-plume et la signe d'un grand geste.

Alors qu'ils sont en train de dîner, le portable de son père vibre et il décroche même si les téléphones sont interdits pendant les repas.

— Force majeure, dit-il en se levant d'un bond. C'est Dominik.

Honey le suit lorsqu'il sort de la pièce, son téléphone collé à l'oreille. Audrey arrête de mâcher pour écouter la conversation. Et si Dominik appelait pour dire qu'il ne voulait pas d'elle dans l'équipe ?

Alex continue à manger parce qu'il sait déjà qu'il est pris, alors que ça fait des semaines qu'elle attend d'être fixée. Elle essaie toujours d'impressionner les entraîneurs pour qu'ils comprennent qu'elle a le niveau. Certains jours, ses jambes sont si lourdes qu'elle n'arrive pas à courir ni à maîtriser sa conduite de balle parce que tout le monde l'observe pour voir si elle commet une erreur – pas seulement les coachs, mais les autres joueurs aussi. Elle sent leurs regards qui la transpercent. Elle sent qu'ils la jaugent. Même lorsqu'elle joue bien, ils la méprisent. Ils pensent qu'elle n'est pas à leur niveau – ce qui est faux – mais, parfois, ça la démoralise. Quand elle plante le bout de son couteau dans son steak, du sang en jaillit et souille sa purée de pommes de terre. Elle avait faim, avant. Plus maintenant.

Son père revient d'une démarche sautillante, Honey le suit, la queue en l'air.

— J'ai une bonne nouvelle, dit-il en la regardant droit dans les yeux. Tu es prise pour de bon.

— C'est merveilleux ! s'écrie sa mère en lui tapotant la cuisse. Tu dois être tellement contente, ma chérie !

Oui, elle *est* contente. Elle sourit si fort qu'elle a mal aux commissures des lèvres. Mais... n'est-ce pas un peu nul d'être sélectionnée simplement parce que Braedon a quitté l'équipe ? Elle jette un coup d'œil vers son père. Comme il lui fait un clin d'œil complice, elle en déduit que c'est acceptable.

— Félicitations, dit-il. Je savais que tu en étais capable.

Elle se détend un peu. Et se sent encore mieux lorsque Alex lui adresse un hochement de tête.

— Allez, lui dit son père. Finis ton assiette.

Elle coupe son steak avec un regain d'enthousiasme. Elle a besoin de protéines pour prendre des muscles et améliorer sa course et son endurance – c'est ce que sa mère lui répète sans cesse. Et, sur ce genre de choses, elle a presque toujours raison.

Audrey cherche ses amies du regard parmi le troupeau de filles en uniforme qui cavalent sur les allées pavées entre les bâtiments de brique rouge. Une odeur de casiers poussiéreux et de sandwiches pourris flotte dans l'air.

Elle aime son collège. Sa classe bien rangée. La rigueur des maths et leurs solutions logiques. La satisfaction de comprendre parfaitement ce qu'attendent les profs de lettres et d'histoire-géo. La symétrie de la conjugaison française. Elle adore aussi l'art plastique – la manière dont elle s'absorbe tellement dans un dessin que le temps disparaît. Elle n'a aucune difficulté pour comprendre, apprendre et restituer. En revanche, elle a beaucoup plus de mal à se faire des amies et à les garder.

Elle repère Darcie, Pip et Georgia qui gloussent, blotties les unes contre les autres, devant les casiers des quatrièmes. Lorsque Georgia se penche pour leur murmurer quelque chose, elles rient encore plus fort. Audrey a les mains moites. Est-ce qu'elle a raté un truc ? Elle déteste arriver la dernière.

Elle fourre son sac dans son casier et se rapproche de ses amies en se forçant à sourire.

— Te voilà ! s'écrie Darcie avant de la prendre dans ses bras.

Darcie est la plus gentille des trois – c'est elle dont Audrey se sent la plus proche. Avant qu'Audrey s'investisse autant dans le foot, Darcie venait souvent dormir chez elle le vendredi ou le samedi soir. Mais maintenant, comme les semaines d'Audrey sont remplies, Darcie va dormir chez Pip.

— Laissez-moi finir mon histoire, grommelle Georgia. J'étais en train de vous raconter ce qui s'est passé avec Max.

Apparemment, Georgia a rencontré un garçon au cours du week-end, pendant une répétition de théâtre, et il l'a embrassée derrière les rideaux, sur la scène. Darcie et Pip sont suspendues à ses lèvres. Audrey déteste quand elles boivent les paroles de Georgia comme ça. Georgia se croit déjà supérieure à tout le monde, ça ne fait que l'encourager.

— C'était comment ? glousse Pip, les yeux écarquillés comme si elle regardait un documentaire de David Attenborough.

Le sourire de Georgia, d'abord faussement modeste, s'étend jusqu'à ses oreilles.

— Un peu mouillé, en fait.

— Vous avez mis la langue ? s'affole Pip en entortillant une de ses nattes autour de son doigt.

Sa mère la coiffe tous les jours. Audrey, elle, ne demande de l'aide à Jonica que lorsqu'elle veut des tresses africaines.

— Évidemment, répond Georgia, hautaine.

— Berk ! grimace Darcie. Tu l'as vraiment laissé mettre sa langue dans ta bouche ?

— Ce n'est pas un vrai baiser, sinon, soupire Georgia. Je ne vous raconterai plus rien si vous vous moquez de moi.

— Désolée, se hâte de dire Pip. Je veux tout savoir.

— Oui, désolée, répète Darcie.

Georgia se tourne vers Audrey.

— Et toi ? lui lance-t-elle.

Audrey la fixe sans comprendre. Pourquoi s'excuserait-elle alors qu'elle n'a rien dit ? Elle tapote le bout de chaque doigt contre son pouce, et recommence, agacée et mal à l'aise.

— Tu dois dire que tu es désolée, Audrey, ou elle ne nous dira rien d'autre, insiste Pip.

Georgia attend, un sourire au coin des lèvres ; Audrey hésite, cherche ses mots.

— S'il te plaît, raconte-nous la suite, dit-elle enfin, ce qui fait office d'excuse sans en être vraiment une.

D'un geste de la main, Georgia chasse sa queue-de-cheval auburn par-dessus son épaule.

— Vous n'y connaissez vraiment rien, question mecs.

— C'est parce qu'on n'en connaît aucun, soupire Pip. C'est nul d'être dans un collège pour filles.

— *Moi,* j'en connais plein, répond Audrey. Mais il n'y en a pas un seul que j'ai envie d'embrasser.

— Pas étonnant, ils sont tous dans ton équipe, réplique Georgia. Les footballeurs sont tous moches.

— Non, pas tous, rétorque Audrey pour lui clouer le bec.

— Toi aussi, t'as rencontré quelqu'un ? demande Darcie en lui agrippant le bras, les yeux écarquillés.

— Sans doute un pote de son frère, lâche Georgia.

— Au moins, elle peut faire la connaissance des amis d'Alex, se plaint Pip. Moi, je n'ai que des sœurs.

— Vous voulez que je vous parle de Max ou non ? boude Georgia.

— Oui, s'il te plaît ! l'encourage Pip.

Quand Georgia se met en route vers leur classe, Pip et Darcie la suivent en réclamant des détails.

Audrey leur emboîte le pas. La description du premier baiser dégueu de Georgia ne l'intéresse pas, mais elle n'a pas trop le choix.

À l'heure du déjeuner, Audrey va s'asseoir avec ses amies dans la cour, à l'ombre poudrée du figuier, et grignote son sandwich avocat-feta.

— Audrey, pourquoi t'as mis un collant ? demande Georgia en arrangeant la jupe de son uniforme autour de ses genoux, telle Cendrillon dans sa robe de bal.

— J'ai des bleus, admet Audrey avant de détourner le regard.

— *Encore* ? s'écrie son amie en insistant bien sur le mot. Je ne comprends même pas que tu puisses jouer au foot. Les bleus, c'est vraiment affreux. Je n'en ai pas eu depuis l'école primaire.

— Ça part assez vite, la rassure-t-elle.

Discrètement, elle plante un ongle dans l'un de ses bleus et ressent une petite décharge douloureuse assez satisfaisante.

— Pas assez vite pour moi, continue Georgia. C'est pour ça que je fais du théâtre. Aucun risque de se faire des bleus. *Et*, si on a de la chance, on peut même se trouver un petit copain.

— J'aimerais bien en faire aussi, soupire Pip. Mais j'ai déjà trop d'activités. Et je ne serais sans doute pas douée pour ça, de toute façon.

— Vous savez quoi ? Cette année, je vais passer l'audition pour le spectacle du collège, annonce Georgia. Ils vont monter *Shrek*, en comédie musicale. Je voudrais jouer Fiona.

Audrey réfléchit un instant.

— Les répétitions ont lieu quels jours ? demande-t-elle.

Georgia lui énumère les dates et, pour une fois, ça ne chevauche pas le foot. Un frisson d'excitation la traverse. Elle pourrait peut-être tenter sa chance, elle aussi. Elle aime le théâtre et elle a toujours voulu participer au spectacle du collège. La prof est vraiment gentille et, quand elle avait dû lire des pièces en classe, Audrey avait été surprise de découvrir qu'il lui était plus facile de devenir quelqu'un d'autre que d'être elle-même. Cela dit, elle ne devrait pas s'exciter – c'est sans doute Georgia, ou une des filles de la chorale, qui décrochera le rôle principal. Audrey aussi aurait bien aimé intégrer la chorale, mais les répétitions tombent un soir d'entraînement. Comme tous les ans. Alors qu'elle, elle aurait voulu essayer un million d'activités, son père prétend qu'il faut s'en tenir à ce qu'on réussit le mieux.

— Est-ce que vous allez passer l'audition ? demande Georgia. Vous n'aurez sans doute pas un des rôles principaux, mais vous pourriez être prises dans le chœur.

— Ça me plairait trop ! répond Darcie.

— À moi aussi, renchérit Pip. Et toi, Audrey ? J'imagine que tu vas être coincée à cause du foot ?

— Y a des chances, dit-elle en restant délibérément vague.

— C'est dommage, lâche Georgia avec un sourire suffisant. Enfin, peut-être l'année prochaine. Bon, je dois aller acheter du maquillage cet après-midi. Quelqu'un veut venir au centre commercial avec moi ?

— Moi ! s'écrie Pip. Et j'ai même de l'argent pour des glaces.

— Moi aussi, dit Darcie. Tu peux nous accompagner, Audrey ?

Elle la prend par la taille. Audrey s'abandonne à cette marque d'affection, le ventre noué.

— Non. J'ai entraînement.

— Tu as *toujours* entraînement, gémit Darcie.

— Demain, je peux, insiste Audrey. Ou vendredi.

— Demain, moi je ne peux pas, rétorque Georgia. Et vendredi, c'est trop loin. On *doit* y aller aujourd'hui.

Audrey se retrouve isolée et déprimée, pendant que les autres discutent gaiement des boutiques où elles veulent se rendre : Glassons, City Beach, Sportsgirl, Mecca Maxima. Elles prendront d'abord un *bubble tea*, Georgia en a décidé ainsi – thé vert à la pêche avec double dose de perles au litchi. Puis elles iront voir les vêtements et le maquillage.

Audrey les écoute, un sourire figé sur les lèvres. Elle a l'impression d'être un emballage McDo jeté par terre et ballotté par le vent dans le caniveau.

Elle s'excuse en prétextant qu'elle a besoin d'aller aux toilettes. En cours de route, elle aperçoit sur le tableau d'affichage la feuille d'inscription à l'audition et s'arrête net. Georgia a déjà noté son nom tout en haut de la liste. Elle est persuadée qu'elle sera prise dans le rôle de Fiona, évidemment. Mais elle a oublié qu'elle doit passer l'audition, comme tout le monde. N'importe qui peut s'inscrire. Y compris Audrey.

Sur un coup de tête, elle sort un crayon de sa poche et ajoute fébrilement son nom en bas de la liste.

Au milieu de son dernier cours de la journée, son père lui envoie un texto. Braedon a été suspendu pour six semaines. Ce n'est pas assez, selon lui, mais au moins, il a été puni.

Audrey préfère éviter de penser à Braedon, sinon elle sent de nouveau ses mains dégoûtantes qui la tripotent.

Elle enfonce un de ses ongles dans le bleu sur son genou, grimace de douleur puis répond à Ben. *C'est bien.*

Mais ce n'est pas si bien que ça. Comme il y a seize équipes dans leur championnat, le match retour contre les Bears n'aura pas lieu avant une éternité. D'ici là, elle ne peut que croiser les doigts pour que Braedon ait retenu la leçon.

Lorsque Jonica les dépose, Alex et elle, à l'entraînement de l'après-midi, Audrey laisse tomber son sac sur la pelouse et s'assied pour enfiler ses crampons. Heureusement qu'ils ont vaincu les Bears, l'autre jour, malgré tous les sales coups de Braedon. Ils ont fini par les battre 2-1, ce qui est une bonne nouvelle, car leur séance de ce soir ne sera pas une autre session punitive.

Dès qu'ils perdent, Dominik se met hors de lui et prétend que tout est la faute de l'équipe, qui ne l'écoute pas. On devine que ça va mal se passer à sa manière de dévisager tout le monde, droit comme un I, le menton en avant, ses gros bras croisés, ses yeux sombres luisants. *Vous y arrivez à l'entraînement,* aboie-t-il. *Alors pourquoi vous n'y arrivez pas pendant les matchs ?* C'est toujours pire quand il n'y a pas de parents – il est moins méchant en public. Lors du dernier entraînement après une défaite, il leur a fait faire tellement d'allers-retours en courant, de burpees, de pompes et d'abdos qu'ils avaient failli en mourir – d'autant plus que ce n'était que deux jours après leur dernière rencontre. L'un des joueurs s'était tordu la cheville et avait dû rater le match suivant. Un autre s'était fait une élongation à la cuisse et en avait manqué deux.

Alors qu'elle fait ses lacets, elle surprend les regards mauvais que Katerina et Viktor lui lancent. Elle fait mine de ne rien remarquer, mais le nœud horrible qui lui serre l'estomac se contracte un peu plus. C'est comme ça à tous les entraînements. Toute la journée au collège, elle se sent faible et fatiguée, et ça empire après le déjeuner. Sur le trajet jusqu'au stade, elle écoute Taylor Swift pour noyer les pensées parasites qui tournent dans sa tête. Mais parfois, elle a du mal à repousser le raz de marée – ses idées fusent comme du pop-corn. Elle se remémore ce qu'elle a écrit dans son journal. *Tu es rapide. Tu es douée. Tu peux devenir une championne.*

Alors qu'elle finit son double nœud, elle entend une voiture bruyante s'approcher sur la route puis aperçoit un 4×4 jaune rouillé s'arrêter sur le parking. C'est le genre de véhicule que sa mère décrirait comme « une poubelle » – on n'en voit pas souvent, dans le quartier. Deux inconnus en descendent : un garçon maigrelet aux cheveux bouclés portant un maillot de Barcelone, et un homme trapu et musclé en jean et sweat à capuche. Ils s'accoudent à la barrière pour scruter le terrain.

Audrey est suffisamment proche pour distinguer les tatouages sur les bras de l'homme, une entaille rouge sur son front et une épaisse cicatrice blanche sur l'une de ses joues. Comme ses yeux perçants la mettent mal à l'aise, elle se lève d'un bond, court vers le sac à ballons, en prend un et commence à jongler près des entraîneurs. Ça fait *tap, tap, tap* sur ses chaussures, pied gauche, puis pied droit. Juste elle et la balle. Le rythme bloque tout le reste.

— C'est qui ? demande Kyle.

— Aucune idée, répond Dominik. Je ferais mieux d'aller me renseigner.

Elle arrête son exercice et le regarde se redresser, rentrer son maillot dans son jogging avant de rejoindre les deux visiteurs, la bedaine en avant.

— Je suis l'entraîneur, dit-il. Je peux vous renseigner ?

L'homme lui tend la main et son sourire révèle ses dents blanches.

— Salut. Je m'appelle Lang. Et lui, c'est mon fils, Griffin.

Le garçon sourit aussi. Grand, mignon, sourcils un peu froncés, bouclettes tombantes, taches de rousseur sur le nez et menton boutonneux. Audrey l'observe, il a un petit quelque chose qui lui donne des papillons dans le ventre.

Son père ne passe pas inaperçu non plus – Jonica dirait qu'il a l'air d'un criminel.

Dominik hésite un instant avant de lui serrer la main.

— On vient juste de quitter Melbourne pour emménager ici, explique Lang. Griff voudrait jouer. Quand j'ai appelé le club, on m'a dit de m'adresser ici.

La gorge d'Audrey se noue. Pourquoi arrive-t-il *maintenant,* alors qu'elle vient enfin d'intégrer l'équipe pour de bon ?

Dominik se frotte le nez et jauge Griffin.

— T'as déjà joué ?

— Ouais. Un peu.

La voix du garçon résonne sur le terrain en passant des aigus aux graves.

— En National ?

— Écoutez, on ne serait pas là s'il était nul, OK ? rétorque Lang avec un sourire en coin.

— D'accord, cède Dominik. On va voir comment il se débrouille. Mais je ne promets rien. Viens avec moi, Griffin.

Le garçon se glisse sous la barrière et trottine à côté de Dominik. Sa foulée est longue et déliée, et il continue à sourire bêtement. Faire un essai pour une nouvelle équipe ne le rend pas nerveux ? Audrey sait que, *elle*, elle serait stressée. Sa gorge se serre. Elle jette un coup d'œil vers Viktor lorsque Dominik appelle tout le monde en se demandant ce qu'il va penser du nouveau. Viktor redresse le menton et s'approche à grands pas en roulant des épaules.

Ils forment tous un cercle irrégulier autour du coach, qui leur explique que Griffin va s'entraîner avec eux ce soir. Les yeux de Viktor se transforment en deux petits cailloux durs, et tous les autres scrutent Griffin avec la même animosité. Personne ne veut de lui, Audrey la première. D'un autre côté, elle a un peu de peine pour lui parce qu'elle sait que, quand on se fait dévisager comme ça, on a des frissons et le ventre qui se noue. Mais Griffin, lui, a l'air de s'en moquer. Il sourit à tout le monde, tel un chiot tout content.

Dominik les envoie courir autour du terrain et Viktor part à toute vitesse pour fixer l'allure du groupe comme il le fait toujours, le dos bien droit, le chignon sautillant. Alex et Noah sont juste derrière lui. D'habitude, Audrey est devant aussi, mais aujourd'hui, elle reste en arrière et se perd au milieu des autres, où personne ne peut la voir. Griffin trotte avec eux, pas vraiment dans le groupe, pas isolé non plus. Lorsqu'ils s'arrêtent, essoufflés, devant Dominik, il se met à l'écart. Elle croise son regard par hasard et son sourire lui donne encore plus chaud. Elle tourne vite la tête dans une autre direction.

Kyle dispose des plots pendant que Dominik leur dit de se mettre par deux pour un exercice.

Isolé, Griffin dévisage tout le monde, plein d'espoir. Comme il ne reste plus personne, Noah s'approche de lui et le sourire de Griffin remonte jusqu'à ses oreilles. Les joueurs commencent à faire des échanges de balle. Audrey sait qu'elle devrait se concentrer sur ce qu'elle fait, mais elle veut observer le nouveau. Et elle n'est pas la seule. *Tout le monde* le fixe. Les ballons volent partout.

— Les Minotaurs ! hurle Dominik. Qu'est-ce qui se passe, bon sang ? Vous n'avez rien appris de l'année ou quoi ?

Bonne question, se dit Audrey. Parfois, elle se demande même pourquoi ils s'embêtent à venir parce qu'ils refont sans cesse la même chose. Des exercices barbants et des matchs en jeu réduit. Elle aurait préféré qu'ils s'entraînent aussi à faire des trucs chouettes, comme tirer des penaltys et des corners, ou marquer des buts en pleine course.

Quand le coéquipier d'Audrey rate son tir, elle doit passer devant Katerina pour récupérer la balle.

— T'es pas capable de faire une passe correcte ? crache la brune tout haut. T'es vraiment nulle. Je vois pas pourquoi ils t'ont prise.

— Ce n'était pas moi, rétorque Audrey.

Elle aimerait bien lui envoyer le ballon dans sa grosse tête mais, comme Dominik les regarde, elle se tait et retourne à sa place en dribblant pour continuer l'exercice.

L'entraîneur se pavane entre les groupes et rabâche ses conseils sur la précision et le contrôle. Alors qu'il fait mine d'observer tout le monde, Audrey voit bien qu'il n'a d'yeux que pour Griffin. Il fronce les sourcils et fait la moue, signes qu'il est concentré.

Le jeu du nouveau vaut vraiment le coup d'œil. Sa conduite de balle est impressionnante : il a l'air de flotter et de sautiller en même temps, comme si cela ne lui demandait aucun effort, comme si le terrain était rebondissant. À croire qu'il possède un sixième sens. Lorsque Noah lui fait une passe ratée, il anticipe la trajectoire du ballon et devine où il va atterrir.

Alors qu'Audrey dribble devant les entraîneurs, elle entend Dominik murmurer à Kyle :

— Putain ! T'as vu ce qu'on a dégoté ? Un petit génie.

Viktor fait la tête, comme toujours quand ça ne se déroule pas comme il le voudrait. C'était le meilleur, jusqu'à aujourd'hui, mais maintenant tout le monde se rend compte que Griffin le surclasse. Problème, si ce dernier est pris, quelqu'un devra partir, car Dominik ne veut pas plus de seize joueurs. Audrey est terrifiée à l'idée que ce soit elle. Au point qu'elle rate la balle. Que fera-t-elle si elle se fait dégager ? Elle ne peut pas retourner dans son ancienne équipe féminine.

Le long de la barrière, sa mère se renfrogne en se demandant sans doute pourquoi elle joue si mal. Audrey lui adresse un sourire nerveux. Elle se fera sermonner ce soir si elle ne se reprend pas. Dominik l'observe peut-être aussi. Tout en décidant qui il laissera sur le banc le week-end prochain. Elle en mourrait si c'était elle. Ses parents seraient tellement déçus !

— Attention, Audrey ! grogne Katerina lorsqu'elle la double en trottinant. Applique-toi.

Comme le toucher de balle de Katerina est loin d'être parfait, Audrey l'ignore. Mais elle a du mal à jouer correctement tant son ventre est chamboulé et ses jambes raides.

Ils commencent un match sur terrain réduit. Quand Alex lui fait une passe, elle est tellement préoccupée qu'elle manque de peu de trébucher dessus. Tout le monde la fixe. Ils doivent se dire qu'elle est vraiment mauvaise, qu'elle n'a rien à faire dans l'équipe, qu'elle n'est pas assez bonne, que Griffin devrait prendre sa place. C'est écrit sur leurs visages.

— Allez, Audrey, crache Viktor. Fais attention.

Il murmure quelque chose à l'oreille de Katerina puis ils rigolent tous les deux.

Audrey recroqueville ses orteils. Elle plante ses crampons dans le sol, se tortille et arrache une motte de terre. Si seulement elle pouvait creuser un trou suffisamment grand pour y disparaître, loin de ces regards accusateurs.

Lorsque le match reprend, elle court le long de la ligne, vite, comme pour appeler la balle, mais elle n'est pas assez rapide. Même si son père dirait qu'elle « manque d'explosivité », elle ne veut pas commettre d'erreur ni se ridiculiser davantage. De plus, elle a du mal à se concentrer parce qu'elle ne peut pas s'empêcher de fixer Griffin. Il est tellement doué ! Si seulement elle pouvait jouer comme lui...

Les yeux de Dominik brillent autant que s'il avait trouvé de l'or. Il pense sans doute déjà à toutes leurs futures victoires, avec Griffin dans l'équipe. Il oublie juste une chose : Griffin ne servira à rien si personne ne lui fait de passes. Il est toujours bien placé, toujours démarqué, mais Viktor et ses amis l'ignorent complètement parce qu'ils ne veulent pas de lui et conservent le ballon entre eux. Même si c'était déjà le cas avant, semaine après semaine, cet après-midi, avec Griffin, c'est encore plus flagrant.

Cependant, le nouveau est tellement bon qu'il arrive à piquer la balle aux autres. Alors qu'il fait mine de passer simplement devant le porteur du ballon, il surgit soudain, vole la balle et remonte le terrain en zigzaguant. Personne ne peut l'arrêter. Ni Viktor. Ni Noah. Ni même Alex. Malgré tout, il n'est pas du genre à jouer perso. Et il ne crâne pas. Il se contente de faire ce qui doit être fait puis enchaîne sur des passes parfaites. Audrey aimerait le détester mais elle en est incapable. Elle n'a jamais vu quelqu'un d'aussi doué ailleurs qu'à la télé.

Pendant la pause rafraîchissement, Dominik radote sur les tacles, les positions et la structure. La tête rentrée dans les épaules, Audrey reste à l'écart de son équipe et porte sa bouteille d'eau à ses lèvres. Elle devrait l'écouter, mais elle a du mal à rester attentive. Elle a déjà entendu tout ça, et il est bien plus intéressant d'observer Viktor. Il se penche vers Katerina pour murmurer des saloperies sur Griffin et, pendant qu'elle sourit, lui rigole en faisant un doigt d'honneur au nouveau. Tout ça derrière le dos de Dominik. De toute façon, leur petit numéro ne sert à rien parce que Griffin ne les remarque pas, ou alors il les ignore. Si seulement Audrey pouvait faire pareil lorsqu'ils s'en prennent à elle !

Pendant ce temps, le père de Griffin reste accoudé à la barrière, tout seul. Avec ses tatouages, on dirait un motard. Et comment s'est-il fait ces cicatrices au visage ? Un combat au couteau ? Un saut à travers une fenêtre pour échapper à la police ? En prison ? Aucun parent ne vient lui adresser la parole. Mais ils l'observent tous, serrés en petits groupes, et lui jettent des coups d'œil à la dérobée. Chaque fois que la mère d'Audrey regarde Lang, son dos se redresse et son sourire disparaît. Elle répète toujours qu'on nous juge à notre manière de parler et à notre apparence. À voir le père de Griffin, Audrey imagine qu'il doit dire beaucoup « putain » et faire des fautes de grammaire. Sa mère doit penser qu'il vient d'*une forme de vie inférieure* – c'est comme ça qu'elle appelle les criminels et ceux qui ont l'air d'être « connus des services de police ». Elle prétend que ce genre d'individus « devraient demander un permis spécial avant d'avoir des enfants ». Pourtant, Griffin n'a pas l'air d'être le fils d'un criminel. Il semble plutôt sympa.

Dominik leur ordonne d'échanger leurs chasubles puis l'exercice reprend. Alors qu'il leur reproche en criant de ne pas faire circuler suffisamment le ballon, comme s'il s'adressait à tous, on devine qu'il en veut surtout à Viktor et sa clique parce qu'ils ignorent Griffin.

Audrey a beau se concentrer, ses pieds ne répondent plus. Quand Alex lui fait une passe puissante, elle la rate et la balle s'éloigne d'elle en rebondissant au sol.

— Audrey ! hurle Dominik. Applique-toi.

Son ventre se noue. Pourquoi la réprimande-t-il sans cesse ? Elle fait toujours de son mieux, on ne peut pas attendre plus des gens. Elle aimerait bien le lui dire mais, comme elle sait qu'on ne doit pas contester la parole de l'entraîneur, elle tient sa langue. Il a quand même dû deviner ce qu'elle pense car il ne la lâche plus. Il lui crie dessus parce qu'elle est mal placée, parce qu'elle n'appelle pas la balle, parce qu'elle ne l'écoute pas quand il lui dit de ne pas quitter le ballon des yeux. Et plus elle s'applique, plus ça empire – elle n'arrive à rien.

Pour éviter les ennuis, elle se met à l'écart, loin de l'action. Malgré tout, Katerina lui donne un coup de pied dans le tibia en lui faisant une grimace lorsqu'elle la double en courant.

— Arrête d'être aussi passive.

Griffin est dans son équipe. Il envoie la balle à Viktor puis s'élance le long de la ligne.

— Hé ! lance-t-il à Viktor. Passe, je te la remets.

Viktor lui tourne le dos et préfère servir Katerina, mais sa transmission est mauvaise. Quand Alex bondit et intercepte le ballon, Viktor se lance à sa poursuite et le pousse brutalement. Alex se retrouve par terre et hurle qu'il s'est fait mal au genou.

— Viktor ! beugle Dominik. Viens par là.

Alors qu'Alex se frotte l'articulation, Viktor rejoint Dominik d'un pas traînant et se plante devant lui, les yeux au sol. D'habitude, l'entraîneur tolère son comportement de brute, mais pas aujourd'hui. Audrey est contente qu'il soit sanctionné, pour une fois, et plus contente encore qu'il doive rester sur la touche, à côté des coachs.

Mais elle s'inquiète pour Alex.

Il s'est relevé et saute à cloche-pied vers Dominik, pendant que leur mère les rejoint. En cercle, ils discutent du genou d'Alex. Pour finir, Dominik lui conseille d'aller s'asseoir jusqu'à la fin de la séance et d'aller consulter un kiné le lendemain. Audrey adresse un signe de tête compatissant à son frère et l'entraînement reprend.

Au début, elle est timide ; après avoir vu Alex se blesser, elle ne veut pas prendre de risques. Mais, sans Viktor, tout est différent, le jeu est plus ouvert et ses coéquipiers commencent à faire circuler la balle. Ils rigolent et s'amusent, y compris Katerina. Pour Audrey, c'est comme si on lui avait ôté un poids des chevilles. Elle a l'impression de danser en l'air, de voler après la balle, de bondir pour la contrôler, de faire des reprises compliquées et de bonnes passes. Dominik ne pourra pas la virer alors qu'elle joue si bien, non ? Comme Alex est hors circuit, le coach va avoir besoin d'un joueur supplémentaire. Et là, il peut voir à quel point elle est douée.

L'un des amis de Viktor lui passe le ballon et, lorsqu'elle le lui rend, il sourit. Un vrai sourire qui illumine ses yeux, tellement différent de celui qu'il affiche quand il imite son ami à chignon. Audrey a l'impression d'être une star. Elle sait où elle doit se positionner et ce qu'elle doit faire. C'est presque mélodieux. Et fluide. Si seulement l'entraînement pouvait être comme ça tout le temps. *Voilà* pourquoi elle aime le football.

Dominik aussi est ravi. Kyle et lui se tapent dans la main.

— C'est très bien, lance-t-il à l'équipe. Vous vous servez de vos têtes, pour une fois. Continuez, s'il vous plaît.

Tout le monde devient créatif et commence à prendre des risques pour essayer de nouvelles combinaisons.

Audrey reste dans son couloir, où elle attend la balle, mais le jeu se déroule sur l'autre aile.

Puis une voix l'interpelle.

— Hé, Audrey !

C'est Griffin. Il lui fait une passe en cloche qui atterrit à ses pieds.

— Remets-la-moi ! ordonne-t-il.

Elle est tellement surprise qu'elle rate son contrôle et le ballon franchit la ligne. Elle a les joues en feu, mais, lorsqu'elle lui jette un coup d'œil, il hoche la tête et dit en souriant :

— T'inquiète. Y en aura d'autres.

Quand leur père apprend que Viktor a blessé Alex, il est furieux. Il veut appeler Dominik sur-le-champ, mais Jonica l'en dissuade.

— On ne peut plus rien y faire, maintenant, dit-elle avant de lui remplir son verre de vin et de déposer son dîner devant lui.

Audrey garde ses distances. De son côté, le pauvre Alex est coincé sur le canapé, un sac de petits pois surgelés sur le genou, Honey blottie sur ses cuisses. Il caresse les oreilles de la chienne en écoutant leur père râler, de plus en plus déconfit.

— Maudit Viktor ! Il a un caractère de cochon et Dom ne lui dit jamais rien. J'espère qu'il lui a sérieusement remonté les bretelles. Sinon, je vais m'en charger. Je n'arrive pas à y croire.

— Tu ne feras rien du tout, répond Jonica. Ça n'arrangerait rien. Laisse Dominik s'en occuper.

Ben prend une grande gorgée de vin et se tourne vers elle.

— Du coup, comment ça va se passer, Jonica ?

— J'ai pris rendez-vous chez le kiné pour demain.

Ben remplit de nouveau son verre.

— Je devrais forcer Santos à payer. Mais je n'ai pas l'énergie pour batailler avec lui.

— Tu ne l'aurais pas fait de toute façon, réplique Jonica.

Et tant mieux, se dit Audrey. Elle ne veut pas qu'il intervienne, ça compliquerait encore un peu plus les choses pour elle dans l'équipe.

Plus tard ce soir-là, elle se déshabille dans la salle de bains et s'inspecte dans le miroir, bien droite, en rentrant le ventre. Elle a pris des seins, c'est sûr. Elle éprouve une étrange sensation en les regardant – son corps change tellement vite qu'elle a l'impression qu'il appartient à quelqu'un d'autre. Elle les touche du bout de l'index, petits dômes mous de chair pâle. Ses tétons deviennent plus larges, plus épais et plus sombres, et des poils jaillissent sous ses aisselles et partout *en bas.* Georgia lui a conseillé de se faire épiler le maillot et les aisselles au laser, mais Darcie trouve que le laser, ça fait mal, et Audrey ne veut rien entreprendre de douloureux. Elle en a suffisamment bavé l'année passée avec ses vaccins. Il y avait tellement de monde, dans la queue, et c'était tellement bruyant qu'elle s'était sentie mal et qu'elle avait failli s'évanouir juste en voyant la seringue.

Elle se tourne de côté pour examiner ses fesses et se frotte le ventre. Ce soir-là, à la fin de l'entraînement, Griffin avait enlevé son maillot pour se changer et elle avait vu à quel point il était maigre. Zéro gras et des abdos en tablette de chocolat. Pourquoi est-ce qu'elle n'est pas comme lui ? Est-ce qu'elle jouerait mieux si elle avait les mêmes abdos ?

Elle se penche tout près du miroir pour examiner les points noirs sur son nez et les perce entre ses ongles. Les petits vers blancs qui en sortent la dégoûtent. Elle se tourne pour regarder son profil, mais il n'a pas changé – son nez est trop gros et ses yeux trop petits. Pourquoi est-ce que ses yeux sont marron, et pas bleus ? Avec du mascara, est-ce qu'ils auraient l'air plus grands ? Est-ce que Griffin la trouverait plus jolie, maquillée ?

Dans sa chambre, après la douche, elle lâche sa serviette sur le sol, enfile son pyjama et attrape son porte-monnaie en fausse fourrure bleue pour vérifier ses économies. Trois cent cinquante dollars, reçus l'année passée pour son anniversaire et pour Noël. Ça devrait suffire pour acheter du maquillage. Mais quoi ? Fond de teint et mascara ? Quand elle était petite, sa mère la pomponnait pour les grandes occasions : elle lui mettait du mascara puis une touche d'ombre à paupières et de rouge à lèvres. Parfois, elle s'asseyait même par terre pour laisser Audrey la coiffer. En revanche, elle ne lui avait jamais permis de se faire la main sur elle avec le maquillage parce que, disait-elle, elle ne voulait pas avoir l'air d'un clown.

Si Audrey avait pu s'entraîner avant, elle saurait quoi faire. Elle pourrait se servir des produits de Jonica, bien sûr, au lieu d'en acheter, mais elle ne veut pas ressembler à sa mère – elle veut se faire vraiment belle. Alors qu'elle aurait pu demander conseil à Georgia – qui a l'habitude, pour ses pièces de théâtre –, elle refuse de lui donner ce plaisir. Cette « madame je-sais-tout » se sentirait encore plus supérieure. Elle s'assied sur son lit, le téléphone en main, et tape « tutos maquillage ». Elle trouve des tonnes de vidéos sur YouTube. Voilà comment elle apprendra.

Quand elle entend des pas dans le couloir, elle glisse son portable sous son oreiller, attrape le roman sur sa table de nuit et fait semblant de lire. Sa mère jette un œil dans sa chambre. Audrey a l'impression d'être en cours de SVT, sous le microscope.

— Ça fait plaisir de te voir bouquiner, au lieu d'être collée à ton téléphone, dit-elle. Qu'est-ce que tu lis ?

— *La Ferme des animaux.*

— J'avais adoré quand je l'avais lu au collège. Ça te plaît ?

— C'est pas franchement drôle, maman.

— Je sais, mais est-ce que tu trouves ça intéressant ? Je peux tout t'expliquer sur la révolution russe, si tu veux.

— Pas maintenant, je suis trop fatiguée. Quand je serai plus avancée dans le livre.

— J'imagine que tu devras faire une dissertation dessus. N'attends pas le dernier moment pour t'y mettre.

— Promis.

— Tu as d'autres devoirs à faire ? Des contrôles prévus bientôt ?

— Je ne crois pas, ment Audrey.

— On n'a qu'à regarder dans ton agenda.

Audrey soupire, se laisse glisser du bord de son lit, tire son sac de cours de sous une pile de vêtements et sort son agenda.

Sa mère l'attrape et le feuillette.

— Tu as un contrôle de maths vendredi.

Audrey fait de son mieux pour garder une expression neutre.

— Oui, je suis au courant. J'ai révisé un peu hier.

— Bien. L'école d'abord, le football après. Je sais que tu adores ça, mais tu ne gagneras pas ta vie en tapant dans un ballon.

— Si je joue avec les Matildas, je serai super bien payée.

Un sourire apparaît sur les lèvres de sa mère.

— Comparé à un boulot chez McDonald, peut-être. En revanche, si tu veux vraiment *bien* gagner ta vie, tu dois aller à l'université et faire carrière.

— Ou épouser un homme riche.

Jonica fronce les sourcils.

— Mieux vaut faire carrière et être indépendante. On se sent valorisée, en travaillant. Tu ne parlais pas de devenir avocate, l'autre jour ? Il faudra travailler dur, si tu veux y arriver.

— Tu ne travailles pas, toi, rétorque Audrey.

Sa mère a toujours été femme au foyer, d'aussi loin qu'elle s'en souvienne.

— Je vais bientôt m'y remettre, lui répond Jonica en continuant à feuilleter l'agenda. Ma vie professionnelle me manque.

Audrey remarque des rides serrées autour de la bouche de sa mère et une idée insidieuse s'immisce dans son esprit. Ses parents se disputent beaucoup, ces derniers temps, le soir, quand ils pensent que personne ne les entend. Elle a peur qu'ils divorcent, comme tant d'autres couples. Parfois, elle va les épier sur la pointe des pieds. La plupart du temps, c'est juste son père qui hausse la voix parce qu'ils ont un débat politique. Mais à d'autres moments, ils se chamaillent car sa mère souhaite reprendre le travail.

— Qu'est-ce que tu vas faire ? lui demande Audrey.

— Je suis avocate aussi, tu sais.

Jonica laisse tomber l'agenda sur le bureau et se dirige vers la porte.

— Tu vas aussi vérifier si Alex a des devoirs ? lance Audrey. Ce n'est pas juste, sinon.

— Évidemment.

— Tu devrais aussi lui dire de ranger sa chambre, ajoute-t-elle, le nez froncé. Ça pue, chez lui.

Sa mère sourit.

— On dirait un peu une grotte… Je ferais mieux de jeter un coup d'œil dans son sac, au cas où quelque chose serait en train de pourrir au fond.

— C'est peut-être juste l'odeur de ses pieds.

— En effet, reconnaît sa mère en continuant de sourire.

— Ou de ses dessous de bras, glousse Audrey.

— Il faudrait que je lui achète un déodorant plus costaud. Du genre radioactif.

Elles se regardent un instant puis Jonica éclate de rire. Audrey l'imite et elles se retrouvent à se tenir les côtes, hilares.

Puis sa mère s'arrête soudain, contrite.

— Pauvre Alex, soupire-t-elle. Avec son genou, on ne devrait pas se moquer de lui.

Elles se remettent aussitôt à rire, si fort qu'Audrey a mal aux zygomatiques.

Le mercredi, Dominik se met dans tous ses états parce que trop peu de joueurs ont fait leur rapport sur leur espace en ligne.

— Jeudi dernier, je vous ai prévenus que si vous ne le remplissiez pas après chaque entraînement cette semaine, vous commenceriez sur le banc au prochain match ! beugle-t-il.

Audrey sourit parce qu'elle est certaine qu'il ne s'adresse pas à elle. Elle n'a jamais manqué de le faire.

Alex lève la main.

— Je n'ai pas pu le faire à cause de mon genou.

La veille, leur mère l'a emmené chez le kiné. Apparemment, il s'est froissé un muscle et doit juste se reposer et mettre de la glace sur son articulation. Mais comme elle est encore très enflée, il ne pourra pas jouer pendant deux semaines. Il est à peine capable de marcher et de faire les exercices que le kiné lui a prescrits.

— Tu n'es pas concerné, Alex, le rassure Dominik.

— Et Griffin, alors ? crache Viktor. Il a rempli son rapport ?

— Quand on lui aura créé son compte, il devra le faire comme tout le monde.

— Tant mieux, grommelle Viktor en foudroyant le nouveau du regard.

En son for intérieur, Audrey se réjouit de voir que la présence de Griffin agace Viktor. Bien fait pour lui. Il paie pour toutes les fois où il a embêté les autres.

— On peut savoir pourquoi tu souris, Audrey ? lance Dominik, ce qui la tire de ses pensées. Tu es la seule à ne rien avoir écrit après le dernier match. Et tu sais ce que ça veut dire, pas vrai ?

Il la regarde droit dans les yeux.

Comme tout le monde se tourne vers elle, elle a soudain très chaud. Katerina et Viktor affichent des sourires en coin.

Et Alex secoue la tête comme si elle lui faisait honte. Elle aurait voulu disparaître sous terre.

— Mais je l'ai fait ! proteste-t-elle. Le samedi après-midi. J'ai tout rempli.

— Eh bien, il n'y a rien.

Audrey *sait* qu'elle l'a fait. Pourquoi ça n'a pas marché ? Est-ce qu'elle a oublié d'appuyer sur « envoyer » ? Et toutes les fois où elle a été la seule à laisser des commentaires après l'entraînement, alors que même son frère n'avait rien noté ? Ça ne compte pas ? Elle sent une bouffée de rage monter en elle. C'est tellement injuste ! Alors qu'elle remplit *toujours* son espace en ligne, c'est elle qui se fait humilier !

— Ce n'est pas normal, insiste-t-elle. Je sais que je l'ai fait.

— Ça suffit, Audrey ! lâche-t-il en agitant la main comme pour en chasser des gouttes d'eau. Tu connais les conséquences. Samedi, tu commences sur le banc. Faites attention, vous tous, sinon vous serez les prochains.

Audrey a les joues en feu. Elle baisse la tête pour éviter les yeux de Dominik et se concentre sur sa bedaine à la place. Il est répugnant. De quel droit se permet-il de la juger ? Il ne serait même pas capable de faire un tour de terrain. Elle lui jette un coup d'œil et voit qu'il la toise toujours. Mortifiée, elle contemple ses chaussures rose et blanc Mercurial Superfly Elite et remarque des bouts de gazon tondu collés sur la virgule du Nike. Les larmes montent. Alors qu'elle était super motivée pour venir à l'entraînement, maintenant, elle a juste envie de pleurer. Son père va l'assassiner en apprenant qu'elle sera sur la touche au prochain match. Et qu'est-ce que Griffin allait penser d'elle ? Elle glisse une œillade vers lui et découvre qu'il la fixe de son doux regard, un petit sourire sur les lèvres, la tête penchée en avant, une boucle tombant sur son front. Elle se sent un peu mieux.

Lorsque Dominik leur dit de se mettre par deux pour faire des exercices, Audrey est incapable de bouger. Quand elle trouve enfin le courage de relever la tête, elle voit que tout le monde lui a tourné le dos. Sauf Griffin. Après une inspiration saccadée, elle se dirige vers lui et lui demande s'ils peuvent se mettre ensemble.

— Oui, d'accord, dit-il en plantant ses yeux noisette dans les siens.

Son cœur palpite lorsqu'ils commencent à jouer.

— Pourquoi a-t-il autant râlé ? s'enquiert-il en lui désignant Dominik d'un mouvement du menton.

— C'est juste un rapport débile qu'on doit remplir en ligne. Dominik est furieux quand on oublie. J'y pense tout le temps. J'ai dû faire une fausse manip.

— Ça craint.

— Oui, complètement.

Son corps commence à se détendre. Elle essaie de jouer bien, mais elle a du mal à s'appliquer parce qu'elle n'arrête pas d'observer Griffin. Au début, il ne semble pas s'en rendre compte puis, quand il croise son regard, elle se sent rougir. Il sourit, lui fait une passe, mais elle rate la balle, qui s'enfuit. Elle doit lui courir après. Lorsqu'elle la lui renvoie, il sourit toujours, les yeux plissés. Est-ce qu'il se moque d'elle ? Non, se dit-elle. Il a l'air bienveillant.

À la pause, ils se laissent tomber dans l'herbe pour boire pendant que Dominik parle de la stratégie à mettre en place pour le prochain match. Même si elle prend soin de ne pas s'asseoir trop près de Griffin, elle a quand même des frissons partout. Est-ce qu'il la regarde ?

Dominik les barbe avec ses consignes sur le milieu de terrain.

— Je veux voir un rouleau compresseur, dit-il. Pour remporter un match, on doit gagner le milieu de terrain. Il faut des passes, du mouvement, des appels de balle. Personne ne doit rester planté au même endroit. Et personne ne doit être spectateur.

Viktor fronce les sourcils en fixant Griffin. Il murmure à Katerina.

— C'est qu'un con, lui file pas la balle. Il est pas aussi bon qu'il le pense.

Quand ils commencent à jouer, il percute Griffin puis lève les mains en l'air en feignant l'innocence.

— Désolé, se moque-t-il. Je t'avais pas vu.

Et puis il récidive.

Audrey ne supporte pas le bruit de leurs corps qui se heurtent. Ni le petit grognement de Griffin quand il tombe. Ni l'expression narquoise de Viktor. Malgré tout, elle se débrouille bien à l'entraînement. Elle ne joue pas comme une championne, mais pas non plus comme une grosse nulle. C'est bizarre. Un jour, on fait n'importe quoi, et le lendemain, on se souvient de tout. Son père dit que c'est dans sa tête, que les mauvais jours n'existent pas. Pourtant, elle, elle les *ressent*. On est repliés sur soi et on oublie comment faire. Demain, elle sera peut-être de nouveau nulle, mais, aujourd'hui au moins, elle se sent pousser des ailes... Et l'entraînement se déroule de mieux en mieux. Son toucher de balle est précis, ses passes sont justes et, pour une fois, tout s'enchaîne bien. Elle sent que les autres la regardent. Peut-être que Griffin a déteint sur elle. Non. Elle a toujours été douée mais, ce jour-là, elle a confiance en elle. *Prends ça, Dominik*, songe-t-elle. Elle déchire tout, alors même qu'il l'a rabrouée devant tout le monde.

À la fin de l'entraînement, quand elle va s'étirer à côté de Griffin en espérant qu'il lui parlera, il se penche pour se détendre les muscles des mollets sans un mot. D'habitude, c'est le moment que choisissent Viktor et Katerina pour venir la harceler. Ils attendent que Dominik se tourne pour lui taper dans les tibias, lui dénouer ses lacets, faire semblant de trébucher sur ses jambes avant de rire et de se moquer d'elle. Mais aujourd'hui, ils gardent leurs distances, et c'est tant mieux. Elle regarde Griffin du coin de l'œil et demande :

— Pourquoi t'as laissé faire Viktor ?

Il la fixe un instant.

— Je l'ai laissé faire quoi ?

— Te renverser. Tu devrais protester. C'est une vraie brute.

Il tend la jambe et attrape son pied pour étirer ses quadriceps.

— C'est rien. Ça fait partie du jeu.

— Il t'en veut. Si tu te défends, il lâchera l'affaire.

— Ça ne ferait qu'empirer les choses, dit-il, le sourire aux coins des lèvres.

— Tu devrais demander à ton père de parler aux entraîneurs. Il sera obligé d'arrêter, après.

— Pas question. Il me dirait juste de me débrouiller.

Elle vérifie que personne ne les entend puis baisse d'un ton.

— Tu ne connais pas Viktor. Il se prend pour le chef.

— Eh bien, il se trompe.

— C'est qui le chef, alors ?

Il réfléchit un instant puis se détourne.

— C'est Dominik. Moi, je me contente de jouer.

— Mais c'est toi qui mènes le jeu, sur le terrain.

Il arrête de s'étirer pour la regarder.

— C'est parce que je sais où le ballon va atterrir.

— Et comment tu fais ?

Il arrache des brins d'herbe avant de répondre :

— Aucune idée. C'est comme ça.

— T'as de la chance. Moi aussi, j'aimerais être douée pour quelque chose.

— C'est forcément le cas. Pour tout le monde. T'as peut-être pas encore trouvé ta voie.

— Et le foot ? dit-elle, vexée.

— Tu es une bonne joueuse.

— Bonne, mais pas excellente, comme toi.

Il la regarde droit dans les yeux et rougit.

— C'est pas ce que je voulais dire. Moi aussi, je dois travailler dur. Ça ne vient pas tout seul.

— Dominik dit que tu as ça dans le sang.

Il se détourne encore.

— Peut-être.

— J'ai d'excellentes notes à l'école. Surtout en maths, en anglais et en français.

— Moi, je suis trop nul, en classe, admet-il. Y a que le foot qui m'intéresse.

— Il faut que tu fasses des efforts quand même, répond-elle, choquée.

— Pourquoi ?

— Pour trouver du travail, plus tard.

— Je serai footballeur.

— Et après, quand tu seras plus vieux ?

— Je m'arrêterai jamais !

— Mais il faudra bien que tu trouves un boulot, à un moment ou l'autre. Même Messi va devoir raccrocher les crampons, un jour.

— Je deviendrai entraîneur.

— Et si t'es pas doué pour ça ?

— Y a pas de raison.

Audrey secoue la tête.

— D'après mon père, les bons joueurs ne font pas toujours de bons entraîneurs. Selon lui, ils suivent leur instinct et ne savent pas forcément bien expliquer.

Griffin la dévisage.

— Qu'est-ce qu'il y a ? demande-t-elle, soucieuse. Je t'ai vexé ?

— Non. C'est juste que, pour moi, le foot, c'est automatique.

Elle sourit.

— C'est parce que t'es un mutant.

— Tu le penses vraiment ? s'inquiète-t-il, les yeux écarquillés.

— Non. Pas vraiment. Je crois que tu as un sixième sens.

L'expression de Griffin s'adoucit.

— Ça doit être la bosse du foot.

Audrey se penche un peu plus et murmure :

— Viktor aussi doit avoir une bosse. Mais c'est celle de la connerie.

Il sourit à sa blague.

Après les étirements, tout le monde doit ranger l'équipement. D'une frappe puissante, Griffin envoie un ballon de l'autre côté, tout près du tas de matériel. Puis il s'approche d'une autre balle et recommence.

— Comment tu fais ? demande Audrey, admirative.

Il lui jette un regard en coin.

— Je pourrais te montrer, un jour, si tu veux.

— Vraiment ? se réjouit-elle, le souffle coupé. Demain, après l'entraînement ?

— Nan, je dois rentrer avec mon père.

— Samedi après le match, alors ?

— Non plus, y aura trop de monde. (Il se tait un instant et remonte un peu son short.) Dimanche ? On pourrait se retrouver sur un terrain, quelque part. T'habites où ?

— Ce serait super, répond-elle en essayant de ne pas trop montrer son enthousiasme.

Elle lui donne son adresse et il hoche la tête.

— Je pourrai venir à vélo. Donne-moi aussi ton numéro de portable, je t'enverrai un message. On fixera une heure.

Pendant le trajet retour, elle essaie de trouver la meilleure manière d'expliquer à son père pourquoi elle va commencer le prochain match sur le banc. Finalement, elle n'a pas besoin de le faire, car Alex s'en charge au cours du dîner.

— Et pourquoi tu n'as pas rempli ton rapport en ligne ? lui demande Ben en la foudroyant du regard.

— Je l'ai fait dès qu'on est rentrés à la maison, mais tu m'as appelée pour parler de Braedon, et j'ai dû oublier de l'envoyer.

Ses traits se durcissent et l'estomac d'Audrey se noue.

— Ne me mets pas ça sur le dos. Sois plus responsable. Pour les matchs, je veux te voir jouer, pas cirer le banc. C'est pour ça que j'ai donné de mon temps, en venant aider les gardiens – pour que tu sois sur le terrain. Ne me déçois pas.

— Je promets que ça n'arrivera plus, dit-elle d'une petite voix.

Sous la table, elle arrache une croûte sur son genou en inspirant rapidement pour supporter la douleur. Elle reste assise bien droite tandis qu'une goutte de sang chaud dégouline le long de sa jambe. Heureusement, son père ne remarque rien.

Une fois seule, elle s'essuie avec un mouchoir en papier puis va chercher un pansement dans la salle de bains.

Plus tard, Alex passe la tête dans sa chambre.

— Désolé de l'avoir dit à papa, murmure-t-il. Je pensais qu'il valait mieux qu'il l'apprenne ce soir plutôt que samedi. Il aurait encore plus mal réagi. Au moins, il sait à quoi s'attendre.

Même s'il n'a pas tort, elle lui en veut.

Audrey est assise dans l'herbe avec ses copines près du figuier au fond de la cour. Elle adore cet arbre : ses branches tendues vers le ciel, son tronc noueux, le chant des oiseaux dans son feuillage vert. Parfois, elle vient là seule, quand Georgia est méchante avec elle et que les deux autres ne la soutiennent pas. Mais aujourd'hui, tout va bien… jusqu'à ce qu'Audrey annonce qu'elle passe l'audition pour le rôle de Fiona.

— Pourquoi ? renifle Georgia, agacée. Tu ne t'intéresses même pas au théâtre.

— Si, j'adore ça. Avant, je n'avais jamais pu auditionner pour les spectacles de fin d'année à cause du foot.

— Eh bien, moi, je suis vraiment douée pour ça et je pense que tu n'as pas une seule chance d'être prise. Surtout pas pour le rôle de Fiona. Tu ne lui ressembles même pas.

— Toi non plus. Fiona est une ogresse !

Les autres gloussent et Georgia pique un fard.

— Pourquoi tu ne m'en avais pas parlé ?

Audrey hausse les épaules et Darcie tapote le bras de Georgia.

— Ne t'inquiète pas, la rassure-t-elle. Audrey sait que c'est toi qui seras prise, c'est sûr.

Georgia se détend, mais Audrey est énervée. Pourquoi n'aurait-elle pas le droit d'auditionner pour le rôle de Fiona ? Et pourquoi faut-il toujours que Darcie et Pip flattent Georgia ?

Elle se dit que le moment est venu de parler de Griffin. Georgia n'est pas la seule à avoir des choses à raconter.

— Il y a un nouveau joueur, dans mon équipe, il est trop beau, dit-elle malgré elle d'un ton suffisant.

Le regard de Darcie s'illumine.

— Sérieux ? Il est comment ? glousse Pip, les yeux ronds.

C'est plus fort qu'elle… Audrey décrit Griffin comme une star de cinéma, puis se demande si elle n'exagère pas. Mais non, Griffin est vraiment canon. Elle sent qu'elle rougit, d'abord au niveau de son cou, puis jusqu'à ses joues.

— T'es toute rouge, déclare Darcie en lui prenant le bras. Tu crois que tu l'intéresses ?

— Je ne sais pas trop, balbutie-t-elle. Il me fait souvent des passes, et il me parle.

— Ça ne veut rien dire, ça, crache Georgia. Il t'a embrassée ?

Audrey secoue la tête.

— Alors comment tu peux savoir que tu lui plais ?

— À cause de la manière dont il me regarde.

— Est-ce qu'il t'a déjà pris la main ?

Audrey baisse les yeux, si honteuse qu'elle en oublie son enthousiasme initial. Elle aurait mieux fait de se taire.

— Hier soir, Max m'a mis un doigt dans la chatte, déclare Georgia en les toisant d'un air supérieur.

Aussitôt, elle redevient le centre de l'attention.

— C'est même pas vrai ! lance Pip.

— Si, c'est vrai. On est allés dans la réserve, il m'a embrassée et puis il a glissé sa main dans ma culotte.

Darcie et Pip hoquettent, mais Audrey ne dit rien. Georgia est sans doute en train de tout inventer. Et quand bien même, elle devrait garder ça pour elle au lieu de se vanter. C'est trop intime.

— Il m'a caressé le clito, c'était incroyable ! ajoute l'autre, les yeux au ciel, en frémissant de plaisir.

Darcie pousse un cri et plaque ses mains sur ses oreilles.

— Arrête, on ne veut pas les détails !

Audrey est d'accord avec elle. Surtout qu'elle n'a jamais caressé son propre clitoris. En fait, elle n'est même pas sûre de savoir où il se trouve. Elle se lève.

— Tu vas où ? demande Georgia.

— Aux toilettes. Ça va bientôt sonner.

Elle s'en va sans se retourner en éprouvant une certaine satisfaction à s'extraire du public captif de Georgia.

Les auditions pour *Shrek* ont lieu après les cours, en classe de musique. Même si chaque participante a un créneau spécifique, il y a déjà tout un attroupement de filles devant la porte, au milieu d'une montagne de sacs. Audrey est assise avec Georgia, dos contre le mur. Son amie est l'une des premières à passer. Quand on l'appelle, elle se lève et adresse un sourire nerveux à Audrey.

— Merde ! murmure Audrey... C'est ce qu'on est censé dire, non ?

Georgia se décompose.

— J'ai vraiment le trac...

— Ça va aller.

Audrey est surprise que Georgia, d'habitude si sûre d'elle, semble si vulnérable. Elle la regarde entrer d'un pas traînant dans la salle de musique. Quand la porte se referme, elle se rend compte qu'elle, elle n'a pas du tout peur. Peut-être parce que, comparée au foot, cette audition ne l'impressionne pas le moins du monde.

Dix minutes plus tard, Georgia ressort, blanche et silencieuse. Audrey se lève d'un bond pour l'accueillir.

— Comment ça s'est passé ?

— Je ne sais pas. Aucune idée. J'étais terrifiée.

— Eh ben, si toi t'étais terrifiée, je vais être paralysée, réplique Audrey. Je n'arriverai même pas à chanter. Je suis sûre que tu as été géniale.

Elle glisse son bras autour de Georgia, qui se blottit contre elle, toute tremblante.

— Tu devrais peut-être rentrer chez toi, lui suggère Audrey. Tu n'as pas besoin de rester ici.

— Et toi ? Tu ne préfères pas que je t'attende ?

— Ne t'inquiète pas. Je vais me débrouiller.

Georgia en a les larmes aux yeux.

— Désolée d'avoir été si méchante, ces derniers temps. J'étais tellement nerveuse... Je veux vraiment ce rôle.

— Je sais, répond Audrey.

Maintenant, elle comprend à quel point ça compte pour son amie.

Lorsque la prof de théâtre l'appelle, la gorge d'Audrey se noue et son pouls s'emballe. Elle se lève en se demandant si elle va tomber dans les pommes. L'enseignante la voit et lui sourit.

— Entre, Audrey. On t'attend.

Dans la salle de musique, toutes les chaises et les pupitres ont été poussés dans un coin pour faire de la place autour du piano. Une vieille dame minuscule aux cheveux soyeux et argentés est assise derrière l'instrument.

— Audrey, je te présente Mrs Smith. Elle sera notre accompagnatrice.

Celle-ci lève la tête et adresse un magnifique sourire à Audrey, qui sent toute sa nervosité s'évaporer.

— Tu passes l'audition pour le rôle de Fiona, c'est ça ? vérifie la professeure en lui tendant le texte. Tu pourras commencer à partir de là.

Du bout du doigt, elle lui montre une phrase surlignée.

Audrey déglutit. Sa gorge se noue de plus belle. Puis, quand la pianiste croise son regard et opine discrètement, elle se sent de nouveau en sécurité. Elle lit les répliques d'une voix assurée en y mettant franchement le ton pour ne pas être ennuyeuse. Une fois partie, elle est surprise de découvrir à quel point c'est facile. Elle repense à Fiona dans le film *Shrek* – à sa manière déliée et joyeuse de bouger, à son sourire radieux plein de grandes dents d'ogresse. Elle essaie de reproduire ce sourire et se rend compte, au milieu de sa lecture, qu'il est bien plus drôle d'être une ogresse qu'une princesse. Et bien plus drôle d'être une ogresse qu'elle-même, elle qui est si ordinaire !

Quand elle a terminé, elle lève les yeux vers l'enseignante.

— C'est très bien, Audrey. Tu caches bien ton jeu, pas vrai ?

Elle ne comprend pas ce qu'elle veut dire mais, comme l'autre semble attendre une confirmation, elle hoche la tête.

— Maintenant, nous aimerions que tu chantes le début de la chanson d'ouverture de Fiona. Mrs Smith t'accompagnera.

La petite pianiste lui sourit et joue quelques accords sur le piano en effleurant les touches, avec prévenance, comme si elle attendait qu'Audrey se prépare. Celle-ci observe ses doigts qui glissent sur le clavier avec la délicatesse d'un papillon.

— Pas de précipitation, dit l'accompagnatrice d'une voix douce. Prends ton temps et fais-moi signe quand tu es prête. N'oublie pas de respirer.

Audrey ferme les yeux, inspire profondément puis essaie de détendre ses épaules. Ensuite, elle regarde Mrs Smith et hoche la tête. La vieille dame garde sur elle un œil bienveillant et se met à jouer plus fort. Là, Audrey commence. Sa voix se déploie dans toute la pièce.

Elles la laissent chanter un moment puis la prof lève la main.

— Merci. Ça ira pour aujourd'hui, Audrey. Tu peux y aller. Merci à toi d'être venue auditionner.

Et c'est fini. Elle ne sait pas vraiment comment ça s'est passé, mais Mrs Smith opine en souriant. Et ça lui fait du bien, vraiment. Elle a l'impression d'avoir été brillante.

Quand la porte s'ouvre, une troupe de filles la dévisage, dans l'expectative. Elle marche sur les sacs éparpillés au sol, attrape le sien et se dirige vers le rond-point où sa mère doit l'attendre.

Elle se sent heureuse et légère, comme si la gravité n'avait plus prise sur elle. Elle a toujours eu envie de jouer dans le spectacle de fin d'année et, cette fois-ci, ce sera peut-être possible. Et si elle était douée pour ça ?

La veille des vacances scolaires, Audrey demande à Darcie de l'accompagner au centre commercial après les cours, mais son amie doit rentrer chez elle pour boucler ses valises – elle part bientôt en avion avec sa famille pour la Gold Coast, où ils vont faire la tournée des grands parcs d'attractions. Dreamworld. Warner Bros Movie World. Sea World. Wet'n'Wild. Audrey l'envie. Un tel voyage serait impossible pour elle car, même pendant les vacances, elle a match tous les week-ends.

Comme ses autres copines ne sont pas disponibles non plus, elle va faire du shopping seule. Théoriquement, elle n'en a pas le droit car le trajet implique deux correspondances et sa mère n'aime pas qu'elle traîne devant les arrêts de bus, de peur que des gens bizarres l'accostent. Par chance, elle n'attend pas longtemps. Et elle a beau guetter des « gens bizarres », elle n'en voit aucun.

Au centre commercial, elle file vers Mecca Maxima, avec ses lumières vives, ses grandes vitrines et ses kilomètres de rayonnages de maquillage. Comme il y a foule à l'intérieur, elle s'attarde près de la porte et étudie les clientes, jeunes et moins jeunes, que l'on croirait toutes sorties d'un blog de mode. Hauts moulants et jeans déchirés. Nombril à l'air. Cheveux blonds et lissés. La bouche d'Audrey s'assèche. Elles semblent toutes tellement plus sophistiquées qu'elle… Et leurs paniers noirs en plastique sont remplis de petites boîtes pailletées. Elle, elle porte encore l'uniforme de son collège et ne sait même pas ce qu'elle doit acheter.

Elle finit par entrer à tout petits pas dans la boutique, se faufile parmi les présentoirs et s'arrête devant des rangées de crayons à lèvres, d'eye-liners, de rouges à lèvres et de gloss. Comment choisir ?

— Pardon ! lance une jeune brune aux pommettes parfaitement dessinées, aux lèvres pulpeuses et aux cils énormes, le bras tendu pour attraper un rouge à lèvres de la marque du magasin. (Audrey se recroqueville sur le côté.) *Menteuse menteuse,* c'est le plus beau, déclare la jeune femme à son amie, qui est tout aussi stylée. Tu l'as essayé ?

— Je préfère les teintes *nudes*, répond l'autre, cheveux blonds, racines noires, lèvres sculptées. Moi, je prends le *Discrète.*

Les senteurs sucrées de leurs parfums enveloppent Audrey lorsqu'elles lâchent leur butin dans leurs paniers avant de s'éloigner. Audrey se penche vers le présentoir et attrape un bâton de *Menteuse menteuse.* Il est rose, mais pas trop voyant. Elle se décide aussi pour un *Discrète* et serre les deux dans ses mains moites tout en cherchant un eye-liner. La marque du magasin est la moins chère – elle opte pour un eye-liner liquide noir. Elle choisit ensuite du mascara puis une palette d'ombres à paupières hors de prix.

Elle attend dix minutes à la caisse, où elle abandonne presque deux cents dollars d'économies.

Alors qu'elle rentre en bus, sa mère l'appelle. Audrey lui annonce qu'elle est toujours avec Darcie. Après avoir raccroché, elle ouvre son sac rose Mecca Maxima pour examiner ses emplettes. Elle fait tourner les boîtiers pailletés entre ses mains. Sort l'un des rouges à lèvres. Elle a hâte de les essayer, mais elle s'en veut d'avoir menti à Jonica. Même si celle-ci ne lui reprocherait pas d'avoir acheté du maquillage, elle serait fâchée de découvrir qu'elle y est allée seule.

Audrey remet le rouge à lèvres dans son étui et grimace en relisant l'étiquette. *Menteuse menteuse.*

Samedi matin, premier jour des vacances d'avril, Audrey traîne à la maison avec l'impression d'avoir avalé une pierre. Quand elle essaie de petit-déjeuner, sa gorge est si nouée qu'elle craint de s'étouffer à tout instant. C'est comme ça avant tous les matchs, et c'est encore pire ce jour-là, car elle sait qu'elle va commencer sur la touche.

Elle se précipite aux toilettes. Les intestins en feu, elle s'assied sur la cuvette et regarde Instagram. Grosse erreur. Une vidéo surgit de Katerina enchaînant des gestes de football freestyle – « tour du monde », « arc-en-ciel », ballon bloqué en équilibre sur le pied ou sur sa nuque. Audrey aussi est capable de faire ces figures, mais pas à la suite, comme Katerina. Son pouce reste au-dessus de l'écran. Est-ce qu'elle devrait *liker* la vidéo ? Si elle ne le fait pas, elle sera la seule de son équipe. Même Alex l'a *likée*, et ça la blesse. Pourquoi est-ce qu'il suit Katerina, d'abord ?

Une crampe lui tord l'estomac pendant qu'elle fait défiler les commentaires. Des flammes, des cœurs, des applaudissements. Encore et encore. Quelle bande d'hypocrites. Audrey refuse de *liker* la vidéo.

De retour dans la cuisine, elle rince son bol et le range dans le lave-vaisselle. Son père sort de son bureau, des feuilles de papier dans une main, des marqueurs dans l'autre.

— Audrey, dans la salle à manger. Même si tu commences sur le banc, nous devons tout de même faire notre petit briefing.

La pierre au fond de son ventre s'alourdit encore. Est-ce qu'ils sont vraiment obligés de faire ça toutes les semaines ?

Elle prend le chien dans ses bras et suit son père jusqu'à la table, où il tire une chaise. Il attend qu'elle s'asseye à son tour, le regard aussi brillant et perçant qu'un aigle. Elle installe Honey sur ses genoux.

— Pose la chienne par terre, pour rester concentrée, ordonne-t-il.

Elle obéit à contrecœur, Honey sort de la pièce en trottinant.

— Aujourd'hui, vous affrontez les Tigers, annonce-t-il en faisant tourner un marqueur entre ses doigts. Quand Dominik te fera entrer, tu vas devoir tout donner. Ils sont coriaces.

Elle le fixe attentivement, car elle sait qu'il est content quand elle fait mine de s'intéresser à ce qu'il dit.

— Tu crois qu'on peut les battre ?

Le visage de Ben s'illumine.

— Il y a de bonnes chances, si tu joues à fond et que tu restes calme. Ils sont du genre à s'échauffer vite et à insulter tout le monde, alors fais en sorte de ne pas les écouter.

Il dessine un rectangle sur une feuille de papier puis ajoute un but de chaque côté avant d'en barrer un d'une croix.

— Ça, c'est votre but. (Il tapote la feuille avec le marqueur. Puis il esquisse un bonhomme en fil de fer et ajoute :) Si tu joues sur l'aile droite aujourd'hui, ce sera toi.

Malgré ses crampes à l'estomac, elle sourit ; il est tellement nul en dessin !

Il trace un cercle afin de délimiter la zone d'Audrey puis une série de flèches pour lui expliquer les différentes attaques possibles. Elle hoche la tête sans quitter la feuille des yeux, sachant que c'est ce qu'il attend d'elle.

— D'accord, dit-il. Et si jamais Dominik décide de te faire jouer en défense, finalement ? Qu'est-ce que tu devras faire si l'avant des Tigers a la balle ?

Audrey essaie de réfléchir.

— Le repousser vers la ligne de touche pour l'empêcher de marquer ?

— Bien. Quoi d'autre ?

Elle fixe la feuille.

— Faire une passe le long de la ligne, et pas au centre ?

— Excellent. Et après ?

Elle suçote une mèche de cheveux et ferme les yeux très forts.

— Je le tacle ?

— Oui, et pas n'importe où. Ces gars-là, ils se jettent par terre à la première occasion. Si tu en fais tomber un devant le but, ils réclameront un penalty. De vraies stars de cinéma.

Il continue à lui rabâcher des consignes sur le une-deux, les positions, le démarquage et autres trucs techniques jusqu'à ce qu'Audrey finisse par perdre le fil.

Quand il a terminé, il lui assure qu'elle s'en sortira très bien. Mais qu'est-ce qu'il en sait ? Elle pourrait rester tout le match sur le banc, surtout maintenant que Griffin a rejoint l'équipe.

— Je ferai de mon mieux, dit-elle.

Il lui tapote l'épaule.

— Je sais. Et n'oublie pas de regarder ton pense-bête.

Elle se force à sourire. Le pense-bête que son père lui a concocté est plaqué au frigo par un magnet Nike.

AUDREY, PENSE À :

T'échauffer et t'étirer
Rester positive
Ne pas être spectatrice
Bien te positionner
Te démarquer
Être la première sur la balle
Relever la tête
Appeler la balle
Soigner ta première touche
Tacler
Ne pas faire ta princesse

Toutes les semaines, quand elle regarde cette liste, elle a envie de la déchirer. Qu'est-ce que son père veut dire, avec son histoire de princesse ? Et où est le pense-bête d'Alex ? Pourquoi est-ce qu'il n'en a pas, lui ?

Dans la cuisine, elle tire sur la stupide liste et fait tomber le magnet. Elle le ramasse et le retourne entre ses mains. Sous la virgule du Nike, il est écrit : *Just do it.*

Si seulement c'était si simple.

Au stade des Tigers, Audrey s'extirpe de la banquette arrière étroite de la Porsche de son père et frissonne dans le vent. Le ciel est nuageux et les érables qui bordent le parking se parent de couleurs dorées.

Elle suit Alex sur le bitume jusqu'aux vestiaires sous les gradins, où les murs sont froids et où leurs voix résonnent. Son estomac est tellement noué qu'elle a envie de vomir. Pendant tout le trajet, Ben n'a pas arrêté de lui adresser des sourires encourageants dans le rétroviseur, comme si ça pouvait l'aider. Alors que ça ne fait qu'empirer les choses.

Dans les vestiaires, même si Alex est encore un peu déprimé à cause de son genou, il lance un grand bonjour à tout le monde. Audrey, elle, ne parvient qu'à afficher un sourire hésitant. La puanteur des garçons, des chaussettes et du déodorant lui soulève le cœur. Elle enlève son jogging et s'assied sur un banc pour mettre ses chaussures en prenant son temps pour faire ses lacets, ce qui lui évite de parler à qui que ce soit. Des plaques de terre percées de trous réguliers se décrochent de ses crampons et tombent par terre. Elle les repousse sous le banc, loin des regards.

Lorsque Viktor débarque avec un grand sourire sur les lèvres, tout le monde se précipite vers lui en criant : « Joyeux anniversaire ! » Il a eu 14 ans la veille, mais ça ne se voit pas – son cerveau est encore loin d'avoir rattrapé son corps. Audrey ne supporte pas la manière dont Katerina sautille autour de lui comme une chèvre et lui donne des coups de coude pendant qu'il lui tapote la tête en rigolant. Audrey ne lui ferait jamais de la lèche de cette manière, pas même pour qu'il lui passe plus souvent la balle.

Dans un coin, Griffin observe les autres en souriant. Il croise le regard d'Audrey et ses yeux s'illuminent. Elle s'étonne soudain de se sentir aussi transie et brûlante à la fois.

Quand Dominik surgit sur le seuil, tout le monde se tait. Il annonce la composition de départ. D'abord Griffin.

Puis les joueurs habituels. Audrey commence sur le banc, comme prévu. Elle n'est pas la seule – il y en a trois autres, dont Alex. Elle jette un coup d'œil vers lui et se demande si elle a l'air autant déprimée que son frère. C'est nul de débuter sur le banc – on ne peut pas s'échauffer avec les autres parce qu'on doit faire des tirs pour que les gardiens s'entraînent. Pour Audrey, ce n'est pas logique. Tout le monde devrait s'échauffer correctement. Si on ne se perfectionne pas, comment peut-on bien jouer ?

Les onze joueurs titulaires se sont regroupés et papotent en riant. Katerina est parmi eux, ce qui n'est pas normal car, ces derniers temps, son jeu perd en qualité. Elle surprend le regard d'Audrey.

— Tu veux ma photo ? lance-t-elle.

— Non, merci.

La brune s'approche.

— Tu te crois vraiment trop forte, pas vrai ? crache-t-elle. Mais nous, on sait tous que tu vaux rien.

Audrey jette un coup d'œil dans la pièce. Comme personne ne regarde, elle lui fait un doigt d'honneur. Katerina grimace, feint de perdre l'équilibre et en profite pour donner un coup de hanche à Audrey, qui percute le banc de côté.

— Oups, désolée, minaude l'autre.

Audrey a envie de la frapper mais, comme leurs coéquipiers se sont tournés vers elles, elle serre les poings et fixe ses chaussures. Elle revoit le symbole Nike. *Just do it.* Ouais, c'est ça. Comment pourrait-elle faire quoi que ce soit alors qu'elle n'est même pas sur le terrain ?

Quand l'arbitre siffle le coup d'envoi, Audrey va s'asseoir sur une chaise dans la zone technique, les genoux remontés sous le menton, les bras autour des jambes. Elle a l'impression d'être un chien attaché dans un chenil. Que c'est ennuyeux de regarder un match quand on meurt d'envie de jouer ! Et Dominik se montre tellement injuste avec elle... Si seulement elle faisait partie de ses chouchous, comme Viktor, qui ne remplit jamais le rapport en ligne, ou juste pour noter trois mots, et s'en tire sans punition. Alors qu'elle, elle se retrouve sur le banc et Griffin a pris sa place sur le terrain.

Bientôt, elle se relève malgré elle pour observer le match. Les Minotaurs jouent comme des champions. Ils font des passes. Ils se démarquent. Ils mettent les Tigers en difficulté. *Comment c'est possible ?* se demande Audrey en essayant de voir derrière Dominik.

Au début, elle a du mal à comprendre ce qui se déroule devant ses yeux, ce qui a changé. Et puis elle saisit. Les Tigers, qui courent dans toutes les directions, semblent bien lents, alors que Griffin trace sa route mine de rien, tout en étant décisif. Il rebondit comme s'il avait des ressorts sous les pieds. Dès qu'il se démarque, il reçoit le ballon et le renvoie aussitôt. Il bloque, il tacle, il redistribue la balle à tout le monde, y compris Viktor.

Ce dernier ne paraît pas voir les opportunités que Griffin lui crée. Les sourcils froncés en permanence, il profite des passes du nouveau sans jamais lui rendre la pareille. Au lieu de quoi, il sert ses amis, même quand ils sont mal positionnés. Qu'est-ce qui lui prend ? Il devrait s'appuyer sur Griffin pour marquer des buts. Il est peut-être vraiment trop stupide.

— Allez, Viktor ! lance Griffin, frustré. Repasse-moi la balle !

Viktor monopolise le ballon mais, après une contre-attaque, les Tigers manquent de peu d'ouvrir le score. Dominik est fou de rage et menace de l'exclure, ce qui arrangerait Audrey, car elle pourrait faire son entrée sur le terrain. Elle attend, prête à enlever sa chasuble. En vain. Viktor grommelle en foudroyant tout le monde du regard, et Dominik le laisse en place.

Griffin tacle un joueur des Tigers, lui vole la balle puis l'envoie à Katerina, mais celle-ci se contente de dribbler tout droit comme d'habitude et finit par perdre le ballon.

— Allez, les Minotaurs ! hurle Dominik. Soutenez Griffin ! Katerina, arrête de faire n'importe quoi.

Il se tourne pour marmonner quelque chose à Kyle et se gratte l'entrejambe, juste devant Audrey. Elle grimace, dégoûtée.

Griffin repasse le ballon à Viktor qui, cette fois-ci, fonce sur la balle, arme son tir et marque un but puissant. Il lève les poings vers le ciel et tout le monde se jette sur lui. Audrey saute sur place et crie avec les autres remplaçants. Griffin s'avance vers Viktor, le sourire jusqu'aux oreilles, et tend le bras pour que son coéquipier lui tape dans la main. Ce dernier le fixe un instant avant de se détourner. Audrey n'en croit pas ses yeux. Quel con ! Malgré tout, après ça, les autres commencent à chercher Griffin pour lui passer le ballon, contre l'avis de Viktor.

À la mi-temps, ils mènent 3-0 et Audrey meurt d'impatience de rentrer sur le terrain. Dans le vestiaire, pendant le speech de Dominik, elle attend de savoir si elle va jouer. Mais il est trop occupé à griffonner sur sa tablette blanche, à tracer des flèches et à suggérer des stratégies.

— Vous m'écoutez ou quoi ? beugle-t-il sur l'équipe en se frottant le nez et en se remettant les testicules en place. Il faut rester offensifs pour dominer les Tigers. Couvrez tout le terrain. Compris ? (Il jette un coup d'œil vers Griffin, les yeux brillants.) Tu fais du bon boulot, mon gars. Tu les trimballes partout.

Griffin hoche la tête, et c'est tout. Pas de sourire narquois. Pas de grands airs. Si c'était Viktor, il en ferait des tonnes.

— Bon, reprend Dominik. Je veux que vous fassiez tous des passes à Griffin. (Il fixe Viktor d'un regard lourd de sous-entendus.) Notre ligne arrière doit être un bouclier paré à repousser l'ennemi. Notre ligne avant doit être prête à les défoncer et à planter des buts ! Et notre milieu de terrain doit consolider le jeu autour de Griffin pour maintenir l'attaque. Restez en formation. Défendez les ailes. Pas de cadeaux. Pigé ?

Audrey meurt d'envie d'aller en découdre. Mais... Et si Dominik la laissait sur la touche ? Et s'il ne lui donnait pas sa chance ?

Finalement, quand ils ressortent des vestiaires pour la reprise, il lui adresse un signe de tête. Elle va enfin pouvoir jouer, et c'est tout ce qui compte. Elle jette la chasuble à Katerina et fonce sur la pelouse, impatiente de contribuer au jeu magique qu'elle a vu en première mi-temps. Cependant, après être restée si longtemps derrière la ligne de touche, elle a du mal à trouver son rythme. Elle accélère trop tôt, calcule mal ses contrôles et dépasse la balle.

Viktor hurle lorsqu'elle rate une passe.

— Qu'est-ce que tu fous, bordel ? Bouge-toi ! T'es vraiment nulle !

La critique la blesse, mais elle refuse de se laisser intimider. Elle peut le faire ; elle le sait. *Tu es forte,* se dit-elle. *Tu es douée. Tu peux devenir une championne.*

Noah accélère dans son couloir le long de la ligne et transmet la balle à Griffin, qui l'amortit avec un contrôle parfait de la poitrine.

— Audrey ! lance-t-il.

Quand il tend le doigt pour lui dire de changer d'aile, elle se met à sprinter pour déborder son défenseur. Le ballon part du pied gauche de Griffin et arrive juste devant elle.

— T'as le temps ! crie-t-il encore. Lève la tête.

Après trois grandes foulées, elle trouve son équilibre et frappe du pied droit. La balle décolle de sa chaussure, lobe le gardien des Tigers et atterrit dans le filet. Elle saute de joie, un poing brandi vers le ciel, des feux d'artifice plein le cœur. L'équipe se précipite autour d'elle en criant et en l'écrasant, même Viktor.

Elle aperçoit son père au bout du terrain, près du gardien des Minotaurs. Son visage béat. Sa mère qui agite la main depuis les gradins. Mais quand elle parvient à se libérer, c'est Griffin qu'elle cherche du regard. Ses yeux bruns et son sourire. Il aurait pu marquer lui-même, mais il ne l'a pas fait.

Lorsqu'elle va se remettre en position, un joueur des Tigers la pousse dans le dos et la fait tomber.

— Oups, désolé, se moque-t-il avant de lui sauter par-dessus et de s'éloigner.

Griffin est là, main tendue, pour l'aider à se relever.

— Attention aux têtes de con, dit-il, le sourire aux lèvres, en la relâchant. Et puis… joli but.

Elle sourit à son tour et se penche pour frotter la boue sur ses genoux.

Le dimanche, Audrey passe une demi-heure dans la salle de bains à se préparer avant d'aller au stade. Elle commence par se faire une queue-de-cheval. Puis elle essaie des nattes. Au bout du compte, elle opte pour un chignon. Elle peine à enrouler ses cheveux au sommet de son crâne et à les faire tenir, mais, quand elle y arrive enfin, elle est contente du résultat. Elle en tire quelques mèches pour que des boucles retombent de chaque côté de son visage, se sourit dans le miroir. Elle a l'air très féminine. Maintenant, maquillage.

Suivant les conseils des tutos vus sur YouTube, elle trace une ligne fine d'eye-liner au bord de ses cils et termine par un petit trait vers le haut au coin de l'œil. Elle se met du mascara pour rendre ses cils plus longs et plus volumineux, comme le promet l'étiquette. Ça lui fait de jolis yeux. Et c'est moins difficile que ce qu'elle s'imaginait.

Enfin prête, elle va prendre un ballon dans la caisse en bois sur la terrasse et retraverse la maison en lançant à sa mère depuis le seuil :

— Je vais au stade !

Jonica sort du salon, le *New Yorker* à la main, les sourcils froncés, étonnée.

— Toute seule ?

Audrey se détourne à demi pour qu'elle ne remarque pas le maquillage.

— Alex ne peut pas venir, il a encore mal au genou. Je veux juste aller jongler un peu.

— Tu ne peux pas faire ça dans le jardin ?

— C'est plus sympa au stade. Et l'herbe est plus douce.

— Et le déjeuner ?

— Je mangerai en revenant.

— Tu en as pour combien de temps ?

— Une heure, peut-être.

Elle se faufile dehors et referme la porte d'entrée avant que sa mère poursuive son interrogatoire. Le ballon sous le bras, elle descend la rue. C'est une magnifique journée d'automne. Son pas est léger. Elle a envie de chanter et de danser.

Au stade, l'odeur de l'herbe chaude flotte dans l'air. Elle cherche Griffin du regard, mais il n'est pas là. Il est peut-être en retard – il n'est que onze heures trente.

Tout près, elle aperçoit une femme aux cheveux blond clair qui promène un golden retriever souriant dont la queue remue comme une banderole. Au fond, deux garçons à grandes jambes s'entraînent à sprinter. Elle fait le tour du terrain en marchant et dérange un groupe de cacatoès rosalbins qui s'élèvent vers le ciel en criant et en battant follement des ailes.

Quand elle a fini son tour, Griffin n'est toujours pas là. Elle se laisse tomber dans l'herbe, au milieu de la pelouse – là, il la verra forcément. Comme elle ne veut pas avoir l'air d'une pauvre fille esseulée, elle se relève et se met à jongler. Ça va l'impressionner, non ? Elle a du mal à se concentrer parce qu'elle sait qu'elle va le voir, et ça la distrait. Puis elle trouve son rythme et son toucher de balle est parfait. Elle pourrait peut-être même battre son record. Jongler, c'est mieux que s'inquiéter à l'idée qu'il lui pose un lapin.

Dix minutes plus tard, toujours pas de Griffin. Et pas de textos non plus. Elle refait un tour en martelant le sol et en poussant le ballon vers des pies sautillantes qui s'envolent de son chemin. Est-ce qu'il va venir ? Est-ce qu'il a oublié ? Elle ne veut pas lui écrire, de peur d'avoir l'air désespérée.

Quinze minutes passent. Puis vingt. Et il n'est toujours pas là. Combien de temps doit-elle attendre avant de rentrer chez elle ?

Elle fait encore un tour, après quoi elle envoie de toutes ses forces la balle dans l'un des grillages qui séparent deux terrains. Celle-ci frappe la grille avec un bruit métallique satisfaisant puis rebondit. Audrey sprinte pour la récupérer, dribble sur quelques mètres, pivote et tire de nouveau vers le grillage ! Cling !

Ensuite, elle s'assied sur le gazon et regarde les cacatoès rosalbins picorer les mauvaises herbes en arrachant un peu de terre au passage. Au bout de cinq minutes supplémentaires, elle est presque à bout de patience. Puis elle aperçoit quelqu'un qui pédale comme un malade sur le terrain, au point que son vélo bascule d'un côté puis de l'autre. Sans casque. Ça doit être Griffin.

Elle se lève et se prépare à lui dire au revoir parce qu'elle doit rentrer chez elle mais, dès qu'il approche, elle voit son visage déformé par l'inquiétude et lui pardonne aussitôt.

Il s'arrête, essoufflé, et lâche son vélo par terre.

— Je suis vraiment désolé, dit-il, essuyant son front en sueur du dos de la main. Mon père s'est pris une cuite, hier soir, et il s'est réveillé d'une humeur massacrante. Il m'a forcé à laver sa voiture avant de me laisser partir.

— Pourquoi tu ne m'as pas envoyé un message ?

— Il a pris mon téléphone. Regarde.

Griffin attrape son sac à dos en vitesse, ouvre brusquement la fermeture Éclair et le renverse pour le vider sur le sol. Un ballon de foot élimé en tombe, ainsi qu'une gourde en plastique rouge et des chaussures de foot orange couvertes de boue – rien d'autre.

— C'est pas grave, dit-elle. Je suis encore là. Mais j'allais partir. T'as une demi-heure de retard.

— Une demi-heure ? J'ai pédalé aussi vite que j'ai pu.

Il est tellement bouleversé qu'il en a presque les larmes aux yeux.

— Tu viens de loin ?

Il rougit et se détourne.

— Je sais pas. J'ai dû faire cinq ou six kilomètres...

— Tu habites où ?

— Mon père et moi, on vit dans un appartement, dans un quartier assez éloigné.

— Je croyais que tu habitais dans le coin.

Il croise son regard avec un sourire timide.

— Je voulais vraiment te voir. (Son sourire se précise.) T'as mis un sacré but, hier. Quel tir ! Tu vois, j'ai rien à t'apprendre.

— C'est toi qui as tout fait.

Il donne des coups de pied dans l'herbe.

— Mais c'est toi qui as marqué. Tu le méritais.

— Mon premier but de la saison.

— Je suis sûr qu'il y en aura d'autres.

Elle éclate de rire et commence à se détendre.

— T'as vu Katerina ? Elle n'en croyait pas ses yeux.

— Qu'est-ce qu'elle te veut ? Pourquoi elle ne te laisse jamais tranquille ?

Audrey renifle.

— Je ne sais pas. Elle est toujours comme ça.

— Je suis sûr qu'elle est jalouse parce que t'es plus intelligente et plus gentille qu'elle.

Audrey détourne le regard en rougissant soudain. Personne ne lui a jamais fait ce genre de compliments.

Pendant les dix ou quinze minutes suivantes, ils se font des passes, à moitié sérieusement, à moitié en rigolant. Griffin lui montre comment se positionner pour que ses frappes soient plus puissantes.

— N'oublie pas d'accompagner ta balle, comme ça, dit-il en joignant le geste à la parole et, à le voir, ça semble tout simple.

Ils ont vite chaud. Griffin tend sa gourde à Audrey qui, par réflexe, essuie le goulot avec son maillot avant de le porter à sa bouche. Ça le fait rire.

— T'as peur des microbes ?

Quand c'est son tour de boire, il montre bien qu'il n'a pas du tout l'intention de l'imiter.

Ils s'effondrent dans l'herbe et refont le match de la veille. Qui a fini sur une victoire par 6 buts à 1. Quand ils n'ont plus rien à se dire, Griffin roule sur le dos et regarde le ciel, les yeux plissés, en se servant de son bras comme d'un pare-soleil.

Audrey baisse la tête vers lui et remarque le duvet au-dessus de sa lèvre supérieure. L'espace entre ses incisives. Une petite fossette sur son menton.

— Je suis vraiment désolé d'être arrivé en retard, dit-il en lui jetant un coup d'œil par-dessous sa main. Mon père peut être con, quand il s'y met.

— Mais il est sympa quand même, non ?

— J'imagine. Ça reste mon père.

— Est-ce qu'il te pousse pour que tu t'entraînes à fond ?

— Nan. Pas besoin. J'aime tellement le foot que j'essaie toujours de m'améliorer.

— Moi aussi. Mais je suis nulle.

Il s'accoude dans l'herbe.

— C'est faux. T'as été prise dans l'équipe. Et regarde le but que t'as marqué hier. T'es meilleure que la plupart des garçons.

Elle plante ses doigts dans la terre, intimidée.

— Ah bon ?

— Bien sûr. Eux, ce sont de gros frimeurs qui se croient meilleurs qu'ils le sont. Toi, t'as vraiment du talent.

Elle voit dans ses yeux qu'il parle sérieusement.

— Même si je fais des efforts, je ne serai jamais assez douée, admet-elle.

— Assez douée pour quoi ?

Elle réfléchit.

— Je ne sais pas... pour mes parents. (Elle arrache une touffe d'herbe.) Ils disent que, plus tard, je pourrais jouer avec les Matildas si je voulais.

Son front se plisse.

— C'est vrai, mais c'est dur d'arriver au sommet.

— Et toi ? demande-t-elle en le regardant droit dans les yeux.

Il s'assied et fait glisser ses doigts dans l'herbe, comme s'il caressait un animal.

— Je voudrais signer un contrat à l'étranger, alors je dois continuer à m'améliorer.

— Ton père t'aide à t'entraîner ?

— Un peu. Mais bon... il préfère le rugby. C'est un ancien joueur professionnel. Il était rapide.

— C'est comme ça qu'il a eu ses tatouages ?

— Je ne sais pas. Il en avait déjà avant ma naissance.

Les parents d'Audrey détestent les tatouages et trouvent que le rugby est un sport de brutes.

— Il doit être fier de toi.

Griffin renifle.

— Tu parles, seulement quand il est au pub.

— C'est nul.

Ses parents à elle ne vont jamais au pub.

— Ouais. Il y est tout le temps quand il ne travaille pas.

— Qu'est-ce qu'il fait, dans la vie ?

— Il est camionneur. Il livre du gravier.

Les amis des parents d'Audrey sont tous avocats, banquiers et médecins. Ou chefs d'entreprise.

— Et ta mère ? demande-t-elle encore.

— Elle est femme de ménage, répond-il en se détournant. Elle habite à Melbourne avec ma sœur. Mes parents ont divorcé. C'est pour ça que mon père et moi, on a fini ici.

— Elles te manquent ?

— Pas vraiment. Elles se disputent tout le temps. Et ma sœur est chiante. Toi, tes parents ont l'air très gentils.

— Tu parles, glousse-t-elle.

— Ton père est sympa avec les goals. Il a l'air d'un type bien.

— Je parie que ton père aussi est un type bien.

Griffe se racle la gorge.

— Pas quand il a bu. (Il se rallonge dans l'herbe, un bras replié sous la tête en guise d'oreiller, et se tourne vers elle.) Qu'est-ce que tu as fait à tes yeux ? C'est joli.

Elle sourit. C'est le maquillage – mais elle se garde bien de le lui dire. Comme elle fait mine de le frapper pour rire, il la saisit par le poignet et la fait tomber dans l'herbe à côté de lui. Ils restent allongés côte à côte, main dans la main. Les doigts de Griffin sont chauds et la serrent fort. Elle n'ose pas le regarder.

— T'as vu les nuages ? demande-t-il. T'as vu comme ils vont vite ? Ça doit sacrément souffler, là-haut.

Elle jette un coup d'œil vers le ciel, mais, du coin de l'œil, elle voit son torse se soulever et s'abaisser. Griffin déplace ses doigts pour les enlacer aux siens et ils restent allongés là, à contempler le ciel. Audrey est aux anges. Elle voudrait que cet instant dure toujours.

Puis son téléphone sonne. Elle sait qu'elle doit répondre et, quand elle finit par lui lâcher la main pour s'asseoir, la magie est rompue.

— Où es-tu ? s'inquiète sa mère. Il y a une éternité que tu es dehors. L'heure du déjeuner est passée depuis longtemps.

— J'arrive.

Même si elle n'a pas envie de partir, elle se lève, ramasse son ballon et attend gauchement.

Griffin l'imite et redresse son vélo par le guidon.

— Tu dois vraiment y aller ?

Elle se sent intimidée.

— Ma mère insiste pour que je rentre manger... Mais on peut peut-être se revoir une autre fois, si tu veux.

— Carrément !

Il sourit et elle se noie dans son regard. La magie est revenue. Elle le suit des yeux quand, après avoir enfourché son vélo, il s'éloigne.

— On se voit à l'entraînement, lance-t-il par-dessus son épaule.

Elle se sourit à elle-même et traverse le terrain en dribblant vers chez elle.

À la récréation, le premier jour après les vacances, Audrey attend au milieu d'une foule de filles devant le panneau d'affichage des quatrièmes où les résultats de l'audition pour *Shrek* vont être épinglés d'un instant à l'autre. Georgia, pâle et silencieuse, attend à côté d'elle pendant que Pip et Darcie bavardent distraitement.

Lorsque la prof de théâtre finit par sortir de la salle commune, une feuille de papier à la main, Audrey sent que ses paumes deviennent moites. Elle jette un coup d'œil à Georgia, qui n'arrête pas de s'éclaircir la gorge et de lisser la jupe de son uniforme.

La prof affiche les résultats puis se tourne vers elles en souriant, dos au panneau.

— Essayez de ne pas être trop déçues si vous n'avez pas ce que vous vouliez, dit-elle. On trouvera un moyen de toutes vous impliquer. Le travail ne manque pas, en coulisse, que ce soit pour l'éclairage, le maquillage ou les accessoires. Et n'oubliez pas non plus que vous pourrez retenter votre chance l'année prochaine.

Lorsqu'elle s'écarte enfin, tout le monde se pousse pour regarder les résultats. Portée par la marée humaine, Audrey sent des corps pressés contre elle, Georgia devant et Pip écrasée derrière. C'est pire qu'avant un corner, quand ils jouent tous des coudes près des buts. Elle n'arrive pas à se rapprocher suffisamment, la tête de Georgia bouche son champ de vision, sans parler de sa queue-de-cheval qui se balance en signe de son agacement. Puis elle entend un murmure et les filles commencent à se tourner vers elle. Des hoquets stupéfaits. Bouche bée. C'est *elle*, Fiona !

Elle serre la main de Darcie. Est-ce que c'est vraiment possible ?

Georgia lui jette un nouveau coup d'œil, sous le choc, puis s'éloigne en explosant en sanglots comme si quelqu'un venait de mourir dans sa famille.

— Pauvre Georgia, chuchote Darcie.

Oui, pauvre Georgia. Cela dit, Audrey ne peut ignorer les frissons d'excitation qui montent en elle. Elle a l'impression de flotter au-dessus du sol.

Pip et Darcie se lancent à la poursuite de leur amie pendant que les autres filles s'écartent d'Audrey. Elles la dévisagent avec un respect nouveau. Ça la fait presque rire. Elle aurait cru qu'être prise dans une équipe de foot masculine lui vaudrait d'être admirée. Ce qui avait été un peu le cas, mais beaucoup moins qu'aujourd'hui.

Que dira-t-elle à sa mère, ce soir ? *T'as vu ce dont je suis capable ?* s'écrira-t-elle. *D'abord, j'ai réussi à être sélectionnée chez les Minotaurs et là, je viens de décrocher le rôle principal du spectacle du collège.* Elle sera l'égale d'Alex, pour une fois. Tout est facile, pour lui – il est populaire, tout le monde l'apprécie et il réussit partout. Alors qu'elle, elle doit toujours faire des efforts : au foot, à l'école, pour garder sa chambre bien rangée, pour être gentille. Elle pense au regard de sa mère, illuminé par la fierté, lorsqu'elle entendra la nouvelle, ce même regard qu'elle porte en permanence sur Alex. Et elle imagine son sourire approbateur.

Comme sur un nuage, elle s'approche de l'affiche pour scruter la liste. Son nom est là. Tout en haut. *FIONA : Audrey Woodford.*

Puis elle remarque une annonce en lettres capitales en bas de la feuille. *CHANGEMENT D'HEURE POUR LES RÉPÉTITIONS.* Elle n'a même pas besoin de lire la suite pour savoir que c'est fichu. Elle fait volte-face, se fraie un passage dans la foule de filles et file pleurer dans les toilettes.

À midi, elle va demander à la prof de théâtre s'il est possible de replacer les répétitions à l'heure initiale.

— Je suis vraiment désolée, Audrey, lui répond-elle, mais on a dû s'adapter à l'emploi du temps de la pianiste. À cause d'un contretemps familial, elle ne peut plus venir à l'heure prévue. Je suis certaine que tu comprendras que sa participation est cruciale pour le spectacle. Et c'est un sacré investissement personnel de sa part.

Audrey le comprend, évidemment, parce que sa vie n'est qu'une histoire d'investissement personnel. Pourtant, elle se sent triste, si triste ! Elle pense à l'adorable Mrs Smith, à sa couronne de cheveux argentés et à son sourire doux et patient. Comme il aurait été merveilleux de chanter sur sa magnifique musique ! Enfin, c'est fini maintenant. Recevoir le premier rôle, puis le voir s'envoler sous son nez, quelle ironie du sort ! Comment pourra-t-elle affronter le regard de ses amies ? Elle va devoir se coltiner l'air supérieur de Georgia – celle-ci ayant été retenue comme suppléante, c'est elle qui aura le rôle principal. Elle sera proprement insupportable. Les gens oublieront Audrey en une demi-seconde. Elle ne sera pas sur le programme. Elle ne peut même pas intégrer la chorale.

Lorsque sa mère vient la chercher après les cours, Audrey ne parvient pas à retenir ses larmes. Elle se recroqueville dans le siège passager et sanglote. Comme si quelque chose s'était brisé en elle. Après tant de possibles, plus rien.

Jonica la prend dans ses bras et la serre fort.

— Oh, ma chérie, qu'est-ce qui ne va pas ?

Elle n'arrive pas à lui expliquer la situation, car les mots restent coincés dans sa gorge.

— Est-ce que tu as appris la mort de quelqu'un ? La mère ou la grand-mère d'une amie ?

— Non, maman, c'est pas ça, répond Audrey en s'étouffant presque dans ses larmes. (Comment sa mère fait-elle pour toujours empirer les choses ?) J'avais été prise pour jouer le rôle principal dans le spectacle de fin d'année, mais ils ont changé l'heure des répétitions et maintenant ça tombe en même temps que le foot, alors c'est fichu.

— Qu'est-ce qui est fichu ? Le foot ?

— Non, maman. Le spectacle.

— Je ne savais même pas que tu avais passé une audition.

— Je ne t'ai rien dit parce que je ne pensais pas être prise. Pourtant, j'ai eu le premier rôle. J'étais trop contente, je me suis dit que papa et toi vous seriez super fiers de moi. Et maintenant, ça n'arrivera plus.

— Nous sommes déjà fiers de toi, ma puce. Tu es une petite joueuse de foot tellement douée, tu fais tellement d'efforts ! Et c'est génial que tu aies eu ce rôle. Je suis certaine que tu aurais été formidable.

— Je devais jouer Fiona, l'ogresse dans *Shrek*.

Elle s'appuie contre sa mère et sanglote de plus belle.

Puis elle se rend compte que Jonica tremblote. Est-ce qu'elle pleure aussi ? Non. Elle rigole.

— C'est pas drôle, maman, gémit-elle. Comment tu peux rire maintenant ?

Jonica se couvre le visage avec les mains, secouée par un fou rire.

— Je suis vraiment désolée, Audrey, mais quand tu as dit que tu allais jouer une ogresse, ça m'a fait pouffer parce que, là, tu ressembles *déjà* à une ogresse ! Comme nous toutes, quand on pleure.

Audrey redouble de sanglots. Comment sa mère peut-elle être aussi cruelle ?

Jonica sèche ses larmes en lui tapotant les joues avec un mouchoir.

— Je suis absolument navrée, ma chérie. C'était méchant de ma part. Je me mets à ta place, je t'assure. Tu pourras peut-être réessayer l'année prochaine. Tu es déjà assez occupée cette année avec le *soccer*.

Audrey renifle et s'écarte en ravalant toutes ses émotions pour les enfouir au plus profond d'elle-même.

— C'est du football, maman. Pas du *soccer*. Quand est-ce que tu vas t'en souvenir ?

— Je me trompe toujours, hein ? Et si on allait faire un truc sympa, toutes les deux ? On va manger une glace ?

— Oui, bonne idée.

Mais une glace n'arrangera pas les choses.

Ce soir-là, elle sort son journal et écrit :

J'ai annoncé à mon père que j'avais décroché le rôle principal du spectacle, mais ça ne lui a pas fait plaisir. Il m'a tout de suite demandé si c'était en même temps que l'entraînement, sans que je puisse lui expliquer le problème. Et il a perdu patience quand j'ai fondu en larmes. Franchement, il doit se dire que je suis stupide. Je sais que le foot passe avant tout. Jamais je n'aurais passé l'audition si les répétitions avaient eu lieu en même temps que mes entraînements ! C'est tellement injuste, j'étais tout près d'y arriver, et j'ai dû y renoncer... Imagine comme ça aurait été super de pouvoir faire les deux. Et j'y étais presque. Pourquoi est-ce que j'ai jamais de chance ? Pourquoi les choses ne se passent-elles jamais comme je veux ?

Mercredi, sa mère les dépose en avance à l'entraînement car elle a un rendez-vous chez le dentiste. Dominik est tout seul au milieu du terrain, penché sur le sac de matériel, les fesses en l'air. *Où est Carmen ?* s'étonne Audrey. *Elle devrait être là, non ?* Quand elle fait remarquer à Alex qu'ils pourraient aller l'aider, son frère préfère se laisser tomber sur un banc dans les gradins et jouer sur son téléphone en attendant ses amis.

Audrey hésite un instant avant de traverser la pelouse. Elle ne s'est jamais sentie à l'aise avec son entraîneur – forcément, elle ne fait pas partie de ses chouchous.

— Bonjour, Dominik, dit-elle. Je peux vous aider ?

1 + 1 = 2, pense-t-elle. Si elle se montre serviable, elle gagnera peut-être sa reconnaissance et du temps de jeu supplémentaire. C'est comme ça que ça marche, non ?

Il lève la tête, une pellicule de sueur sur le front, des points noirs sur les tempes. Il sent la transpiration et la lessive Omo.

— Je trouve plus mon téléphone, grogne-t-il en farfouillant d'une main dans le sac. Il doit être là, quelque part.

Il sort une tablette en carton et la jette sur le côté avec quelques plots tordus, un chronomètre cassé et un rouleau de ruban adhésif. Elle remarque ses poils noirs fournis sur ses bras, les veines violettes saillantes au creux de son coude.

— Je peux regarder, si vous voulez, propose-t-elle.

— Je t'en prie.

Elle pose son sac à dos par terre, y glisse son téléphone, puis s'accroupit pour inspecter le contenu de celui de Dominik. C'est tellement le bazar là-dedans qu'elle n'y voit rien.

— Je peux le vider ?

— Tant que tu remets tout dedans ensuite.

Quand elle secoue le sac, plusieurs ballons dégonflés tombent, ainsi qu'une pompe, une serviette bleue tachée, un stylo qui fuit. Tout en dessous, elle aperçoit un vieil iPhone à l'écran cassé. Elle lui tend sa trouvaille et les lèvres rouges de Dominik se fendent d'un sourire.

— T'es une championne, Audrey.

— Est-ce que je peux faire autre chose ? demande-t-elle avant de tout ranger.

— Tu pourrais installer le terrain, dit-il, en haussant ses sourcils broussailleux.

Elle prend une brassée de plots qu'elle va disposer autour du terrain dans l'herbe pendant que Dominik écrit quelque chose dans son carnet jaune. Quand, de temps en temps, elle lance : « Ici ? », il agite la main et hoche la tête en lui souriant d'un air approbateur. Une vague de chaleur monte en elle. Voilà, c'est comme ça qu'on fait.

Puis elle remarque Carmen et Katerina, qui avancent sur le gazon d'un pas martial. Elle garde la tête basse et fait mine de ne pas les voir mais, comme elles se rapprochent, elle les entend discuter :

— Qu'est-ce qu'elle fiche ? s'indigne Katerina. C'est *mon* boulot d'aider Dominik.

— Tu peux t'occuper des filets, à la place, suggère sa mère.

— Je déteste ça.

— Alors entraîne-toi à jongler. Et près de Dominik.

Elles vont saluer le coach avec des sourires mielleux et restent plantées là, à rire et à papoter avec lui. Quand Carmen va ouvrir la réserve, Audrey surprend le regard noir que Katerina pose sur elle. Elle se détourne et continue à installer le terrain.

Dès qu'elle a terminé, elle remet le dernier plot dans le sac de Dominik en attendant un compliment. En vain : il est distrait, maintenant. Il la remercie sans se tourner vers elle et lui dit que c'est une bonne fille, comme on féliciterait une chienne.

À présent, elle doit récupérer son propre sac et se préparer pour l'entraînement, mais il a disparu sous ceux de ses coéquipiers : ils sont tous identiques, tous mélangés, au milieu d'affaires éparpillées sur le sol. Elle guette le ruban rose accroché à la sangle du sien, finit par le repérer et l'extirpe du bas de la pile. Elle ne l'avait sans doute pas fermé correctement après y avoir rangé son téléphone car, quand elle le soulève, il s'ouvre en grand et la moitié de son contenu tombe par terre. Comme elle ne trouve pas ses protège-tibias sur le sol, elle regarde de nouveau dans son sac. Ils n'y sont pas non plus. Où sont-ils passés ? Sa mère venait juste de lui en racheter parce que l'élastique des anciens s'était détendu. Elle sera furieuse si Audrey les a perdus.

— Tu cherches quelque chose ? demande Dominik en la remarquant enfin alors qu'il faisait à peine attention à elle jusque-là.

Elle lève la tête vers lui, les yeux plissés.

— Non, c'est bon, ment-elle.

— Tant mieux. J'aime que mes joueurs soient bien organisés.

Terrifiée, elle court vers l'endroit où Alex s'échauffe avec ses potes – son genou va mieux, maintenant.

— Je peux regarder dans ton sac ? J'y ai peut-être mis mes protège-tibias.

— J'espère pas, rétorque-t-il. Je voudrais pas attraper des microbes de fille. Mais oui, vérifie si tu veux.

Tout près, Katerina et Viktor se font des têtes en hurlant de rire. Audrey examine de nouveau les sacs en essayant de retrouver celui de son frère, avec le porte-clés ballon sur la fermeture Éclair. Elle le tire du tas et vérifie le contenu. Ses protège-tibias n'y sont pas non plus. Elle grogne, exaspérée.

— Qu'est-ce que t'as ? lance Katerina.

— Je trouve pas mes protège-tibias.

— Oh non ! braille l'autre d'un ton exagéré. Audrey a perdu ses protège-tibias !

Ta gueule, se dit-elle. *Tu peux pas la fermer ?*

Dominik lève la tête de son carnet, les lèvres pincées.

— C'est vrai, Audrey ?

Mortifiée, elle doit bien l'admettre.

— Je peux m'entraîner sans, pour une fois ? l'implore-t-elle.

— Si le règlement nous oblige à en porter, c'est pas pour rien, bougonne-t-il. Si tu n'en as pas, tu joues pas. Tu vas devoir rester là, avec moi.

Alors que tout le monde s'échauffe, elle est coincée à côté de lui, brûlante de honte. Elle lui en veut à mort d'être si dur avec elle alors qu'elle vient de l'aider. Elle s'en veut à mort d'avoir perdu ses protège-tibias. Et elle en veut à mort à Katerina d'être une sale conne et de l'avoir dénoncée publiquement.

Pendant que les autres font des exercices, elle doit aider Carmen à installer les filets, ce qui est encore pire. Les yeux brillants, la mère de Katerina la fixe d'un air entendu, tel un kookaburra guettant le moment où il pourra voler de la viande posée sur un barbecue. Elle se sent toute petite.

Pendant toute la séance, elle court partout pour récupérer les ballons. Elle ramasse les plots et les remet en place, renvoie des balles égarées aux goals. Même si Griffin la suit des yeux avec bienveillance, elle est humiliée d'être l'esclave de Dominik alors que tous les autres ont le droit de s'entraîner. Elle affiche un sourire forcé pour garder une contenance mais, en son for intérieur, sa colère noire se mue en une irrépressible envie de pleurer.

Puis elle entend la Porsche de son père ronronner sur le parking – il est venu encadrer les gardiens de but. Comme elle sait qu'il sera fou de rage en voyant qu'elle n'est pas sur le terrain, elle se redresse et se prépare au massacre.

Sur le trajet retour, il l'engueule comme du poisson pourri. *C'est quoi, ton excuse ? Où sont tes protège-tibias ? Bon sang, mais pourquoi tu ne peux pas être plus ordonnée ? Tu ne peux pas faire mieux que ça ? Tu ne prends pas le foot au sérieux ou quoi ?*

Quand elle essaie de se défendre, il lui coupe la parole.

Dès qu'il rentre la voiture au garage, elle traverse la maison en trombe pour aller les chercher dans sa chambre. Ses protège-tibias ne sont pas dans son armoire. Ni sous son lit. Ni dans la buanderie. Ni sur la terrasse. Ni dans la caisse à ballons. Nulle part. Le problème, c'est qu'elle va vite en avoir besoin, car Dominik vérifiera qu'elle les a apportés dès le prochain entraînement.

Elle prend son courage à deux mains et va voir ses parents. Sa mère est en train de servir le dîner dans la cuisine pendant que son père lit *The Financial Review,* accoudé au comptoir. Ils lèvent tous les deux la tête à son arrivée. Lorsqu'elle annonce la mauvaise nouvelle, Ben, hors de lui, commence l'interrogatoire. *T'as vérifié dans la voiture ? T'as bien regardé dans ton sac ? T'as fouillé dans celui d'Alex ?*

Tout en répondant à ses questions, elle tire sur une petite peau au bord de l'un de ses ongles. Audrey frémit quand elle se déchire et qu'une perle de sang apparaît. Elle cache sa main dans la poche de son jogging.

— Laisse-la, Ben, intervient sa mère. La journée a été longue. Passons à table. J'en achèterai une autre paire demain.

Mais son père s'acharne sur elle comme Honey sur l'un de ses jouets.

— L'argent, ça ne pousse pas sur les arbres, râle-t-il. Et à cause de toi, quelqu'un va devoir prendre sur son temps pour aller au centre commercial. Tu ne crois pas qu'on a mieux à faire, Audrey ? Tu devrais peut-être rester ici, ce week-end, au lieu de participer au tournoi de la côte.

Audrey se force à écarquiller les yeux pour empêcher les larmes de couler. Elle veut vraiment faire ce tournoi. Ils en ont déjà parlé, Griffin et elle : ils joueront quatre matchs le même jour.

— Je n'ai pas fait exprès, se défend-elle en s'efforçant de garder un ton égal. Je ne sais pas où ils ont pu passer. Peut-être que quelqu'un me les a pris. Je pourrai payer les nouveaux, si tu veux. Je peux même aller les chercher après les cours, au lieu d'aller au foot.

— Hors de question que tu rates l'entraînement.

— J'irai au centre commercial, ça ne m'embête pas, répète Jonica.

— OK, soupire son père. À condition qu'Audrey promette de prendre soin de ses affaires à partir de maintenant.

— Je prends toujours soin de mes affaires, dit-elle d'une petite voix.

Elle a l'impression de mourir intérieurement. C'est tellement injuste. Alors qu'Alex passe son temps à perdre des trucs, on ne lui dit jamais rien. Elle lutte pour retenir le tsunami de larmes qui monte derrière ses yeux, affiche une expression neutre, essaie d'imaginer un bouclier invisible autour de son corps contre lequel les paroles de Ben rebondiraient comme des flèches.

— Tu comptes t'excuser un jour ? relance-t-il.

— Évidemment que je m'excuse !

— Pas besoin d'être hystérique.

— Ça suffit, Ben, lâche sa mère. Tu lui as bien fait comprendre ce que tu pensais et je crois qu'elle a reçu

— Le mental, ça s'apprend. Et ça lui servira plus tard, pour tout le reste, dans la vie.

— Et si c'était simplement son caractère ? proteste sa mère. Je m'inquiète qu'elle ne s'amuse plus du tout à l'entraînement. Tout n'était peut-être pas parfait avec l'équipe féminine, l'année dernière, mais j'ai l'impression que cette saison est une bataille perpétuelle.

— Elle s'en remettra. On doit parfois la pousser un peu pour la motiver.

— C'est faux. Elle a passé l'audition pour le spectacle de fin d'année sans un seul encouragement de notre part. Elle a besoin d'air, Ben. T'es allé trop loin, ce soir. T'as dépassé les bornes.

— Tu ne comprends pas toute la pression que je subis, rétorque-t-il. Alors que, au boulot, je suis déjà débordé, j'essaie de me dégager du temps pour aider ces foutus gardiens. Tout ça pour que les gosses n'assurent pas derrière et perdent leurs affaires. C'est frustrant.

— Bien sûr que c'est frustrant. Et si, je te comprends. Mais ce sont des enfants ! Et leur hurler dessus ne va rien arranger. La prochaine fois, ravale ta colère et va faire un tour. Pourquoi es-tu de si mauvaise humeur, ce soir, d'ailleurs ?

Long silence.

— Santos a fait des remarques sur Miles et toi, comme quoi vous êtes toujours fourrés ensemble, toujours en train de bavarder.

Le ton de son père a beau être désinvolte, Audrey devine une certaine gravité dans ses propos.

— N'importe quoi ! s'emporte sa mère. Il faut bien que je parle à *quelqu'un* à l'entraînement – je passe tellement de temps sur ce fichu terrain, et Miles est la seule personne sensée là-bas. Je ne me vois pas discuter avec Santos. Mais toi, tu préférerais ? Ah ! Dire que les hommes prétendent que les femmes sont des commères !

— Non. Sa remarque était bizarre, c'est tout.

— Franchement, ça ne rime à rien, Ben. Et je n'arrive pas à croire que tu l'aies cru. Moi, je serais ravie que tu ailles à l'entraînement à ma place. Comme ça, je n'aurais pas besoin de parler à qui que ce soit, et tout irait bien.

Un autre silence s'ensuit, pendant lequel Audrey essaie de se rappeler si sa mère passe tant de temps que ça avec Miles. D'accord, elle discute avec lui parfois, mais elle bavarde aussi avec les autres parents. Sauf Carmen, à qui elle ne s'adresse que lorsqu'elle n'a pas le choix.

— D'ailleurs, Ben, je voulais te dire que j'ai commencé à chercher du travail, poursuit sa mère.

Son père renifle.

— Tu n'as pas besoin de travailler. On ne manque pas d'argent.

— Ce n'est pas une question d'argent. Mais de stimulation intellectuelle. J'ai besoin d'avoir l'impression de faire quelque chose d'utile, de faire avancer des projets.

— Élever des enfants, c'est utile.

— Oui, bien sûr. Sauf que je n'ai fait que ça pendant presque quatorze ans et maintenant, j'aimerais que tu m'aides un peu. Même à mi-temps. Il faut juste que je mette le pied dans la porte et que je récupère quelques clients...

Il s'éclaircit la gorge.

— Ce n'est pas envisageable pour le moment, Jonica. Tu viens de dire qu'on avait besoin de moins stresser à la maison, non ? Tu sais que ça peut être intense, un boulot d'avocat... ou t'as oublié ?

— C'est tout le problème, Ben. Ça fait trop longtemps que je ne travaille plus. Et je reprendrai que ça te plaise ou non.

— C'est ça, vas-y. Bonne chance. En parler, c'est une chose. Trouver un boulot et remettre les mains dans le cambouis, c'en est une autre.

Sa mère pousse un rire ironique.

— Tu sais quoi, Ben ? Avant, je pensais que c'était toi qui m'empêchais de retourner travailler. Et puis j'ai compris que j'avais en fait peur de ne plus en être capable. Mais maintenant, je me rends compte que c'est les deux. Je suis enfin prête à faire le grand plongeon, et tu refuses de m'aider. Merci beaucoup. C'est beau de se savoir soutenue.

Tant d'amertume dans la voix de sa mère... Audrey sent son cœur se mettre à palpiter. On dirait qu'ils vont *vraiment* se séparer, cette fois-ci. Comme elle ne veut pas en entendre davantage, elle retourne dans sa chambre sur la pointe des pieds, se sentant plus mal que jamais.

Plus tard, alors que tout le monde dort, Audrey s'extirpe de son lit et traverse la maison pieds nus : ses bottines en daim rose dans une main, son téléphone dans l'autre. Elle ouvre la baie vitrée, sort dans la nuit argentée, longe la piscine, parcourt la pelouse humide, remonte le terrain de tennis jusqu'au fond du jardin. Là, quand elle glisse ses pieds dans la fausse fourrure intérieure de ses chaussures, elle repense au dégoût de son père lorsque sa mère avait acheté cette paire bon marché à Target au lieu de vraies Ugg. *Je ne vais pas les payer cent cinquante dollars alors que les enfants vont les bousiller et que leurs pieds grandissent si vite,* avait rétorqué Jonica.

Elle s'approche de la clôture en Colorbond et le portillon grince lorsqu'elle sort du jardin. Elle le referme doucement en espérant qu'Honey ne l'entendra pas et ne se mettra pas à aboyer.

Au-delà du portillon, le sentier descend vers la réserve naturelle en contrebas. Lorsqu'ils étaient petits, Alex et elle allaient souvent y jouer. Maintenant, son frère est tellement scotché à son ordinateur qu'il ne sort plus du tout. Mais elle, elle y vient encore de temps en temps. Surtout quand elle se sent très mal et que son monde implose.

Elle met son téléphone en mode lampe torche et éclaire le bush en projetant des ombres noires devant elle. Les feuilles argentées reflètent la lumière. C'est un peu effrayant, en bas : des buissons sombres évoquent des vieillards voûtés. Elle braque son portable vers le sol et trouve le sentier à peine visible qui plonge dans les taillis jusqu'au chemin piétonnier.

Là, elle se sent mieux. Le bush soupire autour d'elle lorsque la brise le caresse. Elle entend un craquement sonore, plus bas, dans le ravin. Ce n'est qu'une branche qui est tombée, se dit-elle. Pas un assassin à ses trousses. Elle retient son souffle et tend l'oreille, juste pour être sûre. Des insectes chantent dans la végétation et les buissons murmurent et gémissent. Les branches grincent les unes contre les autres, bois contre bois. Mais elle est seule. À part elle, il n'y a pas âme qui vive.

Elle avance sur le chemin dans le halo lumineux de son téléphone. La rambarde scintille là où les marches de béton plongent plus bas dans le ravin. Alors qu'elle descend, elle aperçoit sur le côté un monticule de grès dont les couches sédimentaires évoquent une pile de pancakes. Elle enjambe la rambarde pour grimper dessus, suit une corniche jusqu'à un surplomb rocheux et va se percher sur le sable sec avant d'éteindre sa lumière.

La nuit se déploie autour d'elle. Elle entend le bruit de l'eau qui s'écoule entre les rochers, quelque part plus bas. L'air l'enveloppe comme une cape, mais elle n'a pas froid, au contraire, elle a chaud au cœur. Elle vient souvent là pour pleurer mais, ce soir, elle veut seulement se fondre à la nuit et aux ténèbres. Elle y trouve un certain réconfort. Pas besoin d'être quoi que ce soit pour qui que ce soit.

Les minutes passent, elle se dissout et oublie toute douleur.

Elle finit par entendre un gémissement ténu dans le grand arbre fantomatique qui, depuis le ravin, s'étire vers le ciel éclairé par la douce clarté des étoiles qui le parsèment.

Parmi les hautes branches, une petite créature s'élance vers l'arbre voisin. De loin, on dirait une truelle. Mais c'est un phalanger volant et les membranes qui lui permettent de planer ondulent dans la lumière pâle.

Audrey a déjà vu ce genre d'animal, qui ressemble à un écureuil volant. Un vrai petit miracle. Dire que certains Américains en achètent comme animaux de compagnie ! Comme il est cruel de les garder enfermés dans une cage ou dans une maison ! Comme la sensation de voler de nuit dans la forêt doit leur manquer, pattes avant et pattes arrière tendues, capturant l'air sous leurs membranes tel un petit parachute !

Elle entend un bruit léger puis un frémissement lorsque le phalanger atterrit sur un autre tronc avant de remonter sur l'écorce, de filer sur une branche et de disparaître.

Audrey s'assied alors dans l'immensité de la nuit. Si seulement elle pouvait être comme lui. Légère et libre.

Le lendemain matin, Audrey entre à pas traînants dans la cuisine, morte de fatigue. D'habitude, son père est déjà parti au travail mais là, il est encore assis au comptoir, à boire son café.

— Bonjour, Audrey.

— Bonjour, marmonne-t-elle en esquivant son regard.

— Tu veux savoir pourquoi je suis encore là ?

En vrai, elle s'en fiche.

— J'ai reçu un message de Dominik ce matin. Il a retrouvé des protège-tibias, hier soir. Ce sont les tiens ?

Il lui tend son téléphone pour lui montrer une photo.

Elle hoche la tête.

— Ils étaient où ?

— Sous son sac, sur le terrain. Bonne nouvelle, non ?

Elle le fixe en clignant des yeux pour en chasser le sommeil. Les protège-tibias avaient dû tomber de son propre sac et se mélanger aux affaires de Dominik pendant qu'elle l'aidait à chercher son portable.

— Je tiens à te présenter mes excuses, dit-il. J'étais fatigué, hier soir. En ce moment, je bosse sur de gros dossiers, je suis sous pression et j'ai du mal à trouver du temps pour tout. Ça me rend impatient. Je suis désolé.

Audrey le dévisage sans la moindre émotion. Ses paroles lui semblent creuses. C'est sans doute Jonica qui l'a forcé. Tout ce qui compte vraiment pour lui, c'est de savoir si elle a bien joué à l'entraînement et si elle a perdu ses protège-tibias. Ce n'est pas comme s'il cherchait à la comprendre ou à la connaître en tant que personne.

Il se lève, écarte les bras pour lui faire un câlin.

Après tout ce qu'il a dit la veille, elle n'en a aucune envie. Mais elle n'a pas le choix – quand il la serre, elle essaie de ne pas se raidir comme un robot.

Pendant le trajet vers le tournoi, Audrey est assise à l'avant, à côté de Jonica. La route est longue mais, comme ils n'avaient pas match ce matin, ils ont pu partir de bonne heure. Cela dit, Audrey n'est pas sûre de pouvoir survivre parce que Noah est à l'arrière avec Alex. Si seulement les garçons avaient pu se faire emmener par quelqu'un d'autre, elles se seraient retrouvées toutes les deux, sa mère et elle... Mais son père, débordé, ne vient pas du tout, et celui de Noah, Miles, arrivera plus tard, juste à temps pour le barbecue de l'équipe.

En clair, Audrey va non seulement devoir supporter la puanteur de deux ados pendant quatre heures, mais elle est aussi forcée de les écouter. Et là, ils disent n'importe quoi, comme d'habitude. Elle aurait bien aimé emmener Honey, pour qu'elle lui tienne compagnie, mais comme les animaux ne sont pas admis dans le village vacances, ce sont les grands-parents d'Audrey qui la gardent.

— Mon cher, vous avez une sale tête aujourd'hui, déclare Alex à Noah d'une voix snob.

— Je vous renvoie le compliment, répond son ami sur le même ton.

— Ça doit être à cause du magnifique bonnet que vous portez.

Noah tapote son bonnet noir informe, dont s'échappe une touffe de cheveux qui lui cache les yeux.

— J'aime ce bonnet. Je suis certain que Messi l'apprécierait aussi.

— N'importe quoi, se moque Alex.

Même si Audrey est d'accord, elle ne dit rien. Pourquoi perdre son temps à parler d'un bonnet débile ?

— Bien sûr que si, proteste Noah. Messi a bon goût, comme moi.

— Il a un bon coup de pied, oui, glousse Alex. *Bien* meilleur que le tien. Mais jamais il ne porterait un bonnet comme ça.

— Et pourquoi pas ? C'est un bonnet très précieux. Très cher. Même Messi n'aurait pas les moyens de se le payer.

Il enlève son bonnet et le jette vers Alex.

— S'il est si précieux, pourquoi tu me le balances à la tronche ? renifle Alex en lui renvoyant.

— Parce que je veux t'étouffer avec.

— Ma gorge est là. (Alex ouvre grand la bouche et pointe le doigt vers sa luette.) T'es nul en anatomie, ou quoi ?

Noah ricane et soulève son entrejambe du siège.

— Au contraire, je suis très doué en anatomie.

Les garçons éclatent de rire. Audrey n'arrive pas à croire qu'ils soient si puérils. Elle lève les yeux au ciel en se penchant vers sa mère, qui sourit pour lui faire comprendre qu'elle est évidemment d'accord avec elle.

— Tu te trompes, sur ce bonnet, insiste Noah. S'il le voyait, Messi le voudrait absolument, parce qu'il est intelligent et que c'est le meilleur.

— Non. C'est Haaland le meilleur, maintenant. Messi se fait vieux et il va bientôt mourir. (Alex ferme les yeux, les bras en croix, et fait semblant d'être mort.) Je suis Messi, marmonne-t-il. Enterrez-moi avec mon ballon, mon bien le plus précieux.

Il commence à fredonner la marche funèbre.

— Messi ne mourra jamais, réplique Noah. Mon père dit qu'il est immortel.

— Haaland est bien plus beau, intervient Audrey, incapable de se retenir.

— On s'en fiche, la rabroue Alex avant de relancer Noah. Si on parle du meilleur, on ne peut pas oublier Maradona.

— C'était pas un joueur polyvalent comme Messi. Ça veut dire que c'est Messi le meilleur. (Noah brandit un poing.) Yesss ! Affaire classée, votre honneur.

— Non, c'est Pelé, il a gagné trois fois la Coupe du monde avec le Brésil, reprend Alex.

— Mais le Qatar, c'était la Coupe du monde de Messi, beugle Noah. Et au Brésil, Suárez a été triple champion de morsures.

— Suárez est un vampire. Pas un footballeur.

— T'as pas intérêt à me mordre sur le terrain, le met en garde Noah.

— Si ! Du sang ! Viens là que je te croque !

Alex s'écroule contre Noah en faisant mine de vouloir lui mordre le cou. Noah essaie de lui échapper et donne des coups de pied dans le siège conducteur.

Audrey voit la tête de sa mère rebondir.

— Ça suffit, les garçons ! On va finir par avoir un accident si vous n'arrêtez pas de me distraire.

Audrey leur décoche un regard méprisant avant d'adresser un sourire enjôleur à sa mère. Vive la solidarité féminine !

Au camping, elle aide les autres à sortir les valises de la voiture et les pose sur le sol de leur bungalow, perché sur une colline dominant la mer. C'est un chalet, en fait – à en croire la dame de l'accueil. Mais il n'est pas franchement luxueux, avec ses meubles et ses rideaux bleus moches et décolorés. Audrey fronce le nez. Ça sent le désinfectant et le désodorisant bon marché. Dans les WC, quelqu'un a fait un pliage avec la première feuille de papier toilette comme dans un hôtel cinq étoiles. Sauf que cette location n'a rien d'un palace, et elle sait de quoi elle parle – il y a quelques années, ils étaient partis en vacances en famille à Singapour, à l'hôtel de luxe Marina Bay Sands.

Dehors, elle recroqueville ses doigts de pieds nus dans l'herbe fraîche et remplit ses poumons d'air iodé. Elle doit admettre que l'endroit est très agréable. Il fait un peu frais, mais la vue est dégagée et on voit bien l'océan.

Une fois la voiture déchargée, Alex et Noah disparaissent pour aller retrouver leurs amis, laissant Audrey seule avec Jonica.

— Allons dire bonjour à Tante Claire et Freya, suggère celle-ci.

Les Bears, qui participent au tournoi, ont réservé dans le même camping. Audrey n'a aucune envie de rester avec sa mère et sa petite cousine, elle préfère passer du temps avec Griffin.

— Non, je vais me promener, annonce-t-elle.

Elle fait le tour du camping. En bas d'un sentier, elle aperçoit Oncle Darren en train de taper la balle avec Tommy. Ce dernier la remarque et lève la main, le visage illuminé – il est toujours plus gentil quand Alex n'est pas dans les parages. Elle le salue de loin et file sur un autre chemin avant que son oncle la repère. Elle ne veut pas qu'on la surprenne à fraterniser avec l'ennemi.

Elle retrouve Griffin à l'autre bout du camping, en train de monter une tente. Il porte un pull marron plein de trous, un jean élimé déchiré aux genoux, de vieilles baskets sales. Jonica dirait qu'il lui faut des vêtements neufs, mais Audrey s'en fiche. Elle le trouverait beau dans n'importe quelle tenue.

Lang, son père, est assis torse nu sur une chaise pliante près de son 4×4 jaune cabossé et boit une bière en canette. Audrey ne comprend pas pourquoi il a enlevé sa chemise alors qu'il ne fait même pas chaud. Elle ne peut pas s'empêcher de le fixer – elle n'a jamais vu autant de tatouages. Un serpent replié sur lui-même sur son torse. Une femme-phoque sur une épaule et, sur l'autre, une créature mi-aigle, mi-lion.

Lang croise son regard et sourit.

— Je prends juste le soleil, mademoiselle. C'est pas illégal. Tu veux les voir de plus près ? (Il tapote la créature ailée.) Celui-là, c'est un griffon, je l'ai fait pour mon fils.

— Laisse-la tranquille, papa, lance ce dernier en fronçant les sourcils. Et arrête de boire. Je veux pas que tu te saoules devant mes amis.

Lang s'appuie sur le dossier, croise ses jambes tendues, penche la tête en arrière et éclate de rire en montrant une rangée d'incisives impeccables.

— Je suis sérieux, papa, grommelle Griffin. Il y aura des détecteurs de talents, demain, alors t'as pas intérêt à bousiller mes chances.

Lang se redresse et lève un sourcil.

— Des recruteurs, tu veux dire ?

Audrey non plus n'était pas au courant.

— Ouaip. C'est ce qu'a dit Dominik.

Les narines de Lang se dilatent. Il pose sa bière et s'essuie la bouche d'un revers de main.

— Il faut que je fasse gaffe, hein ? Je voudrais pas compromettre ta carrière de footballeur.

Griffin lève les yeux au ciel.

— Rigole pas avec ça, gamin ! lance Lang, le doigt tendu. Tu pourrais faire fortune, dans le foot, alors ne gâche pas tout.

Il se lève, allume une cigarette et s'en va en laissant sa bière derrière lui.

Griffin attrape un maillet en caoutchouc et enfonce une sardine dans le sol avec une force telle qu'Audrey a peur qu'il casse quelque chose.

— Quel connard ! grogne-t-il, le visage dur. Des fois, je le déteste.

Elle ramasse les sardines, le suit autour de l'emplacement et les lui tend au fur et à mesure pour qu'il les plante. Puis il ouvre la tente et étale des tapis de sol à l'intérieur avant d'ajouter des sacs de couchage informes.

— Cette tente est pourrie, déclare-t-il quand ils ont fini. J'espère qu'il ne va pas pleuvoir.

— Elle n'a pas l'air très confortable, reconnaît Audrey.

— Je dormirai pas beaucoup, de toute façon. Mon père ronfle comme un cochon quand il est bourré.

— Et les recruteurs, alors ? T'as besoin d'être en forme, non ?

Griffin la regarde du coin de l'œil.

— Je ne sais même pas s'ils vont venir. Dom l'a dit, mais est-ce que c'est vrai… J'ai raconté ça pour que mon père arrête de boire. Et ça a marché. Il a eu une belle frousse.

Audrey s'efforce de dissimuler sa déception. Les recruteurs auraient pu la repérer, elle aussi.

— J'espère qu'ils viendront, dit-elle. Je veux qu'ils te voient à l'œuvre.

— T'aurais pas des boules Quies ? Je risque d'en avoir besoin.

Audrey aide sa mère à préparer une salade puis l'emporte vers l'aire de pique-nique sur une colline verdoyante donnant sur la mer. Lorsqu'elle voit le monde qui gravite autour des barbecues sous la rotonde, elle hésite. Ça discute, ça rigole. Ça grouille de parents, et aussi d'ados qu'elle ne connaît pas, des frères et sœurs de joueurs qui d'habitude ne viennent jamais au stade. Son cœur fait un bond dans sa poitrine à l'idée qu'elle va devoir parler à ces gens. Elle aurait dû se douter qu'il y aurait des familles entières, et pas seulement ses coéquipiers. Certains portent le jogging des Minotaurs, alors qu'elle est en jean et t-shirt, avec un sweat à capuche noué autour de la taille. Est-ce qu'elle devrait aller se changer ? Non. Les autres l'ont déjà vue.

Elle reste en retrait tandis qu'Alex ouvre la voie vers les barbecues, où une odeur de chair carbonisée flotte dans l'air. Ce soir, comme c'est lui l'homme de la maison, c'est à lui de faire cuire la viande. Il se glisse dans la foule comme si ça ne le dérangeait même pas. *Pourquoi est-ce que je ne peux pas être comme lui ?* se demande-t-elle en regardant partout. Elle a l'impression d'être une extraterrestre.

Elle pose la salade sur une grande table de pique-nique avec le reste du repas – des chips, des sauces, des gâteaux apéros, des petits pains, des pilons de poulet froid, d'autres salades –, puis elle jette un œil alentour en essayant de décider ce qu'elle va faire, à qui elle va parler. Sa mère s'installe sur une chaise à côté de Miles, qui vient d'arriver, et se verse un verre de vin. Dominik fait le tour des participants en souriant, une bière à la main, et les salue comme s'il était leur meilleur ami. Tous les convives semblent avoir trouvé quelqu'un à qui parler, sauf le père de Griffin, qui est comme elle : seul. Il se tient à l'écart, les bras croisés, une bière dans une main, nichée au creux de son coude. Elle l'observe tandis qu'il boit une gorgée – il a peut-être oublié la venue des recruteurs. Il lui fait un clin d'œil quand il surprend son regard, ce qui lui donne la chair de poule.

Elle se détourne et s'approche du barbecue pour aider Alex, qui cherche un endroit où glisser les steaks. Les plaques de cuisson sont recouvertes de viande : brochettes, côtelettes, saucisses, steaks hachés pour hamburgers. Santos, le père de Viktor, fait claquer sa pince en l'air et chasse Alex pour prendre le contrôle des opérations. Alex s'éloigne et la laisse seule. Elle se balance d'un pied sur l'autre en regardant Santos saisir les steaks tandis que des panaches de fumée montent de la chair grillée.

Les Minotaurs sont à flanc de colline, étalés dans l'herbe. Audrey sait qu'elle devrait les rejoindre, mais cette simple idée l'étourdit. Elle ne veut pas se donner en spectacle en y allant, et pourtant il le faut. Elle attrape une poignée de carottes, sort une canette de Coca ruisselante de la glacière puis descend vers eux en cherchant un endroit où s'asseoir.

Katerina est avec Viktor et ses potes, aussi à l'aise que s'ils étaient frères et sœur. Elle plaisante avec eux, appuyée contre eux comme à des dossiers de fauteuil. Audrey lui envie son assurance. Elle ne peut pas s'imaginer agir de cette façon avec un autre garçon qu'Alex. Pas même avec Griffin, alors que c'est le plus gentil qu'elle connaisse.

Elle se laisse tomber dans l'herbe et fait semblant de s'occuper sur son téléphone. Elle remarque que Viktor se déplace vers elle latéralement, sur les fesses, un sourire répugnant aux lèvres. Qu'est-ce qu'il fiche ? Voyant qu'il s'approche, elle s'écarte le plus possible, mais il se colle presque à elle au point qu'elle sent l'odeur forte de son déodorant, qu'elle voit les boutons sur ses joues et les points noirs laissés par le rasage sur son menton.

— Hé, Audrey. Comme ça va ?

Elle s'éloigne un maximum – son haleine pue le moisi.

— Bien, merci, répond-elle. Et toi ?

Il sourit de toutes ses dents et ses yeux noirs brillants la dévisagent.

— Merci pour ta passe décisive, le week-end dernier. J'ai marqué un but trop cool, bien cadré dans la lucarne. Ça, c'est la classe, non ? Le gardien n'a rien vu venir.

Comme Viktor ne remercie jamais personne, elle comprend qu'il va vouloir obtenir quelque chose. Son regard descend vers la poitrine d'Audrey et son sourire s'élargit un peu plus.

— Tu veux qu'on aille faire un tour, plus tard ? dit-il en lui faisant un clin d'œil. Sur la plage, juste toi et moi ?

Plutôt crever.

— Non, merci, ça va.

Son expression devient lubrique.

— Je savais que tu dirais ça. T'es trop coincée !

Il se lève pour retrouver Katerina et les autres, et, lorsqu'ils se tournent tous vers elle en riant, la honte lui brûle la peau. Elle a l'impression d'être un steak sur le barbecue : à vif à l'intérieur, brûlée à l'extérieur. Elle doit trouver quelqu'un à qui se raccrocher. Griffin est avec Alex et les amis de celui-ci. Est-ce que son frère lui en voudra si elle les rejoint ? *Qu'il aille se faire voir,* pense-t-elle. Il s'en remettra. Il lui jette un regard excédé lorsqu'elle vient s'asseoir en tailleur au milieu du groupe en faisant mine de ne pas l'avoir remarqué.

Griffin lui adresse un sourire timide.

Les autres cessent de parler et la fixent un moment, avant de reprendre leur conversation. Apparemment, le tirage du lendemain vient d'être affiché.

— On affronte une équipe du coin, déclare Noah. Les Flames.

— Ce sera facile, répond Alex. Mon père pense que le niveau est bas par ici, parce que « le vivier est trop limité ».

— Mais on joue toujours mal contre les équipes moyennes, proteste un autre.

— Demain, on n'a pas intérêt. Il faut qu'on gagne.

— Et ensuite, on affronte qui ? veut savoir Griffin.

— Les Bears.

— Ils étaient obligés de s'inscrire, eux ? gémit quelqu'un. Est-ce que Braedon est revenu ?

— Je sais pas, avoue Alex. Mais c'est l'équipe de mon cousin, alors il faut absolument qu'on les batte.

— Ça va être difficile, intervient Audrey. Ils vont vouloir gagner, après le dernier match.

Les garçons la toisent comme si elle n'était pas censée parler. Puis ils échangent des coups d'œil et lèvent les yeux au ciel, sauf Griffin qui se détourne en caressant l'herbe du plat de la main.

— Tout le monde veut gagner, Audrey, lance Noah.

— Ce que je voulais dire, c'est qu'on va devoir tout donner, insiste-t-elle.

Tout donner, voilà une expression que son père utilise souvent.

L'un des garçons se relève sur un coude, grimace et lâche un gros pet.

— Ça, c'est ce que j'appelle tout donner, ricane-t-il.

Les autres éclatent de rire, même Griffin.

— C'est prêt ! hurle Santos en agitant sa pince en l'air.

Ils se lèvent tous d'un bond et se précipitent vers la table. Audrey avait envie d'un steak, mais les garçons jouent des coudes et prennent les meilleurs morceaux. Le temps qu'elle se faufile, il ne reste qu'une tranche de viande toute fine et flasque. Elle vient de le poser dans son assiette lorsque quelqu'un la bouscule – le steak tombe par terre. Un pied atterrit dessus : chaussette Nike rose dans une claquette Nike blanche. Katerina ! Audrey la foudroie du regard.

— Désolée, lâche l'autre en feignant l'innocence.

Elle a empilé des bouts de viande dans son assiette, dont l'un des steaks épais et juteux que la mère d'Audrey a apportés.

— Tu en as des tonnes, lui fait-elle remarquer. Tu devrais m'en donner, vu que t'as marché sur ma part.

Les yeux de Katerina pétillent.

— Impossible ! Je les ai pris avec les mains. (Un sourire narquois déforme sa bouche.) Pourquoi est-ce que ta mère parle tout le temps avec Miles ? D'après la mienne, c'est louche.

— N'importe quoi ! se défend Audrey.

— Alors il est où, ton père ?

— Il travaille.

Le sourire de Katerina s'élargit.

— Il aurait peut-être dû prendre sa journée. Pour surveiller ta mère.

Elle s'éloigne en vitesse en laissant Audrey seule avec son assiette vide couverte de jus de viande. Elle a envie de lui donner des coups de pied. Il ne se passe rien entre sa Jonica et Miles. Ils sont juste amis. Il faut bien qu'elle parle à *quelqu'un* quand son père n'est pas là.

Même si elle n'a plus faim, elle inspecte la table. Il ne reste que des saucisses cramées. Elle déteste les saucisses, mais elle en prend une quand même, avec de la salade et une autre canette de Coca, puis elle va se poser dans l'herbe près des autres dont les assiettes débordent de nourriture.

Griffin s'assied à côté d'elle. Sans la coller. Il hausse les sourcils devant sa maigre récolte.

— Tiens, prends ça, dit-il en lui donnant un de ses steaks.

Elle le remercie d'un sourire.

— Pourquoi tu lui files de la bouffe, à celle-là ? s'étonne Viktor, les yeux plissés.

Griffin lui jette de l'herbe.

— Parce qu'elle a faim et que je ne vais pas finir. Et je sais que toi, tu ne risques pas de partager.

— C'est sûr, confirme Viktor. J'ai besoin de prendre des forces.

— Il est con *et* égoïste, murmure Griffin.

— T'as dit quoi ? s'étrangle Viktor.

— Rien. Je ne fais que mâcher. (Il arrache un morceau de viande avec ses dents et mastique de manière exagérée, la bouche ouverte, avant de tendre le doigt vers l'assiette de Viktor.) Tu ferais mieux de te dépêcher de manger. On dirait que t'en as plus que tout le monde.

Viktor a pris de quoi nourrir trois personnes. Hilare, il coupe un bout de steak et mâche à son tour la bouche ouverte. Les autres garçons l'imitent et, bientôt, ils s'esclaffent comme des idiots. Audrey les observe, dégoûtée. Quel âge ont-ils ? Leurs parents ne leur ont jamais appris les bonnes manières ?

Griffin croise son regard et esquisse un sourire en coin.

— Mange, dit-il. Tu en auras besoin, si les détecteurs de talents viennent bien demain.

Après le dîner, Audrey va jeter son assiette en carton dans la poubelle archi pleine et se demande ce qu'elle va faire ensuite. Ce serait trop nul s'ils se contentaient juste de regarder leurs téléphones, assis dans l'herbe. Ils peuvent faire ça chez eux. Elle a envie de quelque chose de plus excitant. Elle devrait peut-être suggérer une partie de cache-cache dans le noir. Elle pourrait se dissimuler habilement et attendre que Griffin passe près d'elle. Puis elle l'attirerait en hululant comme une chouette pour qu'il se faufile jusqu'à elle. Et ensuite ? Qu'arriverait-il s'ils se retrouvaient seuls, tous les deux ?

Et si c'était plutôt Viktor qui la trouvait ? Elle décide de ne pas prendre ce risque.

Alex sort un ballon de foot et un match improvisé commence. Audrey rejoint l'équipe dos à la pente, avec Griffin. Le sol incliné pimente le jeu. Ceux qui sont dos à la pente doivent lutter pour empêcher la balle de leur échapper, tandis que l'équipe face à la pente en profite. Des petits frères et des petites sœurs se joignent à eux, et ça devient vite n'importe quoi. Alex exécute une série de galipettes, suivi par Viktor qui essaie de faire la roue et finit par se faire mal au dos. Il reste allongé par terre en gémissant.

Katerina se penche vers lui pour lui demander s'il va bien, mais Audrey, elle, s'en fiche complètement. Les crâneurs méritent de souffrir. Elle espère même qu'il s'est brisé la colonne vertébrale.

Santos et Dominik viennent le voir.

— Qu'est-ce qui s'est passé ? panique Santos en agitant les mains en l'air. Tu dois jouer, demain. Il y aura des recruteurs.

Ah, c'est donc vrai. Audrey se réjouit que Viktor soit blessé – elle aura plus de temps de jeu.

— Arrêtez vos bêtises, grogne Dominik à la cantonade.

La nuit tombe, les lampadaires s'allument un peu partout dans le camping. Les parents s'installent près du barbecue pour discuter et Viktor suggère qu'ils aillent au trampoline gonflable. Comme il n'y a rien d'autre à faire, ils acceptent tous.

Le voyant partir en courant pour récupérer quelque chose dans son bungalow, Katerina prend la tête du groupe. Audrey ferme la marche d'un pas traînant. Elle ne veut pas suivre la brune, mais comment y échapper, quand tous les autres le font ?

Viktor les rattrape, un sac sur le dos, au moment où ils s'approchent de la piscine. Les Bears et leur famille y ont organisé leur propre pique-nique – une tour de cartons de pizza se dresse sur la table, sous l'auvent. Audrey se fait toute petite dès qu'elle aperçoit Oncle Darren, en espérant qu'il ne la remarquera pas. Mais il la voit, évidemment, et la salue d'un vaste geste de la main. Tante Claire est là aussi, en train de parler à une autre maman. Dans la piscine, Freya flotte sur une frite bleue pendant que Tommy la surveille, l'air morose, en frissonnant.

Les autres Bears sont près de la clôture, y compris Braedon – il est donc bien revenu de sa suspension. Dès qu'Audrey lui passe devant avec ses coéquipiers, il grimpe au grillage et la reluque.

— Hé, les Minotaurs ! les provoque-t-il. Ces meufs sont toujours dans votre équipe ? Ça craint. Bande de nuls !

Viktor s'approche de lui, la mâchoire en avant et les épaules rentrées, comme un bouledogue.

— Va chier ! crache-t-il. Tu veux qu'on règle ça maintenant ?

— Pas besoin. Le score parlera de lui-même.

Comme Viktor fonce vers le grillage, Alex et Noah le retiennent par les bras.

— Allons-y, lance Audrey.

Pour une fois, tout le monde l'écoute. Ils paradent dans le camping, échauffés par l'adrénaline.

— Quel connard, crache Viktor. Je vais le tuer. Il s'y croit trop, ce sale traître. Il se prend pour le meilleur, alors qu'y a vraiment pas de quoi.

— Je le déteste, renchérit Katerina. Sur le terrain, il arrête pas de me peloter.

— Demain, s'il te touche encore, je le défonce, jure Viktor.

— Moi aussi, déclare Noah. Je le supporte pas.

— Moi non plus, dit Alex.

Près du trampoline, leurs promesses musclées se muent en vaine agitation. Comme le trampoline a déjà été dégonflé pour la nuit, ils s'asseyent sur le caoutchouc flasque éclairé par les néons, sortent leurs téléphones et regardent des vidéos sur TikTok pendant que des insectes leur vrombissent autour de la tête.

Viktor ouvre son sac à dos, en tire une bouteille de vodka et la présente au groupe entre ses deux mains.

— Qui en veut ? demande-t-il.

Un silence de plomb s'ensuit, et Audrey sent l'ambiance de la soirée changer, comme une vague de froid soudaine après une journée de canicule.

Viktor ouvre la vodka, prend une goulée en grimaçant.

— Putain, c'est bon, grogne-t-il avec un sourire en biais avant de s'essuyer la bouche du dos de la main, comme dans les pubs à la télé. (Il éclaire l'étiquette avec la lumière de son téléphone.) Quarante degrés. À qui le tour ?

Il passe la bouteille à l'un de ses amis, qui l'attrape par le goulot et en avale une grosse lampée. La plupart des autres garçons acceptent, mais pas Alex ni Noah. Et Griffin non plus.

— T'as peur ? lance Viktor à Griffin.

— Non. J'ai pas besoin de ça. C'est dégueu.

— T'as pas de couilles, grogne Viktor.

— Je suis là pour jouer au football, pas pour vomir sur la ligne de touche.

— Alors tu vas te contenter de nous regarder boire ? le provoque Viktor.

Griffin se lève.

— Non. J'ai mieux à faire.

Il se redresse bien droit et s'en va sans se retourner.

Un silence gêné s'installe. Audrey aussi a envie de partir, mais elle ne veut pas que tout le monde croie qu'elle va rejoindre Griffin – et, même si c'est vrai, elle ne tient pas à ce que ce soit si évident.

— Quel crétin, lâche Viktor, ce qui fait ricaner les autres. Un vrai attardé. Il ne pense qu'au foot. (Il fait des cris de singe en se grattant les aisselles et l'entrejambe.) Ballon, ballon !

Les rires sont plus méchants, cette fois-ci.

Audrey aurait voulu avoir le courage de le défendre, mais c'est Alex qui s'en charge.

— Arrête, il est cool, Griffin.

— Tu parles ! C'est qu'une lavette. (Viktor foudroie Alex du regard et reprend une bonne rasade de vodka en grimaçant.) Qui en veut encore ?

Alex se redresse.

— Pas moi. Qui préfère aller voir un film ?

— J'arrive, répond Noah.

Il se lève avec quelques autres garçons. Audrey les imite. Katerina s'attarde sur le trampoline dégonflé, avec le reste de l'équipe.

Audrey les suit à travers le camping pendant qu'ils discutent comme si elle n'était pas là. Près du chalet au sommet de la colline, elle se cache derrière une voiture et attend de voir s'ils la cherchent. Personne ne se rend compte de son absence. Elle s'éclipse, ni vu ni connu.

Sur l'aire de pique-nique, sa mère est toujours en train de papoter avec Miles.

— Je vais aller courir de bonne heure demain matin, l'entend-elle dire.

— Je viendrai aussi, si je n'ai pas trop la gueule de bois, répond Miles.

Audrey repense à la remarque de Katerina et regrette que son père ne soit pas là.

— Quelqu'un d'autre est partant pour un jogging matinal ? lance Jonica à la cantonade.

— Jamais de la vie, lâche Santos. Demain, c'est grasse mat'.

Entre le père de Griffin et lui, Audrey repère une collection de bouteilles de bière vides.

— Moi, je viens, déclare Ilya, le père de Katerina.

Il est assis sur une chaise pliante en toile près de Carmen, une cigarette à la main.

Audrey se sent aussitôt un peu mieux.

Pendant quelques minutes, elle observe Miles et sa mère avec attention, mais ne repère rien d'anormal. Ils ne se touchent pas, au contraire de Carmen et Ilya. Et, même s'il arrive à sa mère de rire avec Miles, elle n'est pas rayonnante comme elle peut l'être avec son père, quand ils s'entendent bien.

Rassurée, elle repart en vadrouille dans le camping pour chercher Griffin et le trouve devant sa tente, penché sur son téléphone. Quand il lève la tête vers elle, elle est intimidée par son regard. Elle reste là, face à lui, et se balance d'un pied sur l'autre.

— Tu t'es échappée.

— Oui.

— Qu'est-ce qu'ils font ?

— Rien de neuf. Ils boivent toujours.

— Quelle bande d'idiots. Ils seront décalqués, demain.

Un long silence s'installe entre eux pendant qu'ils se dévisagent. Elle se sent rougir, ne sait pas quoi dire.

Griffin se racle la gorge et se lève en glissant son téléphone dans sa poche.

— Qu'est-ce que tu veux faire ? demande-t-il. Une balade ?

— Oui, pourquoi pas.

Ils se fraient un passage dans le labyrinthe de tentes et de caravanes jusqu'au sentier sablonneux qui longe le camping : là, plus de lampadaires, le bush commence.

Dans un bosquet sombre de niaoulis noueux, ils mettent leurs portables en mode lampe torche et les faisceaux lumineux font briller les feuilles et les branches blanches. Au sommet des dunes, le rugissement de la mer remonte jusqu'à eux, comme pour les accueillir. Ils éteignent leurs téléphones et, sous le pâle clair de lune, Audrey distingue tout juste les lignes argentées de l'écume sur le vaste océan noir. Elle inspire l'odeur iodée des algues et sent la présence de Griffin, là, dans la nuit, tout près d'elle.

Ils se laissent descendre le long du sentier de sable froid et meuble. Au pied des dunes, Griffin enlève ses baskets pour les glisser derrière une touffe d'herbes hautes. Audrey l'imite, ôte ses chaussettes, les fourre dans ses tennis qu'elle place à côté des chaussures de Griffin. Comme il s'est déjà éloigné vers la mer, elle doit courir pour le rattraper. Il lance alors :

— Allez, le premier arrivé au bord de l'eau a gagné !

Il détale sur ses grandes jambes, si vite qu'elle ne peut pas suivre son rythme. Ils cavalent sur l'immense plage plate, d'abord dans le sable mou, puis là où l'eau de mer l'a durci et où sa foulée s'envole. Devant l'océan, ils s'arrêtent pour remonter leurs jeans jusqu'aux genoux avant d'entrer dans l'eau peu profonde et écumante.

— Elle est gelée, hoquette-t-elle.

Elle remarque qu'il lui jette un coup d'œil. Elle retient son souffle, mais il se détourne, se met à longer le rivage à grands pas puis se retourne vers elle.

— Tu viens ? lance-t-il.

Ils marchent un moment, en silence, laissant loin derrière eux les lumières vacillantes des bungalows. La nuit est immense autour d'eux. Une nuée d'étoiles se dépose sur la peau noire et veloutée de la mer. Audrey commence à craindre qu'ils perdent de vue le camping.

— On va jusqu'où ? finit-elle par demander.

Il s'arrête.

— Je ne sais pas. On peut faire demi-tour, si tu préfères. (Il jette un œil sur le trajet qu'ils ont parcouru.) On rentre ?

Elle, elle a surtout envie de rester là, avec lui, mais elle ne veut ni se perdre, ni être trop fatiguée pour le tournoi du lendemain.

— D'accord.

Ils se remettent en route. En chemin, il se rapproche, lui prend la main et la serre fort. Ses doigts ont beau être moites et un peu collants, elle s'en fiche.

Il s'arrête soudain pour la regarder.

Même dans le clair-obscur, elle distingue son visage et ses yeux scintillants. Son cœur fait un bond dans sa poitrine. Ça y est ! Ça y est ! Son corps se crispe lorsqu'il lui touche les cheveux, lui remet une boucle derrière l'oreille avant de faire glisser ses doigts sur sa joue. Elle a l'impression d'être traversée par des décharges électriques.

Il passe son bras autour de sa taille et la serre contre lui. Elle presse sa joue contre son épaule osseuse, inspire son odeur et se détend doucement. Son torse est dur et tendu. Il sent un peu le barbecue. Et le déodorant. Ses boucles chatouillent le front d'Audrey.

Ils restent longtemps, comme ça, l'un contre l'autre. Elle sent ses côtes monter et descendre contre elle quand il respire. Il recule un peu, ses yeux s'embrasent dans la lumière argentée. Puis il l'embrasse, et ses lèvres douces et chaudes bougent contre les siennes.

Elle l'imite, entrouvre la bouche et, l'espace d'un instant gênant, leurs dents se heurtent. Ils s'écartent en riant.

Il l'embrasse encore. Cette fois-ci, elle lui rend son baiser en frissonnant de plaisir.

Elle le laisse explorer sa bouche avec sa langue. Et savoure son goût sauvage et merveilleux.

Le stade où se déroule le tournoi est niché dans une vallée verdoyante aux abords de la ville. Pour s'y rendre, il faut descendre une colline abrupte, prendre un tournant en épingle à cheveux et essayer de ne pas rater la sortie. Le parking est tout en bas, bordé d'immenses eucalyptus dont l'écorce pendouille en longues bandelettes le long de leurs troncs blancs. Lorsque Audrey saute de voiture, elle est assourdie par les cris suraigus des loriquets arc-en-ciel perchés dans la canopée. La senteur riche de la forêt tropicale et de l'herbe coupée imprègne l'air.

Elle attrape son sac et suit Alex jusqu'au club-house trapu en brique marron, tapi au milieu des quatre terrains délimités. Elle est fatiguée. La nuit dernière, elle était trop excitée pour dormir. Elle n'a pas arrêté de penser à Griffin. Est-ce qu'il a pensé à elle, lui aussi ? Elle aurait aimé être quelqu'un d'autre en se réveillant ce matin. Elle s'est sentie tellement différente, cette nuit ! Pourtant, maintenant qu'elle est arrivée au stade, son ventre se noue, comme d'habitude.

Dans les vestiaires, Viktor et ses potes sont blottis dans un coin, blêmes et silencieux. *Ils ont la gueule de bois,* dirait son père. Et ils le méritent. Après leur arrogance de cette nuit. Et regardez-les, maintenant ! Audrey aurait voulu avoir le courage de se moquer d'eux, mais elle n'a même pas besoin de le faire, car Alex s'en charge.

— Bah alors, les gars ? glousse-t-il en jetant son sac sur le banc. On a la gerbe ?

Viktor appuie sa tête contre le mur.

— Parle pas si fort, grogne-t-il.

— Je t'avais prévenu, ricane Alex.

— J'ai passé la nuit à dégueuler, gémit Viktor. Comment je vais jouer ?

— Mal.

— Si je suis malade, qui va marquer des buts ?

— Griffin, évidemment, rétorque Audrey.

Viktor a un haut-le-cœur et sort de la pièce en courant, laissant une odeur de vomi dans son sillage. Malgré elle, Audrey sent son estomac se retourner, comme par un élan de compassion involontaire. Elle lâche son sac et va dans les toilettes des filles. À son retour, les vestiaires grouillent de garçons. Son regard papillonne jusqu'à Griffin. Il sourit dès qu'il la voit.

Elle se fraie un passage parmi les autres, cherche son sac, l'aperçoit par terre, avec son contenu éparpillé partout.

— Qu'est-ce qui s'est passé ? se plaint-elle. Celui qui a fait tomber mon sac aurait pu le ramasser.

Accroupie au-dessus du sol en béton, elle rassemble ses affaires puis se fait une place sur le banc pour pouvoir enfiler ses crampons.

Le problème, c'est qu'elle n'a qu'une chaussure. Elle farfouille dans son sac. L'autre n'y est pas.

Elle panique. Elle doit la retrouver avant que Dominik découvre qu'il lui en manque une. Elle fouille la pièce à quatre pattes en évitant les jambes de ses coéquipiers et regarde désespérément sous les bancs, sous les vêtements, en vain.

— On peut savoir ce que tu fous ? crache Viktor.

— Je cherche ma chaussure. Tu l'as vue ?

Il hausse les sourcils.

— Bien sûr que non. Pourquoi tu perds tout le temps tes affaires ?

Audrey se pose la même question. Elle était ordonnée, avant, mais ces derniers temps, elle est tête en l'air. *Toujours dans la lune,* dirait sa mère. Peut-être parce qu'elle pense sans cesse à autre chose.

Elle continue à chercher.

— Est-ce que quelqu'un a vu la chaussure d'Audrey ? lance Alex en fronçant les sourcils, avant d'aider sa sœur.

Personne ne répond et la chaussure reste introuvable.

Trop tard.

Dominik apparaît dans l'encadrement de la porte.

— Baissez d'un ton, les gars. Je m'entends pas penser. Il est temps de m'écouter.

Audrey se faufile jusqu'à lui et lui demande si elle peut aller récupérer quelque chose dans sa voiture.

— Pas maintenant, dit-il, la mine contrariée. Je dois vous dire qui commence, et j'ai aussi une annonce importante à faire. Il se tourne vers ses joueurs et déclare : J'ai entendu dire que certains d'entre vous avaient bu, hier soir, et j'en suis très mécontent. En fait, je suis franchement dégoûté par votre manque de professionnalisme. Ce n'est pas comme ça que vous irez au sommet. Vous avez déçu les attentes de l'équipe et de vos parents. Et ce n'est pas ce qu'on veut voir dans un club d'élite comme le nôtre. Comme je sais qui est le meneur dans cette histoire, je vais procéder à quelques modifications. Griffin est le nouveau capitaine.

Dans le court silence qui suit, tout le monde se tourne vers Viktor, dont l'expression est aussi sombre qu'un orage en formation.

Griffin est radieux, Audrey se réjouit pour lui. Mais elle doit vraiment aller chercher sa chaussure – elle ne pourra pas jouer sans –, ce qui implique qu'elle doive admettre devant Dominik qu'elle l'a perdue.

— Comment peut-on perdre une chaussure ? renifle-t-il en agitant la main. Vas-y. Dépêche-toi.

Postée à côté de lui, Carmen la gratifie d'un regard condescendant.

Les larmes aux yeux, Audrey sort du vestiaire à cloche-pied et cherche sa mère. Elle est là, à la buvette, avec Tante Claire. Au moins, elle ne parle pas avec Miles. Elle se précipite vers elles et sa chaussette est trempée au bout de quelques pas dans l'herbe mouillée.

Jonica blêmit.

— Audrey, c'est pas possible ! Tu n'avais qu'une chose à faire : préparer ton sac !

— Désolée, maman. Je peux avoir les clés de la voiture pour voir si elle est tombée ?

Sa mère lui lance les clés et Audrey traverse le parking à cloche-pied avec sa chaussette sale et mouillée, ouvre la voiture, y rentre à quatre pattes. Elle n'est pas là. Une crampe lui noue les intestins. Elle l'a peut-être laissée au camping.

Elle va rendre les clés à sa mère, qui la foudroie du regard.

— Elle n'y est pas ?

— Non.

— Et maintenant tu vas me demander de rentrer au chalet ?

— S'il te plaît ? la supplie Audrey. Je suis vraiment désolée.

Sa mère part à grands pas vers le parking pendant qu'Audrey file vers le vestiaire pour vérifier une dernière fois. Elle se faufile au milieu de ses coéquipiers qui en sortent, et se crispe en sentant leur mépris. Sauf Griffin, qui lui adresse un signe de tête gentil.

Désespérée, elle inspecte encore la pièce. Il y a des affaires partout sur les bancs et le sol : des vêtements, des sacs, des manteaux, des baskets, des chaussettes de rechange. Et sa chaussure est là, à moitié cachée par un jogging, sous un siège. Comment a-t-elle pu la rater, avant ? Est-ce que quelqu'un la lui avait prise exprès ?

Les doigts impatients, elle l'enfile, emmêle ses lacets dans sa hâte. Puis elle sort en courant. Sa mère est au parking.

— Maman ! hurle-t-elle. Je l'ai retrouvée !

Elle attend que Jonica se retourne et lui réponde puis elle fonce rejoindre l'équipe.

— Où elle était ? demande Dominik, les lèvres serrées.

— Par terre, dans les vestiaires, avoue-t-elle, honteuse.

— Je t'avais mise dans le onze de départ, mais maintenant, ce sera pour la deuxième mi-temps.

Il va se planter au milieu du terrain pour superviser l'échauffement avec une expression amère. Audrey se mêle aux autres en craignant qu'il ne s'acharne sur elle. Mais, dès le début, il s'en prend aux buveurs de vodka qui sont lents, grognons et maladroits. Pour une fois, il ne la remarque pas – elle n'arrive pas à croire que ses ennemis l'ont sauvée. Enfin, ça ne compense pas le fait qu'elle va devoir cirer le banc pendant toute la première mi-temps alors qu'elle aurait pu commencer tout de suite. Sa seule consolation, c'est que Katerina ne joue pas non plus. Évidemment, Viktor, lui, est sur le terrain – on pardonne toujours tout aux buteurs.

Quand les équipes font leur entrée en file indienne, elle se laisse tomber sur une chaise avec les autres et entreprend de se curer les ongles. Un vent froid l'enveloppe. Elle remue les jambes pour ne pas avoir froid. Si seulement elle pouvait être sur la pelouse. Le match n'est pas extraordinaire, de toute façon. Les Flames sont nuls et les Minotaurs jouent à peine mieux. La plupart de ses coéquipiers se sont saoulés, la nuit dernière, et Dominik ne peut pas tous les faire sortir sous peine de manquer de monde sur le terrain.

À la mi-temps, il explose sur la ligne de touche.

— Qu'est-ce que vous avez tous, aujourd'hui ? hurle-t-il en levant les bras. La moitié d'entre vous jouent comme des merdes. À côté de vous, les Flames ont l'air de champions, vous déshonorez notre club. Sans Griffin et quelques autres, on serait déjà en train de perdre. Vous devez vraiment vous réveiller et vous regarder bien droit dans les yeux. On n'est pas venus jusqu'ici pour faire de la figuration. Alors retournez sur le terrain et bougez-vous sinon autant qu'on rentre tout de suite chez nous. C'est le moment de tout donner pour vos coéquipiers.

À la reprise, Dominik envoie Audrey sur l'aile gauche. Elle se jette dans le match, désespérée de prouver ce qu'elle vaut. Et si les détecteurs de talents les observaient ?

Elle fait une bonne passe et Griffin lui sourit.

Ça lui donne confiance en elle. Elle repense à leurs baisers, et là, soudain, tout se met en place. Son toucher de balle est précis, sa foulée légère et le ballon va exactement là où elle veut. Elle garde la tête bien droite et reste démarquée. Ses transmissions sont géniales. Elle marque même un but. Dominik hoche la tête d'un air approbateur.

Tu es rapide, se rappelle-t-elle. *Tu es douée. Tu peux devenir une championne.*

Et, la plupart du temps, elle y croit.

En attendant le match suivant, Audrey s'effondre au soleil sur une chaise pliante pendant que ses coéquipiers se réunissent près de la buvette en riant, pour discuter et s'empiffrer de cochonneries.

— Et si t'allais t'amuser avec les autres ? suggère sa mère.

— Manger des trucs mauvais pour la santé, c'est pas amusant, maman, répond-elle en arrachant une croûte sur son genou pour le faire saigner. Et je refuse de m'approcher de Katerina.

Jonica remarque le sang qui suinte et lui tend instantanément un pansement.

— Je ne sais pas pourquoi tu fais ça, murmure-t-elle.

— Parce que ça fait du bien.

Audrey soutient le regard de sa mère, hostile et combative.

— Pourquoi es-tu d'aussi mauvaise humeur ? Tu as vraiment très bien joué. Je pensais que tu serais contente.

— Contente d'avoir commencé sur la touche ? rétorque Audrey, sarcastique.

Sa mère hausse les sourcils.

— Et la faute à qui ?

Audrey triture le pansement et regarde Griffin acheter quelque chose à la buvette puis traverser le terrain d'un pas nonchalant pour s'approcher d'elle.

— Hé, Audrey, dit-il avant de se tourner vers sa mère. Bonjour Madame Woodford.

— Bonjour Griffin. Tu joues comme un pro, aujourd'hui.

Il gratte le sol du bout du pied et arrache de l'herbe avec ses crampons.

— Audrey aussi.

— C'est ce que je lui dis depuis tout à l'heure, mais elle ne m'écoute pas.

— Tu veux des chips ? demande Griffin en tendant son sachet vers Audrey.

— Non, merci. Je n'ai pas faim.

— Tu dois manger quelque chose sinon tu n'auras plus d'énergie pour le prochain match.

— Les chips, c'est pas vraiment de la nourriture, répond-elle, les yeux plissés.

Il éclate de rire.

— Viens prendre un sandwich œuf-bacon, dans ce cas. Ou une saucisse.

— Je déteste les saucisses. J'ai eu ma dose hier soir.

— Des bonbons, alors ? Un serpent gélifié ? Y a des boas constrictors.

— Ça c'est une bonne idée, dit-elle. J'ai bien envie d'étouffer quelqu'un.

Le sourire de Griffin s'élargit et elle ne peut s'empêcher de sourire aussi.

— Je vais t'en acheter un.

Il tend la main pour la tirer de sa chaise. Mais elle le lâche en vitesse parce que sa mère les regarde et qu'elle ne veut pas qu'elle devine.

Audrey a un mauvais pressentiment avant le match contre les Bears. Tout a commencé la veille avec les moqueries de Braedon. Et ça empire, lorsqu'elle voit Cody et Santos se disputer au bord du terrain.

— Les parents des différentes équipes doivent rester séparés, explique Cody.

— Tranquille, mec, lâche Santos, les bras croisés sur son poitrail. Les gens ont le droit de se mettre où ils veulent. Ce ne sont que des enfants. C'est juste un match.

Il est franchement mal placé pour dire ça, car il se comporte toujours comme si un membre de sa famille venait de mourir dès que les Minotaurs perdent.

— C'est toi qui es tendu, rétorque Cody.

— Pas du tout, lui assure Santos dans un grand sourire. Je suis décontracté… et tes petits amis sont là-bas, de toute façon. (Il tend le doigt.) Regarde-moi ça. Quelle bande de clowns !

Plus loin le long de la ligne, un groupe de parents est entièrement habillé en rouge. Les mères ressemblent à des pom-pom girls américaines. Et Oncle Darren est avec eux, dans un maillot rouge des Bears, un bonnet assorti sur la tête. Audrey n'en croit pas ses yeux. Même Freya est déguisée : rubans rouges dans ses couettes hautes, pompons en fils brillants écarlates. Mais pas Tante Claire. Elle reste en retrait, gardant ses distances, bien qu'elle ait sans doute aidé Freya à se préparer.

Oncle Darren voit Cody et l'interpelle :

— Hé, Cody ! Viens par là avec les supporters.

Après son départ, Audrey se sent tout de même tendue.

Les équipes entrent en file indienne sur le terrain, puis Griffin gagne le tirage au sort et choisit de donner le coup d'envoi. Ensuite, ils doivent serrer la main de leurs adversaires. Audrey déteste ça, car il y en a toujours un pour prétendre que les filles sont toxiques et qu'il ne veut pas y toucher, ce qui est ridicule quand on sait que ce sont les garçons qui ne se lavent pas les mains après être allés aux toilettes.

Son mauvais pressentiment se renforce quand Viktor et Braedon refusent de se saluer.

Dès le coup de sifflet, ce dernier commence son cirque habituel, il percute tout le monde et conteste la parole de l'arbitre. Même si Audrey reste à l'écart, elle est agacée. Lorsque le ballon atterrit près d'elle, elle jette un coup d'œil alentour pour s'assurer qu'elle peut courir vers lui sans risques. Comme Viktor la dépasse aussitôt, elle reste en arrière. Si son père était là, il dirait qu'elle n'est pas assez offensive. Mais mieux vaut faire attention, quand on joue avec des garçons. Il faut rester un peu derrière la balle pour éviter de se faire détruire par un tacle.

Viktor parvient à prendre la défense à défaut et semble sur le point de marquer quand il est projeté au sol par Braedon. L'arbitre accorde un coup franc à Viktor mais ensuite, c'est comme si on avait injecté de la dynamite dans les veines de Braedon. Il devient incontrôlable, il fonce partout sur le terrain et défie tout le monde. Audrey se réjouit lorsqu'il écope d'un carton jaune. Viktor lui éclate de rire au nez, puis Braedon et lui se retrouvent buste contre buste, à se provoquer, jusqu'à ce que l'arbitre menace de les expulser tous les deux.

Pendant la mi-temps, Audrey mange une orange en écoutant le discours habituel de Dominik pour les remotiver.

À la reprise, elle remarque deux hommes bruns en jogging bleu au bord du terrain. Ils ont l'air importants. Sérieux. Et un je-ne-sais-quoi chez eux l'incite à croire qu'il s'agit des détecteurs de talents. La manière dont ils plissent les yeux et se penchent l'un vers l'autre, dont ils hochent la tête chaque fois qu'un joueur réussit une action.

Elle essaie de croiser le regard de Griffin, mais il est concentré sur le match et c'est ce qu'elle devrait sans doute faire aussi au lieu de fixer les deux inconnus. Si elle se plante maintenant, ce serait horrible.

Griffin passe la balle dans la course d'Alex, avec un timing impeccable. Alex la lui rend et Griffin accélère en manœuvrant le ballon comme s'il s'agissait d'une extension de son propre corps. Ses gestes sont si parfaits, si précis qu'Audrey en a le souffle coupé. Si seulement elle pouvait être comme lui. Comment fait-il ?

— Ici ! hurle Viktor, qui fonce vers le centre.

Griffin le double la balle au pied, puis esquive tout le monde avec une facilité déconcertante. Il se retrouve seul face au gardien des Bears. Il arme gracieusement son tir et propulse le ballon dans le filet, juste sous le goal, qui se jette au sol et donne des coups de pied de dépit dans la terre.

Audrey s'immobilise, stupéfaite. Elle se tourne vers les recruteurs. Tout excités, ils discutent sans quitter Griffin des yeux.

La futilité de sa situation la frappe soudain comme un coup de poing. Pourquoi ne s'en est-elle pas rendu compte plus tôt ? Elle se débrouille vraiment bien, mais il n'y a que les joueurs extraordinaires tel Griffin qui se font remarquer.

Les génies. Pas Braedon. Pas Alex. Pas même Viktor. Et elle, encore moins. Griffin est le seul d'entre eux qui ait une chance de finir un jour dans l'équipe nationale d'Australie, avec les Socceroos.

Le match se poursuit, elle n'a plus envie de jouer. La déception pèse sur elle comme un nuage d'orage. Ses parents fondent de tels espoirs en elle, et ils ont tant fait pour elle... mais les recruteurs ne l'ont pas du tout remarquée. Elle a envie de se blesser pour pouvoir sortir.

C'est là que l'accident arrive – pendant qu'elle chouine, qu'elle s'apitoie sur son sort et qu'elle ne regarde même plus le jeu. Elle entend un *crac* sonore suivi d'un cri désespéré et, en pivotant, elle aperçoit Alex et Braedon, emmêlés l'un sur l'autre juste devant le but. Quand Braedon s'écarte à quatre pattes, Alex se tient le genou en grimaçant.

— Penalty ! crie l'arbitre.

Audrey n'y prête pas attention. Elle se précipite vers Alex, voit la douleur dans son regard, et sa stupeur aussi. Dominik accourt à son tour. Ainsi que leur mère. Et le reste de l'équipe qui traîne des pieds, l'air secoué.

Puis les secouristes arrivent et évacuent Alex sur une civière. Audrey veut l'accompagner, mais les Minotaurs ont besoin d'elle. D'un côté, elle a peur pour son frère, mais de l'autre, elle doit remplir le vide qu'il laisse sur le terrain. Elle est meilleure que lui. Et elle sait qu'elle peut le faire. Elle ne le décevra pas.

— Qui va tirer le penalty ? demande l'arbitre.

— Moi, déclare Viktor en s'avançant.

— C'est à Audrey de le faire, déclare Griffin. Pour son frère.

Un court silence s'ensuit.

Estomaquée, Audrey le dévisage. Puis jette un coup d'œil vers Dominik. Il hoche la tête et dit :

— Bonne idée.

— T'as pas intérêt à le rater ! crache Viktor en la foudroyant du regard.

Elle se tourne vers Alex, assis sur une chaise au bord du terrain, une poche de glace sur le genou. Il la fixe un instant puis opine. Ses traits sont tirés et son teint est pâle. Audrey a de la peine pour lui. Le craquement qu'elle a entendu suggère une blessure plus grave qu'une simple entorse. Il s'efforce d'avoir l'air courageux, mais elle devine à sa bouche pincée et à son expression grimaçante qu'il se retient de pleurer.

— D'accord, dit-elle. Je vais le faire.

L'arbitre dépose le ballon sur le point de penalty et va rappeler les règles au gardien des Bears.

Audrey se met en position, l'estomac retourné. Où doit-elle viser ? En bas à gauche ? Elle s'est entraînée si souvent au stade avec son père et Alex... Mais c'est différent. Là, c'est pour de vrai. Elle ne parvient pas à croire qu'ils la laissent vraiment tirer.

Sur la gauche, juste devant la cage, l'arbitre lève le bras et siffle.

Tu peux y arriver, se dit-elle.

Elle scrute le but en essayant d'ignorer le gardien qui sautille sur sa ligne. Puis elle inspire profondément, se dresse sur la pointe des orteils et commence sa course d'élan. Un, deux, trois pas. Son pied frappe la balle et elle finit bien son geste, comme Griffin le lui a appris.

Le gardien se jette sur le côté, mais le ballon fuse au-dessus de lui et va se loger au fond de la cage. Le goal est au sol, à quatre pattes.

Elle est folle de joie. Elle voit le sourire d'Alex. Et entend le cri triomphal de Griffin. Elle rit pendant que ses coéquipiers lui foncent dessus.

Et les recruteurs ?

Quand elle se tourne vers eux pour voir s'ils ont admiré son penalty, elle constate qu'ils fixent toujours Griffin.

Ils battent les Bears, gagnent les deux matchs suivants, finissent en haut du classement et remportent le tournoi.

À la remise des prix, Dominik ne peut pas s'empêcher de sourire. Il est extatique lorsque les Bears sortent du club-house après avoir reçu leurs médailles de seconds.

— Les Minotaurs, allez serrer la main des deuxièmes, les presse-t-il. Il faut gagner avec honneur, et perdre avec dignité.

C'est ça, se dit Audrey. Et toutes les fois où il leur a hurlé dessus parce qu'ils avaient perdu ? C'est facile d'être beau joueur dans la victoire. Beaucoup moins dans la défaite.

Elle s'avance avec les autres vers les Bears pendant que les parents applaudissent à tout rompre. On ne lui a jamais serré la main si vite et avec si peu d'enthousiasme. Les Bears, y compris Tommy, regardent le sol, l'air déprimé. Braedon et Viktor refusent de se saluer.

Puis c'est le moment où elle va recevoir sa médaille, avec les autres Minotaurs. Elle pleure presque lorsque Alex les rejoint en boitant et que toute l'équipe se masse autour de lui pour l'acclamer.

— Je suis désolée pour ton genou, lui murmure-t-elle en se plaçant à côté de lui sur la terrasse couverte.

Il hoche la tête, les larmes aux yeux.

Lorsque le président du tournoi lui passe sa médaille autour du cou, Audrey sait qu'elle devrait être folle de joie, mais elle ne ressent rien du tout. Pas même quand Griffin reçoit la coupe argentée de la part de l'équipe et la brandit en l'air. Elle se joint à ses coéquipiers qui vont se coller contre lui pendant que tous les parents les acclament. Elle se force à sourire, alors qu'elle est dégoûtée qu'Alex se soit blessé, et que les recruteurs ne l'aient pas repérée – ils n'avaient d'yeux que pour une seule personne.

Après la remise des récompenses, place à une séance photo. D'abord, des photos de l'équipe : une où Griffin brandit la coupe, puis une autre avec Dominik au milieu de tous ses joueurs, en train de serrer le trophée contre lui. Ensuite, tout le monde tient à être immortalisé avec. Audrey reste à l'écart. Quel intérêt, si elle n'a pas du tout l'esprit à la fête ?

Santos photographie Viktor sous tous les angles jusqu'à ce qu'Audrey n'en puisse plus. Elle, elle n'a aucune envie qu'on la prenne en photo. Elle veut juste faire ses valises et rentrer chez elle. Mais Griffin arrache la coupe des mains de Viktor et la lui fourre dans les bras.

— Allez, Audrey, l'encourage sa mère en tendant son téléphone. Lève la coupe plus haut et *souris* !

Audrey obéit, avec l'impression d'avoir un visage en plastique.

Le lundi, au collège, elle attend les résultats de l'IRM d'Alex. Il lui envoie un message avec une émoticône triste. *Genou foutu*, lui écrit-il. *Opération + dix mois de rééducation.*

Elle essuie quelques larmes. Il semble tellement déçu...

Pourtant, en son for intérieur, une petite voix regrette que ce ne soit pas *elle* qui ait été blessée, pour qu'elle n'ait plus besoin de jouer sans qu'on lui pose de questions.

Le mercredi, Audrey n'arrive pas à quitter la léthargie qui l'a saisie depuis le tournoi. Elle se dit qu'elle est juste triste pour Alex, mais il n'y a pas que ça, et elle le sait. Malgré la blessure de son frère, elle devrait être contente qu'ils aient gagné. Pourtant, elle se sent tout engourdie.

Après les cours, comme elle a juste envie de dormir, elle avance différentes excuses pour rater l'entraînement :

un devoir à rendre le lendemain, un contrôle de maths à réviser, des règles douloureuses…

Mais sa mère ne veut rien savoir.

— Si Alex arrive à vous regarder jouer avec son genou blessé, je suis sûre que tu es capable d'y aller aussi, déclare-t-elle.

Sur le parking, Audrey reste assise dans la voiture, faible et molle.

— Allez, la presse Jonica. File.

Elle traverse le terrain en faisant traîner son sac par terre et l'envoie sur le tas, avec les autres.

Alex est déjà là. Il discute avec Noah. Leurs coéquipiers se rassemblent autour de lui pour lui demander des nouvelles de son genou. Même si Audrey sent qu'il insiste un peu trop sur des mots comme « opération » et « rééducation », pour se faire plaindre, elle est vraiment désolée pour lui. À la maison, il a pleuré toutes les larmes de son corps. *Qu'est-ce que je vais faire pendant toute une année si je ne peux pas jouer au foot ?* Personne n'avait pu répondre à cette question. À sa place, Audrey sait très bien ce qu'elle ferait. Elle participerait au spectacle de fin d'année, déjà. Et, à l'heure qu'il est, elle trépignerait d'impatience, car la représentation approche. Elle préférerait mourir plutôt que d'aller voir Georgia jouer Fiona, mais, comme elle veut être une bonne amie, elle va se forcer à y aller.

En remarquant les cumulus qui s'amassent à l'ouest au-dessus des montagnes, elle comprend qu'il va pleuvoir et qu'il ne sert donc à rien de commencer l'entraînement. La séance finira par être annulée, sinon quelqu'un risquerait de se faire une déchirure musculaire ou une entorse de la cheville en glissant.

Elle se laisse tout de même tomber dans l'herbe pour mettre ses crampons.

Griffin trottine vers elle, le sourire jusqu'aux oreilles. Pas étonnant qu'il soit content. Après le match contre les Bears, pendant qu'Audrey rapportait de la glace pour les secouristes qui s'occupaient d'Alex, les recruteurs avaient eu une longue discussion avec Griffin et son père. Ils lui ont proposé une bourse pour aller passer les sélections du centre de formation de Liverpool, en Angleterre. Elle est heureuse pour lui, vraiment. Il a mérité d'avoir cette chance. Mais elle, alors ? Personne ne la remarquera jamais.

Griffin lâche son sac à côté d'elle et sort des chaussures de foot Adidas fluo immaculées.

— Elles sont neuves ? s'enquiert-elle.

Il rougit jusqu'au front.

— Mes pieds ont grandi pendant le week-end.

— T'es sûr que c'est pas tes chevilles qui ont enflé, plutôt ? rétorque-t-elle avec un sourire forcé.

Il rougit un peu plus encore.

— J'avais mal aux pieds et mes orteils étaient écrabouillés.

— Ça ne t'a pas ralenti quand les recruteurs t'observaient !

Il se détourne.

— Pourquoi tu n'as pas dit que tu avais mal aux pieds ?

— Je savais que mon père piquerait une crise, parce que les crampons coûtent super cher.

— Parce qu'il a les moyens, maintenant ?

Elle sait qu'elle est méchante avec lui, mais elle ne peut pas s'en empêcher.

Il lui jette un coup d'œil sans comprendre.

— Qu'est-ce que tu veux dire ?

— Les recruteurs t'ont proposé un contrat avec Liverpool, non ?

Il fait ses lacets sans la regarder.

— Ce n'est pas comme ça que ça marche. Je dois d'abord passer les sélections pour intégrer leur centre de formation.

Audrey dissimule sa jalousie derrière un sourire.

— Tes chaussures sont chouettes, dit-elle, même si un frisson d'envie continue de courir sous sa peau.

Elle se déteste, de vouloir le blesser, mais ce n'est pas juste. Elle veut réussir autant que lui.

Il l'étudie, le front plissé et, lorsqu'il la voit sourire, il sourit aussi, se lève d'un bond, sautille d'un pied sur l'autre puis court sur place.

— Elles sont confortables, déclare-t-il. Tu veux m'aider à les tester ?

Il va chercher une balle et revient vers elle en jonglant, le pas léger et équilibré. Elle se sent plus épuisée encore. Elle ne pourra *jamais* maîtriser son ballon comme ça.

Le tonnerre gronde au loin.

Griffin envoie la balle en l'air, la fait rebondir sur son front avant de la récupérer entre ses mains et de la regarder.

— Qu'est-ce qu'il y a ? demande-t-il. Ça va pas ?

— Je suis juste fatiguée.

— Tu couves peut-être quelque chose.

Un autre grondement de tonnerre, ils se tournent tous deux vers l'horizon. Les nuages gris acier virent au violet, comme un bleu. L'atmosphère est lourde.

Dominik appelle tout le monde et sort de son sac la coupe argentée de la victoire, qu'il brandit avec un grand sourire. Viktor saute sur place en criant de joie, le poing levé, puis tout le monde l'imite, bondissant et chahutant, le visage illuminé. Sauf Alex, bien sûr, qui ne peut pas sauter. Et Audrey, parce qu'elle est trop fatiguée pour bouger... jusqu'à ce que Katerina braque son regard vers elle. Alors elle se lève avec les autres.

Dominik fait passer la coupe entre ses joueurs pour que tous puissent la toucher. Audrey l'attrape quand vient son tour puis la donne à son voisin. Dominik décide qu'il veut une autre photo d'équipe. En souvenir. Au cas où ils ne vivraient plus jamais un moment pareil.

Ça tourne au concours d'ego : ses joueurs favoris au premier rang, les autres alignés derrière. Dont Audrey, évidemment. Griffin, devant, au centre, tient la coupe, l'air ravi.

Une fois que tous les parents ont pris une nouvelle série de clichés, Viktor arrache la coupe des mains de Griffin.

— Allez, mettez-vous autour de moi ! hurle-t-il. (Il se tourne vers son père.) Papa, prends une photo.

Audrey reste à l'écart. Les gens ont déjà pris des millions de photos, ici comme au tournoi, non ?

Même si elle est soulagée quand l'entraînement commence enfin, en vrai, elle veut juste rentrer. Lorsqu'ils font une pause pour aller boire, elle ne trouve pas sa gourde et manque de peu d'éclater en sanglots. Elle farfouille dans ses affaires, en vain. Elle se rappelle l'avoir remplie au distributeur d'eau froide du frigo, chez elle, puis de l'avoir glissée sous ses protège-tibias avant de refermer son sac. Alors où est-elle passée ? Est-ce qu'elle devient folle ?

Dépitée, elle s'assied dans l'herbe, les bras autour des genoux.

— Qu'est-ce que tu fais, Audrey ? lance Dominik, la mine renfrognée. Quand je vous dis « allez boire », je parle à tout le monde. Pas d'exception. On a tous besoin de s'hydrater. Même quand il fait froid.

— Je ne trouve pas ma gourde, admet-elle.

Il secoue la tête et elle se recroqueville sous le poids de son regard, de son menton avancé et désapprobateur. Même son ventre proéminent semble la juger, à la manière dont il le met en avant, les mains sur les hanches, le bassin tendu vers elle.

Les autres aussi la méprisent. Elle le voit dans leurs yeux. Pas Griffin, heureusement. Son expression reflète sa compassion. Ni Noah, qui est toujours gentil. Et ni Alex, car il scrute leurs coéquipiers d'un air mauvais.

Désespérée, Audrey jette un coup d'œil vers sa mère, derrière la barrière. Ce soir, son père va encore lui faire la morale. Elle imagine déjà sa déception, l'acidité de ses mots lorsqu'il déclarerait qu'elle le déçoit *encore une fois*.

— J'ai une gourde en plus, lance Noah. Mais elle est vide.

Il lui tend une bouteille en plastique bleu qu'elle prend avec reconnaissance.

Dominik l'envoie dans les vestiaires pour la remplir. Elle traverse la pelouse pendant que le tonnerre gronde, que le ciel noircit et que l'air s'épaissit. Des cacatoès criaillent dans les arbres, pour se moquer d'elle. Les larmes montent, puis débordent.

Dans les toilettes des filles, elle entend les gouttes de pluie crépiter sur le toit de tôle : un lent *plic, plic, plic.* Elle chasse en vitesse les larmes de ses yeux, ses joues, son menton et ravale les sanglots qui lui serrent la gorge.

Une fois la gourde remplie, elle boit une eau souillée par un goût de métal et de rouille. Puis elle s'asperge le visage pour effacer les traces de ses pleurs.

Dehors, comme tout le monde sauf Alex a déjà commencé l'exercice suivant, elle se presse de les rejoindre. Elle vient d'arriver au milieu du terrain lorsqu'un coup de tonnerre retentit. Le ciel retient son souffle puis soupire, et c'est le déluge – elle est trempée en quelques secondes, tandis que l'averse s'abat sur la pelouse, rugit dans les arbres et martèle le toit du club-house.

Les autres abandonnent l'exercice et se mettent à courir partout, à plonger sur le sol inondé, à glisser, à crier, à hurler sous les yeux de Dominik et d'Alex.

Audrey s'arrête et laisse ses larmes s'écouler comme un fleuve… Qui pourrait voir qu'elle pleure sous cette averse ? Elle lève le visage vers le ciel, la bouche ouverte : des gouttelettes crépitent sur sa langue, des filets d'eau glissent sur sa peau, la pluie alourdit ses cheveux, ses boucles se collent à ses joues. Qui a besoin d'une gourde quand on peut boire l'eau des nuages ?

Un éclair déchire les cieux et un coup de tonnerre assourdissant résonne dans l'air. Elle entend la voix aiguë et paniquée de sa mère :

— Fais sortir les enfants du terrain, Dominik, avant que quelqu'un se fasse foudroyer !

Audrey étire ses bras telles des branches, les yeux fermés, pour accueillir les gouttes sur son visage. Comme autant de petits ongles pointus qui se planteraient dans sa peau.

— Audrey ! Viens tout de suite dans la voiture ! s'époumone sa mère.

Elle se dirige lentement vers le parking, mais rien ne presse, car elle est déjà toute mouillée et elle ne sent rien, de toute façon. Elle est complètement engourdie.

Une fois à la maison, elle laisse Alex se doucher en premier puis, quand vient son tour, elle s'enferme dans la salle de bains et s'assied sur le bord de la baignoire. Elle se sent lourde. Des mots tourbillonnent dans sa tête. *T'es nulle. Inutile. T'y arriveras jamais.*

Elle ouvre le tiroir et examine le contenu éparpillé. Des limes à ongles. Des tubes de crème. D'énormes bigoudis en plastique. Du maquillage. Des épingles à nourrice.

Elle prend une épingle et la déplie à fond. Déformée comme ça, elle est inutile. Tout comme elle. Son souffle n'est plus qu'un papillon coincé dans sa gorge lorsqu'elle soulève son maillot, baisse un peu son short et se griffe la hanche avec la pointe de l'épingle profondément enfoncée dans sa peau tendre. La sensation de piqûre est satisfaisante, mais pas suffisante.

Elle cherche les ciseaux à ongles et les ouvre. Elle pose une pointe aiguisée contre sa hanche, l'enfonce et tire. Des hoquets de douleur la traversent. Ainsi qu'un étrange plaisir.

Elle essuie le sang du bout de ses doigts et le lèche. Goût de rouille aigre.

Elle entend un grincement dans le couloir – c'est peut-être sa mère qui arrive.

Elle attrape une poignée de feuilles de papier toilette, essuie le sang, lâche le tout dans la cuvette. Elle sort ensuite un pansement du tiroir et recouvre la plaie. Elle s'assied sur la lunette, urine sur le papier. Puis fait disparaître les preuves en tirant la chasse.

CSC

But marqué contre son camp lorsqu'un joueur frappe la balle ou la dévie accidentellement dans les filets de sa propre équipe.

Katerina

Katerina déteste rentrer chez elle en bus après les cours parce qu'aucune de ses amies ne le prend et qu'elle n'a personne avec qui parler. La plupart du temps, il est bondé et elle doit parfois rester debout quand tous les sièges sont pris. Ce jour-là, téléphone en main, elle double tout le monde dans la queue, joue des coudes dans l'allée centrale jusqu'aux fauteuils du fond, où elle se laisse tomber en posant son sac sur la place à côté d'elle pour que personne ne s'y asseye.

À la maison, sa mère, qui prépare une *spanakopita* dans la cuisine pour le dîner, hache des épinards sur une planche à découper en fredonnant. Elle lève la tête quand Katerina entre.

— Ta journée s'est bien passée ?

— C'était chiant. On n'a rien appris. (Katerina fouille la pièce du regard pour trouver quelque chose à grignoter. Sur le comptoir, un gâteau rond et brun garni de noisettes croquantes est en train de refroidir sur une grille. Son parfum sucré fait gargouiller l'estomac de la jeune fille.) Je peux en avoir une part ?

— Non. Il est encore chaud. Prends du houmous et des carottes.

Katerina enroule ses bras autour de la taille de sa mère et pose la tête sur son épaule. Les secousses du couteau qui heurte la planche à découper remontent jusqu'à elle.

— Allez, s'il te plaît, je peux avoir du gâteau ? Ça m'aidera à jouer mieux.

Ce genre de trucs, ça marche toujours avec Carmen – c'est comme feinter un défenseur sur le terrain de foot pour lui faire croire qu'on va d'un côté alors qu'on part dans l'autre sens.

Sa mère continue d'émincer les légumes.

— Une part de gâteau ne changera rien. Tu joues déjà très bien.

— Je peux encore m'améliorer ! Et je dois prendre des forces pour demain ; du coup, il me faut du gâteau. S'il te plaît ?

Carmen soupire, pose le couteau et s'écarte d'elle d'un mouvement d'épaules, le sourire aux lèvres.

— Vas-y, dans ce cas. Sers-toi.

— Merci, Mama. Je t'aime.

Elle dépose une bise sur la joue douce de sa mère et sort un couteau à bout rond du tiroir. Elle se coupe une grosse part qu'elle se fourre dans la bouche en croquant les noisettes. Le chat se glisse entre ses jambes et cogne sa tête contre ses chevilles. Elle le repousse avec son pied.

— Va-t'en, Zorro. Les chats, ça mange pas de gâteau.

— Sois gentille avec lui.

— C'est ce que je fais. Mais il est vraiment agaçant à se frotter à moi tout le temps.

Une fois dans sa chambre, elle enlève son uniforme et le laisse par terre, en tas, avant d'enfiler un jogging, son maillot de l'équipe de Grèce, un sweat à capuche et des baskets. Un texto fait biper son téléphone : *t'es où ?*

Elle répond *j'arrive* et file vers la porte qui donne sur le jardin.

— Où vas-tu ? lance sa mère. Si tu n'as pas de devoirs, tu peux m'aider à préparer le dîner.

— Je vais faire un tour, crie-t-elle. J'ai mal au genou.

Feindre une blessure est un excellent moyen de mettre Carmen dans sa poche. Le football, c'est sacré, pour elle. Lorsque Katerina était petite, elles passaient des heures au stade, à jouer au foot. Elle lui avait beaucoup appris, et Katerina s'était démenée pour mériter le regard de fierté et d'amour de sa mère. Ça, c'était avant que celle-ci se bousille le genou. Même si elle arrive encore à taper dans le ballon, elles ne s'entraînent plus ensemble parce que, comme Carmen ne peut plus courir, Katerina s'impatiente. *Je ne suis pas si lente*, proteste sa mère, *je fais toujours du « foot en marchant »*. Mais le « foot en marchant », c'est une blague. Un sport pour les vieux.

Elle la soutient différemment, maintenant. Elle lui achète des billets pour des matchs de foot, le nouveau maillot des Matildas, le nouveau ballon de la Coupe du monde. Elle lui a aussi offert le maillot qu'elle porte aujourd'hui. Le nom *Petrakis* est écrit en lettres capitales sur son dos. Parfois, elle en a marre qu'on lui mette sans cesse la pression pour qu'elle fasse briller ce nom. *Tu peux tout faire*, lui répète-t-elle. *Tu peux aller au sommet si tu le souhaites. C'est dans tes gènes.*

En ce moment, Katerina se demande si c'est vraiment ce qu'elle veut. Le foot lui prend tout son temps et toute son énergie.

Elle tape dans le ballon depuis qu'elle sait marcher – sur la commode de sa mère, il y a une photo d'elle en train de shooter alors qu'elle tient à peine debout. À 5 ans, elle a commencé à participer à des matchs. Elle traînait dans le club toute la journée pendant que Carmen s'occupait de la buvette. S'il manquait quelqu'un dans une équipe, elle levait la main. Parfois, elle faisait quatre matchs d'affilée. Sa mère était fière qu'elle joue autant, fière de son habileté, fière qu'elle marque des buts, qu'elle se mesure à des plus grands, qu'elle soit coriace et qu'elle bouscule les garçons sur le terrain. À la fin de la journée, son père la portait jusqu'à la voiture et elle dormait pendant le trajet retour. Les gens disaient : « Elle est comme toi quand tu étais petite, Carmen », et ça comblait Katerina, à l'époque. Elle aimait se sentir spéciale et qu'on la compare à sa mère – parce que tout le monde lui jurait que Carmen aurait pu jouer pour l'équipe d'Australie.

Maintenant, c'est juste gênant. Elle ne veut plus du tout lui ressembler. Elle veut être elle-même.

Carmen passe la tête dans le couloir, les mains pleines d'épinards.

— Bon, d'accord, si t'as vraiment mal au genou, une promenade te fera du bien. Tu pourras m'aider quand tu reviendras.

Katerina se glisse dans la buanderie puis dans le jardin. Elle file vers le portail à l'arrière de la maison lorsque sa mère fait coulisser la fenêtre de la cuisine pour lui lancer :

— Tu peux ramasser le linge sec, au passage ?

— Je peux pas le faire plus tard ?

— Ça ne te prendra que cinq minutes.

Katerina s'avance d'un pas traînant jusqu'à la corde à linge et commence à décrocher les vêtements. Heureusement que sa mère ne la voit pas tout jeter dans le panier. Elle la grondera parce qu'elle n'a pas plié les habits comme il faut, mais Carmen le fera sans doute elle-même, ou bien elle lui demandera de s'en charger plus tard, et plus tard c'est toujours mieux que maintenant, car elle veut vraiment déguerpir. Elle emporte le panier dans la buanderie, le lâche par terre et se précipite vers le portail avant que Carmen ait le temps d'exiger quoi que ce soit d'autre.

Ça grimpe, pour monter jusqu'à la réserve naturelle qui domine le quartier. Au sommet, le vent qui descend des montagnes tourbillonne. Essoufflée, Katerina s'assied sur le banc de pierre sous le repère géodésique rouillé et attend de voir si quelqu'un arrive derrière elle. Mais personne ne la suit. Il n'y a qu'elle, et quelques corneilles malmenées par les bourrasques qui geignent comme sa mère quand elle réclame un volontaire pour faire la vaisselle.

Une fois certaine d'être seule, elle enjambe le muret et descend à flanc de colline en serpentant entre les petits eucalyptus plantés par les personnes âgées qui ont voulu essayer de reverdir l'endroit. Quand elle a dû faire des heures de bénévolat pour le collège au début de l'année, sa mère lui avait conseillé de choisir la reforestation, car le site était tout près de chez eux. Mais comme Katerina n'avait pas voulu perdre son temps avec une clique d'écolos bien-pensants, elle s'était portée volontaire pour une vente de livres d'occasion organisée au profit d'une association caritative. C'était un peu ennuyeux, de transporter des bouquins toute la journée sur un chariot pour les ranger en piles, mais au moins, il y avait d'autres jeunes, pas que des vieux croûtons.

Elle descend la colline en évitant les chardons jusqu'à ce qu'elle aperçoive sa destination : un bosquet d'eucalyptus dans un recoin abrité où personne ne va jamais. Enfin, personne sauf Ricci et elle. Ils viennent là toutes les semaines depuis l'été. D'habitude, ils se donnent rendez-vous le dimanche après-midi, mais parfois, Ricci n'en peut plus d'attendre et la supplie de venir le mardi, comme aujourd'hui. Bien sûr, elle le croise souvent à la maison, mais c'est différent, car ils doivent faire mine de s'ignorer. Il prétend qu'il vient traîner avec Kosta, alors qu'il a surtout envie de la voir, elle. De temps en temps, s'ils se retrouvent seuls un instant, il lui fait un clin d'œil, lui pince les fesses ou lui caresse un sein. Elle sait que ses parents la tueront s'ils découvrent leur relation, et Ricci le sait aussi. Pourtant, ils sont inexorablement attirés l'un vers l'autre. Personne ne se doute de quoi que ce soit. Et ça l'amuse. Ricci sait comment lui faire plaisir, et c'est si agréable… Que pourrait-il y avoir de mal à ça ? Avec lui, elle oublie tout, le foot, la pression, l'obligation de devoir briller, obtenir du temps de jeu, être la meilleure et impressionner Dominik.

Pendant les vacances de Noël, à la mer, Ricci et elle s'étaient retrouvés en secret tous les soirs. Quand tout le monde dormait, il sortait en douce de la maison et venait la rejoindre dans le pavillon de jardin. L'attente était une vraie torture. Allongée, elle guettait le moindre bruit : un opossum qui crachait dans un arbre, le hululement grave d'une chouette, le bruissement des feuilles, les craquements des branches. Son désir pour lui l'enfiévrait. Lorsqu'elle l'entendait frapper doucement à la porte, qu'il l'ouvrait avec délicatesse, qu'elle voyait sa silhouette sombre, qu'elle percevait le petit clic de la porte refermée, elle se tortillait d'impatience et rabattait les draps pour qu'il puisse se faufiler près d'elle.

Oh, les petites décharges électriques qui se propageaient en elle lorsqu'elle sentait sa peau contre la sienne – et son désir puissant. Là, en bas, c'était humide et douloureux à la fois. Avec lui, elle avait l'impression d'être une femme, plus une petite fille. Il lui montrait pourquoi son corps avait été créé. Ce qu'elle adorait, c'est qu'il la rendait dingue, et qu'elle pouvait le rendre dingue aussi. Elle se sentait puissante. Un seul regard sur elle lui suffisait pour bander. Quand il jouissait partout sur son ventre, elle trouvait ça dégoûtant, mais elle le laissait faire quand même parce qu'il semblait aimer ça et que, ensuite, lorsqu'il glissait ses doigts en elle, elle avait l'impression qu'un incendie courait sous sa peau, si brûlant qu'elle n'en revenait pas.

Chaque matin, elle se disait qu'ils devaient arrêter, que c'était trop risqué. Sauf que tout la faisait craquer chez lui. L'odeur de sa sueur. Ses bras et son torse musclés. La manière dont il plongeait dans la mer avant de secouer la tête pour chasser l'eau de ses cheveux.

La première fois qu'ils étaient allés jusqu'au bout, c'était là, sur la colline. Il avait étalé une couverture, lui avait donné un préservatif et lui avait montré comment l'enfiler. Elle n'avait pas aimé l'odeur du caoutchouc poisseux, ni la façon dont elle avait dû le dérouler sur son sexe. Elle était nerveuse et son estomac faisait du yoyo dans son ventre. Aucune de ses copines ne l'avait déjà fait. Elle était la première. Il avait dû pousser fort, ce qui lui avait fait mal. Elle s'était sentie triste lorsqu'il avait fait des va-et-vient sur elle en gémissant, parce qu'elle avait l'impression qu'on lui enlevait quelque chose. D'autant plus qu'il avait l'air de prendre du plaisir alors que, elle, non. Mais il avait été gentil avec elle, ensuite, et, devant ses larmes, il s'était excusé mille fois en lui répétant combien elle était belle, et à quel point ça deviendra génial pour elle aussi, une fois qu'elle saurait comment s'y prendre. Et il avait raison. Au bout de plusieurs fois, elle s'y était habituée. Quand elle se détendait, il la pénétrait plus facilement.

Au bout de quelques semaines, il avait commencé à la supplier de laisser tomber le préservatif. Comme elle ne voulait pas tomber enceinte, elle avait d'abord refusé. Puis, par chance, sa mère l'avait mise sous pilule afin qu'elle ait davantage d'énergie pour le foot. Ce qui signifiait aussi qu'elle pouvait faire l'amour sans se protéger. Au collège, on les avait mis en garde contre les MST, mais Ricci lui avait assuré que c'était sans danger parce qu'elle était vierge avant de le connaître et qu'il était certain de n'avoir aucune maladie.

Ce jour-là, ils s'allongent sur la couverture, à l'abri du vent, pour discuter. Elle aime la manière dont il lui tient la main et fixe son visage lorsqu'elle parle. Il l'écoute vraiment. Pas comme à la maison, où tout le monde crie en même temps pour tenter de se faire entendre. Ses mains sont rugueuses à force de travailler dans la charpenterie avec son père. Elle imagine ses pouces dodus lui tapant des textos pendant qu'elle est en cours. Les mêmes pouces qu'il fait glisser autour de ses tétons et de son clitoris pour la rendre folle. *Je pense à toi. Je veux te sauter. JPP d'attendre de te revoir nue.* Elle adore recevoir ses sextos. Surtout quand elle est en cours de maths. Qui s'intéresse à ces conneries pleines de chiffres, de toute façon ? Ça ne lui servira jamais de la vie.

— J'aime bien ta coupe, lui dit-elle.

Il a les cheveux rasés sur les côtés, coupés court sur le dessus et redressés avec du gel. Il passe la main sur son crâne et la regarde d'un air intimidé. À le voir comme ça, elle a envie de l'embrasser. Quand il hausse les sourcils, il est irrésistible. Pas comme les mecs du collège, à qui on ne peut même pas parler. Ou les garçons du foot – ils sont tous débiles, sauf Viktor, qui lui demande sans arrêt de sortir avec lui. Elle refuse, bien sûr. Comment réagirait-il si elle lui apprenait qu'elle sortait avec un mec de 19 ans ?

En y pensant, elle a envie de glousser. Elle aime avoir un secret. Quelque chose que personne ne sait, même pas sa mère. Les gens diraient que Ricci est trop vieux pour elle. Mais il la couvre de compliments et renforce sa confiance en elle.

— Tu veux bien te déshabiller ? la supplie-t-il.

Ses grands yeux bruns plongent dans les siens et elle se sent fondre, car elle sait ce qui va suivre. Elle le laisse lui enlever son sweat et son maillot. En dessous, elle porte la brassière de sport blanche qu'elle a achetée avec sa mère, celle qui amplifie ses formes. Quand les yeux de Ricci se posent sur ses seins, il soupire et son regard devient velouté.

— T'as une si belle poitrine... Tu veux bien enlever ton soutien-gorge pour que je la voie ?

Elle adore se déshabiller devant lui. La première fois, elle s'était sentie gênée mais, maintenant, elle lui fait un petit numéro comme dans les films pornos qu'il lui montre. Tous les garçons du collège en regardent. Et certaines filles aussi. Alors pourquoi pas elle ?

Elle se lève et fait passer sa brassière par-dessus sa tête pour libérer ses seins tout en ondulant des hanches.

— Maintenant, ton jogging, dit-il d'une voix grave, redressé sur un coude pour l'admirer.

Elle ôte ses baskets et lui jette un regard sexy avant de se débarrasser de son jogging. Elle reste debout sur la couverture, devant lui.

— Ta culotte, murmure-t-il.

Elle l'enlève aussi.

— Putain, t'es sacrément bien foutue, dit-il. Viens t'allonger.

Quand elle se couche près de lui sur le dos, ses seins s'écartent de chaque côté. Il a beau être toujours habillé, l'intensité de son regard suffit à embraser Katerina. Il se lève pour ôter son pantalon et son caleçon puis, lorsqu'il se défait de son sweat, son sexe durci se balance un peu, comme pour faire signe à Katerina. Il a une belle tablette de chocolat et des bras musclés, à force d'aller à la salle. Si elle pouvait montrer une photo de lui à ses copines, elles seraient jalouses. Mais c'est trop risqué. Tout le monde se connaît, dans le quartier.

Sa mère ne veut pas qu'elle parle aux garçons. Or, dès qu'on lui interdit quelque chose, Katerina a d'autant plus envie de le faire. Pour elle, rien ne compte plus que Ricci, et elle refuse de renoncer à lui. Elle adore la manière dont il veut découvrir son corps, comme s'il apprenait à lire une carte en course d'orientation et qu'il était le seul à savoir se servir d'une boussole.

Lorsqu'il s'allonge près d'elle, elle se sent mollir, là, en bas. Il l'embrasse, lui lèche les seins et elle cède au raz de marée de ses sensations.

Une fois rentrée chez elle, elle prend une douche pour faire disparaître l'odeur de Ricci puis entre dans la cuisine.

Sa mère, qui est en train de charger le lave-vaisselle, lève les yeux.

— Comment va ton genou ?

— Mieux.

Tout va toujours mieux, après Ricci.

— Ça ira, pour l'entraînement de demain ?

— Oui, je pense.

— Tant mieux. Dominik va sans doute commencer à réfléchir à la composition de départ du prochain match.

Katerina soupire. Le foot, encore et toujours. Elle jette un coup d'œil vers la pendule ; le dîner est encore loin.

— Je peux manger quelque chose ? J'ai faim.

Sa mère fronce les sourcils.

— Pas avant que tu aies plié le linge. Pourquoi tu ne l'as pas fait ?

— J'ai oublié. T'énerve pas. J'y vais tout de suite.

Elle emporte le panier jusqu'à la chambre de ses parents, renverse les habits sur le lit et s'y met. Il y a surtout des gilets fluo et des pantalons de chantier KingGee. Comme ses frères travaillent avec leur père et qu'ils portent tous le même style de vêtement, elle est incapable de dire ce qui est à qui. Zorro saute sur le lit en ronronnant et essaie de se frotter contre elle. Elle le repousse.

— Va voir Mama. Elle te donnera à manger.

Alors qu'elle trie les slips et les chaussettes et qu'elle plie les sous-vêtements immenses de sa mère, le portable de celle-ci sonne sur la table de nuit, où il était en train de charger.

— Hé, Mama ! hurle-t-elle. Tu veux que je décroche ? C'est Dominik.

— Oui, s'il te plaît.

Elle adopte une voix polie, comme toujours quand elle répond au téléphone.

— Bonjour, Dominik. C'est Katerina. Comment ça va… ? Tu veux que j'aille chercher ma mère ?

Alors que, d'habitude, il lui demande de ses nouvelles, il se contente de dire : « Oui, merci », d'un ton monocorde, et c'est tout. Elle traverse le couloir et tend le portable à sa mère, qui la remercie d'un signe de tête.

— Salut, Dom. Quoi de neuf ?

Katerina entend la voix grave de son entraîneur sans comprendre ses propos. Elle s'apprête à retourner à sa lessive lorsque Carmen se fige et lui jette un coup d'œil méfiant avant de sortir dans la rue, tête basse, sans cesser de parler à Dominik. La gorge de Katerina se serre. Pourquoi va-t-elle s'isoler dehors, là où elle ne peut pas l'entendre ?

Au lieu de finir sa corvée de pliage, elle reste dans la cuisine pour ranger des assiettes dans le lave-vaisselle puis met la table. D'habitude, elle ne fait rien dans la maison sans qu'on le lui demande mais là, elle veut découvrir la raison de l'appel de Dominik.

Lorsque sa mère revient, son visage est dur. Elle se lave les mains avec soin, bien qu'elles ne soient pas sales, puis les sèche sur un torchon coincé dans son tablier en se tordant doucement chaque doigt pour en enlever toute trace d'humidité. Katerina attend qu'elle s'explique, mais Carmen l'évite et ouvre brutalement le four. Une odeur de pâte, d'ail et de fromage s'en échappe. D'habitude, cela suffit à remplir Katerina de chaleur et de bonheur. Mais pas aujourd'hui.

— Qu'est-ce qu'il voulait, Dominik ? lance-t-elle.

Sa mère se tourne brusquement vers elle et la foudroie du regard.

— À ton avis ?

Elle réfléchit un instant. Sa mère ne parle jamais comme ça à sa fille préférée.

— Je ne sais pas.

Carmen croise les bras sur sa poitrine.

— Cet après-midi, il a reçu les parents d'Audrey en rendez-vous, et ils lui ont dit que tu as pris plusieurs fois les affaires de leur fille. C'est vrai ?

Une bouffée de chaleur la fait aussitôt suffoquer.

— C'était pas moi. J'ai rien fait. Ça doit être quelqu'un d'autre.

Sa mère pince si fort ses lèvres qu'il n'en reste qu'une ligne horizontale.

— Les parents d'Audrey t'accusent. Et Dominik semble les croire.

— Eh bien ils mentent. Je suis ta fille. Tu dois me faire confiance.

Elle tacle l'accusation comme elle frappe la balle sur le terrain : avec détermination.

Sa mère hausse un sourcil.

— Pourquoi tu ferais une chose pareille ? Je ne comprends pas.

— C'est pas moi, Mama.

— Alors pourquoi tout le monde dit le contraire ?

— Parce qu'ils sont tous jaloux. Et c'est qui, tout le monde, d'ailleurs ? Qui a raconté ça ?

Les lèvres de sa mère se déforment lorsqu'elle répond :

— Alex t'a vue sortir la gourde d'Audrey de son sac, à l'entraînement, l'autre jour.

La bouche de Katerina s'assèche. Il faut continuer à se battre même quand on est acculé dans un coin, sur le terrain.

— Évidemment qu'il la soutient ! C'est son frère. Il a tout inventé pour se venger parce que je suis meilleure qu'elle.

— Arrête, Katerina. D'autres aussi t'ont vue. Dominik a interrogé toute l'équipe après la plainte des parents d'Audrey.

— Ils mentent.

— Alors ils mentent tous, sauf toi ?

Le regard de sa mère trahit sa déception.

— Oui. Je n'ai rien fait. Ils ont tout inventé.

Elle fixe sa mère droit dans les yeux pour la convaincre. Il faut nier ses fautes jusqu'au bout. Feindre l'innocence.

C'est sa stratégie, en match, quand l'arbitre lui reproche d'avoir fait une faute. Parfois, ça passe.

— Même Viktor ?

Katerina a l'impression que le sol se dérobe sous ses pieds. Elle n'arrive pas à croire que Viktor ait pu la trahir. Il avait bien rigolé quand elle avait caché les protège-tibias d'Audrey sous le sac de Dominik, et il avait accepté de ne pas dire qu'elle lui avait pris sa chaussure tant qu'elle la remettait en place avant le début du match.

— Ce n'est pas le moment de mentir, Katerina, répond doucement sa mère. Si c'est vrai, nous devons préparer ta défense. Je veux que tu sois honnête.

Les mots se coincent dans sa gorge, elle ne peut plus parler.

— Très bien, lâche Carmen d'un ton amer. Comme ça, c'est clair.

— Je lui ai juste pris sa gourde.

Elle ne pensait pas qu'elle se ferait prendre. Elle s'était promis que ce serait la dernière fois.

— *Et* ses protège-tibias. *Et* sa chaussure. Viktor a tout raconté à Dominik. Toutes les horreurs que tu lui dis. Toutes les choses stupides que tu fais. Tout ça, c'est inqualifiable.

— C'est pour rire, Mama.

— Pour rire ? s'écrie sa mère d'une voix qui monte si haut qu'elle se brise. Pour rire aux dépens de la même personne, tout le temps ? Les parents d'Audrey prennent ça très au sérieux. Pourquoi est-ce que tu l'embêtes ?

— Je ne voulais pas qu'elle soit meilleure que moi, admet Katerina, boudeuse. Je pensais que si elle avait l'air étourdie, je deviendrais la préférée de Dominik. Tu m'as dit qu'il faut être prête à tout, pour atteindre le sommet. Que tout est possible, et qu'il faut juste trouver le moyen d'y parvenir.

— Ne me reproche pas à *moi* ce que *tu* as fait, s'emporte sa mère. Ce que je te suggérais, c'était de devenir l'amie des bonnes personnes – des bons joueurs, comme Viktor. Et de mettre l'entraîneur dans ta poche pour qu'il veille sur toi. Je ne t'ai jamais dit d'embêter les gens et de cacher leurs affaires. Je ne t'ai jamais demandé de harceler qui que ce soit !

— Je ne l'ai pas harcelée, Mama !

— Je ne comprends pas, Katerina. Comment tu te sentirais, si quelqu'un t'infligeait ça ?

Elle regarde ses pieds et agite ses orteils.

Carmen la fixe longuement.

— Dominik m'a dit que nous étions convoqués au club vendredi, après tes cours. Ils veulent te parler de ce qui s'est passé. Comme une plainte a été déposée contre toi, il y a une procédure à suivre : un entretien avec Dominik et Matteo.

Katerina en a le souffle coupé. C'est vraiment grave si le président se déplace pour ça.

— Non ! Je ne veux pas y aller.

— Katerina ! Ça suffit !

Le cri de sa mère la heurte avec la puissance d'une balle, et l'impact la fait sursauter. Elle baisse la tête, les larmes aux yeux. Carmen ne se fâche jamais comme ça.

— Je suis désolée, Mama.

Sa culpabilité est si lourde qu'elle l'écrase et sa bouche se remplit d'un goût amer. Elle appréhende le moment où son père l'apprendra. Elle peut supporter la colère de sa mère, mais son père sera terriblement déçu.

Carmen s'adosse au comptoir de la cuisine, comme si elle était à bout de forces. Katerina prend la mesure de sa tristesse et regrette ses actes. En son for intérieur, elle sait qu'elle ne sera jamais aussi bonne que tout le monde le voudrait – qu'Audrey soit sur le terrain ou non.

Quand les hommes rentrent du travail, Carmen se précipite dehors pour intercepter Ilya dans l'allée. Katerina les voit discuter à travers les fenêtres du salon, devant ses frères. Au bout d'un moment, ses parents s'éloignent le long du trottoir, où les lampadaires diffusent leur lumière ambrée. La mère de Katerina n'arrête pas de parler en agitant ses mains pendant que son père l'écoute attentivement, droit comme un i.

Sur le seuil de la maison, Kosta ôte ses chaussures de travail et entre, de la sciure plein les cheveux et les vêtements.

— Qu'est-ce qui se passe, sœurette ? demande-t-il, le regard pétillant. T'as des ennuis ?

Son petit sourire en coin la fait bouillonner de rage.

— Va chier, Kosta !

— La petite princesse à sa maman ne supporte pas quand ça chauffe, hein ? ricane-t-il.

— Je suis pas une princesse, hurle-t-elle, incapable de se contenir.

Il éclate de rire, miaule comme un chat sauvage en faisant mine de déchirer l'air avec ses doigts repliés, telles des griffes imaginaires.

Derrière lui, Frankie fronce les sourcils et secoue la tête.

— Fais gaffe, sœurette. Baba est sur le pied de guerre. Il est très déçu par ton comportement. Je n'arrive pas à croire que tu aies pu faire ça !

Pendant que ses frères prennent une douche, elle traîne dans le salon, le ventre noué par la culpabilité et les remords, et observe ses parents qui discutent toujours dehors. N'en pouvant plus, elle se replie dans la cuisine où les moules à gâteau sont encore dans l'évier. Sa mère sera peut-être moins fâchée si elle les lave. Elle remplit le bac d'eau chaude, ajoute une giclée de produit vaisselle puis y plonge les mains. Malgré tout, elle se sent encore sale.

Quand son père finit par entrer, son expression grave fait l'effet d'une gifle cinglante à Katerina. Il traverse le couloir d'un pas traînant et referme la porte de la chambre derrière lui. Comme elle ne supporte pas l'idée de devoir affronter sa mère une nouvelle fois, elle va s'enfermer aussi, se jette sur son lit, le visage enfoui dans son oreiller.

Elle finit par entendre ses frères discuter dans la cuisine avec Carmen. Elle glisse un coup d'œil prudent dans le couloir. La porte de la chambre de ses parents est ouverte, à présent, et son père est en train de trier le reste de la lessive. Il est rasé de frais et ses cheveux peignés en arrière. Il pointe du doigt le tas de linge.

— Viens m'aider.

D'habitude, cette pièce est propice à la discussion, mais ce soir-là, elle ne voit pas par où commencer.

— Dis-moi la vérité, dit-il.

Elle sait qu'elle ne peut pas le mener par le bout du nez comme elle le fait avec sa mère. Les mots se bousculent soudain hors de sa bouche, d'abord tout doucement, puis en cascade. Elle lui explique qu'elle pensait que si Dominik était contrarié qu'Audrey perde sans cesse ses affaires, il la ferait moins jouer et, elle, davantage. Et qu'elle ne voulait pas que ça prenne de telles proportions.

— Et tout le reste ? insiste-t-il en continuant à plier le linge. Il paraît que tu l'insultes, que tu la frappes dans le dos de l'entraîneur. Ce n'est pas ce que j'attends de ma fille. Je pensais que tu valais mieux que ça.

Elle est incapable de le regarder droit dans les yeux.

— Je suis désolée, Baba. Je ne recommencerai pas.

Il ne dit rien et, dans son silence, elle brûle de honte.

— Qu'est-ce que je vais faire ? demande-t-elle, les larmes aux yeux. Je ne veux pas aller à cette réunion.

Elle se laisse tomber à genoux sur le tapis et cache son visage dans le tas de linge.

— Relève-toi et arrête de pleurer, dit-il doucement. Tu dois y aller. Tu n'as pas le choix. Tu dois accepter ta punition. Nous serons à tes côtés.

Elle se redresse, si honteuse qu'elle a mal partout. Lorsqu'elle a le courage d'affronter son regard, son air triste lui fait plus mal que tout.

Ricci lui écrit dans la nuit.
Qu'est-ce qui se passe ? Pq tu m'envoies pas de msgs ?
C la merde à la maison
Comment ça ?
À cause du foot mes parents m'en veulent et jsp quoi faire
Ils t'en veulent pq ?
J'ai été méchante avec une fille de mon équipe
tkt ça va se tasser
non le club veut me parler
dis que c pas toi
c ce que j'ai fait, mais un de mes potes m'a dénoncée... qu'est-ce que je dois faire ?

Elle attend sa réponse en espérant qu'il pourra l'aider. Quand il écrit juste *jsp – je sais pas* –, elle lui dit bonne nuit. Il n'est pas censé savoir comment réagir dans des cas pareils ? Il est plus vieux qu'elle.

L'ombre du vendredi à venir plane sur sa semaine tel un trou noir aspirant toute l'énergie de l'univers. Au collège, ses amies lui demandent : « Qu'est-ce qui t'arrive ? Pourquoi tu nous réponds pas sur Snapchat ? Pourquoi tu ne postes rien ? »

Elle ne peut pas leur expliquer la situation, c'est trop gênant.

Le mercredi soir, elle supplie ses parents de la laisser rater l'entraînement, mais sa mère ne veut rien entendre.

— Habille-toi et monte dans la voiture, lâche Carmen, dénuée de toute empathie. Dominik ne t'a pas encore exclue, alors t'as intérêt à y aller et à encaisser les coups.

Katerina frémit, apeurée.

— Tu crois qu'il va me crier dessus devant tout le monde ?

— Qui sait ? S'il le fait, c'est peut-être que tu le mérites. Va t'habiller.

Katerina obéit, tout en en voulant à sa mère d'être aussi méchante. C'est facile pour elle, ce n'est pas elle qui a des ennuis.

Dominik se montre glacial dès qu'elle arrive. Elle a beau essayer de l'éviter, il la prend à part et la prévient qu'il « va la tenir à l'œil » et qu'il ne « tolérera plus aucun écart de comportement ».

Malgré l'humiliation – le reste de l'équipe pourrait les entendre –, elle garde la tête droite et s'efforce de ne pas pleurer. Elle sent que les autres l'observent. Est-ce qu'ils la dénigrent comme elle dénigrait Audrey ?

Pendant l'entraînement, ses pieds sont maladroits, les autres sont trop rapides et elle n'arrive pas à suivre le rythme. Elle se tourne vers Dominik pour attendre des encouragements, et a l'impression d'être devenue invisible à ses yeux. Lorsqu'elle rate une passe, il lui hurle dessus et lui demande de se reprendre. Elle se sent plus bas que terre. Elle surprend une œillade d'Audrey, qui la fixe d'un air entendu. En son for intérieur, elle est mortifiée.

Quand ils s'arrêtent pour aller boire, elle salue Audrey pour lui montrer qu'elle essaie de se racheter, en vain. Audrey la foudroie du regard et part discuter avec Griffin.

— Qu'est-ce qui t'arrive ? lui lance Viktor en lui donnant un coup de coude. Tu boudes ?

— Non, crache-t-elle. Fiche-moi la paix.

— T'as tes règles ? ricane-t-il.

Comme elle le pousse de toutes ses forces, il fronce les sourcils. Elle s'en moque. Elle a envie de le tuer.

— Pourquoi tu m'as balancée ?

Il pique un fard.

— J'étais obligé. Dom était fou de rage. Un vrai monstre.

— Du coup, je suis convoquée vendredi.

— Ça craint.

— Ouais. Et Dominik me déteste.

À la fin de l'entraînement, elle attrape son sac en vitesse et fonce vers le parking. Elle veut rentrer tout de suite à la maison, mais sa mère, tout sourire, se montre gentille avec les autres parents et rit à toutes leurs blagues. D'habitude, elle ne leur parle que si elle n'a pas le choix. S'ils ne lui sont d'aucune utilité, elle ne s'embête pas à leur adresser la parole. Alors pourquoi essaie-t-elle de se montrer amicale avec eux, maintenant ? Est-ce qu'elle est gênée par ce qui est arrivé ?

Le cœur de Katerina bat la chamade.

Sur le chemin du retour, sa mère ne dit rien. Comme si elle s'était enfermée dans une boîte qu'elle avait verrouillée à double tour.

Katerina aurait voulu que le vendredi n'arrive jamais, pour pouvoir faire comme si tout était normal. Pourtant, le jour fatidique finit par advenir et elle part au collège d'un pas traînant, la boule au ventre. Les cours sont interminables. Maths, français, sciences et anglais. Elle scrute l'horloge au lieu d'écouter les profs. Elle ne note même pas ses devoirs. Ce n'est pas ce soir qu'elle les fera. Après la réunion fixée à quatre heures trente, tout est flou. Elle ne peut pas s'imaginer qu'elle sera encore en vie.

En sortant du collège, elle s'achète une tablette de chocolat au lait au supermarché qu'elle engloutit dans le bus. Quand elle se fourre le dernier carré irrégulier dans la bouche, elle se sent déprimée et nauséeuse, l'estomac tout retourné.

Une fois chez elle, elle se change pour enfiler le jogging de l'équipe car, d'après sa mère, ça lui donne un air plus professionnel. Carmen l'a mis aussi. Katerina remarque un film de sueur sur son visage. Elle semble nerveuse.

Le trajet jusqu'au club se passe en silence. Pas de discussion, pas de musique. Carmen n'arrête pas de tripoter son crucifix. Katerina se sent poisseuse et son cœur bat très vite.

Dans l'entrée des bureaux du club, l'odeur de bière et de désinfectant lui donne la nausée. Pendant que sa mère signe un formulaire, Katerina fait un détour par les toilettes et vomit une rivière de chocolat dans la cuvette puis se rince la bouche pour essayer d'en chasser l'horrible goût amer. Elle se regarde dans le miroir, fantôme aux yeux creusés.

Carmen l'attend dans le hall, le front plissé par l'inquiétude.

— Qu'est-ce qui ne va pas ? demande Katerina.

— Ton père ne sera pas là à temps. Il y a eu un accident sur la M4 et il a mis vingt minutes pour parcourir cent mètres.

La gorge de Katerina se noue. Pourquoi faut-il que tout aille de travers ?

Sa mère l'attrape par le bras et l'entraîne vers la salle de réunion – la même où le briefing de début de saison s'est déroulé. Matteo et Dominik sont assis à une table au premier rang, le visage grave, comme des juges.

Katerina tressaille. Matteo l'intimide. Ses yeux se posent sur elle, durs comme de la pierre.

Il lui fait signe de s'approcher.

— Viens t'asseoir.

Elle traverse la pièce avec l'impression de marcher sur la lune. Si sa mère ne la soutenait pas, elle ne pourrait pas bouger. Elle essaie de sourire, mais aucun des deux hommes ne lui rend la pareille.

— Ilya est coincé dans les bouchons, déclare Carmen. On peut l'attendre ?

— On a une autre réunion dans une demi-heure. Katerina pourra lui résumer notre discussion, rétorque Matteo froidement.

Il pointe une chaise du doigt. Katerina jette un coup d'œil vers le visage tiré de sa mère, qui fronce les sourcils, puis s'assied sur le siège en plastique dur. Comme elle a les mains moites, elle les essuie sur son jogging. Et essaie de nouveau de sourire.

Sur la table, devant elle, un livre ouvert : c'est une version imprimée du règlement intérieur du club. En haut de la page, le mot « harcèlement » est écrit en lettres capitales.

Matteo croise les bras, s'appuie contre le dossier de sa chaise et la fixe de son regard implacable.

— Merci d'être venue, Katerina. Je suis certain que nous voulons tous en terminer au plus vite. Et si tu nous racontais ce qui s'est passé ?

Elle essaie de parler, mais les mots se coincent dans sa gorge. Elle glisse un coup d'œil désespéré vers sa mère.

— Merci, Matteo, dit Carmen en tripotant son crucifix. Katerina est très angoissée par cette réunion. Ce serait plus facile si vous pouviez lui expliquer la situation pour qu'elle puisse répondre ensuite. C'est très intimidant pour elle. Ce n'est qu'une enfant.

— Une enfant, hein ? répète-t-il, glacial.

L'estomac de Katerina se noue et tout devient distant. Elle a l'impression de flotter loin d'ici, comme si elle n'était pas vraiment là.

— Je voulais juste faire une blague, parvient-elle à balbutier d'une petite voix aiguë de fillette. Je ne voulais pas faire de peine à qui que ce soit.

Matteo se redresse, aussi imposant qu'un ours.

— Le harcèlement, ce n'est pas une blague.

Elle glisse ses mains entre ses genoux et les serre en entendant que l'ours se mette à rugir.

— On nous a rapporté que tu t'es comportée de manière inqualifiable, dit-il en la regardant droit dans les yeux. Ce club a une politique contre le harcèlement… Tu connais ce mot, Katerina.

Elle le dévisage, la bouche sèche.

— Non ? Je pensais que tous les gamins le connaissaient, de nos jours. On ne vous en parle pas, à l'école ? Il paraît que tu as harcelé d'autres filles de ton équipe, l'année dernière. Avec des tacles délibérément violents, des remarques inappropriées. Nous devons donc examiner la situation de près.

Katerina jette un nouveau coup d'œil vers sa mère. Est-ce qu'il parle de la fois où la coach lui avait dit d'y aller mollo et de ne pas faire tomber les autres filles à l'entraînement ? Ce n'était pas du harcèlement, si ?

Il attrape le règlement intérieur et le garde ouvert avec ses gros doigts.

— Laisse-moi t'expliquer. Je vais te lire une partie du règlement pour que ce soit très clair. Tu m'écoutes ? (Il chausse ses lunettes et commence :) « Le harcèlement, c'est un déséquilibre des pouvoirs, lorsqu'une personne est plus intimidante ou plus forte qu'une autre. C'est une agression visant à nuire à autrui, et la victime éprouve de la peine et de la détresse. Le harcèlement peut être produit par une seule personne ou plusieurs, lors d'un incident isolé ou de manière répétée. Un individu peut en harceler un autre face-à-face ou par des moyens technologiques. Dans un contexte sportif, le harcèlement peut prendre bien des formes. »

Il regarde Katerina par-dessus ses lunettes.

— S'ensuit une longue liste d'exemples, alors je me contenterai de lire les passages qui te concernent selon les accusations qu'on m'a rapportées. (Il s'éclaircit la gorge.) « Dire à un autre joueur qu'il est incompétent ou nul. Se liguer à plusieurs contre un coéquipier. Se montrer désagréable. Envoyer des textos blessants. Tourmenter quelqu'un en cachant ses crampons, ses protège-tibias, etc. Le pousser, lui donner des coups de pied, etc. L'insulter, le rabaisser, répandre des rumeurs à son sujet et se moquer de lui. » (Il retourne le livre vers Katerina puis le pose sur la table devant elle, un doigt planté sur la page.) Est-ce que tout ça te rappelle quelque chose ?

Elle déglutit, trop effrayée pour répondre. Quand elle essaie de lire, les mots se floutent.

Les narines de Matteo se dilatent.

— Certes, tu es encore jeune et sous pression depuis que tu joues avec les garçons. Mais le fait que nous soyons assis là, ici et maintenant, pour cette réunion prouve que le club prend très au sérieux la question du harcèlement. Nous sommes prêts à être conciliants, tant que nous voyons des améliorations dans ton attitude. Ici, nous soutenons les filles qui veulent jouer avec les garçons, car nous savons que cela contribue au développement de leur jeu. Mais peu importe l'équipe : du harcèlement reste du harcèlement, et il faut que ça cesse. Même si nous pourrions t'exclure du club, ce n'est pas notre intention. Comme nous sommes conscients de l'investissement sans faille de ta famille au fil des ans, nous sommes prêts à prendre le temps de trouver une solution.

Près d'elle, Carmen s'affaisse comme un ballon crevé qui perdrait son air et Katerina se sent tout aussi dépitée.

— As-tu quelque chose à dire, Katerina ? demande Matteo.

Elle gigote, incapable de tenir en place.

— Je suis vraiment désolée pour ce que j'ai fait.

Il la fixe, l'air agacé.

— Eh bien, j'imagine que c'est un début.

Elle ne l'a peut-être pas dit avec suffisamment de sincérité. D'ailleurs, ce n'était peut-être même pas sincère, à ce moment-là, mais ça le devient.

— Qu'est-ce que je peux faire pour me racheter ? s'enquiert-elle.

— C'est une très bonne question. Tout d'abord, tu devras présenter des excuses formelles à Audrey, en reconnaissant ce que tu as fait, et en reconnaissant que c'était mal, et tu devras jurer de ne plus jamais recommencer. Compris ?

Elle hoche la tête.

— Tu vas aussi devoir te rendre utile auprès du club. En aidant à installer les terrains, à tenir la buvette, à ranger les filets des buts. Ce genre de choses. Et tu seras privée de temps de jeu. Tu ne seras plus dans la composition de départ – tu vas cirer le banc pendant trois matchs.

Elle hoche de nouveau la tête.

Il referme le règlement intérieur dans un claquement.

— Bien. Avec un peu de chance, cela satisfera les parents d'Audrey. Tu peux y aller, maintenant, Katerina. Nous avons hâte que tu t'excuses, demain. Dominik sera là pour s'assurer que tout se passe bien.

À la maison, le père de Katerina est dans la cuisine en train de préparer des brochettes d'agneau pour le barbecue pendant que Zorro rôde autour de ses pieds, espérant sans doute récupérer des miettes de viande. Dès que Katerina et sa mère entrent, il lève les yeux, le front plissé.

— Désolé de ne pas avoir pu venir à la réunion, dit-il. Quand j'ai vu que je serais en retard, j'ai préféré rentrer pour préparer le dîner. Comment ça s'est passé ?

— Katerina te racontera, répond Carmen. J'ai besoin de boire un coup.

Elle attrape le cubi en haut du frigo, remplit un verre à pied et s'affale sur une chaise devant le comptoir de la cuisine.

— Viens m'aider, lance Ilya en touchant l'épaule de Katerina.

Il prend le plateau de brochettes et l'emporte dans le jardin par la porte-fenêtre.

Sur la terrasse, des volutes de fumée s'élèvent du barbecue. Katerina regarde son père verser de l'huile d'olive sur la plaque de cuisson et y déposer les brochettes, qu'il ajuste avec une pince. La viande grésille et crachote.

— Dis-moi tout, dit-il. Je vois bien que la réunion a été difficile pour toi.

Elle est incapable de le regarder dans les yeux.

— Mama a honte de moi.

— Oui, confirme-t-il en retournant la viande. On est déçus, tous les deux.

Elle parle, il écoute, hoche la tête et retourne encore les brochettes.

Puis il la fixe d'un air grave.

— Tu dois présenter tes excuses à Audrey avec franchise et intégrité. C'est important. Tu dois accepter ta punition tête haute. Ta mère et moi, nous serons là, avec toi.

— Tu arriveras à me pardonner ? demande-t-elle d'une voix tremblante.

— Oui, tant que tu as appris quelque chose de cette histoire. Les harceleurs sont des faibles. Nous t'avons élevée pour que tu deviennes quelqu'un de bien.

Il souffle lentement par le nez, ce qu'il fait quand il est fatigué ou déçu. Ce soir, elle sait que la fatigue n'y est pour rien.

— Je ne comprends toujours pas pourquoi tu as fait ça, reprend-il. Tu peux m'expliquer ?

Comment lui décrire ce qui se passe en elle quand elle le comprend à peine elle-même ? Des éclairs de vérité la transpercent. Elle a désespérément besoin de compliments et d'approbation – de la part de sa mère, de Dominik, de ses amis de l'équipe. Besoin de se sentir meilleure qu'Audrey, parce qu'elle n'est pas aussi jolie qu'elle, qu'elle n'a pas la grâce d'un cygne et qu'elle n'est pas l'amie de Griffin, le meilleur joueur. Au lieu de l'admettre, il lui était plus facile de rabaisser Audrey pour prouver qu'elle – Katerina – était la plus forte, celle qui trouvait sa place au milieu des garçons, qui pouvait devenir leur amie. Et se faire accepter par eux. Mais elle ne peut pas révéler tout ça à son père sans qu'il la haïsse.

Elle regarde ses pieds et se sent très seule.

Après le dîner, Katerina racle les assiettes au-dessus de la poubelle, les fourre dans le lave-vaisselle puis file dans sa chambre écrire à Ricci. Il lui envoie un selfie pris dans un bar, où il est avec des amis. Il tend une pinte de bière mousseuse, le bras passé autour des épaules d'un type – ils sont tous les deux hilares. Comment peut-il s'amuser alors qu'elle se sent si mal ?

tu demandes pas comment ça c passé ? lui écrit-elle.

comment ça c passé ?

c'était horrible. Je dois m'excuser demain et j'ai la trouille

ça va aller

Elle scrute de nouveau sa photo.

t où ? j'aimerais te rejoindre

ils te laisseront pas rentrer, t trop jeune

viens me voir alors

écris-moi quand t parents dormiront. J'apporte de la vodka

Il est plus de minuit quand elle traverse le couloir en chemise de nuit pour sortir dans la rue. Ricci l'attend avec un grand sourire, ses dents blanches brillent sous la lumière des réverbères. Elle l'attrape par la main puis l'entraîne vers le parc peu éclairé du quartier, où ils s'asseyent sous un eucalyptus. Ricci remplit de vodka un petit verre argenté et le vide cul sec avant de le remplir de nouveau pour elle. Elle prend le verre et l'imite, se délecte de la brûlure que l'alcool laisse sur son passage, de la manière dont ses genoux fondent, ce qui l'aide à tout oublier.

À tour de rôle, ils descendent des shots jusqu'à ce qu'elle cède à la torpeur et qu'elle se couche sur le dos, les yeux levés vers l'arbre. Le tronc se fond dans le ciel. Les étoiles tanguent. Les branches sont des bras qui griffent les cieux.

— T'es bourrée, déclare gaîment Ricci en faisant glisser un doigt sur sa joue. Comment tu vas pouvoir jouer, demain matin ?

Katerina est détendue, comme si elle flottait dans l'air.

— Je m'en fiche. Je veux pas y aller.

— Mais tu adores le foot.

— Plus maintenant.

Il lui tend un autre shot. Elle se relève sur un coude pour le boire, jambes écartées, sans culotte – elle dort toujours sans. Ricci glisse ses doigts dans sa moiteur.

— Mmm, c'est tout chaud, ça, susurre-t-il.

Le monde chavire, mais elle savoure la sensation des mains de Ricci sur sa peau. Et il fait sombre, là. Personne ne les verra. Ils s'embrassent entre deux shots. Ricci se remplit la bouche de vodka avant de la reverser dans celle de Katerina. Une fois qu'elle a avalé, il glisse sa langue brûlante entre ses lèvres.

Soudain, il la secoue par les épaules.

— Katerina, chuchote-t-il. Tu dois te lever. Ça fait des plombes qu'on est là. Tu dois rentrer chez toi.

— Je peux pas bouger, gémit-elle.

Elle est toujours sur le dos et le monde tournoie.

Il la relève en la tirant par les bras mais, comme elle ne peut pas marcher, il doit la porter à moitié jusque chez elle.

Elle entre en titubant, traverse le couloir tant bien que mal et s'écroule sur son lit pendant que la pièce tourbillonne autour d'elle.

Le lendemain matin, accablée par une migraine atroce, elle vomit plusieurs fois dans les toilettes. Zorro entre pour lui jeter un coup d'œil, fait le tour de la salle de bains puis ressort. Même une fois son estomac vide, les vomissements continuent. De la bile coule de sa bouche jusqu'à la cuvette. Elle voudrait mourir.

Sa mère vient se poster dans l'encadrement de la porte et lui demande ce qui se passe.

Katerina essuie ses lèvres tremblantes avec du papier toilette.

— Je dois rester au lit.

— Hors de question. Tu dois aller t'excuser auprès d'Audrey.

— Mais je suis malade !

— T'aurais dû y penser avant, quand t'es partie en cachette pour aller boire. T'étais avec qui ?

— Personne.

— Évidemment. Et tu n'as avalé que de l'eau, j'imagine. Il va falloir qu'on ait une discussion sérieuse à ce sujet.

— Pas maintenant. (Katerina a un haut-le-cœur.) Je veux retourner me coucher. Je ne peux pas y aller aujourd'hui.

— Tu vas y aller que ça te plaise ou non. Tu vas présenter tes excuses. Et si tu files encore en douce pour te saouler, je t'interdirai de sortie pendant un mois. Ton père va vraiment être furieux quand je vais lui raconter ça.

Katerina aimerait pouvoir se défendre, mais la bile lui remplit de nouveau la bouche et, toute frémissante, elle se penche de nouveau au-dessus des toilettes en espérant apitoyer sa mère. C'est peine perdue. Carmen est aussi froide et insensible qu'un bloc de glace.

— Quand t'auras fini, va t'habiller, dit-elle. Et n'oublie pas d'apporter une gourde. Voire deux, au cas où la première disparaîtrait.

Au stade, Katerina plisse les yeux, gênée par la clarté du jour, et s'accroche à la barrière. Elle a déjà vomi deux fois dans les WC des vestiaires et son ventre tressaute. Audrey et sa famille viennent d'arriver. Ils attendent sous les pins, Jonica dans une robe blanche légère fleurie d'hibiscus orange semblables à des flammèches léchant son corps, Ben en pantalon de toile et en chemise à carreaux ouverte sur sa gorge. Ils sont très élégants, avec leurs habits chics de riches, alors que ses parents viennent toujours au stade en survêtements.

Katerina les regarde s'approcher du club-house : Ben et Jonica encadrent Audrey tels des gardes du corps, Alex claudique derrière. Dominik les rejoint à la buvette, où ils discutent longtemps – Dominik hoche la tête pendant que Ben parle.

Une vague de terreur déferle sur elle, comme si on l'avait soulevée du sol puis projetée sur des rochers pointus. Elle s'apprête à retourner en courant aux toilettes quand sa mère sort d'un local, s'avance droit vers elle, la prend par le coude et lui serre fort le bras.

— Tiens-toi droite, murmure-t-elle. Le moment est venu, et il va falloir être convaincante.

Elles entrent dans la réserve derrière la buvette, où il fait froid et où ça résonne. Les crampons de Katerina claquent sur le sol de béton, ses jambes se mettent à trembler. Par la porte latérale, elle voit son père dehors, occupé à enfiler de grandes tranches d'agneau sur de longues broches pour la rôtissoire. Les morceaux de viande répandent du sang partout sur ses doigts. Katerina a elle aussi l'impression qu'on l'empale sur une broche.

Ilya la fixe un instant puis se lave les mains et vient les rejoindre en s'essuyant sur un torchon à la propreté douteuse.

— Bon, c'est le moment d'y aller, murmure-t-il, ses yeux sombres et pénétrants. On est là, avec toi.

Audrey entre avec ses parents et Dominik. Ils se placent en demi-cercle face à Katerina. Ben la foudroie du regard comme s'il voulait la jeter sur les braises du barbecue.

Elle glisse un coup d'œil vers son père et voit dans ses prunelles brûlantes à quel point il la soutient. Il pose la main au bas de son dos, ce qui lui donne de la force. Elle prend son courage à deux mains et réussit à lever la tête vers Audrey. Elle aussi est effrayée – elle se tient entre Jonica et Ben, la tête rentrée dans les épaules, un genou replié, les bras croisés sur son ventre, les yeux rivés au barbecue.

Katerina retient son souffle lorsque Audrey croise son regard et qu'elles se dévisagent pendant ce qui lui semble une éternité. Elle a l'impression que la blonde la passe au scanner, qu'elle distingue ses os, ses muscles, ses tendons et même les battements lourds de son cœur noir.

Doucement, son père la pousse vers l'avant. Ce matin-là, avant de partir, sa mère lui a fait répéter ses excuses. Mais maintenant qu'elle doit les dire tout haut, les mots s'emmêlent, sa gorge se noue et elle ne peut rien sortir.

La honte et les remords l'étouffent. Elle a l'impression de s'enfoncer dans le sol. Bientôt, il ne restera d'elle qu'une flaque sur le béton. Elle fixe ses pieds. Ses chaussures de foot avec son nom écrit en jolies boucles argentées. Elle n'arrive pas à relever la tête.

Dominik s'éclaircit la gorge.

— Merci à vous d'être venus ce matin. Nous savons tous pourquoi nous sommes là, alors autant ne pas perdre de temps. Avant toute chose, je tiens à répéter que le club condamne toute forme de harcèlement et je suis désolé de ne pas avoir remarqué ce qui se passait plus tôt et de ne pas avoir pris les mesures nécessaires. Ça fait partie de mes responsabilités d'entraîneur. Maintenant que je suis au courant, je m'assurerai que cela ne se reproduise pas.

Katerina lève la tête. Il la fixe, dans l'expectative. Elle a l'impression qu'elle est sur le point de vomir. Par trois fois, elle ravale la montée de bile qui lui remplit la bouche puis les mots jaillissent :

— Je m'excuse, pour tout ce que je t'ai fait, Audrey. Je voulais juste te faire des blagues, mais je suis allée trop loin et ce n'était pas drôle pour toi. Je me suis laissé emporter et ça a dû être horrible à vivre. Je suis vraiment désolée de t'avoir fait de la peine, et que les autres se soient moqués de toi. C'est pas du tout ce que je voulais faire. C'était méchant et je ne recommencerai plus.

Ses paroles lui semblent sèches et inappropriées, sa voix suraiguë et bizarre. Elle s'arrête et se demande si ça suffira. Comme son père lui tapote le dos, elle relève la tête vers Dominik. Son expression est indéchiffrable.

Il se tourne vers Audrey.

— Est-ce que tu acceptes les excuses de Katerina ?

Jonica paraît à la fois furieuse et triste, et Ben la toise si durement que la gorge de Katerina se noue. Audrey semble sur le point de pleurer. Long silence. Le regard de sa coéquipière papillonne dans la pièce puis se repose sur le barbecue. Des larmes roulent sur ses joues, les jambes de Katerina flageolent.

Audrey finit par la fixer droit dans les yeux.

— J'accepte tes excuses, à condition qu'elles soient sincères et que tu ne recommences jamais. Je ne veux pas que quelqu'un d'autre se sente aussi mal que moi.

Malgré son propre embarras, Katerina a pitié d'elle. Elle déglutit et relève le menton.

— Je t'assure que je suis sincère. Je m'en veux, après ce que j'ai fait. Et je suis vraiment, vraiment désolée.

Elle tremble comme une feuille, mais elle ne pleurera pas, ne pleurera pas, ne pleurera pas.

— Maintenant, serrez-vous la main pour vous montrer que tout est pardonné, ordonne Dominik.

Katerina tend la main. Audrey relève la sienne devant sa poitrine et la tient en coupe, comme pour soutenir un oisillon. Puis elle déplie lentement le bras vers elle.

Katerina lui prend la main. Elle est molle, moite et triste – Katerina ressent son abattement. Elle comprend que, si elle pouvait revenir au début de cette année et tout recommencer, elles pourraient être amies. Mais là, c'est impossible.

Elle relâche les doigts d'Audrey et baisse les yeux vers ses crampons. Les jolies lettres argentées sont couvertes de boue séchée. Elle se penche et, du bout du pouce, elle nettoie son nom.

Après être restée sur la touche pendant tout le match, Katerina est soulagée de pouvoir rentrer chez elle avec ses parents.

Elle s'enferme dans sa chambre et s'apprête à s'allonger sur son lit quand elle remarque une traînée verte gluante sur le tapis ainsi qu'un œil arraché qui fixe le plafond. Zorro a dû aller chasser. Il a dû se vexer qu'elle l'ait exclu de ses draps ce matin – c'est sa manière de punir les gens.

Elle inspecte l'œil de plus près et son estomac se soulève. Il devait appartenir à un lapereau et la trace gluante est un morceau d'intestin. L'œil est vitreux et vide. Il lui rappelle Audrey, ce matin. Le cœur au bord des lèvres, elle le ramasse avec du papier toilette, le jette dans la cuvette, tire la chasse puis nettoie le tapis avec une éponge et du savon.

Elle aussi, elle se sent en miettes. Après le match, ses parents n'ont pas dit un mot de tout le trajet. Pour eux aussi, la voir présenter ses excuses a dû être difficile. Ce sont des gens fiers. Elle s'en veut de leur avoir causé tant de peine et se demande ce qu'elle peut faire afin de se racheter. Elle pourrait peut-être aller faire les courses et préparer le dîner ce soir. Mais cela ne suffirait pas pour qu'ils lui pardonnent. Elle attrape son téléphone et note une liste de corvées qu'elle pourrait accomplir dans la maison. *Étendre la lessive. Vider le lave-vaisselle. Aspirer la voiture.*

Balayer l'allée. Passer la serpillière. Nettoyer la douche et les toilettes.

Elle sait que cela ne sera pas assez – elle doit devenir quelqu'un de meilleur. Elle ne veut pas du tout être une harceleuse. Mais elle veut exister. Avoir un petit ami. Ne pas être pas obligée d'obéir à sa mère. Ne pas être obligée de *ressembler* à sa mère.

Elle décide de commencer par le ménage : ça, ses parents apprécieront. Elle va chercher un seau, une éponge et le spray nettoyant dans la buanderie, puis elle attaque les toilettes en essayant d'ignorer les traces de caca laissées par ses frères dans la cuvette. C'est dégoûtant. Heureusement qu'elle porte des gants en caoutchouc.

Elle est en train de frotter le pare-douche lorsque la sonnette retentit. Ravie d'avoir une distraction, elle se glisse dans sa chambre et regarde qui est là à travers son rideau de tulle. C'est Ricci.

Carmen va ouvrir.

— Bonjour, Ricci.

— Bonjour, Madame Petrakis. Comment ça va ?

— Bien, bien. Kosta nous a dit que vous aviez gagné votre match.

— Ouais. 3-0.

— Bravo. Entre. Il est dans sa chambre.

En jetant un coup d'œil dans l'entrebâillement de sa porte, Katerina voit le grand sourire chaleureux de Ricci. Elle va aussitôt se planquer dans la salle de bains pour l'éviter. Elle entend le bruit de ses pas lorsqu'il passe dans le couloir. Puis la porte de la chambre de son frère qui s'ouvre et se referme. Et leurs voix graves quand ils se mettent à parler. *Salut, Ricci. Salut, Kosta. Bonjour, le chat.*

Zorro doit être sur le lit de son frère. Carmen dit toujours que les chats sont capricieux, et que Zorro a le droit de décider qui il préfère à tout moment de la journée.

Ricci pousse un cri.

— Fichu chat !

Il a dû le griffer – il n'aime pas Ricci.

La porte de Kosta s'ouvre, un choc sourd retentit quand Zorro atterrit dans le couloir, puis la porte se referme pendant que le chat se dirige vers la cuisine.

— Katerina ? lance sa mère. Tu peux surveiller le ragoût ? Je vais étendre la lessive.

— Oui, maman. Je m'en occupe.

Carmen sort dans le jardin et Katerina ôte ses gants avant d'obéir. Elle se sent mieux, maintenant, elle est prête à avaler quelque chose. Une spatule en bois dépasse de la cocotte sur la cuisinière. Elle prend une cuillerée de ragoût, souffle dessus. Elle est en train de mâcher un morceau de bœuf quand Ricci la rejoint.

— Je peux goûter ? demande-t-il.

Elle prend une nouvelle cuillerée et souffle une nouvelle fois avant de la lui tendre.

— Comment tu te sens, depuis hier soir ? lance-t-il, le sourire jusqu'aux oreilles.

— Pas bien, murmure-t-elle. J'ai passé une sale journée. J'ai pas arrêté de vomir et ensuite j'ai dû présenter mes excuses à l'autre fille de mon équipe. C'était horrible, et un peu triste, mais je l'ai fait.

— Je ne savais pas que tu avais une conscience. Heureusement que tu n'as pas de remords pour moi.

Il se penche vers elle et tente de l'embrasser.

Elle a un mouvement de recul.

— Pas ici !

— Vite, chuchote-t-il. On a le temps.

Alors qu'il plaque ses lèvres aux siennes, elle hoquette en apercevant Kosta sur le seuil de la cuisine. Elle essaie de repousser Ricci, qui lui fourre sa langue dans sa bouche. Elle recule brusquement et renverse du ragoût sur le t-shirt du jeune homme.

— Putain, vous faites quoi ? hurle Kosta.

— Rien, se défend son ami.

— J'ai tout vu, Ricci. T'étais en train d'emballer ma sœur !

— Mais non, jamais de la vie !

Ricci lève les mains en l'air et bat en retraite.

— Si, je t'ai vu ! Et toi, Katerina ! crache-t-il en la montrant du doigt. Pourquoi tu l'as laissé faire ?

— C'est faux !

— Si, c'est vrai. Je parie que c'est pas la première fois, pas vrai ?

— Pas du tout, n'importe quoi, balbutie Ricci, rouge de honte.

Il crie de nouveau lorsque Zorro arrive au galop, lui mord la cheville et repart par la porte du salon.

Carmen revient du jardin, aussi menaçante qu'un orage.

— Qu'est-ce qui se passe ? tonne-t-elle. Qu'est-ce qu'ils faisaient, Ricci et Katerina ?

— Rien, Mama. Rien du tout !

Katerina voudrait courir se cacher quelque part – n'importe où – elle a eu assez d'ennuis pour la journée.

— Qu'est-ce que t'as fait à ma sœur ? hurle Kosta face à Ricci. À ta tête, je vois que t'es coupable. Je te connais. Dis donc, t'arrêtais pas de nous parler d'une fille avec qui tu couchais... Et depuis le début, c'était ma sœur ! ? Va te faire foutre ! Je t'avais dit à la plage de pas la toucher. Je vais te tuer !

Comme Ricci sort de la cuisine en courant, Kosta se lance à sa poursuite, Carmen sur les talons. Ils se précipitent dehors. Katerina file dans le salon pour les regarder par la fenêtre. Kosta percute Ricci, le fait tomber et commence à le rouer de coups en grognant : « Putain, qu'est-ce que t'as fait à ma sœur ? »

Ricci essaie de le repousser en hurlant :

— Arrête, Kosta. Bordel, arrête !

Kosta est plus petit, mais il est sur lui et fou de rage. Ses coups pleuvent sur le visage de Ricci.

— Arrête ! crie Carmen. Pense aux voisins !

Mais, à la voir, seule la peur des commérages l'empêche de l'imiter. Katerina a déjà vu sa mère en colère, mais jamais elle n'a affiché une telle expression de fureur.

Elle entend les pas lourds de son père lorsqu'il traverse la maison pour les rejoindre dehors.

— Relevez-vous tous les deux, rugit-il, les poings serrés de rage. Rentrez tout de suite.

Bien décidée à s'échapper, Katerina attrape Zorro et va se cacher avec lui dans sa chambre.

— Katerina ! beugle Ilya. Viens ici !

Tête basse, elle laisse Zorro sur le lit et regagne la cuisine, où tout le monde se tient debout autour du comptoir. Les yeux de sa mère lancent des éclairs. Kosta la foudroie du regard. Et il y a Ricci, penché en avant, les bras croisés, terrifié.

Elle comprend qu'il est mort de trouille. Elle repense à certains moments, dans la montagne, quand il la pénétrait en lui plantant sa langue dans la bouche. Il lui semblait tellement adulte, alors. Tellement expérimenté. Maintenant, c'est son père qui contrôle la situation, et Ricci n'est plus qu'un gamin.

— Très bien, déclare lentement Ilya. On va avoir le fin mot de cette histoire. Katerina... parle-moi.

Elle est horrifiée. Est-ce qu'elle va devoir se confesser devant tout le monde ?

— S'il te plaît, Baba, l'implore-t-elle. Est-ce qu'on peut en discuter dans ma chambre ? Juste toi et moi ? Et personne d'autre ?

Elle a trop peur de se confier à sa mère. Elle ne supporte pas son regard entendu, et déçu. Son père l'étudie un instant, froidement, puis il échange un coup d'œil avec Carmen.

— Je crois que c'est à moi de le faire, Ilya, déclare celle-ci.

— Oui, je suis d'accord. Katerina, va parler à ta mère et dis-lui la vérité. On en a assez de tes mensonges.

Dans la chambre, Carmen s'assied sur le lit pendant que Katerina referme la porte et s'y adosse.

— J'ai fait une bêtise, annonce-t-elle.

Sa mère reste longtemps silencieuse.

— Qu'est-ce que ça veut dire ? Tu dois être plus claire. Quelle bêtise ? Qu'est-ce que tu as fait ? T'as fricoté avec Ricci ?

L'admettre est la chose la plus difficile que Katerina ait jamais accomplie de sa vie. C'est encore pire que s'excuser auprès d'Audrey. Mais elle doit être honnête, comme son père l'a dit. Elle soutient le regard de sa mère et hoche la tête.

— Est-ce qu'il t'a fait du mal ? Est-ce qu'il t'a forcée ?

— Non, la détrompe-t-elle en réprimant un accès d'irritation.

Pourquoi sa mère pense-t-elle que Ricci pourrait lui faire du mal ?

— Tu es sûre ? Je dois être certaine que tu n'as rien. Les hommes se servent des jeunes filles pour obtenir ce qu'ils veulent. Ça arrive tout le temps. Je le sais.

— Je vais bien.

— Non, tu ne vas pas bien, Katerina. Tout ça, ce n'est pas bien, ajoute-t-elle d'une voix tremblante. Tu le voyais souvent ?

Katerina se rappelle qu'elle doit dire la vérité.

— Toutes les semaines.

— Depuis quand ?

— Cet été.

— Oh, Dieu du ciel ! *Thee mou ?* Pourquoi je n'ai rien remarqué ?

Sa mère ferme les yeux et plaque sa main sur son front. Pendant un moment, elle ne bouge plus. Puis elle ouvre les yeux et la fixe d'un air grave.

— Qu'est-ce que vous avez fait ? Vous vous êtes juste embrassés ?

Katerina hésite. Il va falloir qu'elle l'admette – elle a promis de dire la vérité, et Carmen doit déjà s'en douter.

— On a été jusqu'au bout.

— Avec des préservatifs ?

— Oui. Et je prends la pilule, je te rappelle.

Sa mère part dans les aigus.

— Tu ne sais donc pas que c'est illégal pour un adulte d'avoir des relations sexuelles avec une mineure ?

— Tout le monde s'en fiche, Mama. Les filles sont plus mûres que les garçons. Tu l'as toujours dit.

Elle n'arrive pas à croire que sa mère puisse être aussi ringarde. L'âge n'a plus d'importance, de nos jours.

— Un homme ne doit pas coucher avec une enfant. C'est un viol. Un abus de pouvoir. Ton père va appeler la police et porter plainte contre Ricci. Il pourrait aller en prison.

— Non, Mama ! Il ne m'a jamais violée ! (Comment peut-elle lui expliquer ça ? Ils ont beaucoup parlé du consentement au collège, et elle est plus que certaine d'avoir été consentante.) Je l'ai fait parce que je le voulais. Pas parce que Ricci m'a forcée. Il ne m'a jamais forcée. Il a été gentil avec moi.

— *Gentil ?*

La voix de sa mère est froide et rugueuse, comme deux pierres qu'on frotterait l'une contre l'autre.

— Oui, gentil. Ce n'est pas sa faute.

— Bien sûr que si, c'est sa faute ! hurle sa mère. Qu'est-ce qu'un homme de 19 ans peut bien faire avec une enfant de 14 ans ?

— Je ne suis plus une *enfant* !

— Bien sûr que si ! Il a profité de toi et tu ne t'en rends même pas compte.

— C'est faux. Pourquoi tu ne m'écoutes pas ?

— Parce que je n'aime pas ce que j'entends, crache sa mère. (Elle inspire profondément avant d'ajouter d'un ton plus doux.) Je ne voulais pas qu'il t'arrive quelque chose comme ça. Je ne voulais pas qu'un homme te prenne ce que tu es la seule à pouvoir donner, par amour, par choix. Je ne voulais pas qu'on te le vole.

— On ne me l'a pas volé, se défend Katerina, piquée au vif.

Sa mère se lève.

— On en reparlera plus tard. Pour l'instant, on doit avertir ton père.

Si Katerina s'était déjà demandé à quoi ressemblait l'enfer, maintenant, elle sait. Quand sa mère appelle son père pour lui raconter ce qui s'est passé, le regard d'Ilya s'embrase de haine. Son silence est pire que sa colère. Lorsqu'il baisse les yeux vers Katerina, il semble meurtri et hagard, comme s'il ne la reconnaissait plus. Il sort de la pièce à grands pas, Carmen sur les talons. Katerina va dans le couloir sur la pointe des pieds et jette un œil dans la cuisine.

Tous les feux des enfers s'embrasent quand son père s'en prend à Ricci.

— Comment as-tu osé toucher ma fille ! rugit-il. Si tu t'approches d'elle encore une fois, je te tue.

Ricci se recroqueville sur lui-même, cinglé par ses paroles.

— Je suis désolé, Monsieur Petrakis. Vraiment désolé.

— Ça ne suffit pas. Je vais appeler la police et te faire accuser d'agression sexuelle.

Ilya a l'air d'avoir envie de l'écorcher vif.

— Non, Monsieur Petrakis. Non ! S'il vous plaît !

La voix implorante de Ricci est si pathétique que Katerina a pitié de lui. Pourquoi n'explique-t-il pas qu'il l'aime et qu'il mourrait pour elle, comme il le lui a juré dans la montagne ?

Sa mère lui hurle qu'il n'est qu'un connard qui mérite la mort pour avoir osé toucher à sa fille.

Kosta s'indigne aussi :

— T'es censé être mon ami. Je n'arrive pas à croire que t'aies violé ma sœur.

Il se rue vers Ricci et Ilya doit le retenir une deuxième fois.

— Tu vois ce que t'as fait ! s'époumone Carmen. Je pourrais te tuer pour ça ! Tu te fiches bien de Katerina. Tu ne voulais qu'une chose.

Ricci se ratatine un peu plus, les mains en l'air.

— Non ! Non ! C'est faux. Elle était d'accord.

— Sors immédiatement de chez moi et ne remets plus jamais les pieds ici, hurle Ilya.

Ricci détale. Ses yeux écarquillés se posent un instant sur Katerina puis il se précipite vers la sortie et s'enfuit dans l'allée, la tête rentrée dans les épaules.

Carmen traverse la maison à grands pas et claque la porte d'entrée derrière lui.

Katerina a l'impression qu'elle va mourir. Elle ne pourra plus jamais le revoir. C'est comme si on lui avait arraché le cœur. Elle fonce dans sa chambre, se jette sur son lit et sanglote désespérément dans son oreiller. Elle ne sait pas si elle pleure parce qu'elle a perdu Ricci ou parce qu'elle a honte que sa famille l'ait chassé. La journée était assez horrible comme ça – pourquoi avait-il fallu qu'il arrive et qu'il aggrave la situation ? Pourquoi avait-il fallu qu'il essaie de l'embrasser alors qu'il y avait du monde dans la maison ? Pourquoi avait-il fallu que Kosta les surprenne ?

Sa mère entre et s'assied au bord du lit. Katerina sent une main sur son épaule puis ses bras forts qui la relèvent.

— Chhhh, chhh, ma toute petite, murmure Carmen.

Soudain, Katerina a l'impression d'avoir 4 ans, et pas 14, et les bras de sa mère sont le seul endroit sûr du monde.

— Je me sens tellement triste, Mama, sanglote-t-elle.

— Ne t'inquiète pas pour cet imbécile de Ricci. Il est sorti de ta vie, maintenant, et il ne pourra plus te faire de mal. Je suis désolée de ne pas m'être suffisamment bien occupée de toi. Je savais qu'il mijotait quelque chose, et j'aurais dû être plus prudente, mais j'ai baissé la garde. Tu es trop jeune pour connaître les hommes.

Katerina s'écarte d'elle et essuie les larmes sur ses joues.

— Ne me parle pas comme ça, Mama. Tu ne comprends rien parce que t'es vieille, et que t'es avec Baba depuis une éternité. T'as oublié ce que c'était que l'amour. Ce qui s'est passé entre Ricci et moi, ce n'était pas que du sexe. On est amoureux l'un de l'autre. Je sais ce que ça fait.

— Oh, chérie, soupire Carmen avec tristesse. Tu appelles ça de l'amour ? C'était juste du désir brutal, Katerina. Un homme qui manipule une enfant. S'il essaie de te revoir, ton père le dénoncera à la police. Il l'a peut-être déjà fait.

— Vous n'avez pas besoin de prévenir la police ! Je ne le reverrai plus.

— Tu dois être plus prudente, Katerina. Crois-moi, je sais de quoi je parle… Si tu n'apprends pas maintenant, alors un jour quelqu'un te fera beaucoup de mal.

Les larmes brûlent de nouveau les yeux de Katerina et son corps est perclus de douleur. Elle comprend ce que sa mère veut lui dire, pourtant, ce n'est pas parce qu'elle a 14 ans que Carmen a le droit de tout contrôler.

— Je sais que tu essaies de prendre soin de moi, Mama, dit-elle avec prudence. Mais tu m'agrippes tellement fort que j'ai l'impression d'être en cage. J'ai besoin de vivre. Tu ne peux pas me protéger de tout.

Quand sa mère s'affaisse, Katerina est triste pour elle, pourtant elle doit se faire entendre sinon rien ne changera jamais.

— Il faut que je te dise quelque chose, reprend Carmen, solennelle. Tu es assez grande pour que je te le confie, maintenant, surtout après ce que tu viens de vivre.

— De quoi tu parles ?

Carmen inspire puis se met à parler lentement.

— Quand j'avais 17 ans, j'étais à peine plus âgée que toi, il m'est arrivé quelque chose d'effroyable. Ce n'était pas ma faute, comme ce qui t'est arrivé avec Ricci n'est pas ta faute. Un homme plus âgé que moi a profité de moi… il m'a violée, Katerina. Et ça a eu un impact terrible sur ma vie. Comme souvent, après une agression sexuelle – ça nous brise en mille morceaux. Et c'est pour ça que j'ai lâché le foot et que j'ai raté les sélections pour la Coupe du monde féminine.

— C'est horrible, Mama. C'était qui ?

Sa mère secoue la tête.

— Peu importe. Je ne veux plus jamais prononcer son nom de toute ma vie. Sache juste qu'il faisait partie de mon club, et que l'affaire a été balayée sous le tapis parce que c'était un joueur star. Mais ça m'a bousillée pendant longtemps… jusqu'à ce que je rencontre ton père. C'est pour ça que j'avais tellement peur qu'il t'arrive du mal. Et que je voulais te voir jouer avec les garçons, pour que tu t'endurcisses et que tu apprennes à les gérer pendant que tes grands frères et moi, on était encore là pour te protéger. Je ne voulais pas t'effrayer, mais je ne voulais pas non plus que tu connaisses le même sort que moi.

Les larmes brouillent la vue de Katerina. Elle a l'impression que sa mère la traite comme une femme pour la première fois, et non plus comme une enfant.

— Merci de me l'avoir dit, Mama.

— De rien, Katerina. Il était important que tu le saches. Tu dois aussi comprendre que les mères veulent ce qu'il y a de mieux pour leurs enfants.

Katerina devine les larmes dans les yeux de Carmen. Elle lui prend la main et la pose contre sa joue, émue.

— Je t'aime, Mama.

Sa mère lui caresse la joue, un sourire triste sur les lèvres.

— Je t'aime aussi, Katerina. Et je serai toujours là pour toi.

POSSESSION

Phase du jeu pendant laquelle un joueur
ou une équipe contrôle le ballon.

Ben

Ben se réveille en sursaut lorsqu'il entend au milieu de la nuit quelqu'un crier « But ! But ! Buuut ! » avec un accent méditerranéen et son cœur se met à palpiter. Au début, il ne sait plus où il est. Puis il voit son téléphone allumé sur la table de nuit et comprend que c'est l'alarme de son réveil. Il tâtonne pour l'éteindre, fait tomber son portable par terre pendant qu'un tonnerre d'applaudissements et de vivats continue de résonner dans la chambre. Jonica se retourne et tire le drap sur sa tête.

Alex a encore dû trifouiller le réglage de son réveil. Il s'est mis à leur jouer des tours depuis sa blessure au genou. Selon Jonica, c'est pour tromper l'ennui, parce qu'il devient fou à force de ne pas pouvoir se dépenser en courant partout sur un terrain de foot. Ben compatit – lui aussi, il bouillonnait d'énergie quand il était jeune mais ce genre de blague, ça le rend dingue.

Il cherche son téléphone du bout des doigts et l'éteint enfin. La voix fébrile du commentateur suffirait à dégoûter n'importe qui du foot. Sauf Ben. Lui, il ne pourra jamais complètement oublier ce sport. C'est toute sa jeunesse. Le football, comme Shakespeare, lui a donné des leçons de vie utiles. *Le monde entier est un théâtre, et tous, hommes et femmes, n'en sont que les acteurs… et chacun y joue successivement les différents rôles*[1].

1. Citation tirée de la pièce *Comme il vous plaira.*

Il adore Shakespeare. Tous les ans, Jonica et lui emmènent les jumeaux à l'opéra de Sydney pour voir l'une de ses pièces interprétées par la compagnie Bell Shakespeare. Même si les enfants ne sont pas encore vraiment conquis, il espère les convertir petit à petit. Il y a beaucoup à apprendre du « Barde d'Avon ». Comprendre le pouvoir de la comédie peut être utile tant sur un terrain de foot qu'au tribunal. C'est pour cette raison qu'il a pris des cours de théâtre pendant ses études de droit. Les gens pensent qu'un procès est une affaire de justice, de bien et de mal. Alors que ça n'a rien à voir avec l'honneur et la morale – c'est un jeu, où il est crucial de l'emporter. Le succès dépend de son investissement personnel. Comme le football. On apprend à travailler dur et on goûte la satisfaction de la victoire. Voilà pourquoi il tient à ce que ses enfants fassent du foot. Pas nécessairement pour qu'ils deviennent professionnels – il est trop facile de rester sur le bord de la route. Mais le sport permet de découvrir ce dont on est capable. Et il n'y a rien de mal à ça, n'est-ce pas ?

Il allume sa lampe de chevet, roule sur le dos et fixe le plafond. Près de lui, Jonica gémit.

— On est vraiment obligés de se lever ? demande-t-elle.

Il est cinq heures du matin et la finale de la Ligue des champions va bientôt commencer. Il tend la main vers elle, lui tapote le bras.

— Allez. C'est pour les enfants. Ça va les motiver.

Le soupir de Jonica est si puissant qu'il aurait pu couler de *Titanic.*

— Ça va les dégoûter, tu veux dire. Tu ne peux pas faire ça sans moi ?

— Non. C'est un travail d'équipe.

Il dépose un baiser sur son épaule puis sort du lit, nu, enfile un t-shirt, un short et un pull pour ne pas effrayer les enfants. Il monte le chauffage en arrivant dans le couloir puis frappe à la porte d'Audrey avant d'allumer la lumière de sa chambre.

— Debout là-dedans. Coup d'envoi dans cinq minutes.

Elle le regarde dans une grimace puis ronchonne. Honey aussi lève la tête en clignant des yeux.

Il se sent un peu coupable de la tirer du lit si tôt, mais elle a bien besoin de se changer les idées après ce qu'elle a vécu cette semaine. Le soir où il a découvert ce que Katerina lui avait infligé, les enfants étaient revenus tôt de l'entraînement, trempés jusqu'aux os par l'averse. Audrey s'était enfermée dans la salle de bains et avait refusé d'en sortir, si bien que Jonica avait appelé Ben au travail pour lui demander de rentrer. Dès qu'il était arrivé, Alex lui avait sauté dessus pour lui annoncer que Katerina avait volé la gourde d'Audrey. Ben avait failli hurler de rage. En interrogeant les autres joueurs, Alex avait découvert que c'était aussi Katerina qui avait pris les protège-tibias de sa sœur, ainsi que sa chaussure de foot. Ben avait dû s'asseoir pour encaisser la nouvelle.

Quelle soirée difficile ! Il avait passé des heures à amadouer Audrey pour qu'elle sorte de la salle de bains puis à gérer la fureur de Jonica, sans parler de sa propre colère incendiaire contre Katerina. Il avait été soulagé d'apprendre qu'Audrey n'était pas si étourdie que ça, mais Jonica lui avait vertement reproché toutes les fois où il l'avait sermonnée parce qu'elle était irresponsable. Il s'était déjà excusé auprès de leur fille. Pourtant, sa femme ne lâchait pas l'affaire. *Un avocat est censé partir du principe que son client est innocent, ou au moins tout faire pour prouver cette innocence, malgré toutes les preuves accablantes. Pourquoi tu n'as pas été capable d'appliquer cette règle basique à ta propre fille ?*

Heureusement, les choses se sont calmées. Son courroux s'est partiellement apaisé avec les excuses de Katerina le samedi passé, mais il est encore contrarié. Le cauchemar que cette fille leur a fait vivre, à sa famille et lui ! Il voudrait qu'Audrey s'amuse un peu, maintenant – ils en auraient *tous* besoin, d'ailleurs.

Quand Darren et lui étaient gamins, ils sautaient sur la moindre occasion de regarder en direct les finales de la Coupe du monde, de la Coupe d'Angleterre ou de la Ligue des champions. C'était une activité nocturne sacrée. Ils sortaient du lit en cachette pendant que leurs parents dormaient, et regardaient la télé dans le salon, sans le son, portes et rideaux fermés, tandis que la lumière bleue de l'écran vacillait dans le noir. Ils étaient fascinés, tous les deux, ils vivaient le moindre but, le moindre beau moment intensément. Ça les inspirait pendant des semaines – ils s'entraînaient des heures durant au stade. Ben espère bien recréer une partie de cette magie et de cet enthousiasme dans sa propre famille. En faisant quelque chose de spécial, tous ensemble.

Alex s'enfonce sous sa couette en marmonnant :

— On ne peut pas juste dormir ?

— Ça va être super, insiste Ben. Prends une couverture et viens. Je vais installer l'écran.

Il entre dans leur *home cinema*, sa pièce préférée, le petit plaisir qu'il s'est offert lorsqu'ils ont entrepris de rénover la maison quelques années plus tôt. C'est son antre, où il vient regarder du sport et des films, sans aucune fenêtre, mais avec des sièges de cinéma de luxe : de jolis fauteuils en cuir marron imposants dotés d'accoudoirs extra-larges pourvus d'un porte-verre à vin. Il allume le projecteur, déclenche le son *surround* et s'installe dans un siège moelleux.

Par l'embrasure de la porte, il voit Jonica passer dans son peignoir turquoise, ses cheveux flottant sur ses épaules telle Aurore dans *La Belle au bois dormant.* Il se rappelle comme elle était belle, dans sa jeunesse. Ça l'attendrit.

— Viens t'asseoir, dit-il, le doigt tendu vers la place à sa gauche.

— Dans une minute. Je vais préparer des chocolats chauds.

Audrey entre d'un pas traînant en tirant sa couette derrière elle. Elle a l'air tout ensommeillée, avec ses joues roses et ses cheveux ébouriffés. Elle semble si fragile et vulnérable qu'il est pris d'un soudain élan protecteur. Il tapote le fauteuil à sa droite.

— Viens t'asseoir avec moi, pour qu'on puisse analyser le jeu ensemble.

Elle se laisse tomber dans son fauteuil, s'installe en tailleur et passe sa couette autour de ses épaules.

— On ne peut pas le regarder en replay plus tard ? Je suis trop fatiguée...

— C'est plus amusant en direct, lui fait-il remarquer. Où est Alex ?

— Toujours au lit.

— Alex ! hurle-t-il.

Il va lui falloir un treuil pour tirer ce gamin du lit !

Sur l'écran, les équipes prennent position sur le terrain. Il frémit d'excitation. Ça va être génial !

Alex arrive en boitant et s'affaisse sur son fauteuil, sa jambe blessée tendue devant lui. Quand Honey le suit et saute sur ses genoux, il lui fait une place à côté de lui et commence à caresser doucement sa tête. Il semble pâle et épuisé. Ben se demande s'il s'inquiète pour sa future opération.

Coup de sifflet, le match commence et, malgré les cinq premières minutes un peu confuses, on constate immédiatement que l'équipe de Manchester City est plus affûtée que celle de l'Inter de Milan.

— Vous voyez le pressing haut de Manchester ? leur fait remarquer Ben. Ça met la défense de l'Inter en difficulté. C'est pour ça que leur gardien dégage la balle tellement loin depuis la ligne arrière. Même si les Anglais la récupèrent tout de suite, ça donne à l'Inter des possibilités de contre-attaques.

Alex et Audrey semblent plus intéressés par leurs téléphones que par le match.

— Rangez-moi ça, grommelle Ben.

Ils lèvent les yeux au ciel en soupirant puis obéissent à contrecœur. Ben ne peut pas s'empêcher d'être déçu par leur comportement, mais il est bien déterminé à s'amuser.

Cinq minutes plus tard, il est sur le bord de son fauteuil lorsque la ligne de défense de l'Inter de Milan s'écroule et que Manchester City rate de peu une opportunité de marquer. Le gardien de l'Inter réalise un bel arrêt. Puis l'Inter se crée une occasion, mais l'attaquant frappe droit vers le goal. Frustré, Ben se prend la tête entre les mains.

— Mais pourquoi il a visé le gardien ? gémit Alex.

— Parce que son regard est attiré vers lui, explique Ben. C'est pour ça que beaucoup de gardiens portent des couleurs vives. Pour se rendre voyants. Et où va la balle ? Droit dans leurs mains.

— On sait, papa, marmonne Audrey. Tu nous l'as dit mille fois.

— Alors pourquoi certains gardiens sont en gris ou noirs, si ça les rend moins visibles ? s'étonne Alex.

— Ça dépend s'ils sont très bons ou non.

— Dans les équipes féminines, certaines gardiennes sont en gris aussi, intervient Audrey.

— Elles ne sont pourtant pas très douées, rétorque Alex.

— Elles sont meilleures que toi.

— C'est parce que je ne suis pas gardien et que j'ai un genou foutu !

Audrey lui jette un coup d'œil angoissé et change de sujet.

— J'aurais aimé qu'ils jouent en France, dit-elle.

— Pourquoi ? s'étonne Ben.

— Ils nous auraient un peu montré Paris. (Elle arrange sa couette autour de ses genoux.) J'aimerais bien aller au Louvre pour admirer *La Joconde.* Ma prof d'art plastique nous l'a montrée, l'autre jour.

Ben n'arrive pas à croire qu'elle lui parle d'art devant la Ligue des champions. Le foot n'est pas censé être sa passion ?

— Regardez ! s'écrie-t-il en se penchant en avant. Vous voyez comme l'Inter se retrouve maintenu dans son camp, sans réussir à faire progresser le ballon vers l'avant ? Leur milieu de terrain n'est pas à la hauteur. Il n'est pas assez créatif.

Les jumeaux fixent l'écran d'un air apathique. Qu'est-ce qu'ils ont ? Ils sont trop fatigués ? Darren et lui n'étaient jamais trop fatigués pour regarder du foot.

Jonica entre avec des tasses de chocolat chaud sur un plateau. Après avoir servi tout le monde, elle s'assied entre Ben et Alex.

— C'est agréable d'être réunis ici tous ensemble, dit-elle avec espoir.

Au même moment, Manchester pénètre le milieu du terrain puis leur attaquant sprinte le long de l'aile gauche vers le but.

— Regardez-le bien, déclare Ben en frappant ses accoudoirs du plat de la main. Vous voyez comment il se crée sans cesse des opportunités ? C'est ça qui fait de lui un buteur redoutable. En plus, le reste de l'équipe a une bonne vision du jeu.

— Griffin aussi, répond Audrey.

— C'est vrai. Mais il est encore loin d'avoir ce niveau.

— Il va participer aux sélections de l'école de formation de Liverpool, tu sais.

— Toi aussi, peut-être.

— Tu parles, marmonne-t-elle. Les recruteurs ne m'ont même pas remarquée.

— Regardez ! lance Ben, le doigt tendu vers l'écran. Vous voyez comme l'Inter essaie de marquer cet attaquant ? Il est terriblement dangereux. Il crée toujours de l'espace pour que son équipe arrive à lui faire une passe.

— Moi, quand je me démarque, personne ne m'envoie la balle, se plaint Audrey.

— C'est parce que tu n'es pas une superstar, la taquine Alex.

— Je fais pourtant de mon mieux.

— De ton mieux pour éviter la balle, tu veux dire ? ricane son frère.

Audrey fronce les sourcils.

— Pourquoi t'es aussi horrible avec moi alors que je fais tout pour être gentille, moi ?

— Ça va, c'était juste une blague.

— Pas très drôle, ta blague.

— Allez, dit Ben. On essaie d'apprendre quelque chose, là.

— Tout en nous amusant, lui rappelle Jonica.

— Ah bon ? lance Alex. Vous croyez que je m'amuse, à rester assis là alors que je ne vais pas pouvoir jouer pendant dix mois ?

— C'est pas amusant du tout ! renchérit Audrey en cognant sa tasse contre son accoudoir, si brutalement qu'Honey sursaute. Je ne suis même plus sûre de vouloir continuer le foot.

— Bien sûr que si ! proteste Ben, éberlué.

— Tu crois que tu sais mieux que moi ce que je veux ? rétorque-t-elle.

— Il voit surtout tous les efforts que tu fais, répond Jonica en toisant Ben.

— Sois patiente, Audrey, temporise-t-il. Je sais que tu as eu une semaine difficile, à cause de Katerina et de toute cette histoire. Mais ça va s'arranger, maintenant. Tu es la joueuse clef de notre famille, dans l'équipe. Nous comptons tous sur toi.

— Ça ne s'arrangera *jamais*. Katerina me déteste.

— Mais non, s'agace Ben. Dominik nous a assuré qu'il la garderait à l'œil, à partir de maintenant. Au moins, elle ne piquera plus tes affaires.

— Dominik ne m'aime pas non plus, ajoute sa fille, le visage décomposé.

— C'est parce que tu es trop passive, la nargue Alex, le sourire jusqu'aux oreilles.

— La ferme !

Audrey tire sur sa couette, renverse sa tasse au passage. Le chocolat chaud coule partout : sur le fauteuil, entre les plis, sur la moquette blanche.

— Quelle catastrophe ! s'écrie Jonica en se levant d'un bond. Je vais chercher une serpillière.

— Ça suffit ! fulmine Ben. Pourquoi est-ce qu'il faut que ça tourne au drame ?

Audrey sort de la pièce en courant.

— Où est-ce que tu vas comme ça ? hurle Ben. Tu dois aider ta mère à nettoyer.

— J'ai besoin d'un mouchoir, sanglote-t-elle dans la cuisine.

Jonica réapparaît armée d'un seau et d'une serpillière. Elle s'agenouille à côté du fauteuil, enlève les coussins d'assise et les pose sur le sol.

— Pourquoi elle chiale tout le temps ? demande Alex.

— Je retourne au lit, lance Audrey depuis l'autre pièce.

— C'est hors de question ! crie Ben. Reviens ici tout de suite pour aider ta mère. Je te rappelle que c'est pour toi qu'on regarde ce match.

— Laisse-la, Ben, lâche Jonica, les lèvres pincées. Je vais me débrouiller.

La mine allongée, Audrey apparaît sur le seuil.

— Mais je veux vraiment me recoucher, insiste-t-elle, la bouche tremblante.

— Moi aussi, déclare Alex en s'extirpant de son fauteuil et en claudiquant vers la porte.

— Eh bien, c'est formidable, crache Ben, sarcastique. Rien de tel qu'un bon petit moment en famille. On ne peut même pas voir un match de foot ensemble.

— Tu leur mets trop la pression, lui reproche Jonica en ramassant le seau avant de prendre la couette d'Audrey. Je vais changer l'eau.

— Ils sont pourris gâtés, voilà le problème, peste-t-il.

Sur ces mots, il la foudroie du regard pendant qu'elle sort de la pièce, la couette enroulée sous le bras.

Plus tard dans la matinée, alors qu'il file sur la M2 dans sa Porsche pour rejoindre son bureau en ville, Ben appelle Darren.

— Bonjour, votre Honneur, répond son frère.

— Je ne suis pas juge, lui rappelle Ben.

Darren glousse.

— Maître Woodford, alors... Ou bien, Votre Altesse ?

— Ni l'un ni l'autre... Bref, t'avais deviné ?

— Que Manchester City allait gagner ? Bien sûr. J'avais même misé quelques billets sur ce match.

— Vraiment ?

— Et pourquoi pas ? C'était prévisible. L'autoroute vers la richesse. Encore quelques mois à faire des paris gagnants et j'achèterai la maison à côté de la tienne, on sera voisins.

— Dans tes rêves, rétorque Ben. La chance ne suffit pas. Il faut travailler dur, tu sais.

Darren ricane.

— Et si on pariait cent dollars sur le match de nos gamins, ce week-end ? Les Bears vont l'emporter.

— Hors de question !

— Pourquoi pas ? T'as peur de perdre ? … À moins que tu aies soudoyé l'arbitre, comme au tournoi de la côte.

— Qu'est-ce que tu racontes ? lance Ben, nerveux.

— Ce penalty – celui qu'Audrey a marqué –, il n'était pas mérité.

— T'es sérieux ? s'énerve Ben. Jonica m'a dit que Braedon avait fauché Alex juste devant le but. Le penalty était donc bien mérité.

— C'est dur pour le genou d'Alex, reconnaît Darren. Mais ça n'enlève rien au fait que c'était un penalty généreux.

Des mots cinglants montent dans la gorge de Ben, qui les ravale.

— T'es toujours là, frangin ? s'enquiert Darren.

— Ouaip.

— Pas de pari pour samedi, alors ?

— Non.

— Bon, on verra sur le terrain comment ça se passe.

— C'est ça.

Il raccroche, irrité, en se demandant pourquoi il a pris la peine de l'appeler.

Samedi matin, le temps est nuageux et le ciel couvert. Ben se gare sous les pins au stade des Minotaurs et se tourne pour regarder les jumeaux.

— On y est, dit-il en frappant l'arrière du siège de Jonica du plat de la main.

Elle sursaute, mais ne dit rien. Elle est restée silencieuse pendant tout le trajet. Si elle est si froide avec lui, c'est à cause du petit briefing qu'il a fait à Audrey ce matin. Il s'est montré un peu véhément – elle a l'air tellement éteinte, ces derniers temps. Comment peut-il s'assurer qu'elle l'écoute, sinon ?

— Allez, Audrey, lance-t-il. Sors de là et botte-leur les fesses !

Sa fille se laisse glisser hors de la voiture et traverse le parking furtivement. Si seulement elle pouvait se tenir droite au lieu de rentrer la tête dans les épaules... Ne sait-elle pas qu'elle doit faire semblant d'être motivée, même si ce n'est pas le cas ?

Alex fourre son téléphone dans sa poche et sort plus lentement.

— J'aimerais tellement jouer...

— Je sais, dit Jonica. Ça doit être difficile pour toi.

— Ça ira, la coupe Ben.

Leur fils a besoin de s'endurcir. S'apitoyer sur son sort ne fait qu'aggraver les choses.

Alex se dirige vers le stade en claudiquant. Jonica attrape sa doudoune à l'arrière de la voiture et Ben la regarde s'éloigner dans son jean moulant et ses grandes bottes en cuir noir. Il sort à son tour, la veste sur l'épaule, et se dirige vers la buvette.

Carmen est derrière le comptoir – c'est bien la dernière personne qu'il ait envie de voir. Elle dispose devant elle des miches de pain et des bouteilles de sauce tomate, ses seins bourgeonnant sous le col en V de son polo. Ben aperçoit le crucifix pendant dans son décolleté – l'apparence de la religion sans la morale. Elle avait forcément remarqué que Katerina harcelait Audrey ! Elle doit être du genre à mettre la pression, non ? Elle avait sans doute trop poussé sa fille, tout en feignant de ne rien voir. *Je parie qu'elle le regrette, maintenant*, songe-t-il.

Comme Carmen l'observe sans sourire, Ben la fixe. Il aurait pu lui pourrir la vie bien davantage – elle devrait le remercier de ne pas l'avoir fait.

— Un café, s'il te plaît, dit-il en faisant tinter des pièces dans sa poche. Avec du lait et un sucre.

Il pose un billet de dix dollars sur le comptoir et la regarde préparer une tasse.

— Deux, plutôt, dit-il.

Il en prend un pour Jonica, même si elle l'exaspère.

Carmen place une seconde tasse à côté de la première et verse une cuiller de Nescafé dans chacune avant d'ajouter de l'eau chaude sous le distributeur et de remuer.

— T'es coincée là ? demande-t-il, un sourcil haussé.

Elle pousse les tasses si brusquement vers lui que le café déborde.

— C'est Kyle qui manage l'équipe, aujourd'hui, dit-elle. Comme il y a toujours du monde à la buvette, j'ai proposé de donner un coup de main.

Ben remarque que l'endroit est désert. Personne n'attend derrière lui. Il lui adresse un sourire narquois, prend les cafés et va chercher Jonica.

Au coin du bâtiment, il aperçoit Ilya penché sur le barbecue – un bidon de 170 litres scié en deux, rempli de braises, où grillent des tranches d'agneau enfilées sur une broche. De la fumée s'élève vers le ciel lorsqu'il badigeonne la viande avec un pinceau. Il enlève la broche des braises et y rajoute de la viande. Depuis la semaine passée, il s'est rasé la tête à blanc. Par contraste, ses épaules et ses muscles ressortent, mais Ben remarque malgré lui qu'il semble fatigué. Toute cette histoire avec Katerina a dû être difficile pour lui. Il se sent un peu coupable. Ilya a l'air d'un chic type. En revanche, voir Carmen souffrir ne lui donne aucun remords.

Il aperçoit Jonica de l'autre côté du terrain en train de parler à Claire, et se dirige vers elles. Il apprécie Claire. C'est une fille bien. Elle a du mérite d'arriver à supporter Darren.

— Bonjour Claire, dit-il. Où est Freya ?

— Au cinéma, avec tes parents.

— Elle a de la chance ! s'écrie Jonica. Moi aussi, je préférerais aller voir un film.

Ben tend un café à sa femme avant de jeter un coup d'œil vers Claire.

— Désolé, j'aurais dû t'en prendre un.

Sa belle-sœur sourit.

— T'inquiète pas, je n'ai pas besoin de caféine aujourd'hui. Je suis déjà suffisamment sur les nerfs.

D'un mouvement du menton, elle lui désigne Darren, un peu plus loin sur le bord du terrain, les mains dans les poches, en train de regarder les Bears s'échauffer dans leur maillot rouge et leur short blanc. À voir sa mâchoire crispée et sa tête rentrée dans les épaules, Ben comprend à quel point il est tendu.

— C'est ça, champion ! lance Darren à Tommy. Garde la tête levée et applique-toi… Ah non ! C'était quoi, ça ? Tu dois jouer mieux que ça.

— Oh, pitié… murmure Jonica.

— Il lui met vraiment la pression, non ? demande Ben.

Jonica le gratifie d'un regard plein d'ironie, ce qui l'agace un peu. Il n'est pas du tout comme son frère.

— Il ne le lâche jamais, confirme Claire. Tommy adorait le foot mais maintenant, je dois le traîner à l'entraînement. Il a beau s'appliquer pour faire plaisir à Darren, ce n'est jamais assez. Ça me fend le cœur.

— Ça me rappelle quelque chose, soupire Jonica.

— Pourtant, il se débrouille bien sur le terrain, répond Ben. Il est très doué.

— J'aimerais juste qu'il la boucle, insiste Claire, la main collée à son front. J'en peux plus. (Elle se tourne vers Jonica.) Emmène-moi loin d'ici. Je crois que j'ai besoin d'un café, finalement.

Elles s'en vont, bras dessus, bras dessous.

Ben les regarde partir avant de chercher les Minotaurs. Comme ils ne sont pas encore arrivés sur le terrain, il n'a rien à faire à part observer les Bears. Luka, leur entraîneur, leur impose un échauffement drastique à base de sprints et de courses en aller-retour. Pendant que les gamins vont et viennent, il agite les mains en l'air et leur crie dessus avec son fort accent croate.

— Allez, les gars ! Vous vous croyez où ? Pourquoi vous me faites perdre mon temps ? Bougez-vous ou je rentre chez moi.

Ben déteste la manière dont le vieux coach s'adresse à ces jeunes. Quand Ben était enfant, il jouait avec le fils de Luka en National, dans l'équipe de la Nouvelle-Galles du Sud. Luka était déjà comme ça à l'époque. Il avait sans cesse des altercations avec les arbitres et proférait jurons et insultes depuis la ligne de touche. Ben ne comprend pas que Darren veuille que Tommy reste dans cette équipe. La réputation des Bears les précède – ils ont toujours du mal à trouver des arbitres.

Braedon percute ses coéquipiers en crachant des gros mots et en provoquant tout le monde. Ce doit être pénible pour les autres, mais Luka ne le rappelle même pas à l'ordre – il apprécie son jeu agressif et ne veut pas le décourager. Ce dont ce gamin a besoin, c'est d'un père à poigne pour le remettre sur le droit chemin. Sauf que Cody ne le surveille pas, comme d'habitude. Ben le cherche du regard et le repère sur le côté, en pleine discussion animée avec Santos. Visiblement, il a placé sa chaise juste devant celle de Santos. C'est tout lui. Toujours à chercher des problèmes.

— Tu ne peux pas t'asseoir ici, se plaint Santos en lui montrant la ligne de touche. Ma mère ne voit plus rien. Elle s'est installée là il y a au moins une heure.

Il a passé le bras autour des épaules d'une vieille dame fripée vêtue d'une longue chemise noire et d'un châle gris.

— Je bougerai pas, mec, rétorque Cody. Si ça te plaît pas, tu dégages. Moi, je reste.

Son mépris grossier hérisse les poils de Ben. À le voir, on croirait qu'il vient de se lever : cheveux ébouriffés, short en jean coupé, t-shirt sale.

— Ça m'étonnerait, *mec*, réplique Santos. C'est notre stade, et on était là en premier.

Ben se rapproche.

— Je peux vous aider ? lance-t-il. Qu'est-ce qui se passe ?

— Rien, lâche Cody en relevant le menton.

— T'inquiète, Ben, dit Santos. On va pas rester à côté de ce connard malpoli, de toute façon.

Lorsqu'il tend le bras vers la chaise pliante de sa mère, elle lui frappe la main et le réprimande avec un fort accent.

— Non, Santos, je suis bien ici.

Son fils lui répond sèchement en grec, mais elle n'en démord pas. Il relève ses manches et foudroie Cody du regard.

— OK, mon pote. Ma mère ne veut pas se déplacer, alors je te demande de faire un effort pour elle et de te décaler. Tu comptes vraiment gâcher la matinée d'une dame de 70 ans ?

Comme Cody croise les bras, Ben se rapproche imperceptiblement en sentant son taux d'adrénaline monter. La tension est palpable. Il a beau en vouloir à Cody de chercher les ennuis, l'idée d'intervenir le rend nerveux – il a déjà eu affaire à des petites frappes telles que lui au tribunal et il sait qu'avec eux, ça peut vite dégénérer.

— On se calme, dit-il en levant une main en signe d'apaisement. Je suis sûr qu'on peut trouver une solution. Il y a de la place pour tout le monde.

— Dégage, ducon ! lui lance l'autre.

Darren surgit derrière Cody et lui pose la main sur l'épaule.

— Hé, dit-il en souriant. Tous les parents des Bears sont là-bas. (Il pointe du doigt un groupe d'adultes bruyants en t-shirts rouges). Tu viens avec nous ?

Cody jette un coup d'œil vers Santos et Ben, puis de nouveau vers Darren.

— J'sais pas. On voit mieux, d'ici.

— Tu veux vraiment traîner avec ça ? ! insiste Darren en lui montrant Santos d'un mouvement du menton, mais en ignorant Ben.

Un sourire en coin se dessine sur les lèvres de Cody.

— T'as raison, mec. Ça pue par ici.

Darren lui donne une frappe sur le dos.

— Alors, viens avec moi. Chez les Bears, ça sent la rose.

Ils éclatent de rire et s'éloignent pendant que Cody affirme que les Bears vont décimer les Minotaurs.

— Quel connard, murmure Santos à Ben en s'assurant que sa mère n'entende pas tout en rapprochant sa chaise du bord du terrain.

Au coup de sifflet, Ben court le long du terrain en suivant le ballon, à mesure que les joueurs avancent et reculent. Il se retrouve juge de touche car, lorsqu'un volontaire avait été demandé pour aider à l'arbitrage, personne d'autre n'avait levé la main. C'est tellement typique, bordel. Quand il faut s'investir, c'est toujours les mêmes parents qui s'y collent pendant que les autres font mine de ne rien entendre. Il s'est forcé. Il a déjà fait sa part, cette saison, en entraînant les gardiens. Il aurait préféré regarder Audrey et lui donner des conseils, en cas de besoin. Ce qu'il ne pourra plus faire maintenant – on n'a pas le droit d'aider les joueurs quand on participe à l'arbitrage.

L'arbitre central est un gamin blond et maigre qui lui paraît un peu timide. L'autre juge de ligne est aussi un ado. Ben ne les connaît ni l'un ni l'autre, mais il espère qu'ils sont bons. Ce ne sera pas un match facile. Comme il est le seul parent sur le terrain, dès qu'il sifflera une faute, ça contrariera quelqu'un.

Il est aussi agacé parce que Darren et Cody, qui se tiennent trop près de la ligne de touche, le gênent chaque fois qu'il doit leur passer devant en courant car ils se penchent pour crier sur les joueurs. Lorsqu'il leur demande de reculer, ils se décalent un peu mais, dès qu'il revient, ils recommencent.

— Allez, les gars, dit-il en se tournant vers eux. Je ne peux pas faire mon job si vous ne me laissez pas de place.

— C'est ta grosse tête qui passe pas ? ricane Darren.

En entendant le rire de Cody, Ben voit rouge. La fois suivante, il donne délibérément un coup d'épaule à son frère.

— Hé, doucement ! se plaint Darren.

— Je t'avais prévenu, rétorque-t-il.

Lorsqu'il doit de nouveau courir vers eux, Darren recule de manière exagérée en lançant bien fort à Cody :

— C'est mignon comme tout devient une compétition avec lui, non ?

— Ce n'est pas moi qui en fais un drame, marmonne Ben en se retenant de le frapper avec le drapeau.

Il ne devrait pas laisser Darren lui gâcher le match. Ce devrait être un bon jour. Audrey est sur l'aile gauche et Katerina sur le banc, où est sa place. Sa grande déception, c'est qu'Alex aussi est sur le banc, le genou dans une attelle.

Il essaie d'ignorer Darren et de se concentrer sur la rencontre, mais les cris des spectateurs lui tapent sur les nerfs – toutes les injures qui se déversent de leur bouche, que ce soit Darren, Cody ou Santos, sans parler des commentaires constants des deux entraîneurs. Pourquoi sont-ils incapables de la fermer et de laisser les gamins jouer tranquilles ?

Sur le terrain, ce n'est guère mieux : les membres des deux équipes taclent trop tard, jouent des coudes, tirent les maillots, frappent les tibias des autres. Il a bien envie de lever son drapeau pour faire cesser leur jeu agressif, parce qu'il sait comme ça se passe : si l'arbitre ne reprend pas le contrôle, ça va dégénérer.

Les Bears sont les pires, poussés par Braedon. Mais comme Ben se doute que s'il les sanctionne trop souvent, il aura l'air partial, il se retient. Il aurait préféré que le jeune arbitre soit moins timoré.

Les Minotaurs s'encouragent quand ils se croisent sur le terrain. Ils se tapent vite fait dans la main, échangent des *checks. On est bien dans le match. Ne les laissez pas vous déconcentrer. Faites-le pour Alex.*

Ben grimace quand Braedon percute Griffin. Il ne veut pas que le gamin se fasse blesser. Ils ont besoin de lui aujourd'hui – c'est leur meilleur atout pour gagner. L'arbitre devrait intervenir – protéger les joueurs, c'est son rôle, surtout les bons comme Griffin qui sont la cible des adversaires. Mais le match continue.

Puis Braedon, dans une tentative de tacle maladroit, fauche Noah, les crampons vers le haut. Noah ne se relève pas, si bien que l'arbitre arrête le jeu et Ben vient en renfort. Le gamin grimace de douleur lorsque Ben tend la main vers lui pour l'aider à se relever.

— Béquille à la cuisse, grogne Noah. Je dois sortir.

Ben lui passe un bras autour de la taille et l'accompagne jusqu'au banc. Carmen attend avec un sac de glaçons. Il faut bien admettre qu'elle est réactive.

Dans un manque de lucidité affligeant, Dominik fait rentrer Katerina. Ben est encore plus surpris de la voir se rapprocher d'Audrey et de constater que les deux filles se transmettent la balle sur le terrain.

Peu après, Braedon dégage en profondeur, entre Audrey et Tommy. Ben encourage mentalement Audrey pour qu'elle remporte le duel. Quand son cousin la pousse, pour une fois, elle riposte. Cependant, comme c'est elle que l'arbitre voit, c'est elle qui est sanctionnée à la place de Tommy. Ben se frappe la jambe avec le drapeau.

Tommy arme son tir avant le coup franc.

— Vas-y, Tommy, hurle Darren. Allez, allez ! Frappe fort. Braedon est là.

Tommy propulse la balle vers Braedon, qui fait un habile contrôle du torse. Mais Griffin vient la lui dérober et passe à Viktor. Le terrain s'ouvre devant lui. Audrey est en position sur l'aile gauche.

Ben ne peut pas se retenir.

— Avance ! lui lance-t-il en courant le long de la ligne, le doigt tendu.

Elle croise son regard et détale. Viktor, lui, continue à dribbler, tête baissée. Alors qu'il est trop loin pour marquer – n'importe qui s'en rendrait compte –, il fonce inutilement vers un mur de défenseurs.

— Allez ! Passe ! crache Ben.

Griffin pénètre au centre en hurlant :

— Par ici !

Mais Viktor slalome entre les Bears pour tenter d'aller marquer lui-même.

— Allez Viktor ! braille Santos. Tire ! Tire !

Tommy surgit, intercepte le ballon et le dégage délibérément en touche. Une occasion manquée pour les Minotaurs, à cause de Viktor. Ben tourne la tête vers les spectateurs et voit Santos frapper du poing dans sa main et se détourner.

— Pourquoi t'as pas passé ? grogne Griffin à Viktor. J'étais là !

— Je t'ai pas vu.

— Bien sûr que si. La prochaine fois, ouvre les yeux.

Ben se tient sur la ligne, si près qu'il distingue la sueur sur le front des jeunes joueurs, qu'il en perçoit l'odeur âcre. Quand Griffin fait la remise en jeu, il lance la balle vers Audrey. Elle se met à dribbler dans son couloir mais Tommy se précipite droit sur elle. D'habitude, elle est bonne en un contre un, mais son cousin réussit à lui prendre le ballon et s'éloigne d'elle.

— Allez, Audrey, marmonne Ben.

Elle a beau tenter de rattraper Tommy, il la sème. Des Minotaurs arrivent de partout.

— Ne le laissez pas marquer ! beugle Dominik depuis la zone technique.

Tommy pousse deux fois le ballon devant lui puis frappe et l'envoie au-dessus de la tête du gardien, jusque dans les filets.

Ben doit supporter de voir les Bears hurler de joie et se serrer dans les bras les uns des autres. Cody penche la tête en arrière et rugit : « Quel but magistral ! » en brandissant un poing vers le ciel comme Lleyton Hewitt sur un terrain de tennis. Le cri triomphal de Darren est le pire de tous. Il résonne dans le stade et transperce les tripes de Ben tel un poignard.

Ensuite, quand les Minotaurs font la remise en jeu, ils donnent tout ce qu'ils ont et tentent de se créer des occasions. Où est Audrey ? Pourquoi traîne-t-elle au fond ? Elle n'a pas écouté son briefing, ou quoi ?

Son pouls s'accélère lorsque Griffin fonce vers le but avec le ballon. Puis Ben entend derrière lui un choc de mauvais augure.

Il fait volte-face et voit Audrey face contre terre, Braedon affalé sur elle. Comment est-ce qu'elle a pu laisser ça arriver ? Elle n'avait même pas la balle, Braedon n'avait aucune raison d'être près d'elle.

L'arbitre siffle pour interrompre le jeu puis brandit un carton jaune devant le joueur des Bears. Ce n'était peut-être pas la faute d'Audrey, finalement.

Elle reste au sol si longtemps que Ben commence à avoir les mains moites. Il jette un coup d'œil vers Jonica, qui se tient près de Claire, les doigts devant sa bouche. Claire a glissé son bras autour de ses épaules.

Il est soulagé lorsque Audrey se roule sur le dos et que Griffin l'aide à se relever. Mais elle semble avoir mal. Est-ce qu'elle s'est blessée à la cheville ?

Elle claudique vers la zone technique.

— Arrête de perdre du temps, hurle Cody. Allez, l'arbitre. Relance le match.

Ben foudroie Cody du regard.

— Elle a juste besoin de souffler un instant.

— Elle a déjà eu le temps de souffler.

Furieux, Ben s'éloigne. Il comprend qu'on ait envie de le frapper – cet homme a le don d'énerver les autres.

Il remarque que des joueurs se sont rassemblés en petits groupes agités pendant que les entraîneurs examinent la cheville d'Audrey. Ils finissent par la laisser sur le terrain. Tout le monde est sur les nerfs après une telle attente, surtout Braedon et Viktor qui s'insultent en s'agrippant le maillot.

L'arbitre siffle.

Audrey tire le coup franc, un centre vers Griffin, qui pivote et vise le but. Dès que Ben entend le contact de sa chaussure contre le cuir, il sait que c'est bon. La balle décrit un arc jusqu'aux filets. Lucarne droite. Et c'est l'égalisation. Pile ce dont ils avaient besoin.

Il serre le poing et se frappe le torse pendant que, pour fêter ça, les Minotaurs se ruent vers Griffin, qui affiche un sourire timide. Mais parmi les vivats, Ben distingue une voix rauque qui hurle :

— Hors-jeu, arbitre ! C'était hors-jeu.

Il se tourne et voit Cody gesticuler.

— Hé, gamin ! râle-t-il encore. C'était hors-jeu. Je l'ai vu de mes yeux. Tu l'as eu où, ton certificat d'arbitrage ? Dans une pochette-surprise ?

Darren se met lui aussi à crier. Puis Luka pénètre sur le terrain, le torse bombé, et traverse la pelouse pour se planter devant l'arbitre, au mépris du règlement.

— Tu te crois où ? aboie le vieil entraîneur en agitant la main en l'air. Il nous faut un arbitre digne de ce nom. T'as pas l'âge pour ça.

Ben cherche le coordinateur du regard, en vain. Il surprend la lueur de panique dans les yeux de l'adolescent mis en cause et se précipite vers lui pour le soutenir.

— Arrête, Luka, dit-il. Lâche l'affaire.

— C'était une mauvaise décision d'arbitrage. À notre niveau, ce mioche n'a rien à faire ici. Je vais faire une réclamation.

— Si tu veux, Luka, en attendant, le match doit reprendre. Les joueurs s'impatientent.

Luka regagne la zone technique à contrecœur et Ben retourne sur la ligne de touche. Il guette le coup de sifflet, bouillonnant de rage. Quoi qu'il arrive maintenant, quelqu'un contestera ses décisions.

Le sifflet retentit et les Bears foncent tout droit. Braedon fait une passe en cloche à Tommy qui s'élance, démarqué, et envoie le ballon au fond des cages. Mais il est évident qu'il s'est mis à courir bien trop tôt et qu'il a déjà dépassé son défenseur de plusieurs mètres. Ben lève son drapeau en l'air. L'arbitre lance :

— Hors-jeu !

— Quoi ? hurle Luka. Le but est valide !

Les parents huent et sifflent. Cody lève un poing menaçant. Darren s'époumone lui aussi.

Ben perçoit le feu de leur colère qui monte depuis la ligne de touche. Tommy et Braedon se précipitent vers lui en beuglant :

— Y a pas hors-jeu ! protestent-ils.

Des joueurs des Bears l'encerclent, aiguillonnés par la rage de leurs parents, et se mettent à crier. *Allez, reviens sur ta décision, il n'y avait pas hors-jeu.* Il voit les trous noirs béants de leurs bouches tandis qu'ils clament leur conviction, leur fureur est si palpable qu'il en sent presque le goût sur sa langue. Il a l'impression d'être un policier assiégé. Les gamins se comportent comme des animaux. Il tient bon. Un cacatoès crie au-dessus de leurs têtes.

— Coup franc pour les Minotaurs, lance l'arbitre.

Ben pointe son drapeau vers l'endroit où le coup de pied arrêté devra être donné, de l'autre côté du terrain. Un court silence se fait, ses poils se hérissent sur sa nuque. L'odeur de la terre et du gazon mouillé, mêlée à un léger parfum d'agneau, lui frôle le nez.

Viktor pose le ballon au sol, recule et se prépare à prendre sa course d'élan.

Du coin de l'œil, Ben aperçoit un joueur bouger. Il se tourne : Braedon est en train de foncer vers le tireur.

— Attention, Viktor ! hurle quelqu'un.

Ce dernier fait volte-face au moment où Braedon le percute. Il vacille puis bouscule l'autre en retour, le regard assassin.

— Va te faire foutre ! crie-t-il.

— Ça suffit ! crie Ben en s'élançant vers eux.

Les deux garçons ne l'écoutent pas. Ils s'attrapent par le maillot et se tapent le torse du plat de la main. D'autres joueurs accourent. L'arbitre a beau siffler, personne ne fait attention à lui. Sur le bord du terrain, les parents se déchaînent.

Braedon arme son poing et frappe Viktor.

Celui-ci lui rend la pareille, on entend les impacts de leurs coups sur leur peau.

Ben les a presque rejoints, mais Cody le devance et saisit Viktor à la gorge.

— Touche pas à mon fils ! tempête Santos, juste derrière lui.

Les deux hommes se défient du regard comme deux sangliers.

— Arrêtez ! ordonne Ben.

Cody décoche un coup de poing à Santos, qui se défend, le visage déformé. Les joueurs s'agglutinent autour d'eux, les mains en l'air, en les implorant de se calmer.

Le père de Braedon frappe une deuxième fois, on entend un choc sourd, comme un coup de hache sur du bois mouillé.

Quelqu'un tombe. Au milieu de l'amas de gamins et d'adultes, Ben ne voit pas de qui il s'agit.

— Audrey ! beugle-t-il.

Pris de panique, il se fraie un passage dans la cohue.

Les parents crient. Les enfants hurlent.

Son regard pénètre enfin la masse folle de corps agglutinés. Effondrés sur le sol, une tignasse bouclée, deux longues jambes maigres.

Une bouffée de chaleur le saisit, ses genoux flageolent. Il pose une main sur son cœur. Ce n'est pas Audrey. Mais… Bon sang, pauvre Griffin !

Le garçon est inconscient, si pâle que ses taches de rousseur ressortent sur ses joues. Ben aurait voulu savoir que faire, mais, dépassé par la situation, il se sent inutile.

— Où sont les secouristes ? demande-t-il en scrutant les visages choqués autour de lui. Quelqu'un peut nous aider ?

— Moi, déclare calmement Jonica. Je suis formée aux premiers secours.

Elle vient s'agenouiller près de Griffin et l'examine, les traits tirés par un effort de concentration.

Impuissant, Ben la regarde poser sa main sur le front de Griffin, puis vérifier attentivement son pouls avec beaucoup de sang-froid. Comment se fait-il qu'il ignorait que sa femme pouvait faire ça ?

— Il va bien ? s'inquiète Lang à côté d'elle, la voix rauque.

Sa panique se devine à ses épaules contractées.

— Je ne sais pas. Sa mâchoire est tordue et il a perdu connaissance. Il vaudrait mieux appeler une ambulance.

— Je m'en charge, lance quelqu'un.

Le visage rougi, les dents serrées, Lang fait volte-face, fonce vers Cody, le fait tomber par terre et referme ses mains puissantes sur son cou.

— Arrête, arrête ! Tu vas le tuer ! hurle Luka.

Ilya attrape Lang par le bras pour l'éloigner, mais le tatoué est si fort qu'Ilya a besoin d'aide. Ben le saisit de l'autre côté pour lui faire lâcher prise. Son biceps est épais et noueux, comme un tronc d'arbre.

Lorsque Cody se relève d'un bond et se jette sur Lang, Ben s'interpose, les mains en l'air. Il sent l'odeur âcre de la sueur de Cody, il entend son propre souffle rauque.

— Reste où tu es, ordonne-t-il d'une voix qu'il espère autoritaire. Ça suffit.

— Empêchez ce connard de m'approcher ! crache Cody, les poings serrés, les yeux rivés à Lang.

— Je t'ai dit de reculer, insiste Ben. C'est toi, l'agresseur.

— Et eux, alors ? bave Cody, le doigt tendu vers Santos et Lang.

— Plein de témoins t'ont vu frapper en premier.

— Tu dis que des conneries, ricane Cody. T'as un avocat ?

— Je *suis* avocat. Maintenant, écarte-toi pendant qu'on appelle la police.

Ben sort son téléphone de sa poche, les mains tremblantes.

Cody crache au sol.

— Je compte pas les attendre. Viens, Brae. On se casse.

Le majeur levé bien haut, il gratifie l'assistance d'un regard assassin puis quitte le terrain. *Bon vent, salaud,* se dit Ben. Le goût métallique de la peur inonde sa bouche. Et Griffin alors ?

Toute hargne semble avoir déserté le corps de Lang. Il s'écroule sur le sol à côté de son fils.

La voix de Jonica résonne distinctement dans le silence revenu.

— Je crois qu'il s'en remettra, Lang. Il respire bruyamment, mais au moins, son souffle est régulier.

L'ourlet de sa doudoune frôle la pelouse lorsqu'elle tapote doucement la manche de Lang, le front un peu plissé.

Ben cherche du regard les jumeaux dans la foule. Alex est avec Tommy, son bras autour de ses épaules. Ilya et Carmen pressent Katerina entre eux. Darren est auprès de Claire. Mais où est Audrey ?

Il finit par la repérer, toute seule, les mains jointes, le visage hagard.

Quand il lui fait signe de le rejoindre, elle se précipite vers lui, les joues trempées de larmes, et blottit sous son aile son petit corps frémissant. Il referme ses bras autour d'elle. La serre fort. Presse ses lèvres contre sa tête chaude. Hume le parfum de son shampooing.

— Qu'est-ce qui va se passer, pour Griffin ? gémit-elle.

— Ça va aller, dit-il sans grande conviction. L'ambulance sera bientôt là.

Elle semble horrifiée. Complètement dévastée. Et Alex aussi. C'est terrifiant, pour eux. Ben a tellement peur qu'il en a la nausée. Il regrette de ne pas pouvoir revenir en arrière afin d'empêcher cette catastrophe.

— Est-ce qu'on peut faire quelque chose ? demande Santos à Jonica. Le mettre sur le dos ou je ne sais quoi ?

— Non, dit-elle, toujours agenouillée. Il ne faut pas le bouger, au cas où la colonne serait touchée. En revanche, nous devons le maintenir au chaud. Qui a une couverture ?

Quelqu'un lui en apporte une et Jonica la pose sur Griffin aussi délicatement que si elle devait border un papillon. Audrey sanglote. Griffin gémit et remue un peu. C'est bon signe, non ?

Enfin, la sirène résonne au loin. L'ambulance surgit, le gyrophare allumé, et ralentit pour s'engager sur le parking. Un homme ouvre le portail puis invite le véhicule à entrer.

Au milieu du terrain, le coordinateur des arbitres lève un bras pour faire signe à l'ambulance. Bon sang, mais où était-il avant, quand on avait besoin de lui ?

Tandis que le véhicule avance en cahotant sur la pelouse, des joueurs et des parents sur les terrains voisins s'immobilisent pour le regarder passer. Ben n'en croit pas ses yeux lorsqu'un gamin brandit son téléphone pour filmer la scène. C'est quoi, leur problème à tous ? Ils ne feraient pas ça si c'était leur fils qui avait été blessé.

Le coordinateur se précipite vers les secouristes dans son gilet orange fluo en hurlant à tout le monde de s'écarter. L'ambulance s'arrête. Ben remarque l'odeur âcre de la fumée d'échappement – une fuite d'huile, peut-être.

Deux personnes en uniforme bleu sautent du véhicule : un homme bronzé d'une cinquantaine d'années aux épaules carrées et à la mine autoritaire rassurante, et une femme – la conductrice – qui paraît bien trop jeune pour être ambulancière.

Ils déchargent leurs mallettes médicales et filent droit vers Griffin qui gît, immobile, sous la couverture. Jonica s'écarte pour laisser les professionnels faire leur travail. Ils examinent Griffin rapidement, lui prennent le pouls, vérifient ses yeux et sa bouche, écoutent son cœur avec un stéthoscope, lui prennent sa tension et testent prudemment ses membres.

Lorsqu'ils placent une minerve autour de son cou, le blessé remue un peu en gémissant.

L'homme lui murmure des paroles apaisantes puis lève la tête.

— Qu'est-ce qui s'est passé ? demande-t-il, la mine sévère. À première vue, il a une fracture grave de la mâchoire et une blessure importante au crâne, ce qui n'est pas courant au foot.

Ben jette un coup d'œil vers Santos et les autres parents, qui se dandinent, les yeux au sol. Personne ne parlera. Il va devoir le faire. Mieux vaut dire la vérité.

— La situation a dégénéré, explique-t-il. Il y a eu une bagarre.

Les ambulanciers échangent un regard circonspect. Ils ne sont pas stupides. Ils savent déjà. Ben surprend leur expression incrédule et sa bouche s'assèche – il doit pourtant en falloir beaucoup pour choquer un ambulancier.

— C'est vous, le père ? demande le secouriste à Lang. Vous nous accompagnez à l'hôpital de Westmead ou vous préférez prendre votre voiture pour le rejoindre aux urgences ?

— Je viens avec vous.

— Est-ce que quelqu'un peut nous décrire l'état du patient avant notre arrivée ? lance la femme. Est-ce qu'il a perdu connaissance ? Et si oui, pendant combien de temps ?

— Moi ! s'écrie Jonica en levant la main. J'ai mon brevet de secouriste. Et oui, il s'est évanoui pendant quelques minutes.

En entendant sa voix tremblante, Ben prend soudain conscience de la pression qu'elle a dû subir et se rend compte qu'il est fier d'elle. Il aurait été incapable de faire ce qu'elle vient d'accomplir – gérer la situation tout en rassurant un parent stressé et angoissé comme Lang. Il comprend aussi à quel point il a de la chance. Alex était à l'abri, sur le banc, mais ça aurait pu être Audrey. Ça aurait pu être *sa* fille qu'on soulevait sur une civière et qu'on transférait vers l'ambulance. Ça aurait pu être lui qui, terrifié, se demandait si elle allait s'en remettre.

Au lieu de quoi, parce qu'il a eu la chance d'y échapper, il est terrassé par la culpabilité. Puis par une bouffée de gratitude et de soulagement telle que ses jambes flageolent.

Lorsque les ambulanciers glissent la civière à l'arrière de leur véhicule, Griffin a repris connaissance, mais il a toujours l'air déboussolé. Comme Ben. Il ne parvient pas à comprendre ce qui s'est passé. Même s'il savait que des bagarres éclataient parfois pendant des matchs de foot et qu'il avait vu des faits divers aux infos, il n'avait jamais été témoin d'une telle escalade de violence. Il n'aurait jamais imaginé que ça puisse arriver au cours d'une rencontre entre adolescents, surtout dans l'équipe des jumeaux, dans leur propre stade.

Il serre fort Audrey en regardant l'ambulance s'éloigner. Sa fille se blottit un peu plus contre lui et sanglote. *Et maintenant ?* se demande-t-il. *Qu'est-ce qui va se passer ?*

Au début, Luka insiste pour que le match reprenne mais Matteo, le président du club, déclare que la rencontre est terminée et que tout le monde doit rentrer à la maison. Il semble inquiet, et il y a de quoi : après cet incident, le club va avoir de sacrés ennuis.

Les jumeaux récupèrent leurs affaires et traversent le terrain avec Jonica. Ben les regarde s'éloigner : Jonica tient Audrey par la taille et Alex par l'épaule. Sa femme est un petit roc, le ciment qui les unit. Il se sent à l'écart, isolé. Il aurait voulu partir avec eux mais il doit attendre la police pour faire sa déposition. Il se fera raccompagner plus tard par quelqu'un, ou bien il prendra un Uber.

Ben se fait un double expresso et s'assied au comptoir de la cuisine. Il est hanté par le terrible fiasco de la matinée. Des images défilent en boucle dans son esprit : Cody et Santos en train de se battre ; Griffin effondré sur le sol ; son visage pâle et tordu ; Jonica qui gère calmement la situation ; la peur et la détresse dans les yeux d'Audrey. Lang soudain ratatiné et minuscule.

Qu'aurait-il pu faire pour empêcher ça ? Il ne pouvait pas savoir que tout allait dégénérer, mais il avait déjà perçu la tension dans l'air, avant le match, qui montait doucement. Aurait-il dû intervenir ? Prévenir l'arbitre ? Parler à Matteo ?

Il rince sa tasse et la place dans le lave-vaisselle au moment où Jonica entre avec un panier de linge sec.

— Tu peux me faire un café ? lui demande-t-elle.

— J'allais nettoyer l'appareil, mais oui, je peux.

Depuis qu'il est rentré, elle va et vient dans la maison à pas lourds comme pour laisser ses pieds faire la conversation. Il préférerait qu'elle vide son sac.

Elle lâche le panier sur le canapé pendant qu'il lui prépare rituellement un expresso.

Elle se perche sur un tabouret au comptoir pendant qu'il pose une tasse devant elle.

— Merci, dit-elle. Quelle journée !

Euphémisme du siècle.

— Tu as été incroyable, avec Griffin, dit-il. Je ne savais pas que tu étais formée aux premiers secours.

Elle le toise avec mépris.

— Tu ignores des tas de choses sur moi.

De quoi parle-t-elle ? Il la connaît par cœur, après quinze ans de vie commune.

— Je suis content que ce ne soit pas un des jumeaux, déclare-t-il.

— Moi aussi. Pauvre Griffin, et pauvre Lang. J'ai vraiment de la peine pour eux.

— Je n'ai rien vu venir. Sinon, je serais intervenu.

Elle le fixe longuement comme si elle ruminait quelque chose.

— Tu n'es pas tout blanc dans cette histoire, finit-elle par lâcher.

— Qu'est-ce que tu racontes ? C'était Cody et Santos.

— Bon sang, Ben ! Regarde-toi en face. Darren et toi, vous ne valiez pas beaucoup mieux que ces deux idiots. J'ai vu ton petit manège, avec lui. La manière dont tu agitais ton fichu drapeau sous son nez. Toutes vos petites mesquineries. Vous deux, vous avez sans doute alimenté la tension ambiante. C'est aussi l'avis de Claire.

Ben la dévisage.

— Attends un peu, dit-il avec un reniflement incrédule. C'est une sacrée accusation. Ce qui s'est passé sur le terrain ce matin n'a rien à voir avec Darren et moi. Oui, on s'est un peu chauffés, mais c'est normal.

— Eh bien non, ce n'est peut-être pas normal. Tu devrais peut-être y réfléchir et faire ton examen de conscience. Je refuse de revoir un cirque pareil. Et les enfants aussi. C'était humiliant.

Ben n'arrive pas à croire qu'elle se retourne contre lui.

— Et moi je refuse d'en parler maintenant, dit-il en s'efforçant de rester courtois.

— Et pourquoi ? Tu dis toujours qu'il ne faut jamais remettre au lendemain ce qu'on peut faire le jour même.

Comme il sent la colère monter, il prend sur lui et sort dans le jardin. Il traverse la pelouse jusqu'à la clôture en Colorbond, ouvre le portillon grinçant et jette un coup d'œil en contrebas, vers la réserve. Il reste là, inspire profondément, fier d'être parti, de ne pas s'être laissé entraîner dans une dispute. Il a dû se faire violence, mais il a réussi.

Sur un coup de tête, il descend les marches de béton jusqu'au fond du ravin où l'air fleure bon la terre mouillée et l'eucalyptus. Il s'arrête, regarde autour de lui. Il n'est pas venu ici depuis des années. Faute de temps.

Il est surpris par le calme qui y règne. Le murmure des filets d'eau qui ruissellent entre les rochers. Le soupir du vent sur les feuilles. L'impression que le bush attend, patiemment, que le temps passe.

Il s'adosse au tronc d'un grand gommier et lève les yeux vers la canopée. Tout en haut, au-dessus des branches faîtières, des taches de ciel bleu apparaissent, les nuages de la matinée se dissipent lentement.

Lorsqu'il rentre à la maison, Jonica n'est nulle part en vue. Elle est sans doute partie courir au stade – tant mieux, elle est toujours plus facile à gérer après ses sorties en solitaire.

Alex est dans la cuisine en train de dévorer une banane.

— Comment va Audrey ? l'interroge-t-il.

— Je sais pas. Elle est dans sa chambre avec Honey.

— Elle fait quoi ?

— Pas grand-chose. Elle envoie des textos à ses amies en regardant des films de princesses, j'imagine.

— Des films de princesses ? s'étonne-t-il sans parvenir à dissimuler sa surprise. Elle n'est pas un peu trop grande, pour ça ?

— C'est comme moi quand je mate *Fast and Furious*, papa. Ça nous change les idées.

Ben est abasourdi par la sagesse de son fils.

— Et toi ? lui demande-t-il. Ça va, après ce qui s'est passé ce matin ?

Alex hausse les épaules puis se détourne.

— J'ai vu Griffin se prendre le coup de poing. Sa tête a vraiment basculé en arrière. J'espère qu'il va bien.

— C'était moche, hein ?

— Audrey est bouleversée.

— Oui. Comme nous tous.

Ben tapote le bras d'Alex pour essayer de le réconforter.

— Mais c'est pire pour *elle*, vu qu'ils sortent ensemble.

— Ah bon ? (Ben n'en revient pas.) Depuis quand ?

— Le tournoi. Elle me l'a dit après.

— Ta mère est au courant ?

Alex hausse les épaules.

— Sans doute. Audrey a dû lui dire. Mais maman sait toujours tout de toute façon, non ? (Il jette sa peau de banane à la poubelle.) À plus tard, papa. J'ai des devoirs à faire.

Ben n'arrête pas de penser à Audrey et Griffin. Il ne s'est douté de rien. Est-ce qu'il a raté quelque chose ? Tous les signes étaient là, en évidence. Audrey et ses paillettes dans les yeux lorsque Griffin a rejoint l'équipe ; Griffin qui lui passe toujours la balle, qui l'encourage, qui l'aide à se relever lorsqu'elle tombe. À leur âge, leur relation doit être assez innocente, non ? Ils doivent juste se tenir la main ?

— Tu crois qu'ils se sont embrassés ? demande-t-il à Jonica lorsqu'elle rentre, le visage luisant de sueur, après son jogging.

— Sans doute, répond-elle en haussant les sourcils. Ils ont vraiment passé *beaucoup* de temps ensemble, au tournoi.

— Et question sexualité ? s'inquiète-t-il, horrifié. Tu lui as parlé des moyens de contraception ?

Elle lui adresse un sourire cynique.

— Et *toi*, tu lui en as parlé ?

— Elle est trop jeune pour ça.

— Tu avais quel âge, pour ta première fois ?

— Plus de 14 ans.

Il n'arrive pas à croire que Jonica traite le sujet avec autant de légèreté. N'est-elle pas inquiète ?

— Je ne pense pas qu'ils aient couché ensemble. Quand j'ai évoqué la question de la contraception, elle était si gênée qu'elle en est presque tombée dans les pommes.

Ben est soulagé, mais son estomac reste noué. Sa toute petite fille n'est peut-être plus si petite.

Le lundi, au travail, Ben se démène pour terminer une plaidoirie visant à défendre un violeur présumé qui doit être jugé la semaine suivante. Il sait que Jonica déteste qu'il accepte ces affaires, mais celle-ci est un tel défi qu'il ne pouvait pas la laisser passer.

— Pourquoi as-tu accepté ? lui avait-elle demandé l'autre jour. Moi, j'essaie d'apprendre aux enfants le consentement et le respect des femmes, pendant que toi, tu innocentes des hommes coupables de viol.

— Tu ne sais pas si celui-ci est coupable, lui avait-il rappelé. Et de toute façon, ça fait partie du jeu, quand on est avocat.

— Pas nécessairement, avait-elle craché. Laisse quelqu'un d'autre s'en charger. Et ce n'est pas un jeu, Ben. On parle de femmes dont la vie a été brisée. Elles ne déposent pas plainte pour rien. C'est prouvé.

La main plaquée sur le front, il se demande quel angle adopter. C'est compliqué, comme toujours dans ces cas-là. Et le fait qu'il n'ait pas bien dormi n'arrange rien. Il ne peut pas s'empêcher de penser au craquement qu'il a entendu lorsque Cody a frappé la tête de Griffin ; au choc sourd de son poing contre la jeune peau. Cette nuit-là, il était si nerveux qu'il est resté en hypervigilance pendant des heures. Il a dû finir par s'endormir, car il a rêvé d'une vaste plage, agressée par des vagues sauvages, et dont le sable était jonché de vers de terre morts, inertes.

C'est comme ça qu'il se sent, maintenant : aussi mort que ces lombrics. Il n'arrive pas à mettre son cerveau en route, si bien que, lorsque Jonica l'appelle, il se réjouit de pouvoir faire une pause. Il entend le vent qui crépite sur le micro du téléphone, et des cris au loin.

— Quoi de neuf ? demande-t-il.

— Je suis à l'entraînement avec Alex. Je voulais te prévenir qu'Audrey n'est pas venue. Comme elle avait mal à la tête, je l'ai laissée à la maison.

Ça l'agace un peu. Si Alex, malgré son genou blessé, arrive à se traîner jusqu'au stade alors qu'il n'est bon qu'à regarder les autres, Audrey aurait pu faire un effort. Ça lui aurait peut-être changé les idées.

— T'aurais dû lui donner un cachet et la forcer à y aller, répond-il.

— Écoute Ben, tout le monde est complètement démotivé, ici, elle ne manque rien. Tu sais, ça ne fait pas de mal d'avoir une soirée tranquille de temps en temps – et ce n'est pas la seule absente.

— Alors pourquoi m'appeler si tu savais que ça allait m'agacer ?

— Pour te demander de ne pas la sermonner quand tu rentreras à la maison.

— D'accord, cède-t-il à contrecœur.

— Merci.

Ce soir-là, Audrey guérit miraculeusement et se joint à la famille pour le dîner. Au milieu du repas, son téléphone vibre. Ben fronce les sourcils lorsqu'elle le consulte. Elle n'est pas censée garder son portable à table, mais Jonica est coulante avec elle au cas où ce serait un message de Griffin.

— C'est pas vrai ! s'écrie Audrey. J'arrive pas y croire.

— Qu'est-ce qu'il y a ? lance Alex en se penchant pour regarder l'écran.

— Katerina a posté une photo de Viktor et elle à l'hôpital avec Griffin.

Elle montre son téléphone à tout le monde et, malgré lui, Ben jette un coup d'œil. Sur la photo, Griffin, tout bouffi et contusionné, tient un maillot des Socceroos contre son torse, encadré par Katerina et Viktor, pendant que Carmen et Santos sourient dans le fond. La légende indique que le maillot est un cadeau de toute l'équipe et qu'il est signé par les Socceroos.

— Griffin a vraiment mauvaise mine, remarque Alex.

Ce qui est vrai, malheureusement.

— Est-ce qu'on a participé à la collecte ? veut savoir Ben. Ce maillot doit coûter cher.

— Pas encore, répond Jonica. Mais je suis sûre que Carmen demandera à tout le monde une contribution.

— Je suis épaté que l'hôpital les ait laissés entrer, déclare-t-il. Il ne devait pas se faire opérer aujourd'hui ?

— Si. Ce matin, confirme Audrey. Il m'a écrit, tout à l'heure. C'était horrible. Ils lui ont ouvert la joue pour lui coller une plaque sur l'os cassé, ensuite ils lui ont attaché les deux mâchoires avec des fils.

— Pas étonnant qu'il soit dans cet état, se lamente Jonica.

Audrey soupire.

— J'aimerais pouvoir aller le voir. On aurait dû lui donner ce maillot tous ensemble. Comment peuvent-ils dire que c'est de la part de toute l'équipe alors qu'on n'était même pas au courant ? Je vais demander à Katerina pourquoi elle ne m'a pas demandé de venir.

— Tiens, vous vous parlez, maintenant ? s'étonne Alex, visiblement stupéfait.

Ben aussi est surpris.

Audrey rougit.

— Elle fait des efforts pour être gentille avec moi.

— C'est une première, grogne Ben. Ne lui facilite pas trop la tâche.

Audrey baisse les yeux vers ses mains et Jonica le dévisage. Elle semble attendre quelque chose de lui, mais Dieu sait quoi !

Il finit par avoir une idée.

— Et si je vous emmenais tous les deux voir Griffin demain, après les cours ? suggère-t-il.

Les jumeaux le fixent. Puis Audrey sourit et son visage s'illumine.

Jonica hausse les sourcils, comme si elle n'en croyait pas ses oreilles, et Ben se vexe. Pourquoi est-elle si choquée par sa proposition ? Il n'est pas si égoïste que ça, si ?

Le lendemain, Ben part de bonne heure du travail pour emmener les enfants à l'hôpital de Westmead. Comme il y a un accident sur la M2, il doit se coltiner des bouchons jusqu'à la maison puis de nouveau pour aller à l'hôpital. Le temps qu'ils y arrivent, il est à bout de patience et ne trouve pas de place de stationnement. Il doit faire trois fois le tour du parking avant d'en repérer une entre deux 4×4 garés de travers. Il glisse sa voiture dans le petit espace et ordonne aux enfants de faire attention aux portières en sortant.

Dans le service traumatologie, une jeune infirmière en uniforme bleu marine les conduit jusqu'à une chambre contenant deux lits entourés de rideaux bleus. La pièce est calme, on n'entend que le bip d'une machine. L'infirmière jette un coup d'œil derrière le rideau du premier lit.

— Bonsoir Griffin, dit-elle. Tu as de la visite. Tu es d'accord ?

Un silence, puis une voix rauque qui n'a rien à voir avec celle de Griffin retentit. Ben a un mauvais pressentiment. Audrey glisse sa main dans la sienne et la serre fort.

L'infirmière écarte le rideau. Les jumeaux se rapprochent à petits pas avant de stopper net en réprimant un hoquet. Ben retient son souffle, lui aussi. Le pauvre gamin est presque méconnaissable. Ses joues sont enflées et bleues. Des cernes rouges bordent ses yeux. Une ligne de points de suture noirs et discontinus couture sa mâchoire.

L'infirmière sourit jovialement.

— Bien, dit-elle. Je vous laisse. Mais ne restez pas trop longtemps s'il vous plaît. Il fatigue vite, pas vrai Griffin ?

Après son départ, comme Audrey et Alex fixent le blessé en silence, c'est à Ben de parler.

— Salut, Griffin, dit-il en se forçant à sourire. Comment ça va, mon grand ? On dirait que t'as fait la guerre.

Griffin grimace et articule des mots incompréhensibles, et Ben sent son sourire se désintégrer. Qu'est-ce qu'on raconte à quelqu'un qui ne peut pas répondre ? Il jette un coup d'œil aux jumeaux. Alex est bouche bée, Audrey se cache derrière lui. Est-ce qu'elle pleure ?

— Comment s'est déroulée ton opération, hier ? continue-t-il. Tu dois être content que ce soit terminé. Et combien de temps la fracture va mettre à se ressouder ? Six semaines, non ? C'est le délai habituel, pas vrai ? Je suis sûr que ça va passer vite, et puis tu reviendras taper dans la balle.

Comme il se rend compte qu'il bafouille et pose trop de questions, il se tait, mal à l'aise. Toutes ses paroles lui laissent un arrière-goût de mensonge, de toute façon. Il espère que Griffin n'a rien remarqué.

Le garçon s'efforce de répondre, le visage contorsionné, ses mots si inarticulés qu'on ne comprend presque rien.

Ben est en train de chercher d'autres banalités de circonstances lorsque Lang apparaît sur le seuil dans un vieux débardeur Victoria Bitter et un short Stubbies. Il empeste la cigarette et a la tête de quelqu'un qui n'a pas dormi depuis une semaine. Son visage est si pâle que ses cicatrices se voient plus que d'habitude, ses tatouages délavés bavent les uns sur les autres. Il salue Ben d'un signe de tête puis s'approche du lit à grands pas avant de poser la main sur l'épaule de Griffin.

— Il peut pas trop répondre parce qu'ils lui ont attaché les mâchoires, explique Lang. Selon le toubib, il va falloir attendre plusieurs jours pour que ça dégonfle et qu'il puisse parler de nouveau de manière compréhensible.

Il fait un grand sourire à son fils.

L'angoisse de Griffin est palpable. Audrey émet un petit bruit de gorge et tortille sa main dans celle de Ben. Il parvient à feindre un sourire timide.

— T'as plutôt bonne mine, Griffin, après...

Lang s'esclaffe.

— Tu parles, il risque pas de remporter un concours de beauté tout de suite, mais il ne tardera pas à briser les cœurs, pas vrai, Griff ?

Ben donne un petit coup de coude à Audrey, qui tient un gros sac en papier dodu contenant le cadeau que Jonica a acheté cet après-midi.

— On t'a apporté quelque chose, dit-elle. J'espère que ça te remontera le moral.

Griffin prend le sac et le serre contre lui.

— Alex, aide-le à l'ouvrir, lance Ben.

Son fils s'approche et fourre le bras dans le sac pour en sortir un ballon de foot, celui de la Coupe du monde féminine 2023. Griffin le prend entre ses deux mains et laisse échapper un grognement de bête.

— Ça ne lui plaît pas ? demande Alex, horrifié. On voulait celui de la coupe masculine de 2022, mais il n'y en avait plus.

— Il est fou de joie, t'inquiète, le rassure Lang en tapotant son fils. Demain, il rentre à la maison et, dans quelques semaines, quand les fils tomberont, il pourra retourner sur le terrain et user cette balle jusqu'à la corde, pas vrai, gamin ?

Griffin hoche la tête, grimace, pose une main prudente sur son visage.

— C'est bien, mon garçon, ajoute Lang, avant de se tourner vers Ben. Sortons d'ici un moment, que les jeunes puissent discuter entre eux.

Quand Ben le suit dans le couloir, Lang s'adosse au mur tandis que sa fausse bonne humeur se dissipe et qu'une sombre lassitude le gagne.

— Que disent les médecins pour son traumatisme crânien ? lui demande-t-il.

Lang plonge ses mains dans ses poches et esquive son regard en grimaçant d'inquiétude.

— Je suis content que tu m'aies pas posé la question dans la chambre, vieux, mais ouais, c'est mal parti. Le toubib dit qu'il lui faudra du temps pour s'en remettre. Sa mémoire est touchée. À court terme, au moins. Il sait même pas ce qui s'est passé pendant le match. Il se souvient de rien.

— Ça lui reviendra bientôt.

— Je croise les doigts. (Lang frotte la cicatrice livide sur sa joue.) J'ai tellement de peine pour lui... Il devait partir à Liverpool en décembre pour les sélections de l'École de formation. J'espère qu'il ira mieux d'ici là. Sinon, il sera vachement déçu. C'est son rêve, depuis toujours. Et c'est dur de le voir passer à côté, sans même avoir pu tenter sa chance.

Ben a pitié de lui. Il repense à tous les articles qu'il a lus sur les blessures à la tête, aux différents clients victimes de traumatismes crâniens qu'il a représentés au fil des ans. Certains s'en sont remis, peu à peu, mais d'autres ont gardé des séquelles à vie : difficultés d'apprentissage, désocialisation, sautes d'humeur, confusion mentale, difficultés pour suivre des consignes. Il avait évoqué tout cela dans sa déposition auprès de la police, tout en espérant que Griffin ne deviendrait pas l'une de ces statistiques.

— Est-ce qu'on peut faire quelque chose pour vous aider, à votre retour chez vous ?

Lang gratte de nouveau sa cicatrice.

— Nan, ça va aller. Griff et moi, on est habitués à rouler notre bosse, juste tous les deux.

— Jonica serait ravie de vous préparer deux-trois trucs, insiste Ben. Vous vivez où ? Je peux lui demander de vous déposer des petites choses.

Le sourire de Lang se crispe.

— Merci, vieux, mais ça ira. On prendra des plats à emporter. Griff ne pourra rien manger de solide pendant un moment, de toute façon.

Ben cherche un autre sujet de conversation. Il n'a jamais beaucoup discuté avec lui, et ne se sent pas très à l'aise en sa présence. Puis, se rappelant que Lang était rugbyman, il lui demande son avis sur quelques joueurs en vue. Lang s'anime vite, critique les derniers matchs du championnat et se plaint que le jeu soit devenu trop mou depuis qu'ils ont revu les règles.

— De mon temps c'était pas comme ça, grogne-t-il. C'était un sport d'hommes, avant. Maintenant, ça manque de punch.

Ben sourit, frappé par l'ironie de la situation. D'après ce qu'il a entendu dire, la carrière de Lang aurait pu être plus longue si ces nouvelles règles l'avaient protégé à l'époque. Mais lui, il est incapable de voir la situation sous cet angle, n'est-ce pas ? Il risquerait de perdre la tête. S'il n'avait pas été blessé trop souvent par des plaquages dangereux, il aurait pu jouer plus longtemps et sûrement amasser un beau pactole.

Ils discutent toujours du championnat quand Alex sort de la chambre, la mine triste, et annonce qu'il veut retourner à la voiture.

— Tu ne peux pas attendre encore un peu ? suggère Ben. Je n'ai pas trop envie de te laisser y aller seul, alors qu'il fait nuit.

Il remarque les cernes sous les yeux de son fils. Ces dernières semaines ont été dures pour Alex, et ce n'est pas fini, car l'opération pour reconstituer ses ligaments croisés antérieurs approche.

— Je m'en charge, propose Lang. Je voulais sortir m'en griller une de toute façon, alors je peux l'accompagner jusqu'au parking.

Ben donne ses clefs à Alex et les regarde s'éloigner. Lang a l'air d'un catcheur à côté d'Alex, si grand et maigre. Quand il se retourne vers la chambre, il entend qu'on murmure à l'intérieur. Il jette un coup d'œil dans l'entrebâillement de la porte en se disant qu'il n'est pas vraiment en train de les épier.

Perchée au bord du lit, Audrey tient la main de Griffin, et son visage affiche un mélange d'angoisse, d'espoir et de tendresse. Cette scène ramène Ben des années en arrière. Il se souvient de sa première petite amie au lycée, de la gêne ressentie alors. Du désir et du manque, mêlés à la peur.

— Tu vas vraiment bien ? demande Audrey, tête penchée sur le côté. (Lorsque Griffin marmonne quelque chose, elle fronce les sourcils.) C'est faux, pas vrai ? Ça doit être horrible d'avoir les mâchoires attachées, sans pouvoir ouvrir la bouche. Comment tu fais pour manger ?

Il pointe du doigt un gobelet en plastique d'où dépasse une paille, sur le chariot roulant près de son lit.

— De la bouillie, articule-t-il. C'est dégoûtant.

— Tu vas devoir manger ça longtemps ?

— Jusqu'à ma mort.

— Ne meurs pas, dit-elle en baissant les yeux.

Les joues du garçon s'embrasent et une lueur intense illumine son regard : douleur, amour et regret, tous mélangés.

— Tu dois être pressé de rentrer chez toi, reprend-elle avec un sourire plein d'espoir. Quand tu iras mieux, on pourra se redonner rendez-vous au stade. Tu te rappelles ?

Griffin secoue la tête, Audrey se décompose.

— Tu t'en souviens forcément, insiste-t-elle. Tu étais venu à vélo, et t'étais tellement en retard que j'étais un peu fâchée, mais on s'est fait des passes pendant des heures et puis on s'est allongés dans l'herbe pour admirer les nuages.

C'est donc comme ça que ça a commencé, comprend Ben.

Griffin lui lance un regard timide.

— Je t'ai pris la main, marmonne-t-il.

— Je *savais* que ça te reviendrait.

Son sourire éclatant déchire le cœur de Ben.

— Je me souviens pas du match, croasse Griffin.

— Tout le monde essayait d'arrêter la bagarre, et tu t'es pris un coup par hasard.

Le gamin semble stupéfait.

— Je devais vraiment être stupide.

— Non, tu voulais simplement intervenir. C'est juste de la malchance.

L'expression de Griffin s'assombrit.

— Je veux reprendre l'entraînement.

Audrey se raidit.

— Il va falloir attendre longtemps avant que tu puisses rejouer, non ? Si tu te refais blesser, ça risque d'empirer les choses.

— Tu crois que ça peut être pire que ça ?

La voix de Griffin se brise, il fronce les sourcils.

Audrey se détourne, se triture les mains. Puis elle l'observe tendrement.

— Tu as les lèvres sèches, dit-elle. Je peux te mettre du baume ?

Griffin rougit de nouveau, mais hoche la tête.

Elle sort un stick à lèvres de sa poche, se penche, l'applique sur la bouche du garçon en étirant ses propres lèvres comme Jonica quand elle se maquille. Même si cela lui fend le cœur, Ben ne peut pas s'empêcher de regarder.

Audrey et Griffin se dévisagent longuement, en silence. Elle lève un doigt et touche doucement sa blessure, sursaute lorsqu'il grimace.

— Tu l'as vue ? demande-t-elle.

Le garçon secoue la tête.

— Tu veux que je te montre ?

Quand Griffin acquiesce, le cœur de Ben cesse de battre. Ce qu'il va découvrir ne va pas lui plaire – son visage est hagard et livide, bleu et tordu, ses lèvres boursouflées et desséchées.

Audrey prend une photo sur son téléphone puis se penche pour la montrer à Griffin. Ben retient son souffle.

Après un court silence, l'expression de Griffin se durcit. Il repousse le portable et refuse de regarder Audrey.

— Je suis désolée, Griffin, dit-elle d'une voix tremblante. Je ne voulais pas te faire de peine.

— C'est pas ça. Je suis juste fatigué. Je dois me reposer.

Elle sort en trombe de la chambre et se jette dans les bras de Ben. Il la serre fort, presse le visage de sa fille contre lui pendant qu'elle sanglote en silence.

Ils font quelques pas dans le couloir, main dans la main, puis ils repèrent Katerina et Carmen devant le comptoir du poste des infirmières. Audrey se raidit. Ben lui lâche la main et passe un bras protecteur autour de ses épaules. *Qu'est-ce qu'elles fichent ici ?* se demande-t-il. *Elles ne sont pas déjà venues hier ?*

Une infirmière tend un vêtement à Katerina, qui jette un coup d'œil vers eux. Son visage s'illumine dès qu'elle les voit.

— Hé, Mama. Audrey est là !

Comme ils ne peuvent pas les éviter, Ben et Audrey continuent à avancer.

Katerina se précipite vers Audrey et l'attrape par le coude.

— Ça va ? dit-elle. Tu lui as parlé ? Il va comment ?

Audrey a un mouvement de recul.

— Il est dans un sale état. Tu es revenue le voir ?

— Non, j'ai oublié mon sweat hier, alors on est passées le récupérer. (Elle lève son vêtement bleu vers Audrey, puis ses traits se tirent.) Je me suis sentie super mal quand j'ai reçu ton message. T'as raison, c'est à toi que j'aurais dû demander de venir, au lieu de Viktor. Il s'en fiche de Griffin, en plus.

— C'est pas grave. Est-ce que le maillot des Socceroos lui a plu ? Nous, on lui a offert un nouveau ballon.

— Oui, il l'a adoré. Hé, et si on allait manger une glace à la cafétéria ?

Ben assiste à toute cette comédie, incrédule. Il est stupéfait de voir Katerina prendre Audrey par le bras et l'entraîner vers l'ascenseur. Sa fille se tourne pour jeter un coup d'œil vers lui, un peu paniquée, mais elle se laisse faire.

Voilà comment il se retrouve coincé avec Carmen, qui le dévisage avec un mélange de jovialité et de malaise.

— Bien, dit-il dans une vague tentative de dissiper la gêne. J'imagine qu'on devrait les suivre.

Les filles sont déjà entrées dans l'un des ascenseurs mais Ben et Carmen arrivent trop tard : les portes se sont refermées. Il appuie sur le bouton en espérant qu'un autre va vite se libérer.

Un silence tendu s'installe entre eux… Jusqu'à ce que Ben mobilise ses talents d'acteur pour entamer une conversation polie dont il se passerait bien.

— Griffin fait peine à voir, dit-il. Il va lui falloir des mois pour s'en remettre. Un coup pareil peut avoir de sérieuses conséquences. J'imagine qu'ils devront attendre pour savoir comment il s'en sortira...

Il est soulagé lorsque la sonnette retentit et que les portes du deuxième ascenseur s'ouvrent. Comme il est vide, ils entrent et se placent de part et d'autre de la cabine, ce qui reste encore trop près pour Ben. Il appuie sur le bouton du rez-de-chaussée.

Nouveau silence. Ben gigote, mal à l'aise. C'est le tour de Carmen, non ? Pourquoi devrait-il être le seul à faire des efforts ?

L'ascenseur s'ébranle, ils commencent à descendre.

— Katerina n'est pas méchante, tu sais, lui assure Carmen en lui jetant un coup d'œil, sur la défensive. Elle a mal agi et elle en a conscience. Mais au-delà de ça, c'est une fille bien. Elle va faire sa confirmation dans quelques mois.

Ben la toise, cynique. Pense-t-elle vraiment qu'aller à l'église achète le pardon ?

— Tant mieux, répondit-il d'un ton neutre.

Il remarque qu'elle n'arrête pas de toucher son crucifix et comprend qu'elle est nerveuse. *Bien fait*, songe-t-il. *Elle a raison de l'être.*

Quand l'ascenseur s'arrête enfin, ils sortent. Carmen l'entraîne vers la cafétéria où les filles attendent de payer. C'est Katerina qui fait le plus gros de la conversation. Audrey semble dépassée par la situation.

— On ne peut pas rester longtemps, annonce Ben à Carmen. Alex est dans la voiture.

— Je peux déposer Audrey tout à l'heure si tu veux, propose-t-elle. Ou on peut prendre un petit café en vitesse pendant que les filles mangent leurs glaces.

Ben la dévisage, se démène pour dissimuler son incrédulité.

— Non merci, Audrey va devoir rentrer avec moi. Elle a plein de devoirs.

Carmen hausse un sourcil – même s'il est certain qu'elle sait qu'il ment, il s'en fiche. Audrey est peut-être prête à se réconcilier plus ou moins avec Katerina, mais Ben, lui, est encore à des années-lumière de pouvoir boire un café avec Carmen.

Le lendemain soir, il se dépêche de terminer la lecture de quelques documents puis part tôt du travail pour conduire Audrey à l'entraînement. Comme Alex est allé chez Noah après le collège, c'est Miles qui l'emmènera au stade. Ben s'en réjouit, il pourra se concentrer sur Audrey.

Après l'inévitable passage dans les bouchons, il arrive chez lui juste à temps. Il entre dans la maison par la porte du garage d'un pas lourd et lance :

— Prends tes affaires, Audrey. Je me change en vitesse et on y va.

Dans la cuisine, Jonica remue un plat en sauce sur le feu. Elle lève la tête, lèvres pincées, yeux cernés.

— Tout va bien ? demande-t-il.

— Elle n'est pas allée en cours.

— Pourquoi ?

— Elle ne se sentait pas bien.

Ben lâche ses clefs sur le comptoir.

— Franchement, c'est ridicule. Je sais qu'elle est bouleversée mais là, c'est disproportionné. Je pensais qu'elle allait bien. Elle semblait en bons termes avec Katerina, hier. Où est-elle ?

— Dans sa chambre.

— Elle est prête pour l'entraînement ?

— Je ne crois pas... Ben, s'il te plaît, ne sois pas trop dur avec elle. Elle traverse une période difficile.

Ben ravale son agacement. Alors qu'il s'est démené pour rentrer à temps du travail, Audrey n'est même pas habillée. Il remonte le couloir d'un pas martial et ouvre la porte. Elle est sur le lit, jambes croisées, téléphone en main, yeux ronds, surprise. Elle est toujours en pyjama et Honey est blottie contre elle, l'air tout aussi décontenancée.

— Pourquoi t'es pas en tenue ?

Audrey soutient son regard sans fléchir.

— Je n'y vais pas.

Il s'efforce de garder son calme.

— Tu t'es engagée auprès du club. Et je me suis donné un mal de chien pour arriver à temps, alors tu vas y aller, que ça te plaise ou non.

— Je n'irai pas, papa. Je me sens vraiment pas bien, à cause de Griffin.

La main de Ben se crispe sur la poignée de porte.

— Je comprends. Mais rester assise là à ne rien faire ne va pas t'aider. Comme tu as déjà raté un entraînement, tu es obligée d'y aller ce soir si tu ne veux pas avoir l'air de laisser tomber ton équipe.

Elle le fixe avec une lassitude extrême.

— Allez, insiste-t-il. On y va.

Il a l'impression qu'elle le regarde sans le voir et là, c'est fini : quelque chose se brise en lui et l'avocat prend le contrôle.

— T'as perdu ta langue ? dit-il, sarcastique malgré lui. Ça tombe bien. Moi, j'ai plein de choses à te dire. Et je vais commencer par te rappeler que je paie pour tout ce qu'il y a dans cette chambre. Ton ballon de foot, ton équipement, tes fringues, ton téléphone, Spotify, Netflix, les courses. (Il énumère les éléments sur ses doigts.) Je donne aussi de mon temps pour te soutenir. Je forme tes gardiens. J'aide à arbitrer tes matchs. Je t'ai défendue quand Katerina t'a volé tes affaires. Sans parler de tout ce que ta mère fait pour toi. La cuisine, le ménage, la lessive, le taxi…

Il marque une pause pour voir si cela déclenche une réaction. Il est un peu essoufflé – il a peut-être été trop loin. Audrey se contente de l'observer de ses yeux tristes. La chienne, qui était restée blottie contre elle pendant toute sa tirade, saute du lit et décampe par la porte.

— Je sais tout ça papa, répond Audrey d'une petite voix. Et je ne vous remercierai jamais assez. Mais je ne peux pas y aller ce soir. Je te promets que j'irai la prochaine fois.

Il n'arrive pas à croire qu'elle s'oppose à lui. Quelle mouche la pique ?

— Prends tes affaires tout de suite, on y va, ordonne-t-il. Je suis certain que Katerina y sera.

— Je m'en fiche qu'elle y soit ou non, papa. Moi, je reste ici.

— Je t'ai demandé de te préparer. Où est ton sac ?

— Dans la buanderie.

Son regard blessé lui serre le cœur, mais il ne peut plus reculer, maintenant.

— Va le chercher, dit-il. Tu te sentiras mieux sur le terrain.

Quand il l'attrape par le bras pour l'aider à se lever, elle sursaute, avant de s'affaisser complètement, comme si toute sa combativité l'avait subitement quittée. Le taux d'adrénaline de Ben retombe. Il a l'impression d'avoir gagné et perdu en même temps.

— Il faut que j'aille aux toilettes, dit-elle, morne.

— Vas-y, répond-il en la relâchant. Je t'attends dans la cuisine.

La porte de la salle de bains se referme en claquant.

Dans l'autre pièce, Jonica est comme un ouragan derrière le comptoir, qu'elle essuie en cercle avec un torchon.

— Il faut que tu la lâches un peu, fulmine-t-elle.

— C'est toi qui m'as demandé de l'emmener à l'entraînement, proteste-t-il. J'aurais pu te laisser y aller. J'avais plein de boulot.

— T'as *toujours* plein de boulot.

— C'est le principe, oui. Tu sais ce que c'est. Toi aussi, t'es avocate.

— *J'étais* avocate, crache-t-elle.

Audrey sort de la salle de bains, toujours en pyjama, et bat en retraite dans sa chambre en claquant la porte derrière elle.

— T'as tout gagné, lance Jonica.

— Comment ça ?

— Tu l'as encore plus chamboulée, en lui criant dessus.

— C'est *toi* qui étais en train de crier, à l'instant.

— Je pense que tu devrais la laisser tranquille.

— Quoi ? s'enflamme-t-il.

— La forcer n'arrangera rien ce soir.

Il est tellement exaspéré qu'il gémit :

— Qu'est-ce que tu attends de moi ? Je ne peux pas gagner !

— Elle a dit qu'elle irait au prochain entraînement. On peut s'en tenir là.

— Alors je suis rentré tôt exprès pour rien ?

— On dirait, oui.

Elle se dirige vers la chambre d'Audrey.

Après avoir ouvert brusquement un placard pour en sortir un verre, Ben va chercher une bouteille de blanc dans le frigo puis, une fois servi, il file sur la terrasse et se laisse tomber sur un fauteuil à la table de jardin, dos à la maison. Il entend Jonica parler à Audrey, elles discutent en murmurant. Quand elles finissent par se taire, des bruits secs retentissent dans la cuisine : Jonica est en train de vider le lave-vaisselle en faisant claquer tiroirs et placards.

Une autre porte claque quand Audrey retourne s'enfermer dans la salle de bains.

— Tu comptes m'aider à préparer le dîner, puisque t'es là ? lui lance Jonica.

— Demande à Audrey, rétorque-t-il sans un regard vers elle. Elle a tout le temps du monde puisqu'elle ne va pas à l'entraînement.

Il finit son verre – un peu trop vite – et rentre en trombe dans la maison, où il fonce dans le couloir taper brutalement à la porte de la salle de bains.

— Viens aider ta mère, aboie-t-il.

— Une minute.

La voix de sa fille est étrange, énigmatique. Les poils se dressent sur la nuque de Ben. Il retient son souffle. Attend. Écoute.

— Tout va bien là-dedans ? lance-t-il d'un ton qu'il espère détaché.

— Oui oui.

Sa réponse ne semble pas naturelle. Il tourne la poignée. C'est fermé à clef.

— Ouvre-moi.

— Je sors dans un instant. Laisse-moi tranquille.

Ça ne lui plaît pas. Ce ton circonspect. Il retourne vers la cuisine et attrape une broche dans un tiroir pour soulever le verrou de la salle de bains.

— Qu'est-ce que tu fais ? demande Jonica.

Il met un doigt sur ses lèvres.

— Chut.

Il revient discrètement dans le couloir, glisse la pointe de la broche dans le verrou, qui clique et s'ouvre. Il tourne la poignée, pousse la porte en grand.

Audrey est penchée au-dessus de la baignoire, une paire de ciseaux à ongles dans la main, du sang gouttant doucement de sa hanche. Elle hoquette quand elle le voit, lâche les ciseaux qui tombent dans la baignoire dans un bruit de métal et elle se recroqueville.

Ben suffoque : il est brûlant et transi à la foi.

— Bon sang, mais qu'est-ce que tu fabriques ?

— Rien. (Elle attrape une serviette, la presse contre son flanc et le foudroie du regard.) Va-t'en.

Ben aperçoit des éclaboussures de sang écarlate sur l'émail. L'odeur métallique lui soulève le cœur.

— Jonica ! lance-t-il en s'efforçant de garder une voix égale. Tu peux venir ?

Elle arrive en une nanoseconde. Son regard se pose sur lui puis file vers Audrey.

— Oh non, ma chérie. Qu'est-ce que t'as fait ?

Elle se précipite vers Audrey et la serre dans ses bras.

Ben voit sa fille se décomposer. Ses genoux flanchent et elle enfouit son visage dans l'épaule de sa mère. Elles fondent en larmes toutes les deux, déchirées par l'émotion.

— J'ai pas fait exprès maman, bafouille Audrey, d'une voix plus aiguë et perçante à travers les larmes.

Ben a le tournis. Il n'a jamais pu supporter la vue du sang. Il s'adosse au chambranle de la porte et se force à inspirer à fond.

Audrey sanglote de manière incontrôlable et tremble si fort que Jonica peine à inspecter la plaie. Ben jette un coup d'œil par-dessus son épaule. Un trou béant irrégulier, d'où suinte du sang. Qui aurait cru qu'on pouvait se faire si mal avec des ciseaux à ongles ?

Jonica se tourne vers lui, chancelante.

— Tu peux aller chercher la trousse de secours dans le placard de la buanderie ? lui lance-t-elle d'une voix rauque.

Son visage est hagard. Ben se demande s'il fait la même tête.

Dans la buanderie, il fouille le placard. Il ne sait pas du tout sur quelle étagère est rangée la trousse de secours, ni même à quoi elle ressemble. Il ne vient là que pour jeter son linge sale dans le panier en osier. Il finit par la localiser au fond du deuxième niveau, derrière des flacons de détergents, tous bien alignés, l'étiquette sur le devant. C'est une boîte en plastique gris ornée d'une croix verte. Il la sort et la rapporte à Jonica, les mains tremblantes.

Elle passe en mode secouriste, fouille dans la caisse à la recherche du désinfectant et des pansements. Puis elle change d'avis et décide qu'ils doivent aller à l'hôpital. La plaie a besoin de points de suture. Elle la recouvre d'une compresse qu'elle maintient avec du sparadrap et ordonne à Audrey d'appuyer fort.

— Tu peux aller récupérer sa robe de chambre et ses chaussons, Ben ?

Il va décrocher le peignoir du portemanteau derrière la porte d'Audrey, ramasse les chaussons par terre puis fait entrer sa femme et sa fille dans la voiture. Jonica s'assied à l'arrière avec Audrey, qui n'a pas arrêté de pleurer. Ses sanglots déchirent le torse de Ben et lui fendent le cœur.

Il y a des bouchons, comme d'habitude. Le trajet est terriblement lent, alors qu'il voudrait déjà y être, pour que quelqu'un soigne sa fille.

À l'hôpital, il dépose Jonica et Audrey devant l'entrée des urgences puis part chercher une place. Le parking aérien est étrangement vide. Soit il a de la chance, soit ce n'est pas encore l'heure de pointe. Il se gare et se précipite vers les urgences, juste au moment où une infirmière emmène Audrey et Jonica vers le bureau d'orientation des patients. Il pourrait demander à les accompagner, mais il ne parvient pas à entrer pour affronter sa femme et sa fille, sachant qu'il est probablement responsable d'une partie de leur chagrin. Au lieu de quoi, il va s'asseoir dans la salle d'attente avec une poignée de parents inquiets et un assortiment d'enfants malades.

Trente minutes passent. La porte des urgences s'ouvre et se ferme, relâchant médecins et patients, mais pas Audrey ni Jonica. Il a du mal à tenir en place. Il va et vient dans la salle d'attente. Il essaie d'appeler sa femme. Sans succès. Et maintenant, la queue est longue devant le bureau de la réceptionniste.

Tourmenté, il sort prendre l'air. Le ciel s'assombrit et, à l'ouest, les nuages s'amassent au-dessus des montagnes. L'air est étonnamment humide. Si épais qu'on pourrait le déchirer et s'y engouffrer. La lourdeur de l'atmosphère l'accable. Il n'a pas l'habitude de se sentir si angoissé et impuissant, et il n'aime pas ça. L'après-midi lui a échappé.

Il fait plusieurs allers-retours entre les urgences et le parking aérien, mais ça ne sert à rien. Quand son téléphone sonne enfin, c'est Alex. Bon sang, qu'est-ce qu'il va lui dire ?

— Salut, papa. Pourquoi t'es pas venu me chercher ? Et où est Audrey ?

La voix caverneuse d'Alex dénote avec son corps maigre d'adolescent.

Ben hésite.

— On est à l'hôpital, mon grand. Audrey s'est fait un peu mal. Rien de grave.

— Qu'est-ce qui s'est passé ?

— Un accident dans la salle de bains.

— Elle a glissé ? Elle met toujours de l'eau partout.

— Un truc de ce genre, oui. (La bouche de Ben est sèche. Il grimace devant le trou qu'il est en train de se creuser en cachant la vérité à Alex et espère que Jonica aura une corde assez longue pour le tirer de là.) Tu peux rentrer avec Noah ? Je viendrai te chercher plus tard. J'aimerais rester ici avec maman et Audrey.

— Tu es sûr qu'elle va bien ? T'as l'air inquiet.

— Mais non. Ce n'est rien de grave. Elle est juste un peu secouée. Maman et elle sont avec les médecins en ce moment. Je suis dehors.

— Tu pourras me tenir au courant quand tu auras des nouvelles ?

— Bien sûr.

Lorsque Jonica l'appelle enfin pour qu'il les rejoigne dans le service des urgences, il se précipite au milieu du labyrinthe de lits à rideaux éclairé aux néons et passe devant des machines qui clignotent et des alarmes qui se déclenchent sans cesse jusqu'à ce qu'il trouve Audrey.

Lorsqu'il la voit, il en a le souffle coupé. Elle dort en chien de fusil sur un lit d'hôpital étroit avec une machine bruyante reliée à l'un de ses doigts. Elle semble terriblement frêle et vulnérable, pâle et mince. Il s'étonne qu'elle arrive à dormir au milieu du raffut.

— Elle va bien ? lance-t-il à sa femme.

— Oui, murmure-t-elle. Tant mieux, si elle peut se reposer un peu.

— Et la blessure ?

— Ils ont dit qu'elle était trop irrégulière pour des points de suture, mais ils l'ont bandée et il ne devrait rester qu'une petite cicatrice.

Il s'assied sur une chaise près du lit, étudie le visage d'Audrey, les ombres grises sous ses yeux, les joues creusées, sa fragilité. Son cœur se brise de la voir comme ça.

— Pourquoi elle s'est fait ça ? demande-t-il à Jonica. Où est-ce que les jeunes vont chercher ce genre d'idées ?

— C'est commun, chez les ados, surtout chez les filles. Elle n'est pas la seule.

— Mais qu'est-ce qu'ils cherchent ?

— À exprimer leur douleur, peut-être. À nous obliger à les écouter.

Elle a l'air effondrée. Ben aussi se sent dévasté.

— C'est parce que j'ai voulu la forcer à aller à l'entraînement ? hasarde-t-il.

Elle le dévisage et secoue la tête.

— Ça ne date pas de ce soir, Ben. C'est la pression que nous… que *tu* lui fais subir depuis des semaines, des mois, des années.

— Je pensais que je la soutenais, se défend-il.

— Carmen devait se dire la même chose, et regarde comment ça a fini !

Il en reste bouche bée. C'est vrai ? Est-ce qu'il est aussi pitoyable que Carmen ?

Jonica le fixe un instant puis soupire avant de regarder Audrey, comme auréolée d'une douce inquiétude.

— Ben, elle l'a déjà fait. Ce n'était pas la première fois. Elle a des cicatrices et des plaies sur son autre hanche.

Ben est content d'être assis.

— Quand est-ce qu'on pourra la ramener ? s'enquiert-il.

— On doit attendre que le médecin signe l'autorisation de sortie.

— Ça pourrait prendre des heures. Elle doit rentrer à la maison, retrouver son propre lit. On devrait l'emmener maintenant.

— Non, Ben. Laisse-la dormir. Le docteur doit obtenir l'accord du psychiatre.

— Du psychiatre ?

— Oui, elle a eu un entretien psychiatrique… pour s'assurer qu'elle n'était pas suicidaire.

Il en reste muet. Les mots lui manquent.

— Ne t'en fais pas. Elle va bien, murmure Jonica. Mais elle n'a pas dormi depuis deux jours. Depuis que tu l'as emmenée voir Griffin. C'est ce qu'elle a dit au médecin.

— J'essayais juste de l'aider, dit-il, estomaqué. Elle voulait tellement y aller !

— Je sais.

Abasourdi, il contemple de nouveau Audrey. Les minces veines violettes sur ses paupières pâles. Ses mains fines, ses ongles rongés, les petits points de sang autour des peaux mortes.

— Regarde ce qu'elle a fait à ses doigts, chuchote-t-il.

— Le stress.

— Je ne comprends pas. On leur donne tout.

— Sauf de la liberté et du temps libre.

— Qu'est-ce qu'elle a dit au docteur ?

— Qu'elle se sent comme anesthésiée depuis des semaines.

Audrey gémit, ses paupières tressautent.

— Éloignons-nous, murmure Jonica. Je ne veux pas la réveiller.

Ils s'engagent dans le couloir, devant des gamins décharnés au teint gris étendus sur des lits, des infirmières affairées, des médecins commentant des radios sur un écran d'ordinateur, d'autres machines bruyantes.

Juste devant les toilettes, d'où ils voient encore Audrey, Jonica se tourne vers lui, plus forte, les lèvres pincées.

— Tu es en colère contre moi, dit-il stupéfait. Tu crois que c'est ma faute ?

— Ce n'est pas *toi,* le sujet, Ben. Arrête de tout faire pour être le centre de l'univers.

Il discerne de l'amertume dans ses yeux, comme si elle ne l'appréciait pas beaucoup – comme si, en fait, elle le méprisait.

— Ce n'est pas ce que je fais, proteste-t-il. Je suis tout aussi choqué et dévasté que toi. Voir Audrey dans cet état, c'est horrible. Mais je ne suis pas tout à fait sûr de comprendre d'où ça vient.

Jonica se poste droit devant lui, une boule de nerfs d'un mètre cinquante dont les yeux lancent des éclairs.

— C'est un cri de détresse, Ben. Ça fait des semaines qu'elle essaie de nous dire qu'elle n'y arrive pas, et nous ne l'avons pas écoutée.

— J'essayais de l'aider à réaliser ses rêves, dit-il, piqué au vif.

— Le foot, c'est censé être un sport amusant, Ben ! Ce n'est pas un fichu procès à gagner. Et je me suis laissé prendre au jeu aussi. Comment ai-je pu être aussi stupide ? Toute cette maudite histoire avec Katerina. La bagarre pendant le match. Voir Griffin à l'hôpital. C'était trop. Elle a besoin d'aide.

Ben se souvient du visage angoissé d'Audrey tout à l'heure, dans la salle de bains. Le désespoir dans son regard. Son air d'animal terrifié, plaquant une serviette ensanglantée contre sa hanche. La douleur sombre dans ses prunelles. Tellement visible. Une vague de culpabilité l'engloutit. Sa gorge se serre et il sent que quelque chose se brise en lui.

— Dis-moi ce que je dois faire, l'implore-t-il.

Jonica le prend par le bras. Il se voit là, debout, tête baissée devant sa minuscule femme. Dire que, pendant toutes ces années, il s'est cru le plus fort des deux.

— Tu ne peux pas l'aider, Ben, déclare-t-elle en le relâchant. Et moi non plus. Elle doit voir un psy. Un spécialiste des troubles de la santé mentale, formé pour soigner ce genre de cas. On n'est pas équipés pour ça.

Il souffle lentement, le temps que l'information imprime.

— Alors tout notre soutien, ça ne suffit pas ?

— C'est important, bien sûr, mais elle a aussi besoin d'un psychiatre.

— Ces gens-là ne se contentent pas de tout mettre sur le dos des parents ?

— Nous devons accepter que nous avons tous les deux notre part de responsabilité, Ben. Et nous devons accepter que les problèmes d'Audrey soient profonds et ne se résoudront pas en cinq minutes. Ça va prendre du temps.

Il se frotte les tempes, où une douleur a surgi. Jonica a peut-être raison. Et lui, il ressemble peut-être plus à Carmen qu'il ne le pensait. Il a peut-être dépassé les bornes. Mais c'était avec les meilleures intentions du monde.

— D'accord, dit-il. Comment on fait pour trouver un psy ? Un bon ?

— Je m'en occupe. L'hôpital prépare une lettre de recommandation. (Jonica le dévisage un instant.) Le médecin a aussi évoqué la possibilité qu'on se fasse suivre également, ajoute-t-elle en vitesse.

— Je n'ai pas besoin d'une thérapie, se défend-il, choqué par cette idée.

Elle le toise d'un air grave.

— Peut-être que si, Ben. Ta quête perpétuelle de dépassement de soi, ton esprit de compétition effréné... Ce n'est pas sain. Tu as besoin d'aide pour faire ton examen de conscience, et aussi pour apprendre à mieux communiquer avec les adolescents. Des cours d'empathie ne seraient pas de trop non plus. Il est temps que tu te reprennes en main. Je supporte tout ça depuis trop longtemps. Pendant que tu y es, tu pourras te faire coacher pour accepter que ta femme retourne bosser, parce que je vais m'y remettre. J'ai plusieurs entretiens de prévus.

Il la fixe, stupéfait.

— Un psy peut aussi nous conseiller sur la meilleure manière de soutenir Audrey, ajoute-t-elle d'une voix plus douce. Je pense que ça nous aiderait, tous les deux.

Il hésite.

— D'accord. Si c'est pour elle...

Elle lui prend la main.

— Ce n'est pas fini.

Il recule un peu.

— Quoi ?

— Tu dois parler à Darren, vous devez régler vos problèmes. Vous étiez vraiment ridicules, tous les deux, pendant le match. On aurait dit deux gorilles gonflés à bloc. Claire et moi, on n'en peut plus. Il faut que ça cesse.

— D'accord, cède-t-il. Je vais l'appeler.

Elle soupire, ses traits sont tirés et las, puis elle jette un coup d'œil vers Audrey.

— Elle est réveillée. Allons la voir.

Depuis son lit blanc amidonné, Audrey lève ses yeux creusés vers eux. Jonica s'assied à côté d'elle, passe un bras derrière ses épaules et la serre pendant que Ben reste en retrait pour les observer : les deux femmes de sa vie. Une tendresse émane d'elles, une intimité, une connexion profonde. Il attend, astronaute flottant dans l'espace, sans gravité ni oxygène.

Jonica lui fait signe.

— Viens t'asseoir avec nous, dit-elle en tapotant le lit.

Il s'approche, si ému qu'il sent son pouls battre dans sa gorge. Sa fille est pâle et émaciée, un océan de douleur dans les yeux. Son regard évoque la brume au-dessus de la mer, mais il perçoit au milieu du brouillard une tendre invitation.

Elle lui tend la main et, l'espace d'un instant, il se sent étrangement intimidé. Il ne sait pas quoi faire. Puis son corps prend le dessus et il entre en territoire inconnu. En quelques pas, il est à son chevet, il serre sa main fragile dans la sienne et la presse contre son torse.

— Pardon papa, murmure-t-elle. Je ne voulais pas finir ici.

Elle baisse les yeux et se détourne, les joues rosies.

Le torrent d'émotions qui le traverse est tel qu'il menace de le noyer.

— Non, dit-il. C'est moi qui te demande pardon.

Il s'assied, l'attire contre lui et serre dans ses bras sa mince silhouette, fine ossature si fragile. Quand il se penche et pose sa joue contre la tête chaude de sa fille, il sent le cœur de son être se désagréger. Puis il cède aux larmes qu'il n'a plus versées depuis l'enfance.

Quatre mois plus tard

MALCHANCEUX

Terme pour qualifier une action qui n'a pas eu le résultat attendu ou un joueur qui n'a pas eu de chance.

Griffin

Devant le miroir de la salle de bains, Griffin se débat avec la coupure au-dessus de sa lèvre qui n'arrête pas de saigner. Quelle idée de se raser aujourd'hui… Il voulait juste enlever le fin duvet noir au-dessus de sa bouche. Et voilà le résultat !

Il envoie un texto à son père : *Comment on soigne une coupure de rasage ?*

Appuie avec un petit bout de pq

Dans sa hâte d'arrêter le saignement, il tire trop fort sur le papier toilette si bien que le rouleau se dévide et forme un tas sur le carrelage. Griffin transpire soudain des aisselles. Il arrache une feuille, déchire un petit morceau et le colle contre sa lèvre.

pendant cmb de temps ? demande-t-il.

10 minutes

Il n'a pas dix minutes. S'il attend autant, il va rater le bus.

Il tapote sa lèvre avec un autre bout de papier, glisse son téléphone dans la poche de son jean, attrape son portefeuille (celui en cuir, que sa mère lui a envoyé pour son anniversaire) et fonce vers l'entrée où il enfile ses vieilles baskets New Balance élimées avant de se précipiter dehors.

Dans le bus, il s'appuie contre la fenêtre, frémissant d'impatience. Et si elle n'était pas là ? Et, si elle vient, comment sera-t-elle avec lui ? Noah l'a prévenu qu'elle s'est scarifiée. Comment avait-elle pu faire une chose pareille ? Ça le rend malade rien que d'y penser. Il a mal à la tempe, là où Cody l'a frappé. Il ferme les yeux et essaie de réfléchir.

À l'arrêt près du stade, il saute du bus dans la rue ensoleillée, enfonce ses mains dans ses poches et remonte le sentier sous le cagnard. Il aperçoit le terrain au bout de la rue. Le gazon vert. Bordé de gommiers.

Elle est là ? Il a peur de regarder.

L'endroit semble désert, mais il ne voit pas bien, derrière le grand et vieux figuier.

Il ralentit, ravale le goût métallique qui imprègne sa bouche, se rapproche, tend le cou pour la chercher.

Et elle est là, au milieu de la pelouse, assise en tailleur, en train de plonger ses doigts dans l'herbe.

Il se dépêche de la rejoindre, plein d'espoir.

— Salut, dit-il. Qu'est-ce que tu fais ?

Elle lève la tête, éblouie, plisse les yeux, une boucle s'accroche sur sa joue.

— Je cherche un trèfle à quatre feuilles.

— Pourquoi ?

— Ça porte chance.

Il a le tournis.

— Pourquoi tu as besoin d'un porte-bonheur ?

— Je ne sais pas.

Elle lui adresse un petit sourire qui lui donne des fourmis dans les orteils.

Il plie les jambes et se laisse tomber à côté d'elle. Pas trop près. Il est tendu et n'arrive pas à respirer correctement. Il est content de la voir. Elle est plus grande. Plus pâle. Il laisse aller son regard sur sa peau, le contour de sa joue, le fin duvet blond sur ses bras. Ses petits seins ronds sous son *crop top* rouge. Ses clavicules dessinent des ailes autour de sa gorge.

— Je n'étais pas sûr que tu viendrais, dit-il.

Elle arrache des brins d'herbe et lève les yeux vers lui.

— Désolée d'avoir raté ton anniversaire.

— Pas grave.

Il avait eu 15 ans deux semaines plus tôt – une mauvaise journée. Il aurait dû être en Angleterre. Mais c'était fichu, et il n'arrivait pas encore à s'y faire. Éventuellement l'année prochaine. D'après le médecin, il irait peut-être mieux d'ici là.

Elle le regarde du coin de l'œil.

— Quand est-ce qu'ils t'ont retiré les fils ?

— Il y a un moment. (Il se frotte la joue, où court la ligne épaisse de sa cicatrice.) Au moins, je ne parle plus comme un zombie.

Elle sourit.

— Tu ne parlais pas comme un zombie.

Comme il n'arrive pas à soutenir son regard, il se détourne. L'atmosphère est étrange, entre eux. Même si elle sourit, elle semble distante. Détachée, bizarrement.

— Ça va, les cours ? s'enquiert-elle.

— Non, c'est la merde. C'est vraiment dur. Encore plus qu'avant.

Il se sent rougir, se souvient que le médecin l'avait prévenu qu'il pourrait avoir des problèmes de concentration après son traumatisme crânien.

— Tu pourrais peut-être avoir un prof particulier ? suggère-t-elle. Moi, je prends des cours de maths en plus, ça m'aide.

— J'en ai déjà plusieurs. Quelqu'un a fait un don à mon collège pour le payer.

Elle rougit.

— Tout le monde a été bouleversé par ta blessure, se hâte-t-elle d'expliquer. Pour t'aider, tous les parents se sont réunis afin de récolter de l'argent. On a fait une vente de saucisses grillées à Bunnings, le magasin de bricolage, puis une autre de brochettes à la grecque, au club. Et aussi une tombola. C'est Carmen qui a tout organisé. Personne ne voulait t'en parler, au cas où tu refuserais.

Griffin la dévisage, elle se détourne. Il savait qu'il avait touché de l'argent d'une assurance – peut-être celle du club ou de la fédération –, en tout cas, c'est ce que son père lui avait dit. Lang l'avait placé pour lui, au cas où il aurait besoin d'aide plus tard, à cause de sa blessure à la tête. Mais il n'avait jamais entendu parler de cette collecte. D'un côté, ça le gêne, de l'autre, il s'en réjouit. Savoir que tant de personnes se préoccupent de son sort lui fait chaud au cœur.

Un silence s'installe, il se sent mal à l'aise. Pas à sa place, comme partout depuis qu'il est sorti de l'hôpital. Est-ce qu'il redeviendra normal un jour ? Et que pourrait-il lui dire ? La conversation ne lui vient plus aussi facilement qu'avant. Il ne sait pas à quoi elle pense. C'est la même chose avec tout le monde. Il n'arrive plus à se mettre à la place des gens.

— Comment tu vas ? demande-t-il.

Elle glisse une boucle derrière son oreille.

— Ça va.

Il espère qu'elle en dira plus, mais non.

— Et toi ? lance-t-elle.

Il se tortille, l'herbe lui chatouille le dessous des cuisses.

— J'ai été repris après les sélections.

— Oui, je sais. Alex m'a dit.

— Comment va son genou ?

— Il guérit petit à petit. Ça le frustre énormément.

— Il ne s'est pas fait opérer ?

— Si, mais il doit attendre encore six mois avant de rejouer. Après une opération comme ça, il faut une éternité pour se remettre.

Après une blessure à la tête aussi, songe-t-il.

— Et toi, pourquoi tu n'es pas dans l'équipe ? s'étonne-t-il. Tu as passé des sélections ailleurs ?

— Non. J'ai arrêté.

Il n'en revient pas.

— Pourquoi ?

— Je ne veux plus jouer, après ce qui t'est arrivé.

Il sent une pointe de douleur dans son crâne, comme si, d'une manière ou d'une autre, c'était sa faute.

— Ça alors ! dit-il en se frottant la tempe. Je croyais que t'adorais le foot.

Elle entrouvre la bouche et, l'espace d'un instant, il pense qu'elle va commencer à lui raconter ce qu'elle traverse vraiment. Mais elle soupire et baisse les yeux vers la pelouse.

— Qu'est-ce que tu vas faire, à la place ?

Elle lui jette un coup d'œil.

— Je vais prendre des cours d'arts plastiques et de théâtre. Et faire de la natation.

— Ça peut être pas mal, sans doute... la natation... (Il n'arrive pas à imaginer qu'on puisse s'intéresser au dessin ou au théâtre.) Tu vas intégrer une équipe ?

— Non. J'ai envie de nager quand je veux. Pas à cinq heures du matin.

— Ça doit bien t'aller, le bikini, dit-il en piquant un fard.

Elle éclate de rire, douce mélodie.

— Je ne fais pas des longueurs en bikini. J'ai un maillot une pièce.

— Tu pourrais essayer le basket, suggère-t-il. Tu serais douée.

Elle secoue la tête.

— Non, c'est trop exigeant. J'ai besoin de faire un break avec les sports de compétition.

— Et Katerina ? demande-t-il. On ne la voit plus. Elle continue le foot ?

— Elle est retournée dans l'équipe féminine.

— T'as toujours été meilleure qu'elle, tu sais.

Elle se détourne, les joues roses.

— Pas d'un point de vue technique. Elle était bien meilleure que moi.

— Non. C'était dans ta tête. Elle *pensait* qu'elle était douée et elle arrivait à berner tout le monde.

Audrey glisse un coup d'œil vers lui.

— Figure-toi qu'elle m'a invitée à une fête, pour sa confirmation. C'était vraiment bizarre.

— C'est quoi, une confirmation ?

— Un engagement envers l'église.

— Elle est croyante ?

— Oui, grecque orthodoxe.

— Et il y a une fête pour ça ?

Audrey hausse les épaules.

— En quelque sorte. C'est surtout pour la famille.

— Alors pourquoi elle t'a invitée ?

— Je ne sais pas, mais c'était gentil de sa part. Elle a dû porter une aube blanche, laisser Dieu entrer dans son cœur, manger le corps du Christ et boire son sang, ce qui consiste à avaler un bout de papier blanc et une gorgée de vin rouge.

Griffin n'en revient pas.

— Je n'arrive pas à croire que tu y sois allée.

Il repense à toute cette histoire de harcèlement, entre Katerina et Audrey.

Elle se détourne encore.

— Elle n'est pas méchante, quand on la connaît. Bon, on sera jamais les meilleures amies du monde, c'est sûr... Et toi ? Comment ça va, au foot ?

Il change de position, se gratte un ongle.

— Pas super, depuis l'accident.

— Quelle poisse.

Il regarde ailleurs.

— Ouais. Je sais pas. Je n'ai pas récupéré complètement. Les docteurs ont dit que ça pouvait prendre du temps...

Il étend ses jambes. Comment lui expliquer la situation alors qu'il ne la saisit pas lui-même ? Il ne comprend pas ce qui cloche chez lui. Il a l'impression d'avoir perdu quelque chose. Sa vision du jeu, sa confiance en lui, son savoir-faire, peu importe comment on appelle ça... il l'a perdu. La magie qui poussait les gens à s'arrêter pour le regarder. Qui le rendait différent.

— J'étais excellent, dit-il. Maintenant, je suis juste un joueur banal.

Elle cligne des yeux sous le soleil éblouissant puis sourit timidement.

— Être banal, ce n'est pas si mal – je suis bien placée pour le savoir… Mais toi, tu es loin d'être ordinaire, Griffin. T'as ça dans le sang, alors, même si tu te sens mal en ce moment, ça va revenir.

Il ne peut pas s'empêcher de la foudroyer du regard.

— Qu'est-ce que t'en sais ?

— Parce que mon père t'a vu aux sélections, et il m'a dit que tu faisais déjà des progrès.

Une lueur d'espoir s'allume en lui. Il veut y croire.

— J'espère que ça va s'améliorer vite. Si je ne suis plus bon, autant laisser tomber.

— Tu pourrais quand même continuer un peu, juste pour le plaisir, suggère-t-elle.

Il fronce les sourcils.

— Mon niveau, c'est important pour moi. Et toi, si tu n'avais pas arrêté, tu pourrais jouer *juste pour le plaisir* ?

Elle réfléchit un instant, les yeux levés vers le ciel, pendant qu'il scrute la peau blanche de sa gorge.

— Si j'ai lâché, c'est en partie parce que je me suis rendu compte que je n'étais pas assez bonne pour aller au sommet. Et si j'étais aussi douée que toi, je voudrais sans doute jouer au top niveau, ou pas du tout.

Elle comprend, pense-t-il. *C'est la seule.*

Il plante ses doigts dans la terre et arrache quelques racines en l'observant du coin de l'œil pendant qu'elle caresse le gazon. Un long silence s'étire entre eux, comme les ombres qui glissent sur la pelouse au bord du stade. On dirait qu'ils sont même incapables de se regarder.

Puis elle se penche, observe quelque chose, tout son corps en alerte.

— Oh, regarde ! s'écrie-t-elle.

— Qu'est-ce qu'il y a ? demande-t-il en se rapprochant.

Le visage d'Audrey se décompose.

— Rien. J'ai cru que c'était un trèfle à quatre feuilles, mais c'était juste des feuilles coincées ensemble.

Elle arrache une poignée d'herbe, la jette en l'air en soupirant.

Il ne supporte pas sa déception.

— Il ne te porterait pas chance, de toute façon, balbutie-t-il.

— Et pourquoi pas ?

— La chance n'existe pas. Il faut travailler dur pour provoquer sa propre chance. Tout le reste, c'est le hasard.

Elle secoue la tête.

— Et quand Cody t'a frappé ? Ce n'était pas un hasard.

— Si, quelque part… Ce n'était pas moi qu'il visait. Mon père m'a dit qu'il voulait cogner Santos. Et, de toute façon, c'est ma faute parce que je suis intervenu.

— Tu essayais d'empêcher des gens de se battre. C'est dans ta nature. Tu es quelqu'un de gentil.

Le visage d'Audrey s'illumine tellement que le cœur de Griffin se serre.

— Tu me manqueras, à l'entraînement.

— J'ai une idée, dit-elle, les yeux brillants. Tu pourrais peut-être encadrer les petits, quand tu iras mieux. Tu serais doué pour ça. Et les gamins t'adoreraient. Ce serait cool, pas vrai ?

Il renifle. Former les autres, c'est ce qu'on fait quand on n'est plus assez bon pour jouer, non ? Il bouillonne un instant, honteux et frustré au-delà des mots. Tout ce qui lui arrive, cette blessure à la tête… c'est tellement injuste qu'il voudrait frapper quelqu'un.

Il inspire plusieurs fois, comme le psy du collège le lui a appris, et remarque la lumière dans les cheveux d'Audrey, la manière dont ses boucles scintillent. La façon dont le bout de son nez remonte. La petite tache marron sur sa joue. Il s'éclaircit la gorge.

— Je ne sais pas si je peux entraîner les autres. Je pensais partir vivre à Melbourne, avec ma mère et ma sœur.

Audrey soutient son regard.

— Ma mère veut m'aider à mieux travailler en cours, explique-t-il.

— Mais tu as déjà des profs particuliers, non ? En plus, tu me manqueras, si tu t'en vas.

Le regard d'Audrey est si doux qu'il sent son cœur faire un bond dans sa poitrine.

— Je suis désolé de pas avoir répondu à tes messages, dit-il.

Elle baisse la tête.

— Moi aussi, je suis désolée. J'aurais dû continuer à t'écrire, mais je ne voulais pas t'embêter. Je me disais que tu préférais peut-être qu'on ne se parle plus.

Il laisse échapper un soupir, et c'est comme s'il relâchait quelque chose qu'il retenait de toutes ses forces.

— Si t'as envie d'aller vivre avec ta mère, vas-y, dit-elle. On pourra s'appeler et se retrouver quand tu viendras chez ton père pendant les vacances.

Une bouffée de chaleur le transperce comme la foudre.

— Tu veux encore me voir ?

Elle lève les yeux au ciel.

— Évidemment. Je ne t'appréciais pas juste parce que tu étais bon au foot.

Il éclate de rire, la première fois qu'il rit vraiment depuis des mois.

— Alors, tu vas faire quoi ? demande-t-elle.

— Je ne sais pas trop. J'y réfléchis encore.

— Si tu restes ici, je pourrais t'aider à entraîner les petits, suggère-t-elle. On pourrait le faire ensemble.

— Je pensais que tu ne voulais plus jouer.

— Former les autres, c'est différent. Et puis j'aime bien les enfants. J'ai l'habitude de ma cousine… On pourrait peut-être s'occuper des moins de 10 ans.

Il ferme les yeux pour se protéger du soleil puis les rouvre : elle le fixe toujours, dans l'attente de sa réponse.

— Est-ce qu'il faut que je me décide maintenant ?

Elle sourit.

— Non. On peut attendre de voir ce que ça donne.

Son regard croise celui d'Audrey, puis l'esquive. Et le recroise. Il se sent intimidé, plein d'espoir, et même un peu heureux.

— Et si je voulais rester ici pour toujours ? Comme ça. Avec toi.

Les yeux d'Audrey le fixent avec chaleur, et son sourire est un rayon de soleil.

— Ça me va, dit-elle. C'est bien, ici.

Quand il tend la main vers elle, elle l'attrape et la serre fort, pendant que de petites décharges électriques crépitent entre eux.

Puis ils s'allongent dans l'herbe douce, l'un contre l'autre, doigts entremêlés, regards levés vers le ciel et les nuages qui dessinent une infinité d'histoires possibles.

Remerciements

Un roman s'écrit dans la solitude, mais nécessite l'appui et la contribution d'un nombre incalculable de personnes. Merci à tous les amis qui ont accompli ce voyage autour de la parentalité et du football avec moi, dont Cindy Trewin, Alex Sloan, Heather Scott-Gagan, Sara et Nathan Toscan, Lynda Newman, Sarah Coleman, Phil Gibbons, Felicity Sander et Cath Riddell. Merci aussi aux gentils bénévoles qui ont entraîné, coaché et motivé mes enfants quand ils faisaient du football ou qu'ils arbitraient, dont Andrew Higginson, Ian Hotchkiss, Alasdair Grocock, Pat Mills et Rae Castro.

Pour leurs encouragements généreux et prévenants, je remercie le formidable groupe d'écriture Rammies : Biff Ward, Robyn Cadwallader, Dianne Lucas et Jenni Savigny. Je suis particulièrement reconnaissante envers mes amis auteurs Robyn Cadwallader, Nigel Featherstone et Irma Gold qui, à maintes occasions, ont été plus que des soutiens, et avec qui j'ai pu évoquer les défis de cette vie d'écriture. D'autres amis écrivains m'ont apporté leur amour, leurs conseils et leur appui, dont Ginger Gorman, Sulari Gentill, Kate Mildenhall, Laurie Steed, Katherine Johnson, Rachael Mead, Marion Halligan et Craig Cormick. Ma chère amie, et ancienne agente maintenant à la retraite, Deb Stevens a toujours été là pour moi, que ce soit pour discuter ou pour m'épauler. Je remercie Malcolm Knox, qui a lu une des premières ébauches et m'a fourni de sages observations. Merci également à Jane Caro, Gabbie Stroud, Inga Simpson, Emily Maguire, Jock Serong et Suzanne Leal pour leur soutien généreux.

Pour les promenades canines, je remercie Heather Scott-Gagan et Sandy, Sue Paton et Monti, qui nous ont bien souvent accompagnés, mon petit chien Toffee et moi, dans mes excursions au milieu du bush près de chez moi. Je remercie aussi, pour leur amitié, mes voisines Helen Dyer, Jill Petherbridge et Denise Kraus.

Pour leur soutien et leur patience, j'adresse toute ma reconnaissance à mes amis et mes collègues de la clinique vétérinaire où je travaille. Mon amie de toujours, Jane Hodder, m'a donné des conseils sur le monde des avocats, tout en étant là pour moi en permanence. Pour ses connaissances concernant les secouristes et les ambulances, je remercie Bluse Waddell-Wood. Parmi mes autres amis proches qui m'ont écoutée parler de ce livre, je nommerai : Julie Mills, David et Em Pocock, Tanya Dannock et, bien sûr, mes parents, Jim et Diana Viggers.

Au fil des différentes versions de ce roman, mon agente Fiona Inglis, de Curtis Brown Australia, a gardé foi en cette histoire et m'a toujours encouragée. Un grand merci, comme toujours, à mon éditrice Jane Palfreyman, chez Allen & Unwin, pour sa sagesse et son honnêteté. Pour leur savoir-faire et leurs conseils tout au long du processus d'édition et de publication, je remercie toute l'équipe d'Allen & Unwin, en particulier Genevieve Buzo et Angela Handley, ainsi que les éditrices Rebecca Starford et Jessica Friedmann. Pour cette couverture formidable et incroyablement pertinente, je remercie Luke Causby. Et aussi Nadine Davidoff pour ses conseils éditoriaux précoces, ainsi que Dianne Lucas et Dannielle Viera pour leurs corrections appliquées et leurs suggestions bienvenues.

Je suis infiniment reconnaissante envers The Bundanon Trust, qui m'a permis de séjourner dans la résidence d'auteurs où j'ai pu terminer une première version de ce roman. Deux autres séjours à la Maison de l'écrivain, à Varuna, ont été décisifs pour me permettre de finir ce livre. Durant mon séjour là-bas, Carol Major, la femme qui murmurait à l'oreille des écrivains, m'a donné de précieux conseils.

Je remercie la faculté des arts et des sciences sociales de l'Université nationale australienne de m'avoir généreusement accordé le statut d'auteur en résidence, ainsi qu'une chambre où travailler. Remerciements tout particuliers à Lucy Neave pour son soutien.

Je remercie du fond du cœur mes enfants, maintenant adultes, Ryan et Nina, de partager avec moi leurs itinéraires de vie, et d'être des personnes si formidables, si inspirantes, malgré les erreurs que j'ai pu commettre en tant que parent, et surtout en tant que supportrice lorsqu'ils jouaient au football.

Et je remercie par-dessus tout mon mari, David Lindenmayer, qui a vécu avec moi au rythme de ce livre pendant les quatre (ou vingt) dernières années. Sans son aide et ses connaissances d'ancien joueur professionnel, je n'aurais pas réussi à construire ce roman. David a lu et m'a écoutée lire ce livre à voix haute bien au-delà de ce que le devoir exigeait, et il m'a accompagnée tout au long du chemin.

Malheureusement, alors que j'étais en train d'apporter les dernières corrections à cette histoire, ma sœur, Fiona Andersen, est décédée de manière prématurée. Pour tous mes romans précédents, elle m'avait fait des remarques précieuses et des suggestions pertinentes. Je me désole qu'elle n'ait pas eu l'occasion de lire *Sur la touche.* Elle me manque tous les jours et me manquera jusqu'à mon dernier souffle.

Dernières parutions

M.J. Arlidge
Ainsi font font font

Catherine Bardon
Almah

Harold Cobert
Le Procès Mein Kampf

Kate Collins
La Maison idéale

Claudia Cravens
L'Affranchie

Elin Hilderbrand
Un couple parfait

Ismaël Khelifa
Ce que la vie a de plus beau

Gilly Macmillan
De si bons voisins

Rebecca Makkai
J'ai quelques questions à vous poser

Heather O'Neill
Perdre la tête

Lina María Parra Ochoa
La Main qui guérit

Valérie Paturaud
La Cuisinière des Kennedy

Marie Pavlenko
Traverser les montagnes, et venir naître ici

Alexis Schaitkin
Autre part

Cat Shook
Les Magnolias de Myrtle Lane

Catherine Steadman
Jeux en famille

Antje Rávik Strubel
Femme bleue

Akli Tadjer
De ruines et de gloire

Alice Winn
Les Ardents

Pour en savoir plus sur l'actualité des Escales,
vous pouvez consulter notre site Internet
www.lesescales.fr
et nous suivre sur les réseaux sociaux

Editions Les Escales

@LesEscales

Pour plus d'information :

www.lisez.com

Imprimé sur du papier issu de forêts gérées durablement.

Achevé d'imprimer par
Normandie Roto Impression s.a.s.
N° d'impression : 2405663
Imprimé en France